文化传播视域下的
中德文学交流史

谭渊 著

上海社会科学院出版社

编 委 会

丛书主编：叶　隽

学术委员会委员：

（按姓氏拼音顺序排列）

曹卫东　北京体育大学

陈洪捷　北京大学

范捷平　浙江大学

李明辉　台湾"中央研究院"

麦劲生　香港浸会大学

孙立新　山东大学

孙周兴　同济大学

谭　渊　华中科技大学

卫茂平　上海外国语大学

杨武能　四川大学

叶　隽　同济大学

叶廷芳　中国社会科学院

张国刚　清华大学

张西平　北京外国语大学

Adrian Hsia　　夏瑞春　　加拿大麦吉尔大学

Françoise Kreissler　　何弗兹　　法国东方语言学院

Iwo Amelung　　阿梅龙　　德国法兰克福大学

Joël Thoraval　　杜瑞乐　　法国高等社会科学研究院

Klaus Mühlhahn　　余凯思　　美国印第安纳大学

Michael Lackner　　郎密榭　　德国埃尔郎根大学

总　序

一、中、德在东、西方(亚欧)文化格局里的地位

华夏传统,源远流长,浩荡奔涌于历史海洋;德国文化,异军突起,慨然跃升于思想殿堂。作为西方文化,亦是欧陆文化南北对峙格局之重要代表的德国,其日耳曼统绪,与中国文化恰成一种"异体"态势,而更多地与在亚洲南部的印度文化颇多血脉关联。此乃一种"相反相成"之趣味。

而作为欧陆南方拉丁文化代表之法国,则恰与中国同类,故陈寅恪先生谓:"以法人与吾国人习性为最相近。其政治风俗之陈迹,亦多与我同者。"诚哉是言。在西方各民族文化中,法国人的传统、风俗与习惯确实与中国人诸多不谋而合之处,当然也不排除文化间交流的相互契合:诸如科举制的吸纳、启蒙时代的诸子思想里的中国文化资源等皆是。如此立论,并非敢淡漠东西文化的基本差别,这毕竟仍是人类文明的基本分野;可"异中趋同",亦可见钱锺书先生所谓"东海西海,心理攸同;南学北学,道术未裂"之言不虚。

在亚洲文化(东方文化)的整体格局中,中国文化属于北方文化,印度文化才是南方文化。中印文化的交流史,实际上有些类似于德法之间的文化交流史,属于地缘关系的亚洲陆地上的密切交

流,并由此构成了东方文化的核心内容;遗憾的是,由于地域太过辽阔,亚洲意义上的南北文化交流有时并不能相对频繁地形成两种文化之间的积极互动态势。两种具有互补性的文化,能够推动人类文明的较快推进,这可能是一个基本定律。

西方文化发展到现代,欧洲三强英、法、德各有所长,可若论地缘意义上对异文化的汲取,德国可拔得头筹。有统计资料表明,在将外语文献译成本民族语言方面,德国居首。而对法国文化的吸收更成为思想史上一大公案,乃至歌德那一代人因"过犹不及"而不得不激烈反抗法国文化的统治地位。虽然他们都说得一口流利的法文,但无论正反事例,都足证德意志民族"海纳百川"的学习情怀。就东方文化而言,中国文化因其所处地理中心位置,故能得地利之便,尤其是对印度佛教文化的汲取,不仅是一种开阔大度的放眼拿来,更兼备一种善择化用的创造气魄,一方面是佛教在印度终告没落,另一方面却是禅宗文化在中国勃然而起。就东方文化之代表而言,或许没有比中国更加合适的。

中德文化关系史的意义,正是在这样一种全局眼光中才能凸显出来,即这是一种具有两种基点文明代表性意义的文化交流,而非仅一般意义上的"双边文化关系"。何谓? 此乃东西文化的两种核心文化的交流,即作为欧洲北方文化的条顿文明与亚洲北方文化的华夏文明之间的交流。这样一种质性文化的交流,具有重要的范式意义。

二、作为文明进程推动器的文化交流与中国文化的"超人三变"

不同文明之间的文化交流,始终是文明进程的推动器。诚如季羡林先生所言："从古代到现在,在世界上还找不出一种文化是不受外来影响的。"①其实,这一论断,也早已为第一流的知识精英所认知,譬如歌德、席勒那代人,非常深刻地意识到走向世界、汲取不同文化资源的重要性,而中国文化正是在那种背景下进入了他们的宏阔视域。当然,我们要意识到的是,对作为现代世界文明史巅峰的德国古典时代而言,文化交流的意义极为重要,但作为主流的外来资源汲取,是应在一种宏阔的侨易学视域中去考察的。这一点歌德总结得很清楚："我们不应该认为中国人或塞尔维亚人、卡尔德隆或尼伯龙根就可以作为模范。如果需要模范,我们就要经常回到古希腊人那里去找,他们的作品所描绘的总是美好的人。对其他一切文学我们都应只用历史眼光去看。碰到好的作品,只要它还有可取之处,就把它吸收过来。"②此处涉及文化交流的规律性问题,即如何突出作为接受主体的主动选择性,若按陈寅恪所言："其真能于思想上自成系统,有所创获者,必须一方面吸收输入外来之学说,一方面不忘本来民族之地位。此二种相反而适相成之态度,乃道教之真精神,新儒家之旧途径,而二千年吾民族与他

---

① 季羡林:《文化交流的必然性和复杂性》,载季羡林、张光璘编:《东西文化议论集》(上册),经济日报出版社 1997 年版,第 8 页。
② 德文原文为:"Wir müssen nicht denken, das Chinesische wäre es oder das Serbische oder Calderon oder die Nibelungen, sondern im Bedürfnis von etwas Musterhaftem müssen wir immer zu den alten Griechen zurückgehen, in deren Werken stets der schöne Mensch dargestellt ist. Alles übrige müssen wir nur historisch betrachten und das Gute, so weit es gehen will, uns daraus aneignen." Mittwoch, den 31. Januar 1827. in Johann Peter Eckermann: *Gespräche mit Goethe-in den letzten Jahren seines Lebens*(《歌德谈话录——他生命中的最后几个年头》). Berlin und Weimar: Aufbau-Verlag, 1982. S.198.中译文见[德]爱克曼辑录:《歌德谈话录》,朱光潜译,人民文学出版社 1978 年版,第 113—114 页。

民族思想接触史之所昭示者也。"①这不仅是中国精英对待外来文化与传统资源的态度，推而广之，对各国择取与创造本民族之精神文化，皆有普遍参照意义。总体而言，德国古典时代对外来文化（包括中国文化）的汲取与转化创造，是一次文化交流的质的提升。文化交流史的研究，其意义在此。

至于其他方面的双边交流史，也同样重要。德印文化交流史的内容，德国学者涉猎较多且深，尤其是其梵学研究，独步学林，赫然成为世界显学；正与其世界学术中心的地位相吻合，而中国现代学术建立期的第一流学者，如陈寅恪、季羡林等就先后负笈留德，所治正是梵学，亦可略相印证。中法文化交流史内容同样极为精彩，由启蒙时代法国知识精英对中国文化资源的汲取与借鉴到现代中国发起浩浩荡荡的留法勤工俭学运动，其转易为师的过程同样值得深入探究。总之，德、法、中、印这四个国家彼此之间的文化交流史，应当归入"文化史研究"的中心问题之列。

当然，不可否认的是，作为中国学者，我们或多或少会将关注的目光投入中国问题本身。必须强调加以区分的是所谓"古代中国""中世中国"与"现代中国"之间的概念分野。其中，"古代中国"相当于传统中国的概念，即文化交流与渗透尚未到极端的地步，尤以"先秦诸子"思想为核心；"中世中国"则因与印度佛教文化接触，而使传统文化受到一种大刺激而有"易"，禅宗文化与宋儒理学值得特别关注；"现代中国"则以基督教之涌入为代表，西

---

① 《冯友兰〈中国哲学史〉下册审查报告》，载刘桂生、张步洲编：《陈寅恪学术文化随笔》，中国青年出版社1996年版，第17页。

学东渐为标志,仍在进程之中,则是以汲取西学为主的广求知识于世界,可以"新儒家"之生成为关注点。经历"三变"的中国,"内在于中国"为第一变,"内在于东方"为第二变,"内在于世界"为第三变,"三变"后的中国才是具有悠久传统而兼容世界文化之长的代表性文化体系。

先秦儒家、宋儒理学、新儒家思想(广义概念)的三段式过渡,乃是中国思想渐成系统与创新的标志,虽然后者尚未定论,但应是相当长时期内中国思想的努力方向。而正是这样一种具有代表性且兼具异质性的交流,在数量众多的双边文化交流中,具有极为不俗的意义。张君劢在谈到现代中国的那代知识精英面对西方学说的盲目时有这样的描述:"好像站在大海中,没有法子看看这个海的四周……同时,哲学与科学有它们的历史,其中分若干种派别,在我们当时加紧读人家教科书如不暇及,又何敢站在这门学问以内来判断甲派长短得失,乙派长短得失如何呢?"[1]其中固然有个体面对知识海洋的困惑,同时也意味着现代中国输入与择取外来思想的困境与机遇。王韬曾感慨地说:"天之聚数十西国于一中国,非欲弱中国,正欲强中国,非欲祸中国,正欲福中国。"[2]不仅表现在政治军事领域如此,在文化思想方面亦然。而当西方各强国

---

[1] 张君劢:《西方学术思想在吾国之演变及其出路》,《新中华》第 5 卷第 10 期,1937 年 5 月。
[2] 《答强弱论》,载王韬:《弢园文录外编》,中州古籍出版社 1998 年版,第 304 页。另可参见钟叔河:《王韬的海外漫游》,载王韬等:《漫游随录·环游地球新录·西洋杂志·欧游杂录》,岳麓书社 1985 年版,第 12 页。同样类型的话,王韬还说过:"合地球东西南朔九万里之遥,胥聚之一中国之中,此古今之创事,天地之变局,此岂出于人意计所及料哉?天心为之也。盖善变者天心也。"《答强弱论》,载王韬:《弢园文录外编》,中州古籍出版社 1998 年版,第 304 页。

纷纷涌入中国,使得"西学东渐"与"西力东渐"合并东向之际,作为自19世纪以来世界教育与学术中心场域的德国学术,则自有其非同一般的思想史意义。实际上,这从国际范围的文化交流史历程也可看出,19世纪后期逐渐兴起的三大国——俄、日、美,都是以德为师的。

故此,第一流的中国精英多半都已意识到学习德国的重要性。无论是蔡元培强调"救中国必以学。世界学术德最尊。吾将求学于德,而先赴青岛习德文"[①],还是马君武认为"德国文化为世界冠"[②],都直接表明了此点。至于鲁迅、郭沫若等都有未曾实现的"留德梦",也均可为证。中德文化研究的意义,端在于此,而并非仅仅是众多"中外文化交流史"里的一个而已。如果再考虑到这两种文化是具有代表性的东西方文化之个体(民族—国家文化),那么其意义就更显突出了。

三、在"东学西渐"与"西学东渐"的关联背景下理解中德文化关系的意义

即便如此,我们也不能"画地为牢",因为只有将视域拓展到全球化的整体联动视域中,才能真正揭示规律性的所在。所以,我们不仅要谈中国文化的西传,更要考察波斯—阿拉伯、印度、日本文化如何进入欧洲。这样的东学,才是一个完整意义上的东学。当东学西渐的轨迹,经由这样的文化交流史梳理而逐渐显出清晰

[①] 黄炎培:《吾师蔡子民先生哀悼辞》,载梁柱:《蔡元培与北京大学》,北京大学出版社1996年版,第12页。
[②] 《〈德华字典〉序》,选自《马君武集》,华中师范大学出版社2011年版,第273页。

的脉络时,中国文化也正是在这样一种比较格局中,才会更清晰地彰显其思想史意义。这样的工作,需要学界各领域研究者的通力合作。

而当西学东渐在中国语境里具体落实到20世纪前期这辈人时,他们的学术意识和文化敏感让人感动。其中尤其可圈可点的,则为20世纪30年代中德学会的沉潜工作,其标志则为"中德文化丛书"的推出,至今检点前贤的来时路,翻阅他们留下的薄薄册页,似乎就能感受到他们逝去而永不寂寞的心灵。

昔贤筚路蓝缕之努力,必将为后人开启接续盛业的来路。光阴荏苒,竟然轮到了我们这代人。虽然学养有限,但对前贤的效慕景仰之心,却丝毫未减。如何以一种更加平稳踏实的心态,继承前人未竟之业,开辟后世纯正学统,或许就是历史交给我们这代人的使命。

不过我仍要说我们很幸运:当年冯至、陈铨那代人不得不因民族战争的背景而颠沛流离于战火中,一代人的事业不得不无可奈何地"宣告中断",今天,我们这代人却还有可能静坐于书斋之中。虽然市场经济的大潮喧嚣似也要推倒校园里"平静的书桌",但毕竟书生还有可以选择的权利。在清苦中快乐、在寂寞中读书、在孤独中思考,这或许,已是时代赠予我们的最大财富。

所幸,在这样的市场大潮下,能有出版人的鼎力支持,使这套"中德文化丛书"得以推出。我们不追求一时轰轰烈烈吸引眼球的效应,而希望能持之以恒、默默行路,对中国学术与文化的长期积淀略有贡献。在体例上,丛书将不拘一格,既要推出中国学者自己的研究著述,也要译介国外优秀的学术著作;就范围而言,文学、历史、哲学固是题中应有之义，学术、教育、思想也是重要背景因素，至于社会学、政治学、经济学等鲜活的社会科学内容，也都在"兼容并包"之列；就文体而言，论著固所必备，随笔亦受欢迎；至于编撰旧文献、译介外文书、搜集新资料，更是我们当今学习德国学者，努力推进的方向。总之，希望能"水滴石穿""积跬步以至千里"，经由长期不懈的努力，将此丛书建成一个略具规模、裨益各界的双边文化之库藏。

叶 隽

陆续作于巴黎—布达佩斯—北京

作为国际学域的"中德文学关系研究"
——"中德文化丛书"之"中德文学关系系列"小引

"中德文化丛书"的理念是既承继民国时代中德学会学人出版"中德文化丛书"的思路,也希望能有所拓展,在一个更为开阔的范围内来思考作为一个学术命题的"中德文化",所以提出作为东西方文明核心子文明的中德文化的理念,强调"中德文化关系史的意义,是具有两种基点文明代表性意义的文化交流与互动。中德文化交流是东西方文化内部的两种核心子文化的互动,即作为欧洲北方文化的条顿文明与亚洲北方的华夏文明之间的交流。中德文化互动是主导性文化间的双向交流,具有重要的范式意义"[1]。应该说,这个思路提出后还颇受学界关注,尤其是"中德二元"的观念可能确实还是能提供一些不同于以往的观察中德关系史的角度,推出的丛书各辑也还受到欢迎,有的还获了奖项(这当然也不足以说明什么,最后还是要看其是否能立定于学术史上)。当然,也要感谢出版界朋友的支持,在如今以资本和权力合力驱动的时代里,在没有任何官方资助的情况下,靠着出版社的接力,陆续走到了今天,也算是不易。到了这个"中德文学关系系列",觉得有必要略作说明。

---

[1] 叶隽:《中德文化关系评论集》,上海外语教育出版社2008年版,封底。

中德文学关系这个学术领域是20世纪前期被开辟出来的,虽然更早可以追溯到彼得曼(Woldemar Freiherr von Biedermann,1817—1903)的工作,作为首创歌德与中国文化关系研究的学者,其学术史意义值得关注[1];但一般而言,我们还是会将利奇温(Adolf Reichwein)的《中国与欧洲——18世纪的精神和艺术关系》[2]视为此领域的开山之作,因其首先清理了18世纪欧洲对中国文化的接受史,其中相当部分涉及德国精英对中国的接受。陈铨1930—1933年留学德国基尔大学,完成了博士论文《德国文学中的中国纯文学》,这是中国学者开辟性的著作,其德文本绪论中的第一句话是中文本里所没有的:"中国拥有一种极为壮观、博大的文学,其涉猎范围涵盖了所有重大的知识领域及人生问题。"(China besitzt eine außerordentlich umfangreiche Literatur über alle großen Wissensgebiete und Lebensprobleme.)[3]作者对自己研究的目的性有很明确的设定:"说明中国纯文学对德国文学影响的程序""就中国文学史的立场来判断德国翻译和仿效作品的价值。"[4]其中展现的中国态度、品位和立场,都是独立的,所以我们可以说,在"中德文化关系"这一学域,从最初的发端时代开始,

---

[1] 他曾详细列出《赵氏孤儿》与《埃尔佩诺》相同的13个母题,参见 Woldemar Freiherr von Biedermann: Goethe Forschung(《歌德研究》). Frankfurt am Main, 1879. S.110-111.

[2] Adolf Reichwein: China und Europa - Geistige und künstlerische Beziehungen im 18 Jahrhundert. Berlin: Österheld, 1923. 此书另有中译本,参见[德]利奇温:《十八世纪中国与欧洲文化的接触》,朱杰勤译,商务印书馆1991年版。

[3] Chen Chuan: Die chinesische schöne Literatur im deutschen Schrifttum(《德国文学中的中国纯文学》). Inaugural-Dissertation zur Erlangung der Doktorwürde der Hohen Philosophischen Fakultät der Christian-Albrecht-Universität zu Kiel. vorgelegt von Chuan Chen aus Fu Schün in China. 1933. S.1. 基尔大学哲学系博士论文。

[4] 陈铨:《中德文学研究》,辽宁教育出版社1997年版,第4页。

就是在中、德两个方向上同时并行的。当然,我们要承认陈铨是留学德国,在基尔大学接受了严格的学术训练并完成的博士论文,这个德国学术传统是我们要梳理清楚的。也就是说,就学域的开辟而言是德国人拔得头筹。这也是我们应当具备的世界学术的气象,陈寅恪当年出国留学,他所从事的梵学,那也首先是德国的学问。世界现代学术的基本源头,是德国学术。这也同样表现在德语文学研究(Germanistik,也被译为"日耳曼学")这个学科。但这并不影响我们独立风骨,甚至是后来居上,所谓"弟子不必不如师,师不必贤于弟子,闻道有先后,术业有专攻"[(唐)韩愈《师说》],这才是求知问学的本意。

当然,这只是从普遍的求知原理上而言之。中国现代学术是在世界学术的整体框架中形成的,既要有这个宏大的谱系意识,同时其系统建构也需要有自身的特色。从这个意义上来说,当陈铨归国以后,用中文出版《中德文学研究》,这就不但意味着中国日耳曼学有了足够分量的学术专著的出现,更标志着在本领域之内的发凡起例,是一个新学统的萌生。它具有多重意义,一方面它属于德文学科的成绩,另一方面它也归于比较文学(虽然在当时还没有比较文学的学科建制),当然更属于中国现代学术之实绩。遗憾的是,虽然在20世纪30年代前期即已有很高的起点,但出于种种原因,这一学域的发展长期中断,直到改革开放之后才出现薪火相传的迹象。冯至撰《歌德与杜甫》,大概只能说是友情出演;但他和德国汉学家德博(Günther Debon,1921—2005)、长居德国的加拿大华裔学者夏瑞春(Adrian Hsia,1940—2010)一起推动了中德文学关系领域国际合作的展开,倒是事实。1982年在海德堡大学召开了"歌德与中国"国际学术研讨会，以冯至为代表的6名中国学者出席并提交了7篇论文。① 90年代以后，杨武能、卫茂平、方维规教授等皆有相关专著问世，有所贡献。②

进入21世纪，随着中国学术的发展，中德文学关系领域也受到更多关注，参与者甚多，且有不乏精彩之作。具有代表性的是谭渊的《德国文学中的中国女性形象》③，此书发掘第一手材料，且具有良好的学术史意识，在前人基础上将这一论题有所推进，是值得充分肯定的一部著作。反向的研究，即德语文学在中国语境里的翻译、传播、接受问题，则相对被忽视。范劲提出了德语文学符码与现代中国作家的自我问题，并且将研究范围延伸到当代文学。④ 笔者的《德国精神的向度变型》则选择尼采、歌德、席勒这三位德国文学大师及其代表作在中国的接受史进行深入分析，以影响研究为基础，既展现冲突、对抗的一面，也注意呈现其融合、化生的成分。⑤ 卢文婷讨论了中国现代文学中所接受的德国浪漫主义影响。⑥ 此

---

① 论文集 Günther Debon & Adrian Hsia（Hg.）: *Goethe und China – China und Goethe*（《歌德与中国—中国与歌德》）. Bern: Peter Lang Verlag, 1985.关于此会的概述，参见杨武能：《"歌德与中国"国际学术讨论会》，载杨周翰、乐黛云主编：《中国比较文学年鉴1986》，北京大学出版社1987年版，第351—352页。亦可参见《一见倾心海德堡》，载杨武能：《感受德意志》，四川人民出版社2001年版，第7—28页。
② 此处只是略为列举若干我认为在各方面有代表意义的著作，关于中德文学关系的学术史梳理，参见谭渊：《德国文学中的中国女性形象》，武汉大学出版社2017年版，第7—15页；叶隽：《六十年来中国的德语文学研究》，重庆出版社2016年版，第211—219页。
③ 谭渊：《德国文学中的中国女性形象》，武汉大学出版社2017年版。
④ 范劲：《德语文学符码与现代中国作家的自我问题》，华东师范大学出版社2008年版。
⑤ 叶隽：《德国精神的向度变型——以尼采、歌德、席勒的现代中国接受为中心》，中央编译出版社2015年版。
⑥ 卢文婷：《反抗与追忆：中国文学中的德国浪漫主义影响（1898—1927）》，中国社会科学出版社2014年版。

外,中国文学的德译史研究也已经展开,如宋健飞的《德译中国文学名著研究》探讨中国文学名著在德语世界的状况①,谢淼的《德国汉学视野下中国当代文学的译介与研究》考察中国当代文学在德国的译介和研究情况②,这就给我们展示了一个德语世界里的中国文学分布图。当然,这种研究尚处于初步阶段,现在做的还主要是初步材料梳理的工作,但毕竟是开辟了新的领域。具体到中国现代文学的文本层面,探讨诸如中国文学里的德国形象之类的著作则尚未见,这是需要改变的情况。至于将之融会贯通,在一个更高层次上来通论中德文学关系者,甚至纳入世界文学的融通视域下来整合这种"中德二元"与"文学空间"的关系,则更是具有挑战性的难题。

值得提及的还有基础文献编目的工作。这方面旅德学者顾正祥颇有贡献,他先编有《中国诗德语翻译总目》③,后又编纂了《歌德汉译与研究总目(1878—2008)》《歌德汉译与研究总目(续编)》④,但此书也有些问题,诚如有批评者指出的,认为其认定我国台湾地区在1967年之前有《少年维特之烦恼》10种译本是未加考订

---

① 宋健飞:《德译中国文学名著研究》,外语教学与研究出版社2016年版。
② 谢淼:《德国汉学视野下中国当代文学的译介与研究》,南京大学出版社2017年版。
③ Gu Zhengxiang, wissenschaftlich ermittelt und herausgegeben: *Anthologien mit chinesischen Dichtungen*, Teilbd. 6. In Helga Eßmann und Fritz Paul hrsg.: *Übersetzte Literatur in deutschsprachigen Anthologien: eine Bibliographie*; [diese Arbeit ist im Sonderforschungsbereich 309 "Die literarische Übersetzung" der Universität Göttingen entstanden] (Hiersemanns bibliographische Handbücher; Bd. 13), Stuttgart: Anton Hiersemann Verlag, 2002.
④ 顾正祥编:《歌德汉译与研究总目(1878—2008)》,中央编译出版社2009年版。顾正祥编:《歌德汉译与研究总目(续编)》,中央编译出版社2016年版。

的,事实上均为改换译者或经过编辑的大陆重印本。① 这种只编书目而不进行辨析的编纂方法确实是有问题的。他还编纂有荷尔德林编目《百年来荷尔德林的汉语翻译与研究：分析与书目》②。

当然,也出现了一些让人觉得并不符合学术规律的现象,比如此前已发表论文的汇集,其中也有拼凑之作、不相关之作,从实质而言并无什么学术推进意义,不能视为严格意义上的学术专著。更为严重的是,这样的现象现在似乎并非鲜见。我以为这一方面反映了这个时代学术的可悲和背后权力与资本的恶性驱动力,另一方面研究者自身的急功近利与学界共同体的自律消逝也是须引起重视的。至少,在中德文学关系这一学域,我们应努力维护自己作为学者的底线和基本尊严。

但如何才能在前人基础上"百尺竿头,更进一步",创造出真正属于这个时代的"光荣学术",却并非一件易与之事。所以,我们希望在不同方向上能有所推动、循序渐进。

首先,丛书主要译介西方学界的中德文学关系研究成果,其中不仅包括学科史上公认的一些作品,譬如常安尔(Eduard Horst von Tscharner, 1901—1962)的《至古典主义德国文学中的中国》③。常安尔是钱锺书的老师,在此领域颇有贡献。杨武能回忆

---

① 主要依据赖慈芸:《台湾文学翻译作品中的伪译本问题初探》,《图书馆学与信息科学》2012年第38卷第2期,第4—23页;邹振环:《20世纪中国翻译史学史》,中西书局2017年版,第92—93页。
② Gu Zhengxiang: *Hölderlin in chinesischer Übersetzung und Forschung seit hundert Jahren: Analysen und Bibliographien*. Berlin & Heidelberg: Metzler-Verlag & Springer Verlag, 2020.
③ Eduard Horst von Tscharner: *China in der deutschen Dichtung bis zur Klassik*. München: Reinhardt, 1939.

说他去拜访钱锺书时，钱先生对他谆谆叮嘱不可遗忘了他老师的这部大作，可见其是有学术史意义的，①以及舒斯特（Ingrid Schuster）先后完成的《德国文学中的中国和日本（1890—1925）》《德国文学中的中国和日本（1773—1890）》；②还涵盖德国汉学家的成果，譬如德博的《魏玛的中国客人》③。在当代，我们也挑选了一部，即戴特宁的《布莱希特与老子》。戴特宁是德国日耳曼学研究者，但他对这一个案的处理却十分精彩，值得细加品味。④ 其实还应当提及的是斯洛伐克汉学家高利克的《从歌德、尼采到里尔克——中德跨文化交流研究》。⑤ 高利克是东欧国家较早关涉中德文学关系研究的学者，一些专题论文颇见功力。

比较遗憾的是，还有一些遗漏，譬如奥里希（Ursula Aurich）的《中国在18世纪德国文学中的反映》⑥，还有如夏瑞春教授的著作也暂未能列入。夏氏是国际学界很有代表性的中德文学关系研究的开拓性人物，他早年在德国，后到加拿大麦吉尔大学任教，可谓毕生从事此一领域的学术工作，其编辑的《德国思想家论中国》《黑塞与中国》《卡夫卡与中国》在国际学界深有影响。我自己和他交往虽然不算太多，但也颇受其惠，可惜他得寿不遐，竟然在古

---

① 《师恩难忘——缅怀钱锺书先生》，载杨武能：《译海逐梦录》，四川文艺出版社2018年版，第95页。
② Ingrid Schuster: *China und Japan in der deutschen Literatur: 1890 - 1925*, Bern & München: Francke, 1977. Ingrid Schuster: *Vorbilder und Zerrbilder: China und Japan im Spiegel der deutschen Literatur 1773 - 1890*. Bern & Frankfurt a.M.: Peter Lang, 1988.
③ Günther Debon: *China zu Gast in Weimar*. Heidelberg: Guderjahn, 1994.
④ Heinrich Detering: *Bertolt Brecht und Laotse*. Göttingen: Wallstein, 2008.
⑤ ［斯洛伐克］马立安·高利克：《从歌德、尼采到里尔克——中德跨文化交流研究》，刘燕等译，福建教育出版社2017年版。
⑥ Ursula Aurich: *China im Spiegel der deutschen Literatur des 18. Jahrhunderts*. Berlin: Ebering, 1935.

稀之年即驾鹤西去。希望以后也能将他的一些著作引进，譬如《中国化：17、18世纪欧洲在文学中对中国的建构》等。①

其次，有些国人用德语撰写的著作也值得翻译，譬如方维规教授的《德国文学中的中国形象（1871—1933）》。② 这些我们都列入了计划，希望在日后的进程中能逐步推出，形成汉语学界较为完备的"中德文学关系研究"的经典著作库。另外则是在更为多元的比较文学维度里展示德语文学的丰富向度，如德国学者宫多尔夫的《莎士比亚与德国精神》(Shakespeare und der deutsche Geist, 1911)、俄国学者日尔蒙斯基的《俄国文学中的歌德》(Гёте в русской литературе, 1937)、法国学者卡雷的《法国作家与德国幻象（1800—1940）》(Les écrivains français et le mirage allemande 1800—1940, 1947)等都是经典名著，也提示我们理解"德国精神"的多重"二元向度"，即不仅有中德，还有英德、法德、俄德等关系。而新近有了汉译本的巴特勒的《希腊对德意志的暴政——论希腊艺术与诗歌对德意志伟大作家的影响》则提示我们更为开阔的此类二元关系的可能性，譬如希德文学。③ 总体而言，史腊斐的判断是有道理的："德意志文学的本质不是由'德意志本质'决定的，不同民族文化的交错融合对它的形成产生了

---

① Adrian Hsia: *Chinesia: The European Construction of China in the Literature of the 17th and 18th Centuries*. Tübingen, Niemeyer Verlag, 1998.
② Fang Weigui: *Das Chinabild in der deutschen Literatur 1871 – 1933: ein Beitrag zur komparatistischen Imagologie*. Frankfurt a.M.：Suhrkamp, 1992.
③ ［英］伊莉莎·玛丽安·巴特勒（Eliza Marian Butler）：《希腊对德意志的暴政——论希腊艺术与诗歌对德意志伟大作家的影响》(*The Tyranny of Greece over Germany: A Study of the Influence Exercised by Greek Art and Poetry over the Great German Writers of the Eighteenth, Nineteenth and Twentieth Centuries*)，林国荣译，社会科学文献出版社2017年版。

深远的影响……"①而要深刻理解这种多元关系与交错性质,则必须对具体的双边关系进行细致清理,同时不忘其共享的大背景。

最后,对中国学界来说,更为重要的是如何推出我们自己的具有突破性的中德文学关系研究的代表性著作。时至今日,这一学域已经走过了近百年的历程,几乎可以说是与中国现代学术的诞生、中国日耳曼学与比较文学的萌生是同步的,只要看看留德博士们留下的学术踪迹就可知道,尤其是那些用德语撰写的博士论文。② 当然在有贡献的同时,也难免产生问题。夏瑞春教授曾毫不留情地批评道:"在过去的25年间,虽然有很多中国的日耳曼学者在德国学习和获得博士学位,但遗憾的是,他们中的绝大部分人或多或少都研究了类似的题目,诸如布莱希特、德布林、歌德、克拉邦德、黑塞(或许是最引人注目的)及其与中国的关系,尤其是像席勒、海涅和茨威格,总是不断地被重复研究。其结果就是,封面各自不同,但其知识水平却始终如一。"③夏氏为国际著名学者,因其出入中、德、英等多语种学术世界,娴熟多门语言,所以其学术视域通达,能言人之所未能言,亦敢言人之所未敢言,这种提醒或批评是非常发人深省的。他批评针对的是德语世界里的中国学人著述,那么,我以为在汉语学界里也同样适用,相较于德国学界的相

---

① ［德］海因茨·史腊斐(Heinz Schlaffer):《德意志文学简史》(*Die kurze Geschichte der deutschen Literatur*),胡蔚译,北京大学出版社2013年版,第103页。
② 参见《近百年来中国德语语言文学学者海外博士论文知见录》,载吴晓樵:《中德文学因缘》,上海外语教育出版社2008年版,第178—198页。
③ ［加］夏瑞春:《双重转型视域里的"德国精神在中国"》,《文汇读书周报》2016年4月25日。

对有规矩可循,我们的情况似更不容乐观。所以,这样一个系列的推出,一方面是彰显目标;另一方面则是体现实绩,希望我们能在一个更为开阔与严肃的学术平台上,与外人同台较技,积跬步以至千里,构建起中国学术走向世界的桥梁。

叶 隽

2020年8月29日沪上同济

目录

001　绪言：中德文学交流史研究的新思路

第一编　德语世界的中国形象

017　丝绸之国与希望之乡
　　——中世纪德国文学中的中国形象探析

032　异域光环下的骑士与女英雄国度
　　——德国巴洛克文学中的中国形象

047　百年汉学与中国形象
　　——纪念德国专业汉学建立一百周年
　　（1909—2009）

063　德国图书市场上的中国形象

第二编　中国文化在德语世界的传播

081　礼仪之争与《中华帝国全志》对中国典籍与文学的译介

099　"赵氏孤儿"故事在18世纪德语世界的传播与改编

118　《好逑传》早期西文译本初探

134　图兰朵公主的中国之路
　　——席勒与中国文学关系再探讨

155　歌德笔下的"中国女诗人"

175　歌德的"中国之旅"与"世界文学"之创生

193　《老子》译介与老子形象在德国的变迁

210　赋魅与除魅
　　　——德布林在《王伦三跃》中对东方宗教世界的建构

231　克拉朋特的中国情结与《灰阑记》

250　从流亡到"寻求真理之路"
　　　——布莱希特笔下的"老子出关"

266　布莱希特的《六首中国诗》与"传播真理的计谋"

282　布莱希特的中国榜样与《四川好人》的侨易之旅

第三编　德语文学在中国的传播

311　"名哲"还是"诗伯"？
　　　——晚清学人视野中歌德形象的变迁

329　歌德诗歌的复译与民国译者对新诗的探索
　　　——徐志摩《征译诗启》背后的新旧诗之争

346　作为精神资源的歌德学
　　　——文学革命和抗日救亡背景下的歌德研究

370　参考文献

388　致谢

绪言：中德文学交流史研究的新思路

近20年来，中国学者聚焦于"文化走出去"和"讲好中国故事，传播中国声音"的国家战略，在中德文学关系和文化外译研究领域进行了多视角、多层面的尝试，研究覆盖了从中国典籍外译到中国文化对德影响，从中国故事西传到中国形象在德语世界中变迁的广阔领域，成果十分丰硕。此外，从"中外文明交流互鉴"的视角出发，研究者们也对德语文学在中国的传播进行了深入研究。尤其是自2014年以来，德语学界同人通力合作，在《歌德全集》翻译、歌德作品汉译史、接受史研究领域取得了多项成果。同时，国内学术界也对中外文化交流互鉴产生了更多的理论思考，比较文学形象学、译介学、变异学、侨易学等新理论纷纷走上学术舞台，为研究者贡献了全新的思路和理论支持。在这样一个学术思想活跃、新理论不断涌现的时代，笔者有幸融入了学术研究的大潮，在前人的基础上对中德文学交流史有了一些新的研究发现，同时也对如何将中德文学关系研究推向深入有了一些自己的心得。

一、继往开来的中德文学交流史研究

学术界对中德文学交流、特别是德语作家对中国文化接受的系统研究发端于1923年德国学者利奇温的专著《十八世纪中国与欧洲文化的接触》和1933年中国学者陈铨在基尔大学的博士论文《德国文学中的中国纯文学》[1],此后,德国学者奥里希、瑞士汉学家常安尔等人都对德语文学中的中国元素有过专题论述,他们的研究重点都集中于十八九世纪,特别是从启蒙时期到古典主义文学阶段的中德文学文化关系。

第二次世界大战(简称二战)之后,在罗泽(Ernst Rose)、德博[2]、顾彬(Wolfgang Kubin)[3]等汉学家的推动下,中德文学关系研究不断向纵深发展,出现了一系列重量级的研究专著,如罗泽教授的论文集《遥望东方——对歌德晚期著作及19世纪德语文学中的中国形象的研究》[4]、舒斯特教授的专著《德国文学中的中国和日本(1773—1890)》和《德国文学中的中国与日本(1890—1925)》就涵盖了近代德语文学中几乎所有涉及中国母题的重要作品。

在国内研究群体中,上海外国语大学德语系团队的成果尤为突出。1996年,卫茂平教授发表了《中国对德国文学影响史述》,该书集20世纪中德文学关系研究之大成,基本完成了对德语文学中的中国文化元素的梳理。[5] 2002年,卫茂平教授又与两位弟子

---

[1] Chen Chuan, *Die chinesische schöne Literatur im deutschen Schrifttum*, Kiel: Univ. Diss., 1933. 这一论文翻译成中文出版时定名为《中德文学研究》,近年有辽宁教育出版社重印本出版。
[2] Günther Debon, *Schiller und der chinesische Geist: sechs Versuche*, Heidelberg: Haag u. Herchen, 1983.
[3] Wolfgang Kubin ed., *Mein Bild in deinem Auge. Exotismus und Moderne: Deutschland — China im 20. Jahrhundert*, Darmstadt: Wiss. Buchges., 1995.
[4] Ernst Rose, *Blick nach Osten. Studien zum Spätwerk Goethes und zum Chinabild in der deutschen Literatur des neunzehnten Jahrhunderts*, Frankfurt a.M.: Peter Lang, 1981.
[5] 卫茂平:《中国对德国文学影响史述》,上海外语教育出版社1996年版。

合作出版了《异域的召唤：德国作家与中国文化》，①该书虽在材料上有所补充，但总体而言，其深度与广度都未超越前著。此后，在前述专著和一系列博士论文的基础上，卫茂平教授团队又发表了《中外文学交流史·中国—德国卷》，该书既讨论了中国文化在德语世界的影响，也探讨了中国文学界、翻译界对德语文学家（如茨威格、布莱希特等）的接受，在接受史个案研究方面尤见功力。②

相比之下，中德文学关系研究中的另一重要领域——德国对中国文学影响的研究还有待加强。这一领域中近年较为突出的成果是卫茂平课题组发表的《德语文学汉译史考辨：晚清和民国时期》，该书将史、传、论相结合，环环相扣地介绍了德语作家、作品被介绍到中国的历史，是迄今为止该领域中最为全面的一部工具书③。此外，吴晓樵教授发表的文集《中德文学因缘》、卢铭君教授主编的文集《青龙过眼：中德文学交流中的"读"与"误读"》都汇集了多篇考证中德文学交流史的力作，也显示了中青年学者在文献发掘与研究方面的深厚功力。④

与英、法、日等语种学者在同类课题方面的大举开拓相比，国内德语学界对中德文学关系、特别是德语文学中的中国元素的研

---

① 卫茂平等：《异域的召唤：德国作家与中国文化》，宁夏教育出版社2002年版。
② 卫茂平、陈红嫣等：《中外文学交流史·中国—德国卷》，山东教育出版社2015年版。2006年，卫茂平教授还与德国导师威廉·屈尔曼教授共同主持召开了"中德文学关系双边研讨会"，会议论文结集为《中德文学关系研究》（德文）出版。
③ 卫茂平：《德语文学汉译史考辨：晚清和民国时期》，上海外语教育出版社2004年版。
④ 参见卢铭君编：《青龙过眼：中德文学交流中的"读"与"误读"》，社会科学文献出版社2020版。吴晓樵：《中德文学因缘》，上海外语教育出版社2008年版。

究仍有许多工作要做。其差距主要体现在：（1）很多研究还建立在国外已发表的二手资料上，对第一手材料的独立发掘不足，同时缺乏中国学者的研究特色；（2）在特定文学形象、题材、经典文本的接受史、再创作史研究方面还有大量空白，对文学形象的产生、传播、接受研究缺乏历史纵深；（3）印象式、感悟式、评点式的论文较多，"佳话""赏析"层出不穷，而理论建构普遍缺失。值得一提的是，中国社会科学院叶隽研究员近年创立了"侨易学"理论，提出了"互动核心"和"中德二元"等概念，他将中德文化关系视为东西文化的两种核心文化的交流，为这一研究赋予了新的意义，[①]也为学科发展指明了一条新路。

因此，在"文化走出去"和"中外文明交流互鉴"研究相继兴起的新时代里，借鉴兄弟学科成果，特别是比较文学形象学、变异学、译介学、侨易学等有当代中国特色的研究理论，将中德文化交流史、文学关系史研究推向纵深，将是一件极有意义的工作。这将有助于从文化传播研究的视角出发，深化中德文学交流史研究，帮助我们深入了解文学家如何解读、建构他们眼中的"他者形象"，并归纳出在不同时代中不断变化的"中国观""德国观"，由此获得对中德文学交流史更深层次的思考。[②]

[①] 相关论述最早见于叶隽 2009 年 6 月 17 日在中国驻德国大使馆教育处所作的报告。叶隽：《"中德二元"与"现代侨易"——中德关系研究的文化史视角及学术史思考报告稿》，http://www.de-moe.org/app/upload/1246946549_file1.doc，访问日期：2022 年 12 月 21 日。近年，叶隽在《变创与渐常：侨易学的观念》(2014)、《构序与取象——侨易学的方法》(2021) 等著作中对侨易学进行了更深入的探索。

[②] 本节部分内容参见拙著《歌德席勒笔下的"中国公主"与"中国女诗人"——1800 年前后中国文化软实力对德影响研究》，中国社会科学出版社 2013 年版。

二、对中德文学交流史的新思考

要深化对中德文学交流史的研究,首先要从浩如烟海的文化交流史资料入手,通过考证文本、形象、理念之间的承继关系,将上下数百年的文史资料整合起来,在文化传播的视域下尽力还原东西方文化对话的多层、动态结构。在这一方面,许多学者的思路可谓不谋而合。在德国文学研究领域,中国社会科学院研究员叶隽在《德国文学研究与现代中国》中提出,首先在歌德研究方面争取突破,努力"还原历史语境,在歌德接触中国材料方面可能提供的深度和广度上做文章"。① 在比较文学领域,北京大学孟华教授提出建立"氛围影响、接受研究"的观点,主张采用年鉴史学派和新史学的研究方法,"最大程度地去逼近文本产生的时代,勾勒、还原文学、文化现象产生的文化氛围",从而揭示文本与传统的承继关系,文本与同时代文化氛围的关系。② 这些研究思路给了本书作者以很大启示。总结以往研究经验,笔者也对新时期的中德文学交流史研究产生了一些新的思考。

(一)新突破离不开史料发掘

中德文学交流史研究离不开史料的支撑,尤其是一手文献的支撑。而要在一手文献中有新发现,就必须对原始文献进行更深入的发掘,发掘的深度与突破所能达到的高度往往成正比。

---

① 叶隽:《德国文学研究与现代中国》,北京大学出版社2008年版,第357页。
② 孟华:《注重研究生的实际能力培养》,载严绍璗、陈思和主编:《跨文化研究:什么是比较文学》,北京大学出版社2007年版,第30页。

平心而论,进行此类史料发掘并不轻松,部分研究对象如巴洛克时代德语作家的中国题材小说、《好逑传》的早期西文译本都已有数百年历史,必须到德国历史最为悠久的一些图书馆中进行"知识考古",才能准确把握传播史的环节,将研究一步一个脚印地推进下去。有些独具价值的文献如歌德的《中国作品》手稿、席勒的《好逑传》译稿、德布林的《王伦三跃》手稿更是弥足珍贵,只有到魏玛歌德席勒档案馆、马尔巴赫文学档案馆等地才能一窥真容,而接下来的手稿辨析工作又是难上加难。相比于文献收集与爬梳的枯燥艰辛,书桌前经年累月的写作倒只能算一项轻松惬意的工作。但每一份重要史料的认真整理都往往能给研究者带来新发现和新突破,随之而来的喜悦则足以作为最好的回报,使多日的疲惫一扫而光。这里需要强调的是,就传播史研究而言,对一手文献的"穷尽式"追踪尤其会带来意想不到的突破。以《布莱希特笔下的"老子出关"》这一研究为例,只有当研究者翻开1911年卫礼贤版《道德经》译本时,才会看到布莱希特在1920年曾经看到过的《老子出关图》,从而发现他所创作的长诗《老子流亡路上著〈道德经〉的传奇》并不只是出自诗人天马行空的想象,而是认真地参考了卫礼贤译本正文前的古老插图。由于出版《道德经》译本的迪特里希斯出版社在二战后推出修订版时删去了这幅插图,如果研究者在对比研究时仅仅满足于当代再版的《道德经》译本,那么就永远无法发现布莱希特创作灵感的准确来源。因此,只有不断深入发掘,进行"上穷碧落下黄泉"的穷尽式史料研究,中德文学交流史——包括翻译史、传播史、文学再创作史中的一些关键节点、历史细节和话语关联才会在我们眼前越来越清晰地呈现出来,并逐步汇聚于笔端。

(二) 经典西传研究离不开对多语种译本的细心比对

在中学西传研究中,中国典籍的翻译与西传历史研究是基础。近年来,中国学者在这一领域中最有影响的理论成果当属谢天振教授提出的"译介学"理论,它为评价翻译史上的多元化译本和"创造性叛逆"提供了重要思路。[①] 而德国的哥廷根学派也同样提出了翻译文化史视野下的文学翻译理论,他们指出:翻译实质上是使用第二种语言对原作品进行"基本完整的阐释",是一场异质文化间的对话和相互阐释。[②]

而要重现翻译史中所隐藏的跨文化对话就离不开对译本的扎实研究,只有细心比对中文原本、中间译本、最终译本,才能发现中、英、法、德等多种语言文本之间的细微差别,从而体会到译者通过翻译活动所参与的社会话语实践,同时也厘清"文化走出去"背后的脉络。在这一研究领域中,早期的典籍译本尤为重要,其中蕴含了极为丰富的文化信息。例如,笔者在研究18世纪的《好逑传》西文译本时就发现,英文译本中加入了大量关于中国传统文化的信息,而法文、德文译者则在转译时又对此进行了补充,使译本成为一部传播有关中国知识的百科全书,并最终引起歌德和席勒的关注。(参见《〈好逑传〉早期西文译本初探》)而研究者通过译本对比研究发现的"误译"又往往能成为解读译者心理活动、探索译本与社会话语关系的重要切入点。例如,笔者对《中国帝国全志》

[①] 谢天振:《译介学》,上海外语教育出版社1999年版。
[②] Armin Paul Frank, „Einleitung", in B. Schulze ed., *Die literarische Übersetzung. Fallstudien zu ihrer Kulturgeschichte. Band I. Göttinger Beiträge zur Internationalen Übersetzungsforschung*, Berlin: Schmidt, 1987, S.IX – XVII.

中的中国典籍译本进行研究时就注意到耶稣会译者对儒家伦理道德观念的偏好,并在探索"误译"缘由时发现了中西"礼仪之争"在翻译活动背后扮演的重要角色。(参见《礼仪之争与〈中华帝国全志〉对中国典籍与文学的译介》)同样,在比对《百美新咏》原本、1824年英语译本、1827年歌德转译本之后,笔者注意到歌德译文中对"中国女诗人"形象的偏好,进而从同时代的"天才女性"之争中找到了译本与德国社会论争乃至中国女性文学崛起之间的关联。(参见《歌德笔下的"中国女诗人"》)以上研究的思路都是从最基本的译本比对入手,以发现有心的"误译"为突破口,再结合译者留下的其他线索,最终从时代话语中找出"创造性叛逆"的文化和社会根源,重现翻译史背后所隐藏的跨文化对话。

(三) 形象变迁研究离不开对"知识场"的还原

德语世界中的中国形象在历史上经历了多次变迁,这种变迁离不开文化传播的推动,可以说,一个时代中传播着怎样的"中国知识",就决定着这个时代的德国人对中国有怎样的认知。因此,探究各个时代居于主流的"中国知识"特征,就可以厘清中国形象变迁的根源。在这一研究方向上,最值得借鉴的是法国社会学家福柯(Michael Foucault)的"话语"理论和孟华教授的"知识场"概念[1],它们都指向了形象(表象)背后的"知识"的生成与传播。因此,在研究中国形象在西方的变迁时,我们所要知道的不仅仅是历史上流传着怎样的中国形象,更重要的是掌握在形象背后起到决

---

[1] 参见孟华编:《比较文学形象学》,北京大学出版社2001年版。

定作用的社会文化网络,厘清"中国知识"的生成机制。而这又只有在深入研究历史上的"中国学"及西方汉学体系之后才能完成。为此,笔者在留学德国期间曾选修了四年汉学课程,深入汉学系去了解德国汉学的发展史,并借助德国专业图书馆中的丰富资料(尤其是传教士、外交官报告、文学文化译著等)梳理出不同时代德国人认知中国的"知识基础"。在此基础上,笔者又对那些在传播史的特定阶段扮演关键性角色的核心文本进行"沉浸式"研究,最终通过文本比对和话语分析还原出了"知识场"——德语作家认知中国的知识基础和文化氛围。(参见《百年汉学与中国形象》)

沿着"重构知识场"这一思路,笔者近年对"中国知识"建构与中国形象变迁的关系进行了梳理,从而初步厘清了中国形象在德语世界的变迁历史以及在其背后扮演推手的政治、经济、文化因素。(参见《丝绸之国与希望之乡——中世纪德国文学中的中国形象探析》《异域光环下的骑士与女英雄国度——德国巴洛克文学中的中国形象研究》《〈老子〉译介与老子形象在德国的变迁》)在宏观分析的基础上,笔者将话语分析与曹顺庆教授提出的"变异学"理论[①]结合起来,进一步通过个案分析努力探索"中国知识场"对特定德语文学家塑造中国形象的影响,以及中国形象在文学家笔下的新变化。(参见《赋魅与除魅——德布林在〈王伦三跃〉中对东方宗教世界的建构》《克拉朋特的中国情结与〈灰阑记〉》《布莱希特的〈六首中国诗〉与"传播真理的计谋"》《从流亡到寻求真理之路——布莱希特笔下的"老子出关"》)通过宏观的知识背景

---

① 参见曹顺庆:《迈向比较文学第三阶段》,复旦大学出版社2011年版。

分析与微观的话语分析的结合,一部跨越千年历史的异域中国形象变迁史逐渐呈现出来,"知识场"对德语文学中的中国形象变迁的影响也得到了初步阐明。

(四)重视文学交流史背后的"精神资源"

在传统的中外文学关系研究中,研究者更关注的是钩沉稽古,在翻译史、影响史(接受史)、文学形象变迁史(文学再创作)这三个方面发现智慧的闪光点,进行以单个作家、作品、母题为核心的"知识考古",然而在探寻中外文学交流的动力之源方面却大多缺乏深入探索的兴趣。当中外文学关系研究进入更为系统的中外文明交流互鉴研究阶段后,如果不推陈出新,就此止步于"佳话""赏析"以及对西方学术成果的转译,显然将难以适应新时代的需求。因此,笔者认为,在传统的史料考证基础之上,研究者有必要将研究视野向更深层次拓展,在传统的中外文学关系研究中加入新的维度,多问一个为什么,特别是什么因素推动了中外文学家不断从异国文学、文化中汲取养料,换言之,中外文学交流的动力何来?解答这一问题的思路是对中德文学交流背后的"无形推手"进行探索,进而发微抉隐,找到作家接受异国文学元素的心理动机,最终发现中外文学交流的原动力。在笔者看来,这也是将中外文明交流互鉴研究推向更高层次的必由之路,而侨易学理论中关于"中德二元"和"互动核心"的理念尤其适用于此。

回顾中德之间长达数世纪、几乎毫不间断的文化互动可以发现,这种生机勃勃的互动交流为中德两国都带来了丰富的精神营养,先后引起了莱布尼茨、歌德、鲁迅、郭沫若等先贤的关注。而相关研究则表明，无论是"德国学"还是"中国学"，它们在中德两国历史上都意味着重要的"精神资源"。以晚清和民国时期中国学者"发现"歌德的历程为例，辜鸿铭、王国维、郭沫若、张闻天、徐志摩、宗白华、陈铨等人虽然在教育背景、政治立场、文学主张方面千差万别，但在国运衰败、民族危亡的背景下，他们都感受到了歌德这一精神资源宝库的重要价值。他们中有的人希望以歌德为榜样，通过文学革命来重塑中华民族的精神（参见《"名哲"还是"诗伯"？——晚清学人视野中歌德形象的变迁》），有的人试图通过歌德作品的译介来推动中国新诗的革命（参见《歌德诗歌的复译与民国译者对新诗的探索》），有的人则主张学习浮士德精神，不顾一切来挽救民族危亡（参见《作为精神资源的歌德学——文学革命和抗日救亡背景下的歌德研究》）。但无论他们以怎样的视角来审视歌德，其核心都是将歌德的人生、思想和作品视为重要的精神资源，将其与中国的时代需求结合起来，通过中德两种异质文明的交流互鉴为中华之崛起、民族之"自强不息"提供精神动力。

而在中德文学交流的另一研究方向——中国文化在德国的传播方面，多问一句为什么——追问一下歌德、布莱希特等德国作家为什么会在中国文化中找到共鸣——同样可以帮助我们对中德文化关系产生更为深入的认识。笔者也正是由此入手，通过研究指出：中国故事中所蕴含的"文化软实力"和价值观念是其在德语世界中激起波澜的根本原因，也是中学西传的动力来源。（参见《歌德的"中国之旅"与"世界文学"之创生》《布莱希特的中国榜样与〈四川好人〉的侨易之旅》）我们不难发现，通过文学、哲学经典的西传,中国的价值观超越了国家界线,最终使中国文化在德语文学家中赢得了尊重。

(五)开拓文学交流史研究新领域需要持之以恒

开拓出新的研究领域是拓宽文学交流史研究的必由之路。在完成了一手资料积累、多种译本比对、"中国知识场"还原等基础性工作后,研究者必须持之以恒,以一种"上穷碧落下黄泉"的求索精神,对中德文学交流史进行"知识考古",就特定研究对象所经历的翻译、传播、接受、文学再现等环节进行细致的分析,还原出经典西传与文化传播的完整链条,最终才能开辟出一个自成体系的新研究领域。以笔者对德语文学中的中国女性形象传播史研究为例。2006年完成博士论文后,笔者就产生了对此进行深入研究的兴趣,并决定选择歌德、席勒笔下的中国女性形象作为突破口。2008年,笔者获得德国魏玛古典基金会的博士后项目资助,赴歌德席勒档案馆(GSA)进行了歌德"中国手稿"的整理工作,并对17—18世纪来华传教士报告、文学译著中的中国女性故事进行了盘点,才逐渐从纷繁复杂的史料中梳理出了一条"中国女英雄"形象的西传之路。(参见《图兰朵公主的中国之路》)而在整理和解读歌德的"中国作品"手稿时,笔者有幸发现了中国女性形象在歌德笔下的变迁过程,进而从中国女性文学崛起、1800年前后德国"天才女性"(女诗人)之争中找到了歌德关注中国女诗人的深层原因,最终对歌德改写的4个中国才女故事才有了更为深刻的理解。(参见《歌德笔下的"中国女诗人"》)但对整个新领域的开辟而言,这仅仅只是一个开始。在那之后,笔者又应德意志语言文学科学院院长戴特宁(Heinrich Detering)教授之邀,利用三次赴德国讲学的机会,对歌德改译的中国作品进行了更为深入的细读。在前后长达12年的研究中,笔者逐渐将相关成果汇集为两个研究课题:《席勒、歌德笔下的"中国女英雄"与1800年前后中国文化软实力对德影响研究》和《德国文学中的中国女性形象研究》,并在教育部社科基金和国家社科基金的支持下,先后完成了相关论著,较为全面地阐明了17世纪以来"中国女英雄""中国女诗人"等形象在德语世界崛起的历程,从而开辟出了以中国女性形象西传为核心的新研究领域。此外,为将相关研究成果推向国际学术界,2018—2020年,笔者又与戴特宁教授合作,用中德两种语言发表了以歌德1827年"中国手稿"为核心的论著 *Goethe und die chinesischen Fräulein* 及《歌德与中国才女》。这一新领域的开辟,正如现受聘于日本早稻田大学的科维(Arne Klawitter)教授在《魏玛论丛》(*Weimarer Beiträge*)中所评价的那样,最终"使一部在歌德研究中被不公正地边缘化了的诗作得以恢复其核心地位,并沐浴在了新的光彩中"。[1] 这也是笔者迄今为止对中德文学交流史研究所做的最大贡献。

《警世贤文》中说:"宝剑锋从磨砺出,梅花香自苦寒来。"这20多年的中德文学交流史研究历程也是笔者逐渐成长的过程。从译介学到传播学,再到形象学、侨易学研究,在不断学习中,笔者对中德文化的交流互鉴初步具有了较为完整的认识,而祖国的日益强

---

[1] Arne Klawitter, „Goethe und die chinesischen Fräulein", *Weimarer Beiträge*, Vol. 67, 2021, S.150–152.

大也使笔者对自己进行的"文化走出去"研究越来越充满信心,同时这也是推动笔者不断向前努力探索的动力之源。本书作为笔者20多年学术探索的心得,如能对中德文学交流史研究的深化有所助益,也就达到了撰写的初衷。在此也欢迎学界同行提出宝贵意见,以求共同进步。

第一编

德语世界的中国形象

丝绸之国与希望之乡
——中世纪德国文学中的中国形象探析

早在古代希腊罗马人当中,中国就已作为丝绸之国而闻名。中世纪时,德国人将中国称为"赛里斯"或"契丹"。在德语文学作品中,赛里斯首先作为梦幻般的丝绸之国出现在沃尔夫拉姆的英雄史诗《帕尔齐伐尔》中。在15世纪诗人罗森斯普吕特的《祝酒歌》中,"契丹大汗"则与传说中的"约翰长老"一起被描写为拥有巨大财富的东方君主。通过对"赛里斯""契丹"和"约翰长老"进行历史话语分析,本篇再现了中国形象在中世纪德国演变的过程,并揭示出欧洲宗教、政治因素对德国文学中的中国形象所产生的影响。

从13世纪开始,中国的名字便不时闪现在德语文学家笔下。但直至启蒙运动时代,远在欧亚大陆另一端的中国对于德国人而言仍然是一个充满神秘色彩的未知国度,在借助传教士报告、游记、丝绸、瓷器了解中国的同时,各种各样的想象、误读、故作惊人的描述也被叠加在中国形象之上,这些真真假假的"中国知识"共同构成德国作家塑造中国形象的创作源泉。① 而当德国作家塑造他们心中的中国形象时,也不可避免地传递出其西方文化的立场和对自身的理解,这决定了我们在研究德国文学中的中国形象时,不仅要厘清文学作品中所呈现的中国画卷,更要追问影响文学创作的思想动机、价值取向和隐藏在文学形象背后的权力话语结构。

一、德国文学中的"赛里斯"——丝绸的民族

受古代希腊、罗马文献影响,德国人最早将出产丝绸的遥远东方民族称为"丝人"——赛里斯(古德语 Sêres)。赛里斯首次出现在德语文献中大约是在公元1000年左右,当时居住在圣加伦修道院的本笃会僧侣诺特克尔(Notker der Deutsche)在翻译和评注古罗马哲学家波爱修斯的著作时提到了一个梦幻般的民族——赛里斯,它位于遥远的东方,以生产丝绸(拉丁语:serica)著称。② 此后,海因里希·勒弗(Heinrich der Love)在《卢西达留斯》

---

① 孟华:《比较文学形象学论文翻译、研究札记》,载孟华编:《比较文学形象学》,北京大学出版社2001年版,第7、11页。
② 波爱修斯(Anicius Manlius Severinus Boëthius,480—524 或 525)在《哲学的慰藉》(The Consolation of Philosophy)第二卷第五节中写道:"过去的时光多么令人愉快,那时人们……还不知道用泰尔紫来漂染出夺目的丝绸。"[古罗马]波爱修斯:《哲学的慰藉》,贺国坤译,陕西师范大学出版社2009年版,第57—58页。

(*Lucidarius*,1190)、鲁道夫·封·艾姆斯(Rudolf von Ems)在《世界编年史》(*Weltchronik*,1240)等历史、文化类书籍中也先后提到了赛里斯的名字。[1]

"赛里斯"这个名字的出现与东西方之间早期的经济文化交流有着不可分割的关系。早在公元前5世纪,中国丝绸就已经传入欧洲,并成为贵族才能享受的奢侈品,古希腊人由此将生产这种华丽织物的东方民族称为"赛里斯",即丝绸之意。公元前5世纪末,曾担任宫廷御医的希腊人克泰夏斯(Ctesias)在游历波斯帝国后写下《旅游记》《印度记》等书并在书中记载了欧洲人有关中国的最早传说:"据传闻,赛里斯人和北印度人身材高大,甚至可以发现一些身高达十三肘尺的人。他们可以寿逾二百岁。"[2]在此后几百年里,赛里斯人虽然也时不时被自认为处于世界文明之巅的欧洲人想象成红发蓝眼的巨型野人,[3]但裹在亚历山大大帝(公元前356—前323年)和古罗马贵族身上的华丽丝绸还是让欧洲人更倾向于相信赛里斯是一个充满能工巧匠、贸易发达的国度。而在罗马人的想象和地理学中,赛里斯已经代表着世界的边缘,"这个遥远的位置使得赛里斯自然而然成为罗马人的他者,一个可以用来进行对比的异族"。[4] 到罗马帝国后期,当基督教已经开始在罗马帝国内传播时,赛里斯甚至被描绘成人间天堂来反衬罗马的衰败:

---

[1] Eduard Horst von Tscharner, *China in der deutschen Dichtung bis zur Klassik*, München: Reinhardt, 1939, S.8.
[2] [法]戈岱司编:《希腊拉丁作家远东古文献辑录》,耿昇译,中华书局1987年版,第1页。
[3] 如老普林尼称赛里斯人"长着红头发,蓝眼睛,声音粗犷,不轻易与外来人交谈",托勒密称"赛里斯国最北部的民族是食人生番"。同上书,第12,33页。
[4] 李勇:《西欧的中国形象》,人民出版社2010年版,第100页。

"在赛里斯人中,法律严禁杀生、卖淫、盗窃和崇拜偶像。在这一幅员辽阔的国度内,人们既看不到寺庙,也看不到妓女和通奸的妇女,看不到逍遥法外的盗贼,更看不到杀人犯和凶杀受害者。"[1]这段摘自3世纪初《布讲福音的准备》的文字显然与现实中的中国并无多大关联,它更多反映的是一种基督徒心中的理想国形象,折射出作者对罗马帝国崇拜偶像、贪淫好杀、法制废弛的不满。此后约1 000年的时间里,虽然来自中国的零星信息如长城围绕、天子统治、人口众多、社会繁荣等作为新增元素一步步丰富着欧洲对中国的朦胧想象,[2]但由于东西方信息的隔绝,欧洲人对遥远中国的认识基本上停留在乌托邦式的想象中,并没有发生质的飞跃。

赛里斯这个名字正式出现在德语文学中开始于12—13世纪骑士-宫廷文学繁荣时期。1200—1210年,著名骑士文学作家埃申巴赫的沃尔夫拉姆(Wolfram von Eschenbach,约1170—1220)在圣杯传奇和亚瑟王传奇的基础上完成了大型宫廷史诗《帕尔齐伐尔》(*Parzival*),讲述了青年骑士帕尔齐伐尔历经磨炼最终成长为圣杯骑士的冒险历程,这也是德国文学中第一部以个人发展为主题的"成长小说"(Bildungsroman)。该书第13章第629节提到慷慨好客的主人向三位骑士进献无比华贵的衣服,作者在此妙笔生花,围绕华丽的丝绸展开了天马行空的想象:这衣服的材料是一位叫赛兰特(Sârant)的大师织就的,"赛里斯的名字就是由他而

---

[1] [法]戈岱司编:《希腊拉丁作家远东古文献辑录》,耿昇译,中华书局1987年版,第57页。
[2] 参见李勇:《西欧的中国形象》,人民出版社2010年版,第125—132页。

来",赛兰特大师曾生活在一座名叫 Thasme 的大城市中,"为了赢得尊敬和荣誉,他费尽心血发明了一种名为 Saranthasme 的绸缎","那么这种料子穿上身去是否华贵呢？你们无需多问,尽可放心,要弄到它可得花上不少钱"[1]。赛兰特大师的故事和赛里斯一词的来历一样无疑都出自作家杜撰,但围绕赛里斯之名产生的文学虚构都紧紧围绕丝绸的华丽而展开,这清晰反映出 12 世纪德国贵族社会已对中国的丝绸衣料有了深刻印象,中国对德国人而言是一个不折不扣的"丝国"。大约在完成《帕尔齐伐尔》后不久,沃尔夫拉姆又开始创作以 9 世纪骑士故事为背景的鸿篇巨著《维勒哈尔姆》(*Willehalm*,1210—1220),在这部未竟之作的第 7 章第 341 节,作家描述了出现在决斗中的一些异教徒诸侯,其中有"来自赛里斯的埃斯卡利本"(von Sêres Eskalibôn),"他经常秘密地从一位高贵的情人那里得到报酬"[2]。中国在此处并没有实际的意义,作者仅仅满足于将"赛里斯"作为遥远国度的代名词来为故事中的骑士冒险经历增添一点异域情趣。与之类似的还有 12、13 世纪从法语区传播到德国的亚历山大大帝东征的传说,在早期的德语版本中,赛里斯并没有出现,直至 1285 年左右布拉格宫廷作家乌尔里希(Ulrich von Etzenbach)加工创作《亚历山大小说》

---

[1] Eschenbach, Wolfram von and Karl Lachmann, *Wolfram von Eschenbach*, Berlin: Georg Reimer, 1872, S.297. 德语原文：„ein meister hiez Sârant,/nach dem Sêres wart genant ... Sârant durch prîses lôn/eins pfelles dâ gedâhte/(sîn werc vil spæhe brâhte): der heizet saranthasmê./ob der iht rîlîchen stê? /daz muget ir âne vrâgen lân: /wand er muoz grôze koste hân."

[2] Eschenbach, Wolfram von and Karl Lachmann, *Wolfram von Eschenbach*, Berlin: Georg Reimer, 1872, S.582. 德语原文：„der dicke tougenlichen lon /von werder vriundinne enpfienc."

(*Alexanderroman*)时才顺便提到"被称为赛里斯的那个民族,他们的国家无比美好"[①]作为点缀。

尽管赛里斯在上述几部中世纪德语宫廷-骑士文学名著中都谈不上有什么特殊意义,但它在作品中的出现却证明:对于12、13世纪的德国知识分子而言,赛里斯或"丝国"已不再是一个完全陌生的国度。德国人虽然对其所知甚少,却已经习惯于将它视为遥远国度的象征,并将其与华丽的丝绸衣服和异国风情的主题联系起来。

二、游记与传说中的巨富之国"契丹"

进入十四五世纪,随着前往东方传教者的增多和新航路的开辟,中西方信息隔绝的局面逐步被打破。一个被称为"契丹"(Kathey,Katai 或 Kitai)的东方国度逐渐出现在欧洲人视野中。"契丹"是历史上西方国家对中国众多称呼中的一种,它并不仅仅指 10—13 世纪由契丹族在中国北方建立起来的辽帝国以及中亚的西辽帝国(穆斯林和西方史籍称之为 Qara-Khitay,即哈剌契丹),实际上直至今日,俄语中的中国仍然是"契丹"的发音。这一称谓的长期存在折射出契丹人在历史上对中西方交流所做的贡献。15 世纪,德国诗人罗森斯普吕特(Hans Rosenplüt,约1400—约1460 年)在其作品中多次提到了"契丹大汗"的形象。其中一首《祝酒歌》(*Weinsegen*)中这样写道:

[①] Ulrich von Etzenbach, *Alexander*, ed. by Wendelin Toischer, Thübingen: Litterarischer Verein in Stuttgart, 1888, S.578. 德语原文:„Sêres daz volc ist genant; unmazen guot ist ir lant."

> 现在上帝赐福于你，高贵的药膏……
> 就是君士坦丁堡的皇帝，
> 契丹的大汗，
> 约翰长老，这三位富豪
> 都无法酬答你的高贵，
> 难道我还会为此将你轻视？①

德国诗人将契丹大汗视为世界上最富有的三个人之一，这反映出15世纪德国知识分子对中国社会面貌的一种朦胧认识。这时，"代表中国的赛里斯渐为契丹（Katai，也有人译为震旦）所代替，这与马可·波罗对中国的称呼是一致的"②。"契丹大汗"之所以作为巨富形象在出现15世纪德语文学中，归根结底还是源于欧洲人围绕赛里斯和契丹形象而建构的众多传说。

历史上，"契丹"作为大国形象传入欧洲早在马可·波罗访问蒙古帝国之前就开始了。13世纪中叶，武功赫赫的蒙古人建立了横跨欧亚大陆的庞大帝国，一些蒙古贵族在武力征服的过程中也渐渐接受了当地的基督教。罗马教廷乘此机会向蒙古帝国派出了传教士，试图扩大自己的宗教和政治影响，甚至期望使蒙古帝国皈依基督教并与欧洲国家并肩对抗伊斯兰势力。为此，罗马教皇于1245年派出特使柏朗嘉宾（Giovanni de Piano Carpini，1182—1252）出访蒙古。在柏朗嘉宾于1247年返回欧洲后，欧洲人通过

---

① Hans Rosensplüt, „Weinsegen", *Altdeutsche Blätter*, Vol.1, ed. by Moritz Haupt and Heinrich Hoffmann, Leipzig: Brockhaus, 1836, S.405－406.
② 卫茂平：《中国对德国文学影响史述》，上海外语教育出版社1996年版，第2页。

他的《蒙古行纪》了解到"契丹人"的存在以及蒙古与契丹之间的长期战争。在柏朗嘉宾笔下,契丹"那里居住着一个人数众多的民族",居民"都是异教徒","世界上人们所习惯从事的各行业中再也找不到比他们更为娴熟的精工良匠了。他们的国土盛产小麦、果酒、黄金、丝绸和人类本性所需要的一切"。报告中还提到成吉思汗对"契丹皇帝"发动战争,已经占领了契丹大部分领土,在围困"财富遍地"的京师时,富有的契丹人"用银锭,甚至已经融化的银浆袭击敌人",最后,"契丹强大的皇帝被击败了,这位成吉思汗便被拥为帝",但由于海水阻隔,"他们尚未征服契丹国的另外半壁江山"。[1] 柏朗嘉宾在这里记述的其实是蒙古人为吞并女真人在中国北方所建立的金国(1115—1234)而发动的侵略战争,而"另外半壁江山"所指的正是直至1279年才被蒙古人最后征服的南宋地区。时隔不久,1253—1255年奉法兰西国王之命出使蒙古的鲁布鲁克的威廉(Wilhelm of Rubruk,约1215—约1270年)在报告中进一步将契丹与赛里斯联系在了一起:"还有大契丹,我认为其民族就是古代的丝人。他们生产最好的丝绸(该民族把它称为丝)……有人告诉我该地区有一座城市,城墙是银子铸成,城楼是金子。这些契丹人……是各种工艺的能工巧匠,他们的医师很懂得草药的性能,熟练地按脉诊断。"[2] 这些报告都推动"契丹"承继古代欧洲人对"丝国"的印象并以富饶国度的形象出现在中世纪欧洲人的视野中。

---

[1] [意]柏朗嘉宾、[法]鲁布鲁克:《柏朗嘉宾蒙古行纪;鲁布鲁克东行纪》,耿昇、何高济译,中华书局2002年版,第48—50页。
[2] 同上书,第254页。

不过,真正激发欧洲人兴趣的作品还是从14世纪开始风靡全欧的《马可·波罗游记》。据这部自传性的游记所述,马可·波罗(Marco Polo,1254—1324)在元朝初年跟随父亲和叔叔从威尼斯到东方经商并受到元太祖忽必烈重用,在中国生活了17年后才重返故乡。14—16世纪,马可·波罗对"契丹"(中国南方地区)城市众多、人口密集、商业发达的夸张描述激起了资本主义萌芽时期欧洲人对东方的强烈兴趣。由于马可·波罗常常用"数以百万"来描述中国城市特别是汗八里(北京)的繁华和大汗忽必烈的惊人收入,以致他自己也获得了"百万之家"的绰号。此后风行欧洲的一些真假难辨的游记如《鄂多立克东游录》《曼德维尔游记》大都延续了马可·波罗的论调,将东方描述得富庶无比,这大大刺激了西方航海家到东方探险的欲望,如哥伦布在《马可·波罗游记》中留下了近百个眉批,对提到黄金、白银、瓷器、香料的地方一一做上了记号,并特别对汗八里、扬州、杭州几个城市的通商潜力做了评论。[①] 有趣的是,继1492年哥伦布把他所到达的美洲新大陆当成印度之后,1497年英国探险家卡博特父子也在率船队向西北航行时把他们所发现的纽芬兰当成了契丹,约翰·卡博特(John Cabot)宣称自己已经发现了"大汗王国的大片陆地","如果不是船主和水手们反对,他就去契丹了"。[②] 1576—1578年,英国还出现了一个名为"契丹探险"(Cathay venture)的冒险计划,意图开辟

---

① [美]史景迁:《大汗之国——西方眼中的中国》,阮叔梅译,广西师范大学出版社2013年版,第33页。
② Richard Hakluyt, *Voyages in Search of the North-west Passage*, London, Paris, Melbourne: Cassell & Company, 1892, p.28.

一条通往中国的便捷航线,连伊丽莎白女王也参与其中。① 直至19世纪中期,英国才最终放弃了开辟西北航线的探险计划。②

而在德国土地上,《马可·波罗游记》同样掀起热潮。在古登堡(Johann Gutenberg,约1400—1468)于1454年左右奠定现代印刷术后不久,《马可·波罗游记》德译本就被印刷了至少两次(1477年、1481年),使得契丹的繁华在德国广为人知。因此,"契丹大汗"作为东方巨富出现在15世纪德国文学中不是偶然,而是直接反映出柏朗嘉宾、鲁布鲁克、马可·波罗游记在建构中国形象方面的巨大影响力,同时也体现出资本主义兴起时期欧洲人对东方世界所蕴含的巨大财富的一种渴望,正是这种渴望激起了开拓新世界的热情和16世纪开始的欧洲殖民运动。

三、"约翰长老"与德国人对东方的宗教幻想

罗森斯普吕特诗歌中的另一位巨富"约翰长老"③其实也与中国历史有一定联系。"约翰长老"是欧洲有关东方宗教的另一个古老传说,它出现在12世纪,其产生是多种因素结合的结果。当时,欧洲基督教势力虽然通过第一次十字军东征(1096—1099)在地中海东岸建立起一些小国并夺取了耶路撒冷,但在伊斯兰教国家的围攻下已日显颓势,无力与伊斯兰势力争雄。1144年,塞尔柱土耳其人灭掉了埃德萨伯国,并还在继续吞噬十字军占领的地盘。正在

---

① 范存忠:《中国文化在启蒙时期的英国》,上海外语教育出版社1991年版,第4页。
② 参见赵欣:《英国人的契丹认知与航海探险》,《外国问题研究》2013年第1期。
③ 德语中有 Priesterkönig Johannes、Priester Johannes、Presbyter Johannes、Prester John 等多种叫法。

此时,中亚传来穆斯林统治者遭到沉重打击的消息。1145年,叙利亚主教派信使向教皇尤金三世(Eugene III)报告了这一消息,巴伐利亚的弗赖津主教奥托(Otto von Freising)亲历了此次会见。据他记载,信使宣称"在波斯与亚美尼亚以东的世界最东方"有个富饶的基督教国家,最高统治者是基督徒长老约翰,他战胜了波斯人和米底亚人,并赶来援助十字军,但是由于底格里斯河遇到暖冬没有结冰,军队迟迟无法渡河,统帅又不幸得病,大军只好暂时撤退东返。[1] 这个新消息来得实在是恰逢其时,令正处于绝望中的欧洲君主们欣喜若狂,期待着能早日与这位东方盟友会师,扭转对穆斯林的战局,他们随后组织起第二次十字军东征(1147—1149)。约翰长老的王国也由此成为欧洲基督教徒心目中的"希望之乡"。

然而事实却与传说大相径庭,击败伊斯兰势力的其实并非传说中的某个东方基督教国家,而是由契丹人在中亚建立起来的西辽帝国。契丹是中国古代北方的少数民族,916年,耶律阿保机建立辽国,统治包括北京、大同等地在内的中国北方地区达200多年。在女真部落建立的金国崛起后,原来称雄东亚的契丹人在辽国故土无法立足,在保卫南京(今北京)失败后,辽皇族耶律大石率余部西迁。1131年,耶律大石在叶密立城(今新疆境内)称帝,而后通过一系列征战建立起幅员辽阔的西辽帝国。1141年9月,耶律大石亲率西辽军队在撒马尔罕以北的卡特万会战中大败塞尔柱土耳其苏丹桑加尔,并占领了西喀喇汗国都城撒马尔罕,塞尔柱土耳其从此退出河中地区,信奉伊斯兰教的西喀喇汗国、花剌子模

---

[1] Otto, *The Two Cities: A Chronicle of Universal History to the Year 1146 A.D.*, New York: Columbia University, 1928, pp.439-444.

国等都成为西辽附庸。西辽大败土耳其苏丹的消息正是在这次大战之后被欧洲世界讹传成东方某个强大的基督教国王战胜了穆斯林。同时,耶律大石的突厥语称号"葛儿汗"(又译作"古儿汗""菊儿罕"等)在西突厥语中与"约翰"发音相近,这可能就是他被十字军想象成拯救基督教世界的"约翰长老"的原因。①

有趣的是,虽然"约翰长老"纯属虚构,但1165年在德国却出现了一封据说是约翰长老亲笔写给欧洲君主的书信。据一些抄本中的引言所述,该信是由拜占庭皇帝转交给神圣罗马帝国皇帝"红胡子"腓特烈一世(1123—1190)的,有些抄本结尾还注明"此信由美因茨大主教克里斯蒂安从希腊文译成拉丁文"。1177年夏,罗马教皇亚历山大三世(Alexander III,约1100—1181)还曾亲自向约翰长老写了一封回信,并声称委派自己的管家兼医生将信送往东方,这更使"约翰长老"名声大噪。约翰长老在其信中吹嘘自己是王中之王,统治着从日出之地到巴比伦沙漠的辽阔地区,在财富、道德和势力方面超过了大地上的其他所有国王。信中还说他是虔诚的基督徒,宫中许多重要职位都由大主教等高级教士担当,而国王约翰自己则宁愿选择"长老"这样一个低微的称号来表示谦卑。② 这封信在今天看来漏洞百出,但在中世纪欧洲却曾广为流传,仅保存下来的各种语言的抄本就超过250份,欧洲人在约翰长老身上寄托的宗教复兴希望由此可见一斑。但如此大规模地宣

---

① 关于"约翰长老"的来历在史学界还有多种说法,不过从传说出现时间与卡特万会战时间的吻合度上来看,耶律大石是其中最具可能性的一种来历。
② 转引自龚缨晏、石青芳:《约翰长老:中世纪欧洲的东方幻象》,《社会科学战线》2010年第2期,第86页。

传一个子虚乌有的东方王国,其背后是否还隐含着其他目的呢?

其实,那位所谓的译者——美因茨大主教克里斯蒂安(Christian von Mainz,约1130—1183)绝非等闲之辈,而是腓特烈一世的重臣,在皇帝与罗马教皇争夺意大利的战争中曾立下汗马功劳。同时,"约翰长老"也并非那一时代传说中唯一来自东方的基督教国王,就在该信出现前不久,1158年,意大利米兰城在拆除一所教堂时发现了三具古尸,有人认为他们就是《马太福音》所记载的在耶稣降生时最早从东方赶来朝拜的三位国王,也就是宗教节日"三王节"(Dreikönigfest)所纪念的对象。1164年,腓特烈一世将三具遗骸"赠送"给他的意大利首相——1162年为其攻陷米兰的科隆大主教赖纳德(Rainald von Dassel),后者将遗骸隆重安葬在科隆大教堂中。这一举动在科隆大教堂历史上有重要意义,它不仅吸引来大批朝圣者,而且具有很强的政治意味:此时,腓特烈一世正致力于振兴骑士制度、在欧洲建立世俗君主霸权,他最大的对手正是罗马教皇亚历山大三世,腓特烈一世为此曾多次远征意大利北部,而将科隆提升为基督教先圣贤王的安葬之地和祭祀中心,就可以名正言顺地对抗号称建在耶稣门徒彼得墓地之上的梵蒂冈教廷,如此一来,世俗君主以此为中心统治世界也就顺理成章。赖纳德为此还策划了一系列的宣传活动,如编造出三位国王的生平和圣迹,说明其遗骸是如何从东方来到科隆的,时至今日,1月6日的"三王节"仍然是德国重要的宗教节日。而所谓东方基督教君主"约翰长老的来信"也体现了王权高于教权的思想,因此信中才会提到大主教等高级神职人员在约翰长老的宫廷里毕恭毕敬地为国王服务,自称"长老"的国王尽管并无显赫神职,但实际上却担当着东方基督教领袖的角色,称之为"教皇约翰"也并不过分。因此,"约翰长老的来信"极有可能是赖纳德、克里斯蒂安一伙编造出来的宣传品。[①]

有趣的还有罗马教皇的反应。教皇其实只需派人到拜占庭一问就可以戳穿这封信中的谎言,但他却在该信出现12年后才大张旗鼓地给"约翰长老"回信,这一时机也同样耐人寻味。此前在1176年5月的莱尼亚战役中,教皇亚历山大三世刚刚决定性地击败了老对手腓特烈一世。此役中,皇帝身负重伤,几乎被对手生擒,连皇后都以为皇帝已被击毙,一度穿上了丧服。1177年7月24日,惨败之后的腓特烈一世"幡然悔悟",在威尼斯跪倒在亚历山大三世面前并亲吻教皇双脚,以示对教权的臣服。就在此时,教皇开始煞有介事地给子虚乌有的东方基督教代表"约翰长老"回信,这本身就意味着只有教皇才是整个西方基督教世界的代表。为显示教权高于王权,亚历山大三世还特地提到约翰长老曾表示要派人到罗马建立祭坛、学习天主教信仰,他加入这个更属子虚乌有的情节无疑是想让欧洲人看清:只有罗马教皇才是这个世界的最高统治者。[②] 因此,心知肚明的教皇非但没有驳斥"约翰长老来信"的存在,反而大张旗鼓地加以宣传,使得"约翰长老"的神话成为中世纪德国土地上有关东方传说中最为引人入胜的一个。

13世纪时,"约翰长老"的神话在欧洲基督徒中已广为流传,罗马教廷和欧洲君主向东方派遣的使节无不在东方积极寻找"约

[①] Udo Friedrich, „Zwischen Utopie und Mythos. Der Brief des Priesters Johannes", *Zeitschrift für deutsche Philologie*, Vol.1, 2003, S.73－92.
[②] Charles F. Beckingham and Bernard Hamilton ed., *Prester John, the Mongols and the Ten Lost Tribes*, Hampshire: Variorum, 1996, pp.171－185.

翰长老"那片充满希望的国土。柏朗嘉宾在《蒙古行纪》中记载有约翰长老率领军队迎战蒙古人的故事。[1] 在马可·波罗笔下,这个传说又变为成吉思汗为强娶约翰长老的女儿而攻打他的国家,结果约翰长老阵亡,成吉思汗占有了全部领土。而在《曼德维尔游记》中,作者不仅煞有介事地对约翰长老的国度进行了详尽的描述,而且还大肆吹嘘"祭祀王约翰的土地上物产丰富,有各种各样的宝石,其大无比,被用以做成盘子、碟子和杯子等器皿。亦有无数其他奇珍异玩"。[2] 在这种氛围下,诗人罗森斯普吕特将"约翰长老"与"契丹大汗"并列为东方巨富来描写也就不足为奇了。

四、结论

从"赛里斯""契丹""约翰长老"在历史上所承载的社会话语可以看出,中世纪德国文学中的中国形象并不只与著作、报道等固态的承载物相关,而是与同时期的时代潮流相结合、处在社会话语内部的动态循环之中,并与"他者"形象的各种社会功能紧密联系在了一起。它不但反映出中世纪欧洲的东方观,也折射出中世纪德国人的社会心理和宗教、政治诉求。

(本文首次发表于《德国研究》2014年第2期;《复印报刊资料·外国文学研究》2014年第10期全文转载)

---

[1] [意]柏朗嘉宾、[法]鲁布鲁克:《柏朗嘉宾蒙古行纪;鲁布鲁克东行纪》,耿昇、何高济译,中华书局2002年版,第50页。
[2] [英]约翰·曼德维尔:《曼德维尔游记》,郭泽民、葛桂录译,上海书店2006年版,第112页。

异域光环下的骑士与女英雄国度
——德国巴洛克文学中的中国形象

17世纪耶稣会传教士关于中国的报道对同时代的欧洲产生了巨大冲击,唤起了欧洲人对中国的关注,并在德语国家引发了文学家的创作热情。分析17世纪后半叶以中国为舞台的四部德语小说可以看出,巴洛克文学对中国形象的建构一方面受到传教士报告的影响,将中国塑造为古老、强大、富足的异域国家;另一方面则受到骑士小说传统模式的影响,将中国英雄们塑造成追逐爱情、游侠冒险的骑士形象。最终,中国在德语巴洛克小说中成为一个带有异域光环的骑士和女英雄国度,从而迎合了欧洲读者对"异国情调"的想象和期待。

异域光环下的骑士与女英雄国度——德国巴洛克文学中的中国形象

早在中世纪,中德两国之间的千山万水就已经无法阻隔德国作家对遥远东方的向往,他们凭借丰富的想象力在文学作品中描绘了丝绸之国赛里斯、巨富之国契丹和寄托基督教复兴希望的约翰长老王国,表现出对东方世界的无限渴望。① 不过总体而言,中国形象在中世纪德语文学中还只是偶尔闪现。进入 17 世纪下半叶后,德语文学中却突然出现了一股中国元素的热潮,一批气势恢宏的"中国传奇"不仅在巴洛克文学中占据着一席之地,而且对后世德语文学中的中国形象也产生了深远影响。究竟是何种因素推动了这次热潮的出现,德国作家的灵感由何而来,他们在作品中所建构的中国形象又反映出怎样一种西方价值取向呢?

一、"发现中国"对欧洲造成的文化冲击

16 世纪以前,欧洲人对真实的中国知之甚少,一些真假难辨的游记如《马可·波罗游记》《曼德维尔游记》则不断渲染东方的富庶,大大刺激了西方航海家到东方冒险的欲望。哥伦布当年不仅阅读过《马可·波罗游记》,在书上留下了近百处眉批,而且在汗八里城(北京)旁边写下了"商机无限"的评语。② 16 世纪中叶,随着新航路的开辟,葡萄牙、西班牙、荷兰殖民者先后来到中国沿海。此时,1534 年成立的耶稣会正大力推动天主教在海外的传播,于是扮演起了西方势力向中国进行渗透的急先锋。明万历十一年(1583),耶稣会传教士利玛窦(Matteo Ricci)获准入居广东肇

---

① 参见本书前一篇《丝绸之国与希望之乡——中世纪德国文学中的中国形象探析》。
② [美]史景迁:《大汗之国——西方眼中的中国》,阮叔梅译,广西师范大学出版社 2013 年版,第 32—33 页。

庆。此后,利玛窦等人先后在肇庆、韶州、南昌、南京、北京等地传教,结交了李贽、徐光启等具有社会影响力的中国思想家,一些精通天文历法的耶稣会士还得以进入钦天监等机构担任官职。根据耶稣会的规定,来华传教士必须每年向总部汇报其在中国的传教经历与见闻。同时,耶稣会也有选择地向外界公开海外传教士所发回的材料,意图"引起人们对他们传教工作的兴趣,博得对他们的支持"。[①] 因此,以利玛窦等耶稣会传教士向欧洲发回第一批关于中国的翔实报告为开端,欧洲人对中国的认识进入了一个新纪元。

"发现中国"在欧洲所产生的思想冲击丝毫不亚于新大陆的发现。耶稣会士来华之际,正值资本主义商品经济在中国萌芽、江南城市经济文化繁荣时期,中国经济、文化、科技都发展到了历史上的一个新高峰。因此,耶稣会士在报告中所展现的历史悠久、经济发达、人丁兴旺、社会繁荣、宗教宽容、注重伦理的中国形象对欧洲读者产生了巨大的冲击。

在思想方面,被中国奉为治国之本的儒家思想引起了欧洲启蒙思想家的巨大兴趣。因为既然一个对基督教几乎一无所知的异域国家能够凭借自然理性和道德力量创造出比欧洲更高的文明程度,那么还有什么理由认为教会对于欧洲人的幸福来说必不可少呢?所以,启蒙思想家很快在遥远的中国发现了用来抨击欧洲社会现实的"它山之石"。1697 年,莱布尼茨(Gottfried Wilhelm Leibniz)在他编写的《中国近事》(*Novissima Sinica*)一书中写道:

[①] [美]霍华德·林斯特拉:《〈1583—1584 年在华耶稣会士信简〉序言》,万明译,载《国际汉学(第二辑)》,任继愈主编,大象出版社 1998 年版,第 249 页。

"鉴于我们道德急剧衰败的现实,我认为,由中国派教士来教我们自然神学的运用与实践,就像我们派教士去教他们由神启示的神学那样,是很有必要的。"①他还将康熙皇帝视为开明君主的典范,并将耶稣会士撰写的康熙皇帝传记收录进《中国近事》第二版。莱布尼茨的学生沃尔夫(Christian Wolff)则对儒家文化的奠基人孔子倍加赞扬,将其与建立基督教的耶稣相提并论。孔子也在18世纪"中国风尚"时代被启蒙思想家推上了"哲学家之王"的宝座。②

而在文化方面,中国历史之悠久更是大大震撼了西方世界。1658年,耶稣会士卫匡国(Martino Martini)在慕尼黑出版《中国上古史》(*Sinicae Historiae Decas Prima*),根据汉语典籍将中国历史上溯到公元前2952年,即传说中的伏羲时代。而根据当时通行的拉丁文本《圣经》来推算,诺亚方舟和大洪水则发生在公元前2365年,也就是说中国历史甚至远远长于《圣经》中记载的人类历史!这意味着被西方奉为绝对权威的《圣经》不可能是对全人类历史的真实记载,而只是代表着希伯来人的历史观。为调和中国历史与《圣经》纪年间的矛盾,狼狈不堪的教廷不得不搬出公元前3世纪用希腊文编译的"七十子译本"(*Septuagint*)《圣经》,把诺亚洪水的时间改为公元前3300年,以挽救《圣经》纪年的可靠性。但中国历史对教廷权威所造成的撼动已无可逆转,启蒙思想家由此获得了质疑《圣经》和教廷权威的有力武器,此后不到100年,《圣

---

① [德]莱布尼茨:《中国近事:为了照亮我们这个时代的历史》,梅谦立、杨保筠译,大象出版社2005年版,第9页。
② 孟华:《中法文学关系研究》,复旦大学出版社2011年版,第277页。

经》在人类文化方面的权威就土崩瓦解了。①

而中国社会的繁荣稳定更是令同时代欧洲人为之向往。因为此时的欧洲不但经济发展相对落后,而且正经历着连绵不断的宗教战争。1562年,法国爆发胡格诺战争,前后持续32年;1618—1648年,德国又经历了惨烈的三十年战争,结果5/6的乡村毁于战火,人口减少1/3以上,对德国社会经济造成巨大破坏。② 如此强烈的反差必然在德国人心中留下深刻印象。1628年,德国"诗歌之父"奥皮茨(Martin Opitz)在一首名为《战神颂》(*Lob des Krieges-Gottes*)的诗歌中抒发了同时代欧洲人在"发现中国"时的欣喜之情以及对东方文明的神往:"我们刚绕过好望角/……占领了马六甲,/……再继续向前/来到了中国富饶的海岸,那里出产瓷器,/拥有火炮,还将书籍印刷。"③而到三十年战争之后,面对满目疮痍的德国,传教士报告中美丽富饶的中国简直成了德国人心目中的天堂。在描写三十年战争的名著《痴儿西木传》(*Der abenteuerliche Simplicissimus*,1668)中,小说家格里美尔斯豪森(Hans Jakob Christoffel von Grimmelshausen)描写了一处未遭战火侵袭的瑞士村落,主人公在那里看到"百姓们安居乐业,厩舍里满是牲畜,场院里鸡鸭成群,街市上游人熙攘,酒店里宾客满座,……人人都在自己的葡萄架和无花果树下生活得无忧无虑",他立刻感到自己"仿佛置身于巴西或者中国",甚至"把这块国土看作是人间

---

① 参见吴莉苇:《当诺亚方舟遭遇伏羲神农:启蒙时代欧洲的中国上古史论争》,中国人民大学出版社2005年版。
② 丁建弘:《德国通史》,上海社会科学院出版社2007年版,第78页。
③ Martin Opitz, *Weltliche und geistliche Dichtung*, Berlin und Stuttgart: Spemann, 1888, S.93.

的天堂"。① 1670年,德国作家哈格多恩(Christoph W. Hagdorn)也在小说中写道:"强盛伟大的中华帝国,无论国势还是财富均堪称举世无双,数百年来在大明朝的治理下国泰民安,没有哪家帝王的统治可以与之媲美。"②德国文学家所留下的这些文字真实反映了17世纪德国人心中对遥远异国的美好印象,也成为18世纪"中国风"的先声。③

二、巴洛克小说中的东方"骑士国度"

在围绕着中国的光环越来越令欧洲人炫目之际,17世纪下半叶,德语文学中出现了一系列以中国为背景的长篇小说,激发起创作热情的是中国土地上刚刚发生的一件大事:1644年的明朝灭亡和王朝更迭。而更为直接的动因则是1654年卫匡国为争取对传教事业的更多关注而写成的《鞑靼战纪》(*De Bello Tartarico Historia*),该书记述了明朝衰亡、闯王进京、清兵入关这段时代风云,生动刻画了李自成、张献忠、吴三桂、崇祯、皇太极、多尔衮等一系列历史人物。此书一出版便轰动欧洲,迅速以7种文字再版21次,被后世誉为"17世纪的中国现代史"。④ 书中波澜壮阔的历史画卷不仅令欧洲人为之震撼,而且与异质文化的接触也拓展出了

---

① [德]格里美尔斯豪森:《痴儿西木传》,李淑、潘再平译,人民文学出版社1984年版,第456页。
② Christoph W. Hagdorn, *Aeyquan oder der Große Mogul. Chinesische und Indische Stahts-, Kriegs-und Liebes-Geschichte*, Amsterdam: Jacob von Mörs, 1670, S.3.
③ 参见梅青:《解读欧洲17—18世纪的中国风建筑——以德国"无忧宫"为例》,《同济大学学报(社会科学版)》2016年第3期,第77—84页。
④ 何寅、许光华:《国外汉学史》,上海外语教育出版社2002年版,第54页。

广阔的文学创作空间,[①]为文学家提供了新的创作灵感,在此背景下,荷兰、德国、英国先后出现了以此为题材的文学作品。德国此时恰值巴洛克文学时期,富于异国情调的历史画卷正是作家们最为喜爱的驰骋想象的舞台,于是在欧洲小说传统与中国历史风云的碰撞中,一批气势恢宏的"中国骑士小说"诞生了。

1670年,德国作家哈格多恩出版了长篇小说《一官或伟大的莫卧儿人——中国、印度国事、战争与爱情故事》(*Aeyquan oder der große Mogol. Das ist Chinesische und Indische Stahts-Kriegs-und Liebes-geschichte*)的第一部分。[②] 这部未竟之作一开始就提到了中国剧变在欧洲所引发的震动:"当大明朝最终传到末代皇帝崇祯手中时,社稷开始摇摇欲坠,在很短时间里便土崩瓦解。鞑靼人短短几年就征服了全部国土及要塞,将这个国家完全置于掌控之中,令世人无不为之震惊。"[③]《一官》便以上述历史为框架,明清之际的风云人物李自成、吴三桂等均作为主要人物登场,而主人公一官(Aeyquan)从名字来看也的确来自中国,他就是民族英雄郑成功之父、传奇人物郑芝龙。《鞑靼战纪》曾介绍道:"外国人称他为一官。后来他当了海盗,……人们认为他可与中国皇帝相提并论,甚至比皇帝还强大"。[④] 一官(郑芝龙)在小说中是一个被莫卧儿人

---

① 叶隽:《德国文学里的侨易现象及侨易空间的形成》,《同济大学学报(社会科学版)》2016年第2期,第3—4页。
② 莫卧儿帝国(1526—1858)的起源可以追溯到突厥化的蒙古贵族后裔帖木儿(Tamerlane 或 Taimur,1336—1405)在中亚和西亚地区建立起的帖木儿帝国。1526年,帖木儿的后裔南下攻入印度建立莫卧儿帝国,在全盛时期,领土几乎囊括整个南亚次大陆及中亚的阿富汗等地,人口达到1.5亿。
③ Hagdorn, *Aeyquan*, S.3.
④ [葡]安文思、[意]卫匡国:《中国新史·鞑靼战纪》,何高济译,大象出版社2004年版,第224页。

抚养长大的骑士（书中暗示他是蒙古皇帝失散的亲人），在为明朝崇祯皇帝效力时，他与将军李自成、满洲王子崇德（皇太极）陷入了一场多角恋爱。后来李自成起兵造反，崇祯被逼自杀，崇德、吴三桂、一官等人又起兵赶走了李自成，崇德被众人推戴为新皇帝，一官则在为新皇帝完成征服中国的伟业后被封为大同王。正当一官返回封地准备与心上人成婚时，新娘却被摄政王阿玛旺（多尔衮）设计夺走。一官于是决心找情敌决斗，但由于旅途不顺，最终未能如愿。从这个曲折的"国事、战争与爱情故事"里，我们可以看出巴洛克小说家对真实再现中国历史其实并无多大兴趣，而只是将具有异域风情的中国作为英雄人物游侠冒险的舞台。而从人物塑造来看，小说中登场的一官、吴三桂等历史人物都俨然成为欧洲式的骑士，不仅常常用决斗来为自己赢得威名，甚至还通过在斗兽场中格杀狮子来显示勇气，讨取贵妇欢心，连情节发展的动力也来源于英雄们对美人爱情的追逐，具有浓郁的骑士冒险小说风味。

在1673年问世的小说《亚洲的俄诺干布》（*Der asiatische Onogambo*）中，作家哈佩尔（Eberhardt Guerner Happell）则在副标题中干脆地写明："书中将中国现任伟大皇帝顺治描写为一位游侠骑士，并讲述他和其他亚洲王子的爱情故事和行侠事迹，顺便简介亚洲各王国和国家及其特色、统治者等级以及他们的高贵行为等等"。书中的顺治（俄诺干布）是一位出身高贵的波斯将军，与公主特蕾甘相爱，由于受到权臣迫害，他开始在亚洲四处游历，后来在中国见证了李自成入京、明朝灭亡和满清入关，并被鞑靼皇帝崇德选为皇位继承人。在崇德驾崩后，他登基成为中国的统治者。不久，李自成被抓住并在新皇帝面前处死，失散的恋人也终于回到他的怀抱。随后,小说用近30页的篇幅介绍了这个"地球上最强大君主国"的风土人情,罗列了15个省的主要城市、人口、物产和民族。最后,小说以顺治统治下的中国皈依基督教、"在十字架下欢呼胜利"①而结束。可见,《俄诺干布》中的顺治皇帝与其说是东方君主,不如说更像欧洲骑士的翻版,这部作品也大可看作是戴着中国面具的欧洲骑士小说。

而著名巴洛克文学家洛恩斯泰因(Daniel Casper von Lohenstein)在其鸿篇巨著《宽宏的统帅阿梅纽斯》(*Großmüthiger Feld-Herr Armenius oder Herrman*, 1689—1690)中则将中国作为德国古代骑士的冒险乐园。小说主人公阿梅纽斯是德国民族英雄,曾于公元9年联合日耳曼各部族在条顿堡森林大败罗马军团。条顿堡战役发生的时代正是中国西汉末年。卫匡国在其著作《中国上古史》《鞑靼战纪》中关于汉朝与匈奴争雄大漠的记载为洛恩斯泰因提供了重要灵感。在小说第一卷第五部中有这样一段:阿梅纽斯的战友、驻守黑海北岸的蔡诺公爵与哥特部族王子奥罗帕斯特、公主叙玛尼斯一起游历到了中亚。此时,中亚的斯基泰人正在国王呼韩邪的率领下准备联合鞑靼人对"赛里斯人"(Serer)即中国人开战,于是他邀请几位日耳曼骑士参加了对中国的远征。在攻占四川(Suchuen)的战斗中,骁勇的叙玛尼斯公主亲手将中国的懿文帝(Iven Ti)斩于马下,并被联军立为四川女王。一再战败的中国人不得不割地求和,割让了四川和陕西。蔡诺作为代表到秣陵(Moling,南京古称)与中国的新统治者钦帝(Chim Ti)签订了和

---

① Eberhardt Guerner Happell, *Der asiatische Onogambo*, Hamburg: Naumann, 1673, S.757.

约。而后,日耳曼骑士结束了在中国的征伐,挥师印度继续冒险去了。虽然这部作品移花接木地将清兵入关的历史移植到古代日尔曼英雄身上,批评中国人由于喜爱"人间智慧"而丢掉了"战争艺术",[1]不得不对异族割地求和,但却不乏对中国的赞美之词,例如书中借蔡诺所见大肆渲染了中华文明的悠久和江南城市的繁荣,小说不仅引用卫匡国的著作把中国描写为已有近3 000年历史的文明古国,并且赞美了中国举世无双的园林、大理石桥和南京琉璃塔。一首诗中甚至这样写道:"秣陵是人间的天堂,这帝国的园林好比世界的眼睛和妆饰,我要称它为亚洲之珍,它有繁星与雪松环绕,苹果树与蓝宝石点缀。"[2]

1686—1688年,瑞士方济各会僧侣鲁道夫·伽瑟尔(Rudolf Gasser)出版了三卷本传教小说《带着最谦恭的理性防御向所有无神论者、马基雅维利主义者、危险的拉丁语民族和政治上虚伪的世界子民提出的决斗挑战》(*Ausforderung mit aller demütigst gebottnem Vernunft-Trutz an alle Atheisten, Machiavellisten, gefährliche Romanen und falsch-politische Welt-Kinder zu einem Zwey-Kampff*),书中塑造了一群凭借智慧远征中国的欧洲冒险家。小说主人公菲洛果是中国皇帝与英国公主的后代,从小被送到葡萄牙抚养。长大后,他皈依基督教,决心带着情人、朋友还有传教士一起前往中国去建立一个基督教国家,因为这时的中国虽然"在历史悠久、国土辽阔方面举世无双",但在他同父异母的姐姐卡拉贝拉统治下,却是一个多神

---

[1] Daniel Casper von Lohenstein, *Grossmüthiger Feldherr Arminius oder Herman*, Leipzig: Johann Friedrich Bleditsche Buchhändler, 1687, S.573.
[2] Ibid., S.639.

教盛行的"堕落的世界",并且禁止基督教传播。[①] 卡拉贝拉女王与一心建立基督教国家的菲洛洛果展开了一场场明争暗斗,最后,智勇双全的主人公征服了中国女王,实现了信仰和政治上的双重胜利:女王在皈依基督教的同时也放下了权杖,让位给她的另一位兄弟卡鲁白路,中国则成了基督教国家。总体而言,这部出自教士笔下的"中国小说"虽长达2 500多页,但实在没有多少中国成分可言,无论是人名还是情节都充满欧洲风味,并与高度赞誉中国的耶稣会士大唱反调,将中国描绘为一个"由于狡诈的警察统治和马基雅维利主义的奸猾而堕落的世界",显示出褒贬兼有的态度,[②]其核心目的还是满足欧洲读者的文化优越感。同时,小说还掺杂了长篇累牍的宗教说教,折射出欧洲人的宗教优越意识和殖民主义者征服东方的企图。

显然,以上几部带有中国背景的巴洛克小说都算不上真正的中国传奇,它们都只是从传教士报告中吸取了一些中国元素,情节上则还是在套用骑士小说游侠冒险的框架,离真正的中国历史相去甚远。不过,透过这些表层的现象,我们依然可以看出中国历史、文化、风土人情对17世纪德语作家的强大吸引力,以及来自中国的异域风情为德语文学所增添的新魅力。

三、异国情调的女英雄国度

洛恩斯泰因在《宽宏的统帅阿梅纽斯》中塑造出一位日耳曼

[①] Rudolf Gasser, *Ausforderung mit aller demütigst gebottnem Vernunft-Trutz: an alle Atheisten, Machiavellisten, gefährliche Romanen, und falsch-politische Welt-Kinder zu einem Zwey-Kampff*, Bd. 2, Zug: Müller Muos, 1687, S.1.
[②] 卫茂平:《中国对德国文学影响史述》,上海外语教育出版社1996年版,第13页。

异域光环下的骑士与女英雄国度——德国巴洛克文学中的中国形象

血统的四川女王,其实这在巴洛克时期的几部"中国小说"中并不罕见。在哈格多恩的《一官》中,当主人公一官奉崇祯皇帝之命出使四川时,他发现四川是女王彭塔利西亚(Pentalisea)统治下的一个"亚马孙人"王国,"宫廷中只有妇人和少女",她们不仅大多身着男装,甚至穿着骑士的盔甲参加格斗训练,连女王也常常到演武场上一展身手。不仅如此,美丽的"亚马孙女王"几年前还曾"亲率数千人马帮助天启(Thienzar)皇帝抵御鞑靼人"。[①] 而年轻的阿菲尔德公主也有不逊于其美貌的勇猛,即便面对的是大名鼎鼎的骑士一官,她也在演武场上勇敢地提出挑战。小说从一官侍从的视角描写了这位女骑士在角斗中的凌厉攻势:

> 号角发出开始的信号后,她便纵马向我主人全速疾驰而来;一官……将长枪掷到地上,把自己隐蔽在盾牌之后,迎候着这位娇美对手的凌厉一击。但若非枪头从盾上滑过,让我的主人躲过一劫,她的长枪迎头撞上盾牌时只怕盾牌会碎裂成千百块飞溅开来,饶是如此,我主人的战马也抵受不住这乾坤一击的巨大威力,虽不至于踉跄出去,却也不由得向后连退了四五步才稳住。[②]

而在伽瑟尔的传教小说《挑战》中,整个中国都成了女王统治下的国度。小说里的中国女王卡拉贝拉是一位"马基雅维利式的女君主","虽然从性别上讲是女性的样子",但"从性情上来讲却

---

① Hagdorn, *Aeyquan*, S.124-128.
② Ibid., S.136.

是勇敢的男人","强壮到足以扛起如此沉重的王冠",而在她"充满奸诈的政府"中也不乏"亚马孙人"——女性王公大臣的出没。①

洛恩斯泰因笔下的"四川女王"叙玛尼斯更是令人生畏的形象。她在激战中亲手将汉人国王斩于马下,随后被立为四川女王,她作为新统治者"口含糖饴,心藏火焰,而手中则闪动着雷电",面对这样一位勇猛、威严的征服者,臣民们又敬又畏,"四川的诸侯和大臣们跪倒在叙玛尼斯脚下,头一直俯到了地面,他们把象牙笏捧在嘴前,生怕在问候女王时气息碰到她身上"。②

哈格多恩等小说家为中国以及四川所添加的女王形象无疑大大强化了小说的异国情调,尤其是作为"女英雄国度"出现的四川更令德国读者感到格外新奇。然而,这看似天马行空的想象却并非出自巴洛克小说家对异域的凭空虚构,因为卫匡国在《鞑靼战纪》里就记载有一位来自四川的"勇敢的中国亚马孙人"。"亚马孙人"在欧洲是"女战士"的代名词,传说来自中亚草原的斯基泰部落,在古代希腊人关于特洛伊的故事中就有她们的身影。19世纪德国作家克莱斯特(Heinrich von Kleist)还以此为素材创作过悲剧《彭忒西勒亚》(*Penthesilea*)。卫匡国不仅称赞这位"中国亚马孙人""有男人的勇气",而且还配上了一幅中国皇帝接见女英雄的插图。《鞑靼战纪》中满怀敬意地写道:

> 在驰援他们君主的将领中,有一位女英雄,我们有理由称她为中国的亚马孙人或是彭忒西勒亚。她带着三千战士从一

---

① Gasser, *Ausforderung*, S.6 – 7, 18, 32.
② Lohenstein, *Arminius*, S.615.

异域光环下的骑士与女英雄国度——德国巴洛克文学中的中国形象

个相当遥远的地方——四川赶来,她不单具有男人的勇气,而且还身着男装,当然她也拥有原本更配男人的封号。这位高贵英勇的女将军不仅在抗击鞑靼人时而且也在镇压反叛者的战斗中立下了许多罕见的功勋。①

卫匡国所说的这位"中国亚马孙人"就是明末女将军秦良玉。据《明史》记载,秦良玉是四川忠州土司之妻,万历、天启年间,她为抗击后金、保卫北京曾"自统精卒三千赴之,所过秋毫无犯。诏加二品服,即予封诰",1630年她第二次驰援北京时,崇祯皇帝曾"优诏褒美,召见平台,赐良玉彩币羊酒,赋四诗旌其功"(《明史·列传第一百五十八》)。由于对四川出现"女英雄"感到困惑,卫匡国猜想"在四川地区的群山中有一个没有臣服于中国的王国,它完全独立,仅仅是出于荣誉方面的原因才从中国皇帝那里接受一个国王头衔。"②基于这一推想,欧洲人误认为四川是一个在女王统治下的女战士国度也就不足为奇了。可见,四川女英雄秦良玉正是巴洛克文学中"四川女王"形象的真正源头。③

从前述几部巴洛克小说来看,源于《鞑靼战纪》的"中国亚马孙人"以及"四川女英雄"形象在17世纪后半叶的欧洲已经深入人心,逐渐成为"异国情调"中的一个重要组成部分。"女英雄国度"的出现充分满足了欧洲人对中国"他者"的想象,因为在人们

---

① Martin Martini, *Histori vom dem Tartarischen Kriege*, Amsterdam: Blaeu, 1654, S.26.
② Ibid., S.26-27.
③ 参见谭渊:《德国文学中的"四川女英雄"》,《四川外语学院学报》2008年第2期,第59—61页。

的预期中,遥远的异国必定会有与"我们"迥异的东西。哈格多恩等作家引入"四川女英雄"形象正好迎合了欧洲读者的这种期待,大大增加了小说的"异国情调"。"四川女英雄"形象在德语文学中的影响十分深远,直至20世纪,布莱希特(Bertolt Brecht)在创作《四川好人》(*Der gute Mensch von Sezuan*)时仍然将一个女强人形象安排在了四川这个德国人心目中的"女英雄国度"。

四、结语

纵观17世纪德语文学作品对中国形象的建构,我们可以看出传教士报告对同时代欧洲人心目中中国形象的决定性影响。作家们除了运用丰富的文学想象来建构"中国故事"外,还大量引用卫匡国的《鞑靼战纪》等关于中国的报告来丰富文学作品中的异国形象,这使得一个历史悠久、幅员辽阔、社会繁荣、近乎"人间天堂"的中国形象在17世纪的欧洲更加深入人心。同时,巴洛克小说家套用骑士冒险小说的传统模式,将风云变幻的中国想象成一个欧洲式的"骑士王国",将中国的历史人物塑造成欧洲式的骑士英雄,迎合了欧洲读者的审美情趣。而四川作为"女英雄国度"的出现更强化了"异域"的光环,使古希腊文学中关于东方"亚马孙女战士"的传说在同时代的中国骑士冒险故事中又焕发出勃勃生机,深深迎合了欧洲读者对东方的想象与猎奇心理,也为巴洛克文学中的中国形象赋予了更具魅力的异国情调。

(本文首次发表于《同济大学学报(社会科学版)》2017年第4期;《复印报刊资料·外国文学研究》2017年第12期全文转载)

百年汉学与中国形象

——纪念德国专业汉学建立一百周年(1909—2009)

专业化建设是一百年来德国汉学发展的突出特点。起初,有关中国的研究服务于德国的殖民扩张政策。及至20世纪初,在德国大学中建立汉学这一新专业的呼声日益高涨。1909年,德国汉堡殖民学院设立了首个汉学教授席位。此后,汉学研究在魏玛共和国时期经历了第一次繁荣,但在1933年希特勒上台后却遭受重创。直至60年代汉学专业才从战争创伤中恢复并在更多德国大学中得到巩固。汉学的发展使对中国文学、文化、历史的深入研究成为可能。著名作家德布林、黑塞、卡内蒂、艾希等人进而在作品中成功实现了文学构思与中国思想宝库的融合,最终使中国形象在德国人心中打下了深深的烙印。

以 1909 年德国第一位职业汉学家福兰阁（Otto Franke，1863—1946）在汉堡殖民学院（Hamburger Kolonialinstitut）就任汉学教授为标志，德国的专业汉学迄今恰好走过了整整 100 年。100 年间，德国汉学对推动中德经济、文化交流发挥了巨大作用，同时也深深影响了德国人眼中的中国形象。回顾汉学在德国的百年历程[①]，了解其专业研究的成就与局限，剖析汉学对中国形象的影响，对于我们理解西方汉学的渊源、意义、作用和困境都将有重要的意义。

一、从为殖民活动服务到中德文化之间的桥梁

德国汉学的起源可以追溯到 17 世纪德国人米勒（Andreas Müller，1630—1694）和门采尔（Christian Mentzel，1622—1701）对中国文字的研究。但在 20 世纪之前，德国的汉学研究始终没有摆脱东方学的框架和"业余汉学"的氛围。克拉普洛特（Heinrich Julius Klaproth，1783—1835）、诺依曼（Karl Friedrich Neumann，1793—1970）、硕特（Wilhelm Schott，1802—1889）、贾柏莲（Georg von der Gabelentz，1840—1893）等学者虽然在中国历史、语言研究等方面都卓有成就，但却始终只将汉学视为他们东方学研究的一个组成部分，并没有给予汉学一个独立学科的地位。与 1814 年 12 月便已在法兰西学院（Collège de France）设立"中国语言与文学"

---

① 近年来，海外汉学研究越来越引起中国学者的关注，国内有关出版物也越来越多。较早介绍德国汉学的著作有张国刚：《德国的汉学研究》，中华书局 1994 年版；何寅、许光华：《国外汉学史》，上海外语教育出版社 2002 年版。而德国汉学家从自身发展角度对德国汉学的历史与任务的反思可参见［德］马汉茂等编：《德国汉学：历史、发展、人物与视角》，李雪涛等译，大象出版社 2005 年版。

教授席位①的法国相比,德国在汉学方面的成就便更显不足。历史上真正推动汉学在德国崛起的是1871年德国统一后的殖民扩张热潮,在这一背景下,有关中国的研究日益紧密地与德国对"阳光下地盘"——海外殖民地的激烈争夺关联起来。例如地理学家李希特霍芬(Freiherr Ferdinand von Richthofen)曾对中国内地进行过七次考察,他于1877—1911年发表的五卷本《中国》(*China: Ergebnisse eigener Reise und darauf gegründeter Studien*)中关于中国沿海以及山东的考察报告就对德国后来强占胶州湾产生了重要影响。② 1887年柏林大学设立东方语言学系的目的也非常简单,就是为了向将要前往中国等国家的翻译、官员、传教士等人提供有关的语言和国情知识。在设立汉学系前的25年间大约有480人在这里学习了中文③,其中也包括了日后德国第一位职业汉学家福兰阁。

1897年,德国强占青岛并随后将"势力范围"扩大到整个山东。伴随着德国的殖民扩张,有关中国的大量信息也源源不断地涌入德国,对有关资料进行系统研究、从而真正了解中国文化便成了一个迫切需要解决的问题。在新形势下,福兰阁在于柏林召开的1905年德国殖民大会(Deutscher Kolonialkongress)上发表了

---

① 这一教席于1815年初由当时年仅27岁的雷慕沙(Jean Pierre Abel-Rémusat, 1788—1832)所获得,他与弟子儒莲(Stanislas Julien, 1797—1873)堪称19世纪最伟大的汉学家。参见 Helwig Schmidt-Glintzer, *Sinologie und das Interesse an China*, Stuttgart: Franz Steiner, 2007, S.6。
② Jürgen Osterhammel, „Forschungsreise und Kolonialprogramm. Ferdinand von Richthofen und die Erschließung Chinas im 19. Jahrhundert", *Archiv für Kulturgeschichte*, Vol.69, 1987, S.168。
③ [德]魏思齐:《德国汉学研究的现状》,载魏思齐主编:《辅仁大学第三届汉学国际研讨会"位格和个人概念在中国与西方:Rolf Trauzettel 教授周围的波恩汉学学派"论文集》,辅仁大学出版社2006年版,第267页。

题为《东亚文化世界中的政治概念》("Die politische Idee in der ostasiatischen Kulturwelt")的报告,大声疾呼在德国高校中建立汉学系,他提出德国人必须"根本性地理解东亚文化世界,确切地说,那不是对表面现象的一种机械认识,而是要吃透他的精神内涵和历史发展",而要吃透中国精神就必须要有"古代以及儒学阐释方面的精确知识,而这种知识只有科学意义上的汉学才能提供"。[1]这一报告明确反映出20世纪初德国学者的一种理论自觉意识,同时也反映出他们想要将带有功利性的语言培训和人文地理考察跟真正学术意义上的专业研究区分开来的强烈愿望。[2]

1909年,"中国语言文化系"(Seminar für Sprache und Kultur Chinas)终于千呼万唤始出来,福兰阁成为汉堡大学的前身——汉堡殖民学院所设立的德国第一个汉学教授席位上的首任教授。福兰阁一生著述27部,其中五卷本巨著《中华帝国史》(*Geschichte des chinesischen Reiches*, 1930—1952)为他赢得了巨大声誉,也大大推动了德国对中国古代历史的了解。紧随汉堡之后,柏林大学也于1912年设立了汉学系,荷兰汉学家高延(J. J. M. de Groot, 1854—1921)成为首任教授。1922年,莱比锡大学也在东亚系(1914)基础上进一步创立了汉学系,执教于这一岗位的汉尼士(Erich Haenisch, 1880—1966)后来创建了慕尼黑大学汉学系,为德国汉学发展做出了重大贡献。

---

[1] Otto Franke, „Die politische Idee in der ostasiatischen Kulturwelt", in *Verhandlungen des Deutschen Kolonialkongresses 1905 zu Berlin am 5., 6. und 7. Oktober 1905*, Berlin: Verl. Kolonialkriegerdank, 1906, S.168.
[2] 关于德国汉学的建立可参见 Helwig Schmidt-Glintzer, „Die Anfänge der Sinologie an deutschen Universitäten", *European Association of Chinese Studies Newsletter*, Vol. 3, 1990, pp.4–8。

百年汉学与中国形象——纪念德国专业汉学建立一百周年(1909—2009)

  1924年对德国汉学来说意义非凡,这一年,已经翻译出版有《论语》(1910)、《道德经》(1911)、《列子》(1911)、《庄子》(1912)、《孟子》(1916)等典籍的德国新教传教士卫礼贤(Richard Wilhelm, 1873—1930)结束了长达20多年的在华生活返回德国。在重返德国的同时,他也将其对中国文化的热爱和对中国思想的深刻理解带回了故乡。卫礼贤先是在一家私人基金会支持下成为汉学讲座教授,不久后正式成为法兰克福大学教授。1925年11月,卫礼贤又在法兰克福创建"中国研究所"(China-Institut),从而将一大批德国文化名人吸引到身边。在他们的共同努力下,德国汉学逐步摆脱了高高在上、曲高和寡的局面。卫礼贤翻译的中国典籍不仅走入千万德国人的家庭,而且被转译成法、英、荷兰等文字。同时,他的著作还对心理学家荣格(Carl Gustav Jung)、文学家黑塞(Hermann Hesse)、布莱希特(Bertold Brecht)等人产生了重大影响。可以说卫礼贤的经历几乎就是德国汉学研究从业余走向专业,从为殖民服务走向促进东西方文化交流的一个缩影。时至今日,卫礼贤的成就依然受到高度重视,例如他的《道德经》译本到2000年至少已印行33次,在德国的受欢迎程度远超任何一部中国典籍,影响难以估量。但卫礼贤对中国文化的推崇也被一些批评家指责为丧失了学者应有的价值中立立场,以致其成就至今仍在德国汉学家中存在争议。[①]

[①] 参见 Mechthild Leutner, „Kontroversen in der Sinologie: Richard Wilhelms kulturkritische und wissenschaftliche Positionen in der Weimarer Republik ", in Klaus Hirsch, *Richard Wilhelm: Botschafter zweier Welten*, Frankfurt a. M., London: Verlag für Interkulturelle Kommunikation, 2003, S.43 - 84。2009年2月,顾彬(Wolfgang Kubin)教授在哥廷根科学院(Akademie der Wissenschaften zu Göttingen)的一次研讨会上也向笔者证实德国汉学家至今仍对卫礼贤的成果存在争议。

随着汉学影响的扩大,德国在20年代又有多所大学开始开设汉语课程,汉学系也在一流大学中得到进一步发展。1927年,波恩大学建立汉学系,后来发展成为研究中国文学的重镇。1930年左右,以语言学研究著称的哥廷根大学也建立起汉学系。1937年,系主任哈隆(Gustav Haloun,1898—1951)委任正在哥廷根留学的季羡林先生为汉学系讲师,从而为其解决了生活来源问题。季羡林也在汉学系图书馆阅读了大量古籍,特别是佛教大藏经和笔记小说,并与哈隆教授结下了深厚情谊。

二、二战后德国汉学的发展与窘境

在纳粹统治时期,汉学研究也遭受严重摧残,法国汉学家马伯乐(Henri Maspero,1883—1945)死于布痕瓦尔德集中营,哈隆教授等大批汉学家被迫流亡海外。[1] 1945年二战结束时,法兰克福、莱比锡、哥廷根等地的汉学图书馆也遭到严重破坏,德国的汉学系仅剩柏林洪堡大学、莱比锡大学和汉堡大学三家。不过,随着二战后德国经济的迅速恢复,汉学也在西德迅速复兴。1946年,汉尼士便在慕尼黑大学建立汉学系,哥廷根大学(1953)、波恩大学(1957)、法兰克福大学(1962)汉学系也先后恢复。而随着"经济奇迹"的出现,汉学系也如雨后春笋般在联邦德国的大学中迅速发展起来,10年左右的时间里,柏林自由大学(1956)、马堡大学(1957)、科隆大学

---

[1] Martin Kern, „Die Emigration der Sinologen 1933 – 1945. Zur ungeschriebenen Geschichte der Verluste", in *Chinawissenschaften — Deutschsprachige Entwicklungen: Geschichte, Personen, Perspektiven*, ed. by Helmut Martin and Christiane Hammer, Hamburg: Institut für Asienkunde, 1999, S.222 – 242.

(1960)、图宾根大学(1960)、海德堡大学(1962)、明斯特大学(1962)、波鸿大学(1963)、维尔茨堡大学(1965)、埃尔朗根大学(1967)先后建立汉学系。相反,民德汉学却因中苏交恶遭受重创,1964—1977年,整个民德甚至仅有洪堡大学一名汉学教授支撑局面。但总体而言,到60年代初,德国汉学不仅已经恢复了元气,而且汉学家总数也超过了战前的繁荣时期。加上80年代建立汉学的弗莱堡大学(1980)、特里尔大学(1984)、基尔大学(1990),目前德国已有19所大学设有汉学专业。另外还有康斯坦茨、茨威考、不莱梅等三所专科大学(FH)设有经济汉学专业。① 此外,一些大学的语言学、历史学、哲学系中也有学者从事着与中国相关的研究,例如美因茨大学格尔墨斯海姆(Germersheim)分校应用语言学专业的柯彼德(Peter Kupfer)教授。

除大学外,德国一些历史悠久的独立研究机构同样值得关注,例如圣奥古斯丁(Sankt Augustin)的华裔学志研究院(Institut Monumenta Serica)源于圣言会(SVD)接管北平辅仁大学(1933)后于1935年创刊的《华裔学志——北平天主教大学东方研究杂志》(*Monumenta Serica. Journal of Oriental Studies of the Catholic University of Peking*)。1972年,它几经辗转后迁至波恩附近的圣奥古斯丁。② 其图书馆拥有中西文藏书各8万余册,特别是中国古

---

① [德]魏思齐:《德国汉学研究的现状》,载魏思齐主编:《辅仁大学第三届汉学国际研讨会"位格和个人概念在中国与西方:Rolf Trauzettel教授周围的波恩汉学学派"论文集》,辅仁大学出版社2006年版,第280—323页。
② 其间,《华裔学志》曾几度变迁。1949年,《华裔学志》编辑部从北平迁至日本东京,1957年迁至名古屋圣言会所办的南山大学。1963年迁至美国加州大学洛杉矶分校,并入该校东亚语言系。1972年《华裔学志》研究院才迁至德国波恩附近的圣奥古斯丁。最终,《华裔学志》研究院成为独立研究机构。虽历经辗转,但《华裔学志》也(转下页)

代史、古文化方面的藏书十分丰富。而汉堡亚洲学研究院(IFA)下属的东亚协会(Ostasiatischer Verein e.V.)历史可追溯到1900年,其研究重点为当代中国政治、经济和社会。

在德国,汉学研究是一个宽泛的概念,包括了几乎所有与中国有关的课题,但与其他国家相比,德国汉学家大都固守传统汉学重点即古代语言文学、古代史和文化史。汉尼士在慕尼黑大学执掌汉学系时甚至不教口语,只研究古文。[①] 旗帜鲜明地以当代中国研究为主要方向的只有建立较晚的特里尔大学汉学系。这与美国汉学家更多关注当代中国社会有明显不同。[②] 就论文发表数量而言,德国汉学界在西方仅次于美国,位居第二。[③] 不过,德国各个大学情况差异很大,其中部分大学发展到拥有3至4名汉学教授,如柏林自由大学、汉堡大学、科隆大学、慕尼黑大学、特里尔大学等,在拥有一定专业特色的同时也保证了研究方向的多元化。但也有许多大学举步维艰,特别是近年来随着德国财政问题的突出,汉学专业发展受到了很大限制,即便是赫赫有名的波恩大学汉学系1995年以来也仅有顾彬一名教授。而哥廷根大学在2005年罗志豪(Erhard Rosner)教授退休后为缩减经费甚至一度准备关闭汉

(接上页)因此吸收了来自亚洲、美洲以及欧洲等各地学者的观点,从而成为国际汉学研究的重要学术刊物。参见王德蓉:《辅仁大学与〈华裔学志〉》,《寻根》2004年第1期,第49—52页。

[①] [德]魏思齐:《德国汉学研究的现状》,载魏思齐主编:《辅仁大学第三届汉学国际研讨会"位格和个人概念在中国与西方:Rolf Trauzettel教授周围的波恩汉学学派"论文集》,辅仁大学出版社2006年版,第275—276页。
[②] 王维江:《20世纪德国的汉学研究》,《史林》2004年第5期,第7—13页。
[③] [德]魏思齐:《德国汉学研究的现状》,载魏思齐主编:《辅仁大学第三届汉学国际研讨会"位格和个人概念在中国与西方:Rolf Trauzettel教授周围的波恩汉学学派"论文集》,辅仁大学出版社2006年版,第276页。

学系，直到2009年才正式重设教席。此外，与拥有大量华裔学者的美国汉学不同，德国历史上的华裔学者屈指可数，曾有人就20世纪下半叶的德国汉学教授进行过统计，发现在102位汉学教授中仅有4名华裔，[①]而目前正在从教的华裔汉学教授仅有特里尔大学的梁镛一人。这一现象严重制约了学术竞争和专业发展。同时，许多德国大学保留汉学的主要原因还是在于中国经济发展强劲、中德经贸往来日益频繁，许多学习经济、管理、法律的德国学生以及近年大量涌入德国的中国学生纷纷选择汉学作为第二专业，使德国大学出现了一股"汉学热"，但这种表面上的繁荣对汉学发展而言是否是福音尚很难断言。

三、德国汉学对文学中的中国形象的影响

尽管在许多人的印象中，德国汉学基本上是象牙之塔，学者们的研究与大众媒体几乎毫不相关。但是，长期以来德国人对学者的尊崇、德国强大的教育科研体制及大学在出版方面所具有的巨大优势仍然使德国汉学成就在潜移默化中深深影响了所谓"中国观"（Chinabild）的形成。

1900年前后，由于清朝的腐败无能，17—19世纪初期欧洲所形成的正面中国形象在德国遭到严重破坏，德国媒体大量表面化以及歪曲事实的报道使"黄祸"论在德国甚嚣尘上，中国形象也随着对"黄祸"的宣传跌入谷底，[②]德语文学中甚至出现了诸多渲染

---

① 木子：《留德学人在德国汉学中的地位》，《中华读书报》2006年5月24日。
② 参见 Heinz Gollwitzer, *Die gelbe Gefahr: Geschichte eines Schlagworts*; *Studien zum imperialistischen Denken*, Göttingen: Vandenhoeck & Ruprecht, 1962。

中国暴徒、幻想中国入侵欧洲之类的作品。[1] 但在1900年之后，随着德国学者对中国思想、文化、文学研究的深入，特别是顾路柏（Wilhelm Grube, 1855—1908）的《中国文学史》（*Geschichte der Chinesischen Literatur*）、马丁·布伯（Martin Buber, 1878—1965）的《庄子语录与寓言》（*Die Rede und Gleichnisse des Tschuang-Tse*）、卫礼贤的《论语》《道德经》《列子》等译本的出现大大改变了德国人对中国的认识。1911—1915年，德国通俗文学也随之转向以中国古代为题、渲染中国文化的悠久和神秘。[2] 而这一时代最为出色的"中国小说"则当属以《柏林亚历山大广场》而闻名的德布林（Alfred Döblin）于1915年发表的《王伦三跃》（*Die drei Sprünge des Wang-lun*）。该作品取材于1774年发生在山东临清的清水教王伦起义。德布林在小说中不仅对劳苦大众因遭受残酷压迫而发动起义表示深切同情，同时也将道家思想成功融入这部表现主义小说的开山之作。在小说的献辞中，德布林引用卫礼贤翻译的《列子》批判了人对自然的无限索取和人性的贪婪，并在献词最后将自己的小说献给了中国哲学家——"智慧的老人列子"。[3] 在小说中，德布林还发展出了"自然人"的形象[4]，他借小说主人公

---

[1] Kisôn Kim, *Theater und Ferner Osten*, Frankfurt a. M., Bern: Peter Lang, 1982, S.26.
[2] Changke Li, *Der China-Roman in der deutschen Literatur 1890–1930: Tendenzen und Aspekte*, Regensburg: Röderer, 1992, S.177.
[3] Alfred Döblin, *Die drei Sprünge des Wang-lun*, Olten, Freiburg: Walter, 1980, S.8.
[4] 德布林的这部小说锋芒直指当时歌颂超人、宣扬用机器征服自然的意大利未来主义文学。"自然人"形象所针对的是法西斯主义者、未来主义文学代表人物马里内蒂（Filippo Tommaso Marinetti）在长篇小说《未来主义者马法尔卡》（*Mafarka le Futuriste*, 1910）中塑造的"机械超人"形象。参见 Ingrid Schuster, *China und Japan in der deutschen Literatur 1890–1925*, Bern u. a.: Francke, 1977, S.167–168。

之口宣扬要像水、土地、森林一样思维和生活,并借主人公与树木合一的梦境点明了人与自然合一的理想。这些细节明显受到《老子》"上善若水""与道合一""人法地""道法自然"等思想的影响。结合德布林改造社会的主张,我们不难看出德国作家正是在试图通过引入"无为"思想来克服资本主义社会中的恶性循环,以求达到人类社会的自我救赎。①

在魏玛共和国时期,汉学家对德国"道家热"的出现更是做出了不可磨灭的贡献。当时,经历了第一次世界大战(简称一战)惨败的德国人面对经济萧条、通货膨胀、民族耻辱等重重压力,一方面试图在外国文化中寻求精神上的逃避,另一方面也试图从东方哲学中寻求拯救西方社会危机的良方。卫礼贤的《中国心灵》(*Die chinesische Seele*)、《中国人的生活智慧》(*Chinesische Lebensweisheit*)等著作以及他对中国古代哲学的译介恰恰迎合了这种精神需要,其影响在作家克拉朋特(Klabund,原名 Alfred Henschke)身上表现得尤为明显。克拉朋特非常熟悉卫礼贤的《道德经》译本。1919—1921 年,他在卫礼贤译本的基础上借用大量基督教神学术语来重新翻译和阐释了《道德经》,试图通过打通东西方宗教哲学来呼吁德国人转而按照"神圣的道家精神"来生活,做"欧洲的中国人"。② 他在诗集《三声》(*Dreiklang*)中甚至将老子推崇为上帝在人世间的化身,称他是与耶稣并驾齐

---

① 参见本书中收录的《赋魅与除魅——德布林在〈王伦三跃〉中对东方宗教世界的建构》一文。
② Klabund, *Werke in acht Bänden*, Bd. 7, ed. by Christian v. Zimmermann u. a., Heidelberg: Elfenbein, 2001, S.162 - 163.

驱的人类救主。① 而诺贝尔文学奖获得者黑塞在这一时期的作品中也大量引用中国文学和哲学作品,如《将进酒》《吕氏春秋》《易经》等著作。② 这都反映出德国汉学研究成果对德国文学和社会的积极影响。而汉学最终也在卫礼贤等文化使者的努力下在魏玛共和国时期得到广泛关注和承认,同时也彻底摆脱了旧有的殖民主义色彩,日益成为德国人民了解中国文化的重要途径。

在第三帝国时期,德国汉学尽管遭受了巨大损失,但其对同时代德语文学的影响依然明显。如黑塞让名著《玻璃珠游戏》(*Das Glasperlenspiel*, 1943)中的主人公克内希特也经历了一个研究中国哲学的阶段:他首先在中国学院里学习了各种经典,继而又躲开城市喧嚣,遁入竹林中跟随一位"中国老大哥"潜心钻研易学,最后又在经过《周易》占卜之后快乐地踏上了新的求知旅程。而另一位诺贝尔奖获得者卡内蒂(Elias Canetti)的代表作《迷惘》(*Die Blendung*, 1935)中的主人公基恩干脆就是一位潜心于中国古代哲学、常常引用先哲语录来指导个人生活的汉学家。但这位主人公在现实生活中却处处碰壁,被人愚弄。最后,受尽精神和肉体折磨的汉学家在迷惘中点燃藏书,与心爱的古籍一起被烈火吞噬。如果说1923年加入瑞士籍的黑塞在作品中塑造的隐者形象反映了作家在战火纷飞中对现实的逃避,那么1938年流亡英国的卡内蒂塑造的以儒家思想为生活准则的汉学家形象则反映了德语作家在面对东方哲学与现实差距时的一种迷茫。

---

① 参见卫茂平:《中国对德国文学影响史述》,上海外语教育出版社1996年版,第387—391页。
② 同上书,第429—435页。

值得一提的还有德国左翼女作家安娜·西格斯（Anna Seghers）。她在1920—1924年上大学期间就曾学习汉学并留下过身穿旗袍的照片，这段经历与她后来对中国革命的关心有着直接关系。1932—1949年，西格斯创作出了《同伴》（Die Gefährten）、《驾驶执照》（Der Führerschein）等多篇与中国革命有关的小说，塑造了一系列不畏牺牲、不怕艰险的中国共产党人形象。称她为"中国人民的朋友"毫不为过。[1]

在二战后德国文学的复兴中，汉学家的身影也时隐时现。如获得首届"四七社奖"的艾希（Günter Eich）就曾于20世纪20年代在柏林大学学习汉学，并于1935年发表《欧洲与中国》（Europa contra China）一文。二战后，艾希在从事文学创作的同时也在中德文学翻译方面颇有建树，曾译有苏轼等人的近百首诗歌，被誉为"汉诗德译最杰出的翻译家之一"。[2] 同时，《聊斋志异》《列子》中的故事还出现在他的广播剧《笑姑娘》（Das lachende Mädchen）、《奥马和奥玛》（Omar und Omar）等作品中。除艾希外，2008年去世的前驻华大使维克特（Erwin Wickert）也是一位文学家和业余汉学家。不过，尽管维克特曾撰写有多部关于中国改革、发展以及回忆其在华生活（1976—1980）的著作，但其文学作品中的中国却与当代并无多少关系，如广播剧《皇帝与太史公》（Der Kaiser und der Großhistoriker）取材于西汉司马迁的故事，而在篇章结构上匠心独运的长篇小说《受命于天》（Der Auftrag des Himmels）则取材于太

---

[1] 参见吴晓樵：《安娜·西格斯——中国人民的朋友》，《德国研究》2001年第2期，第55—57页。
[2] 卫茂平：《中国对德国文学影响史述》，上海外语教育出版社1996年版，第529页。

平天国起义。维克特的厚古薄今实际上也反映出德国文学家与汉学家对中国古代历史、文学比对当代中国更为倾心的特点。而长久以来德国人在谈及中国时大都首先联想到一个古老而神秘的东方大国,这种主流观念的形成与百年来德国汉学家带有强烈倾向性的介绍与研究也有着不可分割的关系。

四、作为中国人民朋友的德国汉学家

毋庸置疑,德国汉学家在中德文化交流中扮演了重要角色,他们中许多人都自豪地接受了"中国人民的老朋友"这个有中国特色的称号。在许多风云变幻的关头,德国汉学家也常常凭借他们对中国历史、文化、民族精神的深刻理解,在歪曲中国形象的德国媒体和随波逐流的德国大众面前据理力争,为中国辩护。其中许多汉学家甚至爱屋及乌与中国人缔结婚姻,如波恩大学顾彬教授、埃尔朗根-纽伦堡大学朗宓榭(Michael Lackner)教授、歌德学院阿克曼(Michael Kahn-Ackermann)院长等人的"国际家庭"都是中德人民友好往来的见证。

在德国汉学家中,还有许多人起初并非从事汉学研究,但后来却被中国文化所吸引,将毕生献给了汉学事业。例如,卫礼贤于1899年来到中国时是德国同善会(AepMV)的一名传教士,后来却致力于将中国文化传入德国,他甚至对朋友说他最感欣慰的事情就是自己从未让一个中国人皈依基督教。[①] 著名翻译家库恩(Franz Kuhn, 1884—1961)的经历更是有趣,他在柏林大学求学时

---

① Carsun Chang, „Richard Wilhelm, der Weltbürger", *Sinica. Zeitschrift für Chinakunde und Chinaforschung*, Jg. 5, Heft 2, 1930, S.26.

因对《醒世恒言》中的《卖油郎独占花魁》爱不释手,执意要将它译成德文,竟被高延赶出汉学系,失去了成为职业汉学家的机会。但他却抱定了"不为一打汉学家翻译"的决心,后来连续翻译了《红楼梦》《水浒传》《金瓶梅》等古典长篇小说12部、中篇小说34部,成为大学门墙之外的一代名家。①

不仅在专业汉学初建时期业余和职业汉学家的角色常常发生转换,而且在当代汉学家中半路出家者也比比皆是。例如哥廷根大学的罗志豪教授起先攻读的是医学博士,后来才转入波鸿大学攻读了汉学博士学位。又如顾彬教授最初在明斯特大学学习的是神学,准备以后成为牧师,但在读到诗人庞德(Ezra Pound)翻译的"故人西辞黄鹤楼,烟花三月下扬州,孤帆远影碧空尽,惟见长江天际流"后,他转攻中国文学,从追随救世主耶稣转而追随诗仙李白。顾彬在《二十世纪中国文学史》序言中自称"四十年来,我把自己全部的爱奉献给了中国文学"②,从其骄人的成就来看这并非虚言。此外,顾彬还发表有多部诗集,想必已深得诗仙三昧。其实,此类例子在德国汉学家中不胜枚举,这一方面证明了中国传统文化的强大吸引力,另一方面也证明汉学并非人们想象的那样只是一些老教授在图书馆中穷经皓首,相反,其成就对年轻人的吸引力不可低估,深深影响着一代又一代德国人对中国文化的接受。

五、结语

从1909年以来德国汉学走过的百年历程来看,汉学家群体已

---

① 参见林笳:《库恩和中国古典小说》,《中国比较文学》1999年第2期,第84—96页。
② 张英:《德国准牧师顾彬》,《南方周末》2008年11月27日。

逐步成为在德国介绍和研究中国文化的主力军,其号召力和影响力也已经远远超出了大学门墙。他们不仅是中德文化交流中一支不可忽视的重要力量,而且直接影响了文学中的中国形象以及德国大众对中国文化的接受。要进一步推动东西方之间的相互理解,提升中国形象,扩大中国"文化软实力"的影响,就必须充分利用好这支力量,这也将对我国在新世纪中的和平发展道路和文化强国战略产生积极影响。

[本文发表于《德国研究》2009年第4期。在此感谢沃尔芬比特奥古斯都公爵图书馆(Herzog August Bibliothek Wolfenbüttel),特别是馆长施寒微教授(Prof. Dr. Schmidt-Glintzer)的大力支持和帮助!]

德国图书市场上的中国形象

本篇以2018年德国图书市场中涉及中国话题的大众出版物为研究对象,通过考察这一年度中新出版的德语图书,分析了德国图书市场上人文、社科、文学翻译类图书中所呈现的中国形象,并重点考察了2018年德国图书市场围绕中国主题所建构的文化大国、东方大国形象。文中通过分析指出,不同领域图书中所呈现的中国形象有相当大的差异,在人文图书中,中国仍然主要以文明古国面貌出现;在社科类大众图书中,中国则主要呈现为正在崛起的东方大国;在翻译文学领域,科幻文学、儿童文学的潜力得到了发掘,"中国形象"呈现出多元化的新特征。

2015年，德国埃尔朗根-纽伦堡大学图书学系曾发布名为《中国面面观——文化转换与图书市场（2006—2014）》的项目研究报告，对德国图书市场上与中国相关的德语出版物进行了定性及定量研究。该研究以德国国家图书馆（Deutsche Nationalbibliothek）书目为数据来源，共采集到虚构叙事类、社科类以及非虚构叙事类德语原创出版物510项，从中文译成德语的翻译类图书383项。同时，这一报告较为全面地反映了"文化走出去"战略实施以来中国图书版权对德输出稳步增长的情况。平均下来，近年来德国图书市场上每年新增的中国主题类大众出版物在100种左右，这是较为符合实际情况的一个数据。[①] 2018年，德国图书市场上的中国主题出版物继续保持了不温不火的态势，但在选题等方面则呈现出一些新趋势，"一带一路"倡议、中国崛起、中美对抗都成为图书市场炒作的热点，而对当代中国的关注甚至在一定程度上也带动了以《三体》为代表的中国科幻文学在德国的走红。

一、人文类图书对文化大国的呈现

（一）对文化大国形象的呈现

2018年，在德国图书市场上最受德国大众读者欢迎的依然是以中国传统文化为主题的图书，尤其是中国古代文化经典的光彩依然夺目。在9月份的法兰克福书展上，德国老牌的雷克拉姆

---

① 需指出的是，除以上针对大众读者的出版物外，与中国相关的专业书籍、教材、参考书、词典、百科全书、汉语学习辅导、少儿读物等并未纳入考察范围内。乌苏拉·劳滕堡，伊丽莎白·恩格，邱瑞晶：《德国图书市场上的中国形象——与中国相关的德语出版物研究》，《出版科学》2015年第5期。

(Reclam)出版社重点推介了中德双语的蒙学经典《千字文》(*1000 Zeichen Klassiker*),该书采用红色布皮精装,在10月初的德国图书市场上非常引人注目。该书的译者是近年来引起轰动的瑞士汉学家林小发(Eva Lüdi Kong),她在2016年出版了《西游记》全译本,该译本刚一问世就在网上被称为"具有魔幻风格"的作品,获得了中德学界的一致好评。另一本几乎同时推出的经典作品则是著名汉学家顾彬翻译的《韩非子——哲学寓言》(*Han Fei Zi. Philosophische Fabeln*),它也是这位蜚声世界的老汉学家亲手翻译的《中国思想经典》系列丛书的第九本。目前,最后一卷收官之作《墨子》也已在赫尔德(Herder)出版社审校完毕,全套十本将于2019年最终出齐。而在重印本中,最为引人注目的当属尼柯尔(Nikol)出版社推出的六卷本东亚经典文集,其中有三本来自中国:《孙子》《老子》和《庄子》。此文集刚一出版便登上畅销书排行榜,并在亚马逊细分的哲学史类排行榜中稳居前三,甚至力压叔本华、尼采等德国名家的著作。而在关于东亚文化的图书中,《孙子》《老子》和《庄子》的单行本也同样居于销量前十之列,随后是《西游记》《论语》《易经》《中庸》《孟子》以及关于禅宗、喇嘛教、太极、气功的图书。不过,值得指出的是,在关于中国古代文化的图书中,重印的经典译本占据了绝大多数,例如100多年前汉学家卫礼贤翻译的《老子》《庄子》《论语》等译本依然牢牢占据着榜单前列。

(二)德语文学作品中的"中国故事"

近年来,随着中德文化交流的繁荣,德语文学家对中国的兴趣也与日俱增,几乎每年都有以中国为主题的小说问世,在德语文学中形成了一道靓丽的"中国故事"风景线。如小说家森德克（Jan-Philipp Sendker）在2009—2016年发表了"中国三部曲"，奥地利著名作家兰斯迈尔（Christoph Ransmayr）2016年发表了以乾隆皇帝为主角的《考克斯或时间的进程》（*Cox: oder Der Lauf der Zeit*）。而2018年最受关注的当属旅居台湾的德语作家施益坚（Schmidt Tome）发表的历史小说《蛮夷的上帝》（*Gott der Barbaren*）。这本以太平天国运动和第二次鸦片战争为背景的小说由德国著名的苏尔坎普（Suhrkamp）出版社出版，刚一问世就入围了2018年德语图书奖短名单，尽管它最终与大奖擦肩而过，但在近一个月里，这部719页的小说一直被摆放在德国各大书店的显眼位置上，封面上包裹着头巾的天王洪秀全肖像也引起了德国读者的强烈兴趣。对于绝大多数德国人来说，洪秀全是一个陌生的名字。施益坚关注到太平天国源于他偶然在香港一家书店中看到的一本历史书籍。小说所说的"蛮夷"，首先是来自中国人对不知孔孟经典的英国人和法国人的蔑称，而在西方人眼中，落后、腐败、残暴的中国人才是蛮夷。[①] 换言之，这是一个东西双方都无法以公正眼光看待对方的时代。根据施益坚介绍，他为创作这部小说阅读了大约250种参考文献。小说以第一次鸦片战争结束后一位无名氏对"外国鬼子"进入中国土地的愤怒声讨为开始，渐次引出德国传教士在中国的活动以及洪秀全发起拜上帝会的历史，而后逐步过渡到太平天国运动兴起、各方势力激烈斗争，直至太平运动被镇压为

[①] 参见澎湃新闻施庆华对施益坚的专访：《德国作家施益坚：写一部以太平天国为背景的历史小说》，https://www.thepaper.cn/newsDetail_forward_2498512，访问日期：2019年5月28日。

止,中间还穿插了第二次鸦片战争、火烧圆明园等历史事件。小说并没有对这段历史进行线性的记述,而是在历史背景的框架下插入了大量真真假假的历史人物书信和日记,甚至还仿效中国小说加入了"无名氏"对历史的评论,使小说中出场的曾国藩、洪仁玕等历史人物显得更加丰满。书中并没有对曾国藩血腥镇压太平天国进行直接的批判,而是通过日记和书信塑造了一个有血有肉的统帅形象。施益坚还试图深入历史人物的内心,探究一位恪守孔孟之道的儒家门徒为何会不顾道德和良心上的不安,一次次发动对平民的血腥杀戮。这种对人物内心冲突的刻画也使这部历史小说更加具有真实感。同时,作品刻画了中西方文化的误解,不同文化、不同信仰的人士间的暴力冲突,尤其是宗教所激发的狂热和暴力,它们使这部历史小说更具有对当代的启示意义,促使读者们对今天仍在以上帝和真主名义施行的种种暴行产生更深层次的思考。

与施益坚的历史小说相反,另一位登上畅销书排行榜首位的女作家隆德(Maja Lunde)在小说《蜜蜂的故事》(*Die Geschichte der Bienen*)中所构想的却是2098年的中国。在那个时代,蜜蜂已经灭绝了,过去由数不清的蜜蜂来完成的授粉工作如今只能由数以百万计的工人来完成,女主人公桃姐便是一个辛辛苦苦在农场里重复着单调工作的授粉员。发生在蜜蜂身上的变化不仅影响了她的生活,而且影响了生育、教育和许多其他生活领域,作家由此展现了人与动物、人与自然之间难以割裂的依存关系。诚然,蜜蜂故事中的中国换成任何一个其他国家都并不影响小说的发展,但是我们依然可以感受到一个世纪以前就已存在于德语文学中的刻板印象，区别只不过在于那时的中国人常常被比作忙忙碌碌而又数量庞大的蚂蚁，而在"未来小说"里则是农场中辛勤劳作的"蜜蜂"。

除此之外，1990年移居德国、2007年曾获得沙米索文学促进奖的华裔女作家罗令源在歇笔数年后发表了她的德语小说集《黄丝绸——来自中国与德国的故事》(*Gelbe Seide. Geschichten aus China und Deutschland*)，书中阴暗、腐败、专制的中国形象无疑迎合了许多德国人对中国的想象。与之类似，女作家格林菲尔德(Alice Grünfelder)在其处女作《荒漠女行者》(*Wüstegängerin*)中也通过相隔20年的两代女大学生在西北大漠的遭遇，描写了阴暗绝望的社会生活和暗流涌动的民族矛盾，主人公不仅要面对象征着死亡的无人区，连自己的内心也成了一片荒漠。总体而言，此类小说商业化氛围浓厚，多为迎合西方图书市场的口味而作，对于德国读者真正了解中国并无多少帮助，相反倒更加强化了已有的偏见。

二、社科类图书对东方大国和中国社会的呈现

2018年，在介绍中国社会、经济的德语图书中，最为抢眼的当属老牌专栏作家泽林(Frank Sieren，又译西伦)创作的《未来？中国！》(*Zukunft? China!*)。泽林这个名字在西方的当代中国社会研究领域中如雷贯耳，他堪称当代德国著述最丰富的中国专家。在北京生活的20多年间，他直接见证了中国的崛起，其多部关于当代中国的著作都成为畅销书，《中国密码》(*Der China Code*，2004)、《中国冲击》(*Der China Schock*, 2008)两书还登上了德国

经济类图书畅销榜首位,被伦敦《泰晤士报》称为"权威的中国专家"。近年,他的《中国》(香港明镜出版社,2009)、《理解中国》(海南出版社,2009)、《中国冲击》(社会科学文献出版社,2013)、《慌恐与偏见》(新华出版社,2013)、《争夺非洲》(台湾光现出版社,2017)还先后被译成中文发行。《未来?中国!》一书采用了红底黄字的封面,极富视觉冲击力,它同时很容易让人联想起2017年11月德国《明镜》周刊第46期的封面文章《醒来!》(*Xing lai*),两者不仅在封面风格、色彩上完全一致,在对中国作为新崛起的东方大国的积极评价上也非常相似。《未来?中国!》一书的副标题是:"新的超级大国如何改变了我们的生活、政治和经济"。全书最核心的观点就是:中国已经不再是遥远的威胁,而是已经通过新丝绸之路("一带一路"倡议)将影响范围延伸到了欧洲腹地——德国杜伊斯堡,而德国人还完全没有做好应对中国挑战的准备。在作者泽林看来,中国不仅有雄心勃勃的计划,而且中央政府比欧洲各国更为组织得力;中国的高新科技产业可与硅谷媲美,阿里巴巴和腾讯则在世界上最成功的公司之列。因此,中国凭借强劲的经济增长和数字技术,越来越多地影响了国际游戏规则,不仅在投资领域,甚至在社会发展道路、民主模式上也对西方构成了越来越大的挑战。因此,泽林认为,西方长期以来对中国文化、政治和经济的支配地位即将走向终结,如果德国政客不赶快从傲慢态度中清醒过来,可能会将欧洲的未来拱手让给中国。

有别于泽林书中一个又一个充满冲击力的中国经济数据,德国《经济周刊》前总编巴龙(Stefan Baron)与其华裔夫人尹广燕(Guangyan Yin-Baron)合作撰写的《中国人:对一个世界大国的心理探究》(*Die Chinesen: Psychogramm einer Weltmacht*)则另辟蹊径,通过对中国文化的心理分析揭示了中国崛起的文化内因。该书分为三大部分:(1)集体意识、时代变迁中的中国形象与精神文化基础;(2)教育、家庭、思想、认知、语言和交流,男性和女性;(3)经济与劳动、国家与统治、中国与世界。全书通过大量案例分析了中国崛起背后的历史、文化、社会因素,涵盖范围异常广泛。在探究中国发展和崛起的内外原因的同时,作者特别强调中国特色发展道路背后以"中庸"为核心的为人处世之道。该书在最后部分阐述了对世界经济新秩序的看法,对美国在中国崛起的背景下依然坚持单边主义对外政策的立场提出了质疑。这对于德国经济界认清中美贸易战的实质、增强与中国经济的合作无疑十分及时。因此,在2018年法兰克福国际图书展上,该书也被德国商界和科技界代表推选为年度最优秀经济类书籍。

与此同时,德国《商报》驻华记者绍伊尔(Stephan Scheuer)在他的《总体规划:中国的高科技强国之路》(*Der Masterplan: Chinas Weg zur Hightech-Weltherrschaft*)一书中展示了一个作为高科技强国的中国形象。该书重点介绍了新一代中国领导人所倡导的数字经济战略,肯定了中国近年不断创新的数字经济产业,并认为中国正在崛起成为国际创新驱动力。这尤其体现在中国雨后春笋般出现的新型企业以及追求革命理念的企业家们在国际市场上所取得的巨大成功上。书中给德国读者留下最深印象的部分当属对腾讯、百度、阿里巴巴等公司历史(尤其是创始人)的介绍,这些近年来在数字经济背景下强势崛起的新型企业在很大程度上颠覆了德国人长期以来将中国企业视为"廉价工厂"和"组装车间"的偏见。可以想见,当德国读者读到阿里巴巴的销售额是亚马逊的三倍时,他们是何等的震撼!除此之外,书中展示的由无现金支付、大数据应用、天网工程所塑造的当代中国生活,也都使中国呈现出一个高科技的"未来之国"形象,挑战着德国人对中国的传统认知。因此,也无怪乎阅读过该书的德国读者纷纷在亚马逊图书网上留言,惊叹中国才是真正的数字经济超级大国,感慨中国政府的领导能力,同时抱怨德国和欧洲反应迟钝,导致欧洲经济陷入停滞,不得不被动地应对中国的挑战。

同样肯定中国改革开放40年来建设成就的还有奥地利ORF电视台前驻京记者、外交关系专家莱蒙德·勒夫(Raimund Löw)夫妇的新书《世界大国——中国》(*Weltmacht China*)。书中着力刻画了一个日新月异的中国形象,涉及了中国发展的方方面面:"一带一路"倡议、多极格局的主张、数字技术的大幅领先(7.7亿网民)、世界工厂的地位、共享单车、微信、网上支付、城市化进程、消除贫困计划、农民工问题、私有经济、超级富豪、新能源汽车、独生子女政策、开放二胎、婚姻市场、边疆问题,等等。可以说,这是2018年德国图书市场上介绍中国发展最为全面的一部新书,为迫切希望了解中国近年发展的德语区读者全方位展现了一个生机勃勃的新兴超级大国形象。

同样认真看待中国崛起的还有从1992年起就生活在中国的马可(Marcus Hernig)博士,他曾在德国驻上海总领事馆教育合作处工作,目前仍然担任上海理工大学、同济大学等高校的德语教师。在其2018年的德文新著《丝绸之路的复兴——中国龙走向欧洲心脏的道路》(*Die Renaissance der Seidenstraße: Der Weg des* chinesischen Drachens ins Herz Europas)一书中,马可不仅介绍了丝绸之路的悠久历史和中国发起的"一带一路"倡议,而且重点关注了这一连接欧亚大陆两端的倡议在欧洲各界所引起的强烈反响——从对"黄祸"恐惧的复苏到欧盟主席在听说中国买下希腊港口时脱口而出的"中国打到门口了!"。但作者认为欧洲不应过度解读丝绸之路复兴所带来的中国影响力的延伸,忧心中国对欧洲话语权的挑战,而更应放下欧洲的傲慢态度和懈怠作风,积极把握"一带一路"共建中所蕴含的机遇。拥有悠久传统的德国商界如汉萨同盟应抓住机遇,面对丝绸之路的复兴和向欧洲腹地的延伸,给"一带一路"也打上德国的烙印,而不是片面地担心中国发展所带来的挑战和力量消长。

当然,对中国崛起的质疑之声也从没有从德国图书市场上消失过。只是近年"中国崩溃论"日渐式微,不少作者转而用西方的民主标准来质疑中国特色的社会主义模式是否具有体制上的优越性,从而达到否定中国道路的目的。2018年出现在德国市场上的此类图书有斯文·汉森(Sven Hansen)和芭芭拉·鲍尔(Barbara Bauer)编辑出版的《中国崛起:资本、控制与孔夫子》(Chinas Aufstieg: Mit Kapital, Kontrolle und Konfuzius),斯蒂芬·布霍尔茨(Steffen Buchholz)撰写的《中国经济奇迹:在社会主义、市场经济和政治控制之间》(Chinas Wirtschaftswunder. Zwischen Sozialismus, Marktwirtschaft und politischer Kontrolle)。同时,市场上也不乏鼓吹西方联手抗衡中国崛起的书籍,如罗伯特·菲茨图姆(Robert Fitzthum)撰写的《理解中国:从经济大国的崛起到美国的遏制政策》(China verstehen: Vom Aufstieg zur Wirtschaftsmacht und der

Eindämmungspolitik der USA)、沃尔夫·哈特曼(Wolf D. Hartmann)、沃尔夫冈·马尼希(Wolfgang Maennig)、瓦尔特·斯托克(Walter Stock)合作撰写的《在龙的魔咒中：西方与中国崛起的角逐》(Im Bann des Drachens: Das westliche Ringen mit dem Aufstieg Chinas)。相对于泽林、巴龙、绍尔、马可等长期在中国居住并对中国发展有着深入观察的作家来说，这些鼓吹对抗中国的作者往往是半路出家，甚至很少来过中国，他们恰恰代表着宁愿生活在冷战思维中，固守偏见，也不愿走出国门倾听中国声音的保守力量。

此外，尽管中国经济取得了令人瞩目的成就，但一些作者仍然对中国特色社会主义道路怀有偏见。例如曾经撰写过《中国挑战》(Herausforderung China, 2005)、《下一场冷战——中国对抗西方》(Der nächste kalte Krieg. China gegen den Westen, 2013)的沃尔夫冈·希恩(Wolfgang Hirn)在2018年又发表了《中国老板：我们未知的竞争对手》(Chinas Bosse: Unsere unbekannten Konkurrenten)，书中认为中国的威权政治体制仍然像一只强有力的大手一样操控着经济发展，使之无法完全摆脱"指令经济"(Kommandowirtschaft)的架构，但这又使中国的混合型经济制度相对于完全依赖于自由市场经济的欧洲形成了鲜明的竞争优势，如果欧洲不想屈居中国之下的话，就只有"行动"起来。凯·斯特里特马特(Kai Strittmatter)的反华著作《独裁的新发明：中国如何建立了数字监控国家以及如何挑战着我们》(Die Neuerfindung der Diktatur: Wie China den digitalen Überwachungsstaat aufbaut und uns damit herausfordert)则攻击中国的"天网监控系统"是对人权的侵犯和对人民控制的强化，但却丝毫不提这一系统在遏制犯罪、维护社会稳定方面所扮演的重要角色。不过，从某种意义上讲，作者所担心的中国对西方政治、经济和研究影响的不断扩大以及"中国模式"会成为对西方的挑战，倒是从另一个角度印证了中国近年来所取得的巨大成就及其国际影响力的迅速提升。

三、翻译类图书中的中国

2018年，德国图书市场上最令国人感到兴奋的一个变化恐怕要属刘慈欣科幻小说的持续热销了，其代表作《三体》系列在德国书店中受到的重视甚至不亚于当年获得诺贝尔文学奖时的莫言作品。刘慈欣作品登陆德国图书市场其实已有两年。早在2016年末，德国以出版消遣类图书而著称的海纳(Heyne)出版社就已经推出荣获"雨果奖"和"星云奖"的长篇小说《三体》。此后便一发不可收拾，2017年，海纳出版社推出了小部头的《镜子》，2018年则连续推出了《三体Ⅱ黑暗森林》和《吞食者》，到2019年初，不仅《三体Ⅲ死神永生》德译本如期上世，而且海纳出版社还合多位译者之力，抢在电影《流浪地球》上映之初火速出版了同名小说集。因此，在2018年法兰克福书展上，刘慈欣也成为一张闪亮的中国名片，不仅接受了德国媒体的采访，还举办了作品朗诵会，一时风光无限。其小说也一直在德国各大书店的科幻类作品柜台牢牢占据核心位置。平心而论，刘慈欣的几部作品固然构思精巧，令人叹为观止，但郝慕天(Martina Hasse)、白嘉琳(Karin Betz)、马海默(Marc Hermann)等经验丰富的优秀译者也功不可没，郝慕天、白嘉琳都曾翻译过莫言的代表作，马海默更是翻译过包括阿来、毕飞宇、刘震云、苏童作品在内的大量中国当代文学作品。

此外，刘慈欣作品的持续热销也为其他中国科幻文学作品进入德国图书市场开了一个好头。2018年，有百年历史的罗沃尔特（Rowohlt）出版社连续推出了另一位获得"星云奖"的中国作家郝景芳的科幻小说集《北京折叠》和《流浪苍穹》。但美中不足的是，罗沃尔特出版社所推出的均为短篇作品，虽然也获得了德国专业人士的好评，但是对于已经习惯于阅读大部头消遣小说的德国读者来说，郝景芳的作品实在缺乏"厚度"，而罗沃尔特出版社的推介力度也远远不如海纳出版社，因此郝景芳的上述两部作品集均未在德国科幻类图书市场上引起太大反响。

除科幻文学作品外，2018年度的中国当代文学翻译也依然精彩纷呈。著名的费舍尔（Fischer）出版社推出了余华的长篇小说《在细雨中呼喊》（译名：*Schreie im Regen*）。值得一提的是，与余华的前四部长篇小说一样，该书译者仍然是老翻译家高立希（Ulrich Kautz）。前面多次提到的海纳出版社则出版了青年作家颜歌的小说《我们家》（译名：*Frau Duan feiert ein Fest*），译者是翻译《三体》三部曲后两部的白嘉琳。名气不大的龙舍（Drachenhaus）出版社关注了中国女作家的创作，在2018年选择与《人民文学》杂志社合作，推出了八位女性作家的小说文集《都市生活——八位女作家，八个故事》（*Stadtleben: 8 Frauen, 8 Geschichten*），向德国读者介绍了铁凝、盛可以、蒋方舟、徐坤、于一爽、庞羽、周嘉宁和李静睿八位女作家的作品。

借着"文化走出去"的东风，来自中国的儿童绘本近年也一步步走出国门。如龙舍出版社继前两年推出曹文轩的《第8号街灯》《草房子》等作品的绘本后，在2018年度又推出了保冬妮的儿童绘本《皇城童话：咕噜噜涮锅子》（译名：*Der Feuertopf brodelt*），梅子涵撰写、满涛绘制的儿童绘本《麻雀》（译名：*Spatzen*）。一批德国汉学家发起创立的东亚书局（OSTASIEN Verlag）则推出了上海人民美术出版社老艺术家贺友直绘制的经典连环画《十五贯》（译名：*Fünfzehn Schnüre Käsch: Eine Novelle aus der Ming-Zeit*），推动了中国作品成功走入德国儿童图书市场。而女性漫画家寂地、阿梗合作创作的系列漫画《踮脚张望》（译名：*Der freie Vogel fliegt: Mittelschuljahre in China*）也开始通过以销售中文教材为主的华瑞图书公司（China Books E. Wolf）进入德国，2018年出版了前三册，2019年还将继续出版，译者则是前面已经提到的郝慕天、马海默两位翻译家。

除大陆作家以外，海外华人作家的贡献同样不可低估。例如凭借《中国好女人们》一举成名的旅英华裔女作家薛欣然近年一直在作品中倾注着对中国女性感情生活的关注，德国柯劳尔（Knaur HC）出版社2018年推出了她的作品《多少寂寞多少欲望》（*Sehnsucht groß wie meine Einsamkeit*），让德国读者得以了解到中国女性的爱情观。旅居德国的周俊女士则在继2015年成功推出德语版《黄鹤楼》（*Der Gelbe Kranichturm*）绘本后，于2018年再度推出了彩色绘本《高山流水》（*Von hohen Bergen und fließendem Wasser*），将中国传统故事、中国风情、当地民俗等融为一体，成为向西方传播"中国故事"的又一成功案例。

四、结论

通过盘点2018年德国出版市场上以中国为主题的图书可以

看出,虽然"中国故事"的来源越来越多,使中国形象呈现出多样化的特征,但不同领域的图书向德国读者展示的中国形象存在着显著差异和明显的断裂。在人文类图书中,中国依然呈现为一个历史悠久、典籍丰富、底蕴深厚的文化大国,孔子、老子作为中国文化名片的情况在百余年来几乎没有多大改变,100多年前著名汉学家卫礼贤对这些经典的诠释在今天也依然受到认可。而在德语文学作品中,中国则呈现出暴力、落后、腐败等特征,作家往往将目光投向与现代化中国距离较为遥远的战乱时期、未来世界、边疆地区,从而刻意营造出"陌生化"的中国来吸引读者。而在作为大众读物的社科类图书中,各种出版物则空前一致地聚焦于当代中国,将中国视为正在崛起的世界大国,与10多年前仅仅将中国看作拥有丰富廉价劳动力的世界工厂不同,而今的中国更多地被视为科技强国和对美国强权的挑战者。面对中国与欧洲之间力量的消长和中国特色社会主义道路所取得的成功,几乎所有德国作者都感受到了欧洲所面临的停滞和来自东方的挑战,因而更倾向于将中国视为不断扩张的东方大国,将"一带一路"倡议视为社会主义中国挑战欧洲传统地位的序曲。在翻译图书市场上,尽管相对于中国庞大的文学产业,输出到德国的中国文学作品还不到百分之一,但"文化走出去"战略近年所取得的成功仍然不容忽视,尤其是以《三体》为代表的中国科幻类作品在德国成为畅销书,这在几年前还是无法想象的。显然,德国出版界已经意识到了中国文学产业中所蕴含的巨大潜力,同时这也要感谢近10年成长起来的白嘉琳、郝慕天、马海默等优秀翻译家,正是他们使高质量的中国文学作品成功走进了德国。同时,中国文化输出的途径和方式也越来越多，尤其是儿童文学、经典绘本逐渐打开了德国庞大的儿童图书市场，而德国儿童耳濡目染的"中国面孔"在未来必将对中德文化交流产生深远影响。

（本文发表于张昆编：《中国国家形象传播报告（2019）》，社会科学文献出版社2019年版）

第二编

中国文化在德语世界的传播

礼仪之争与《中华帝国全志》对中国典籍与文学的译介

1735年在巴黎出版的《中华帝国全志》在中学西传历史上占有重要地位。书中选译的《诗经》诗篇、元杂剧《赵氏孤儿》和三部选自《今古奇观》的短篇小说成为18世纪早期西方读者了解中国文学的主要途径。同时,《中华帝国全志》的出版也是耶稣会在礼仪之争中为扭转不利局势而进行的一次大规模努力。这种努力深深影响了来华耶稣会士对中国文学作品的译介。在选择翻译对象时,耶稣会士精心挑选中国文学作品来宣扬其立场,为自己在礼仪之争和道德神学之争中的观点进行辩护,在宣扬道德训诫的同时传播了积极的中国形象。中国文学也通过《中华帝国全志》走向西方,在18世纪欧洲引发了改写热潮,推动了中国文化和价值观念在西方的传播。

在18世纪的中学西传进程中,耶稣会士杜赫德(Jean-Baptiste du Halde)1735年在巴黎出版的《中华帝国全志》(*Description géographique, historique, chronologique, politique, et physique de l'empire de la Chine et de la Tartarie chinoise*)(简称《全志》)占有极为重要的地位。该书以十七八世纪来华耶稣会士的报告和信件为基础编撰而成,内容包罗万象,涵盖中国文化、社会、历史、地理等各个方面的内容,共分四卷,总计多达三千多页。该书一出版就引起了欧洲启蒙思想家的关注,1736年便在荷兰海牙再版,同年,英国出版商瓦兹(J. Watts)也迅速推出了理查德·布鲁克斯(Richard Brookes)的英语节译本 *The General History of China*,并多次再版。1738—1741年,伦敦出版商爱德华·凯夫(Edward Cave)又推出了英语全译本 *A Description of the Empire of China and Chinese-Tartary*。此后,德文和俄文译本也先后问世。值得一提的是,1747—1749年,德国出版商先推出了《全志》四卷全译本,后来又将最新问世的一批传教士报道汇编成集,作为第五卷出版。《全志》各语种版本的接连问世对中国文化在西方的传播产生了重要影响。《全志》的出版对中国文学"走出去"同样意义深远。该书第二卷收录了来华耶稣会士马若瑟(Joseph Marie de Prémare)翻译的八首选自《诗经》的诗歌作品,这也是最早在欧洲发表的《诗经》节译本,同时,该书第三卷《中国人对诗歌、故事与戏剧的品位》(*Du gout des Chinois pour la Poësie, pour H'istoire, & pour les Pieces de Theâtre*)章节收录了马若瑟翻译的元杂剧《赵氏孤儿》和殷弘绪(Francois Xavier d'Entrecolles)译自《今古奇观》的三个中短篇故事——《吕大郎还金完骨肉》《庄子休鼓盆成大道》和《怀私怨狠仆告主》,此外还收入了《豆棚闲话》《文行粹抄》等作品中的一些故事和章节。尽管以今天的翻译标准看来,上述译作存在诸多不足,但这一拓荒之举开启了中国古典文学作品在西方翻译与传播的新纪元,对中国文学的西传具有划时代的意义。然而较少为研究者所关注的是,上述译著在《全志》中的出现绝非偶然,而是与影响18世纪中西方关系的大事——礼仪之争密切相关,并与同时代欧洲社会、文学、宗教论争紧密嵌套在一起,成为启蒙时代引发欧洲社会关注的一块"他山之石"。

一、马若瑟的《诗经》译本与礼仪之争

《诗经》作为中国最早的诗歌总集和儒家"五经"之首,历来受到研究者的重视。在明末清初来华传教的耶稣会士中,金尼阁(Nicolas Trigault)、孙璋(Alexandre de la Charme)等人都曾对《诗经》进行过研究和翻译,但其译作或在出版时间上晚于《全志》或从来就未出版过。[①] 因此,马若瑟译本对《诗经》外译与传播研究具有重要价值。

马若瑟是一位颇具影响力的清代来华耶稣会士。1698年,他随同奉康熙皇帝之命到欧洲招募传教士的白晋(Joachim Bouvet)来到中国,前后在中国生活了38年,并一直与欧洲保持着书信往来,一生著述颇丰。白晋是当时流行的"索隐派"代表人物,这一派认为《旧约》中所记录的早期人类历史在世界各民族的古代神话、经典中都留下了痕迹,故而中国古籍、汉字、传说中也必定充满

---

① 钱林森:《18世纪法国传教士汉学家对〈诗经〉的译介与研究——以马若瑟、白晋、韩国英为例》,《华文文学》2015年第5期。

古人对上帝早有认识的证据,中国古籍甚至在某些方面还可以与天主教神学互为补充。①受白晋影响,马若瑟将《诗经》《易经》《书经》等典籍视为解读中国古人宗教信仰的关键性钥匙,试图从中找到中国古人早已了解天主教信仰的证据,在他寄回欧洲的《中国古籍中之天主教主要教条遗迹》一书中就曾清晰地表明过这一观点。

为引起法国学界的关注,从1725年开始,马若瑟特地将自己关于中国典籍的研究成果寄给同时代法国著名汉学家傅尔蒙(Etiene Fourmont)等人,《诗经》选篇和元杂剧《赵氏孤儿》的译本正是由此传入了欧洲。而马若瑟与在奥尔良公爵身边担任忏悔神甫的杜赫德更有着长期的书信往来,经他之手最终编入《全志》的稿件至少有60篇。杜赫德在将马若瑟的《诗经》译作编入《全志》时,称赞《诗经》不仅"在帝国中享有极高的权威",而且"文笔简练",包括"非常睿智的箴言","随处可见隐喻和大量古老谚语",因此认为《诗经》足以代表先秦时期中国古代文化的风采。②

由马若瑟翻译并发表于《全志》的八篇作品包括《周颂·敬之》《周颂·天作》《大雅·皇矣》《大雅·瞻卬》《大雅·抑》《大雅·荡》《大雅·板》和《小雅·正月》。令人吃惊的是,占据《诗经》一半以上篇幅、反映各国风土人情的《国风》名篇在此无一入选,这显然只可能是出于译者有意的忽略以及他在选择翻译对象时的某种特定考量。综合来看,马若瑟所选译的八首诗歌大都涉

---

① Claudia von Collani, *P. Joachim Bouvet S. J. - Sein Leben und sein Werk*, Nettetal: Steyler, 1985.
② Jean-Baptiste du Halde, *Description géographique, historique, chronologique, politique, et physique de l'empire de la Chine et de la Tartarie chinoise*, Tome II, Paris: P. G. LeMercier, 1735, p.308.

及周代的宗教信仰，出现次数最多的关键词便是"上帝"和"天"。其中关于"天"的诗句尤其反映着周代先民的"敬天"思想和西周统治阶层的宗教信仰。

在中国，敬天法祖思想有着悠久的历史，周代是敬天思想的成型期。历史上的周王为巩固统治，宣扬周朝君王是受命于天的"天子"，如《全志》选入的第一篇作品《周颂·敬之》就写道："敬之敬之，天维显思，命不易哉。无曰高高在上，陟降厥士，日监在兹。"强调了天命难违，人要遵从上天旨意。而第二篇作品《天作》在描写周人的建国历史时也写道："天作高山，大王荒之。"强调了一个作为创造之神的上天形象，同时，周朝先王既然是从"天"那里获得高山大地，其统治也就蒙上了一层"受命于天"的宗教外衣。在周人留下的《诗经》诗篇中，武王伐纣、以周代商也都成为顺应"天命"的行为，如马若瑟选入的《大雅·荡》在第七小节就指责商朝君主背弃上天训导、造成天命的改易，诗中写道："匪上帝不时，殷不用旧。"（并非上帝不善良，是殷商人废弃了先人典章。）马若瑟将此句译为："ce n'est pas le Seigneur que vous devez accuser de tant de maux ; ne vous en prenez qu'à vous-mêmes."（不可以将灾难都归咎于天主，责任只在你自身。）[①]译文中出现的"Seigneur"（主人、天主）具有浓郁的天主教氛围，欧洲读者读到这里很难不将《诗经》里的"上帝"与《旧约》中向以色列人发怒、降下灾祸的上帝联系起来。事实上，作为译者的马若瑟在处理《敬之》《荡》《皇矣》《正月》等诗篇的译文时，都有利用中文的多义性来刻意强化人格

---

① Du Halde, *Description*, Tome II, p.317.

化神灵形象的倾向,这就使《诗经》中的"上帝"及"天"以一位全知全能的创造神形象出现在欧洲读者面前,并与《旧约》中的上帝形象显示出相似之处。

  《全志》选篇中之所以会频繁出现"上帝"与"天",与同时代的礼仪之争有着密切关联。在16世纪末,首批来华的利玛窦(Matteo Ricci)等耶稣会士采取了"融儒"的适应性传教路线,对中国信徒敬天、祭祖、尊孔等行为采取宽容的态度,但从17世纪中叶开始,耶稣会与坚持保守立场、将中国传统信仰视为异端思想的多明我会、方济各会来华传教士陷入了长达百年的大论战。争议焦点之一就是中国古籍中的"上帝"和"天"是否能用于翻译《圣经》中的"天主"或"陡斯"(Deus)。在白晋、马若瑟等索隐派人士看来,中国人对至高无上的"天"和"上帝"的崇拜与天主教徒对天主的崇拜是相同的,马若瑟曾坚定地认为:"中国的古文典籍当中确实涉及了真正的上帝,还谈到了弥赛亚。"[①]然而,1701年10月18日,法国索邦神学院在开会13次后最终做出了不利于耶稣会的裁决,谴责了从中国返回法国担任耶稣会长老的李明(Louis le Comte)关于中国文化的解读。1704年和1715年,教皇克莱芒十一世两次颁布谕令,否定耶稣会士关于中国礼仪的立场,禁止中国信徒祭祖祭孔,不许教堂悬挂"敬天"匾额,也不许再使用"上帝"字眼,对耶稣会造成了沉重打击。1718年,法兰西科学院院士雷诺多(Eusèbe Renaudot)又发表著作,从各个方面对耶稣会传教士关于中国的报道提出了强烈质疑,并认为耶稣会对中国的颂扬有损基

[①] [丹]龙伯格:《清代来华传教士马若瑟研究》,李真、骆洁译,大象出版社2009年版,第8页。

督教的威望。雷诺多的著作代表了礼仪之争中一大批对耶稣会持批评态度者的立场：既然中国人不是基督徒，那么中国就必然是一个道德低下的国家，耶稣会对中国的正面报道就只能是谎言。①马若瑟于1724年撰写了一封长信作为回应，后来发表在1729年的《耶稣会士书简集》(*Lettres Édifiantes et Curieuses*)第19卷中。在信中，马若瑟认为中国古代儒家就已信仰"天"和"上帝"，而在道德方面，中国人"主张人人要从修身开始"，他接着写道："想要说服那些人，最好是简要地介绍中国人著作的精髓，这事并不容易，但是，最近有人翻译了中国人的好几部著作，或许很快就会印制发行，尽管出自近代人笔下，但是也能从中看到中国人的道德所追求的是什么。"②杜赫德非常重视马若瑟提出的译著出版计划，1730年，他正式公布了出版规划并将其付诸实施，将27位传教士的报告和译作编辑在一起，这就诞生了1735年的《全志》。杜赫德写在《全志》序言中的一段话几乎就是马若瑟信中那番话的翻版："他们（来华耶稣会士）中的几位出于好心和善意，精心翻译了一些中国学者的著作，本书打算收录这些译文，这些译文所提供的事实将会为我的报道作证。"③可见，在礼仪之争背景下，来华耶稣会士尽快找到有利证据并在欧洲将其公之于众就成为挽救危局的关键。马若瑟为《全志》提供的这几段译文正好反映了周人对一位具有人格化特点的"上帝"的认识，与早期来华传教士利玛窦、白

---

① ［法］蓝莉：《请中国作证》，许明龙译，商务印书馆2015年版，第156—158页。
② Joseph Marie de Prémare et al., *Lettres Édifiantes Et Curieuses: Écrites Des Missions Étrangères XIX Recueil*, Paris：Nicolas LeClerc et P. G. LeMercier, 1729, p.497.
③ Du Halde, *Description*, Tome I, p.ix.

晋对中国经典的认识也完全一致,这正是耶稣会在礼仪之争中亟需的有力论据。

马若瑟选取了清朝初年姜文灿、吴荃所编辑,1684年出版的《诗经正解》(康熙甲子年深柳堂版)作为翻译底本,并数次从此书中转引朱熹对《诗经》的评注,但多有附会《圣经》之处。有时,他甚至还不惜故意曲解原文含义以满足耶稣会士把中国人描写为"敬天"民族的需要。如《小雅·正月》中有一句"谓天盖高,不敢不局。谓地盖厚,不敢不蹐",原文是工整的对仗,既讲了"敬天"也讲了"敬地",马若瑟在翻译时则只保留了"敬天"的部分,使译文成为"当我想到宇宙之主,想到他的威严与正义,我便会跪倒在他面前,害怕他离弃我"①。因为如果提到"敬地",耶稣会的反对者就可能抓住把柄,指责中国人的信仰其实只是迷信,进而危及耶稣会的"融儒"路线,隐瞒这一点则可避免耶稣会的对手在礼仪之争中获得攻击他们的把柄。

二、马若瑟的《赵氏孤儿》译本与道德神学之争

马若瑟早在翻译《赵氏孤儿》之前就已广泛涉猎中国文学,这尤其体现在他撰写的《汉语札记》(*Notitia Linguæ Sinicæ*,1728)中。这部百余年之后才得以正式出版的著作不仅选译有《离骚》《醉翁亭记》《庄子》等作品的片段,而且旁征博引,从当时流行的中国文学作品中寻找大量例证,引用了《好逑传》《玉娇梨》《平山冷燕》《水浒传》《三国演义》《金瓶梅》等不下50部中国小说,元杂

---

① Du Halde, *Description*, Tome II, p.314.

剧也在其征引之列。由于这一开拓性的工作，马若瑟被同时代法国人赞誉为"中国古典文字与文学研究领域的开拓者"①。

根据马若瑟1731年12月4日写给傅尔蒙的信件和他在《全志》中所作的说明，他翻译《赵氏孤儿》时所使用的底本为四十卷本《元人杂剧百种》第八十五种，他将此书连同译稿一起寄回了法国。为求译本能尽快发表并引起重视，马若瑟在信中向傅尔蒙表示，后者甚至可以以他自己的名字将作品发表出来。② 马若瑟显然不是想通过这部译著来为自己博取声誉，但为什么他在百部元剧中恰恰选中了《赵氏孤儿》来进行翻译呢？

从杜赫德撰写的导言来看，《赵氏孤儿》所代表的中国戏剧表演艺术在当时的法国并没有获得很高评价，因为在法国人看来，这部戏剧的时间跨度长达20多年，违反了当时被欧洲戏剧界奉为金科玉律的"三一律"。不过，在杜赫德看来倒不必过度苛责中国戏剧，因为欧洲戏剧发展到较为成熟的阶段也才不到100年。与此同时，《赵氏孤儿》却与耶稣会所卷入的一场论战有着密切联系。当时，法国文坛正好掀起了有关戏剧功能的大讨论，其焦点是：戏剧到底是伤风败俗还是可以弘扬道德？③ 受启蒙思想影响，耶稣会神学家认为，人在原则上有选择"善"的能力，并十分尊重个人根据良心在道德上的选择，因此耶稣会一直将戏剧视为重要的教育手段，曾排演了大量有道德说教色彩的戏剧，在欧洲戏剧发展史

---

① 唐果：《18世纪法国翻译理念框架下元杂剧〈赵氏孤儿〉法译本研究》，《法语国家与地区研究》2019年第3期，第55页。
② ［法］蓝莉：《请中国作证》，许明龙译，商务印书馆2015年版，第178页。
③ 鲁进、［法］魏明德：《舞在桥上——跨文化相遇与对话》，北京大学出版社2016年版，第148页。

上占有重要地位。但天主教中的詹森派等保守宗教团体则坚持所谓"恩宠神学"（theology of grace），否定人类自由意志的选择作用。以1643年索邦神学家安托万·阿尔诺（Antoine Arnauld）撰写《耶稣会道德神学》（Théologie morale des Jésuites）为开端，詹森派对耶稣会展开猛烈抨击，并在1720年后逐步演化为一场声势浩大的政治运动，对耶稣会造成了致命的冲击。① 因此，处于论战旋涡中的耶稣会一方面要在神学上与反对者交锋，另一方面则要更为严格地挑选上演剧目，尤其要与取悦市井百姓、被斥为伤风败俗的爱情戏划清界限，甚至连女性角色都要小心翼翼地避免。而《赵氏孤儿》通篇宣扬的都是儒家的"忠义"思想，内容上没有任何可以被指责为伤风败俗的地方，剧中人物舍生取义的悲壮之举也正符合欧洲悲剧的审美，作为编者的杜赫德就曾对此表示积极肯定，并在按语中写道："他们（中国人）戏剧的唯一目的就是去取悦他们的同胞，通过戏剧去打动他们，让他们产生对道德的热爱和对罪恶的厌恶之情。"②因此，《赵氏孤儿》这样一部来自中国、宣扬道德的戏剧非常符合耶稣会士在论战中的立场。此外，《赵氏孤儿》在宣扬"忠义"观念的同时没有掺杂任何迷信成分，这对于陷于礼仪之争中的耶稣会士来说也正是树立正面的中国形象、为自己赢得支持的有力证据。耶稣会在元杂剧中实在难以找到一篇比这更契合己方立场的剧目。此外，《赵氏孤儿》译本在欧洲刚刚发表一年，耶稣会就在德国南部城市英戈尔施塔特上演了戏剧《召公》（Chaocungus），该剧讲述的正是一个与《赵氏孤儿》类似的舍子救

---

① ［德］哈特曼：《耶稣会简史》，谷裕译，宗教文化出版社2003年版，第76—78页。
② Du Halde, Description, Tome III, p.341.

孤故事，①耶稣会对舍己救人这一中国故事中所宣扬的道德选择显然是十分看重的。

严格来讲，马若瑟所翻译的《赵氏孤儿》只能算节译本，因为他仅仅译出了《赵氏孤儿》中的道白，而唱曲则大多被删除，使元杂剧"曲白相生"的特色完全无法体现出来。其原因主要在于马若瑟认为元剧中出现的唱词打断了人物的对话，破坏了戏剧表现的连贯性："我感到非常震惊，人物正在对话的时候，演员突然唱起了歌。"②而在十七八世纪法国翻译理论中占据优势地位的正是翻译评论家梅纳日（Gilles Ménage）提出的所谓"不忠的美人"，主张"根据时代的美学要求和古典主义的标准，对原作进行改写"。③因此，马若瑟对唱词的删节完全符合那一时代的法国翻译美学。事实上，马若瑟并非删去了《赵氏孤儿》中所有唱词，他所保留下来的几句唱词均为涉及原著价值观念、对刻画人物有着积极作用的佳句。例如第一场程婴所唱的"既知恩合报恩""忠臣不怕死，怕死不忠臣"都被完整地保留了下来。

从《赵氏孤儿》在欧洲产生的影响来看，马若瑟的删节丝毫没有影响到该剧在18世纪欧洲的传播。伏尔泰就曾盛赞《全志》中的《赵氏孤儿》剧本"使人了解中国精神，有甚于人们对这个庞大帝国所曾作和所将作的一切陈述"。④ 在《全志》所译介的中国文

---

① 详见本书下一篇《"赵氏孤儿"故事在18世纪德语世界的传播与改编》。
② 唐果：《18世纪法国翻译理念框架下元杂剧〈赵氏孤儿〉法译本研究》，《法语国家与地区研究》2019年第3期，第57页。
③ 陈伟：《"不忠的美人"和"古今之争"——古典时期的法国翻译思潮》，《中国法语专业教学研究》2015年第6期。
④ ［法］伏尔泰：《中国孤儿》，载范希衡编著：《〈赵氏孤儿〉与〈中国孤儿〉》，上海古籍出版社2010年版，第5页。

学作品中,《赵氏孤儿》产生的影响最为深远,在欧洲引发了改编热潮。1741年,英国人威廉·哈切特(William Hatchett)出版了英语改编版本《中国孤儿:一出历史悲剧》(*The Chinese Orphan: An Historical Tragedy*)。1752年,服务于奥地利宫廷的意大利剧作家梅塔斯塔西奥(Pietro Metastasio)受玛丽亚·特蕾西娅女大公之托,将此剧与《召公》结合在一起,改编为《中国英雄》(*L'Eroe Cinese*)上演,在情节和人物上都进行了精简。1755年,伏尔泰将《赵氏孤儿》改编为《中国孤儿:五幕孔子道德剧》(*L'Orphelin de la Chine: la morale de Confucius en cinq actes*),进一步在剧中融入了启蒙主义的精神。他将故事发生的背景改为成吉思汗率领蒙古大军征服中国,孤儿则变成中国皇室的后裔,被大臣臧悌保护下来,随着情节的推进,征服者成吉思汗一步步被臧悌和他妻子伊达美所代表的中国文明所征服,最终,成吉思汗被中国人的美德所打动,放弃了杀死孤儿的打算。伏尔泰设计出这样一个征服者被文明所征服的情节,不仅来源于他对中国历史的了解,更是为了在剧中注入启蒙思想,宣扬文明对野蛮的胜利,传输仁爱精神。[①] 在《中国孤儿》序言中,伏尔泰明白无误地宣称要用这部"五幕孔子道德戏"在欧洲舞台上"大胆传授孔子的道德"。[②] 由此可见,《全志》中的中国文学译作在客观上传递了正面的中国形象,推动了中国文化和价值观念在西方的传播。

三、殷弘绪的《今古奇观》译文与道德教诫

杜赫德在《中国人对诗歌、故事和戏剧的品味》一节的导言中

[①] 陈宣良:《伏尔泰与中国文化》,首都师范大学出版社2010年版,第154页。
[②] 孟华:《伏尔泰与孔子》,中国书籍出版社2015年版,第153页。

写道:"中国小说与我们近几个世纪以来流行的小说有一定的相似之处,不同的是,我们的小说大多是些爱情故事以及虚构的故事,它们虽然能供读者娱乐消遣,但是它们对激情的过度渲染却使其变得十分危险,尤其会腐蚀青年读者。而中国小说则充满训诫,包含非常适合用于教化品行的格言,并几乎总是教导人践行美德。"①紧跟这段文字之后的是《今古奇观》中的三个短篇故事:《吕大郎还金完骨肉》《庄子休鼓盆成大道》和《怀私怨狠仆告主》,其中后者的译文被一分为二,正文前的入话部分被独立出来成为一篇,另两篇小说的入话部分则没有被翻译,因此看上去共有四篇,而每一篇的标题也与中文原著颇为不同。需要说明的是,《吕大郎还金完骨肉》《庄子休鼓盆成大道》原本出自明代冯梦龙编撰的《警世通言》,《怀私怨狠仆告主》出自凌濛初编撰的《初刻拍案惊奇》,明末抱瓮老人编辑的《今古奇观》则是从"三言二拍"精选而成。无论"三言二拍"还是《今古奇观》都带有道德训诫的色彩。而从《今古奇观》与"三言二拍"在文字上的差别来看,殷弘绪的译作是以《今古奇观》为底本。

根据殷弘绪手稿上标注的日期1723年11月28日来看,他翻译上述作品之时正是耶稣会在礼仪之争中连连受挫,亟需寻找新的证据为其"融儒"路线辩护的时候。在这种情况下,树立一个积极的中国形象不仅有利于耶稣会争取同盟者,而且可以利用当时法国社会中的"中国热"②和对中国文化的仰望心理,为耶稣会在道德神学之争中争取舆论上的支持。所以,纵观殷弘绪选择翻译

---

① Du Halde, *Description*, Tome III, p.291-292.
② 参见许明龙:《欧洲十八世纪中国热》,外语教学与研究出版社2007年版。

的这几篇中国小说,它们都通过精心编排故事情节,宣扬了善恶有报的思想,并与儒家的道德观念有着不可分割的关系,同时也体现了儒家将"天"视为至高神灵、其道德律令无所不在的观念。

第一篇《吕大郎还金完骨肉》的标题在《全志》中被改为《一个关于行善之举使家庭得以昌盛的故事》。故事的主人公吕大郎心地善良,拾金不昧,这一善行让他意外地在失主那里与失散多年的亲生儿子再次团聚,而后他在返乡途中又捐钱营救落水者,结果无意中救下了三弟。而他的二弟吕宝生性贪婪,本想趁哥哥不在之机将嫂子卖给外地商人做妾,最后却阴差阳错地赔上了自己的妻子。这就正如故事开头的题旨诗所言:"善恶相形,祸福自见;戒人作恶,劝人为善。"殷弘绪忠实地译出了这首诗,点明了小说善恶有报的主题,也突出了教人向善的道德训诫主题。

第二篇《怀私怨狠仆告主》中两个短篇讲述的是恶人一时得逞,无辜者蒙冤入狱,但最后天网恢恢、报应不爽的故事。《全志》中将入话部分的小故事改名为《节选故事:有罪者被宣判无罪,当他暗自窃喜时,上天对他进行了惩罚》,而正文中的故事则被命名为《节选故事:无辜者蒙冤受屈、被迫认罪时,上天给他以特别的保护,为他昭雪报仇》。两个部分的标题一正一反,都强调了天理昭彰、恶人终究难逃上天惩罚的主题。而故事开头的两首题旨诗以及开头一大段对"天网恢恢,疏而不漏"的讨论也被译者殷弘绪忠实地翻译了出来。这段游离于情节之外的文字能被原原本本保留下来并非偶然,原因还是在于它表现了中国人对"天"的认识,并且与耶稣会在礼仪之争中对中国宗教信仰的阐释毫无冲突,对陷于礼仪之争和道德神学之争中的耶稣会来说,这样一个来自中国文学的例证可能要比他们自己的辩护词更加雄辩有力。

第三篇《庄子休鼓盆成大道》讲述了庄子假装死去，用美男计试探出妻子田氏的虚伪面目，最终看破红尘，出家修行的故事。在《全志》中，这个故事的标题被改为《庄子在妻子葬礼后潜心其所钟爱的哲学，成为道教的圣贤》，译者在这里强调了庄子看破红尘、成为道教哲学家的结局。而从占据故事主要篇幅的庄子试妻情节来看，作品同样具有夫妻伦理方面的教诫意义。这一故事也受到了伏尔泰的关注，他模仿庄子试妻的故事创作了《查第格》（Zadig，1747）第二章中的故事，并同样以查第格最终看穿妻子，不再对婚姻爱情抱有希望，因而投身于哲学和自然界的研究作为结束语。与原著相比，伏尔泰的作品抛弃了看破红尘的佛道思想，更接近于以道德和理性为基础的儒家伦理，同时影射了当时的法国社会。① 1760—1762年，英国思想家、社会活动家哥德斯密（Oliver Goldsmith）在英语日报《公簿报》（Public Ledger）上连载了《中国人信札》，后合订为《世界公民》（The Citizen of the World）出版，其中第18封信札里也出现了经过改写的庄子试妻故事。

值得注意的是，从《全志》第三卷的整体布局来看，中国文学译作实际上还与位于它之前的章节《一位中国现代哲学家谈中国人的性格和品行》《关于品行的格言、睿思和范例集》构成了一个带有强烈道德训诫意味的单元。例如后者主要节选自明末清初福建人李九功所编五卷本《文行粹抄》中的《崇德集》《修慝集》和

---

① 王宁、钱林森、马树德：《中国文化对欧洲的影响》，河北人民出版社1999年版，第79页。

《辨惑集》，其中许多小故事都有树立道德典范的意味。而"崇德""修慝""辨惑"均出自《论语·颜渊》，属于不折不扣的儒家思想精华。这一布局体现了杜赫德的精心安排：他将反映中国人道德伦理思想的小说编排在对中国道德观念的介绍之后，目的就是要将中国小说作为中国人的自我陈述来加以利用，让中国人亲自来为《全志》中理想化的中国形象作证，进而更好地按照自己的目的将中国塑造为一个与耶稣会价值观念相近的"他者"形象。同时，这也有助于证明中国儒家道德的纯正性，从而为在礼仪之争中遭到批评的"融儒"路线加以辩护。[1] 由此可推断，殷弘绪之所以选中这三篇具有强烈说教意味的短篇小说，所看重的正是作品的道德高度和伦理教化功能。

耶稣会士在翻译中的道德教诫目的决定了他们在译介中国古典小说时不仅要对翻译对象进行精心选择，而且还要对译文进行小心翼翼地处理。《吕大郎还金完骨肉》中有一段这样的文字："吕玉少年久旷，也不免行户中走了一两遍，走出一身风流疮。服药调治，无面回家。捱到三年，疮才痊好。""行户"在明代小说中是对妓院的隐称，所谓"风流疮"则是对性病的委婉说法。在耶稣会士笔下，这段文字变为："买家拖欠货款，加上又有一场严重的疾病侵袭了吕玉，使他在这个省逗留了三年。"[2]译者在此完全隐去了主人公吕玉逛妓院并因此染上性病的情节。殷弘绪曾在中国传教30多年，算得上一个中国通，很难想象他是由于对中国社会百

---

[1] 张西平：《欧洲早期汉学史：中西文化交流与西方汉学的兴起》，中华书局2009年版，第496页。
[2] Du Halde, *Description*, Tome III, p.363.

态的隔膜而没有读懂小说中的这一细节,更合乎逻辑的可能是:殷弘绪基于其道德立场对中国小说进行了主动改写。因为这一情节在客观上损害了主人公的正面形象,也与《全志》所宣扬的中国小说中没有"激情"相矛盾,必然引发欧洲读者对吕玉作为道德榜样的质疑。综合分析后不难发现:耶稣会士对翻译篇目的选择以及对三篇小说的改写都与其道德立场有密不可分的关系,也正因为耶稣会士将文学作品视为宣传道德教化的有力工具,所以他们肯定了中国小说弘扬道德、批判罪恶的立场,并在礼仪之争中向西方读者传播了一个作为道德之乡的积极的中国形象。

四、结语

1735年《全志》中的中国文学译作折射着18世纪早期欧洲社会、宗教、文学论争对文学翻译的深刻影响。分析《全志》产生的原因可以看出,《全志》的编撰出版正是耶稣会士在礼仪之争和道德神学之争中为扭转不利局面而进行的一次大规模努力。为此,来华耶稣会士在选择中国文学作品进行译介时,紧紧围绕中国人的"敬天"思想和文学的道德训诫功能,从《诗经》《元人杂剧百种》《今古奇观》中精心挑选了一批作品。尽管这些作品算不上中国古代文学中的一流杰作,但却可以很好地作为"他山之石"为耶稣会在礼仪之争和道德神学之争中的立场服务,这也是它们得以入选的根本原因。而作为中西方文化之间的中介者,耶稣会士虽然在主观上是想通过中国文学作品的译介为自己辩护,但他们客观上在中西文化之间架起了一座桥梁,向18世纪早期的欧洲启蒙思想家揭开了中国文学的面纱,①在宣扬道德训诫的同时传播了积极正面的中国形象,激发了欧洲知识分子对儒家思想和中国文学的兴趣,促进了中国文学在西方的传播,并在18世纪欧洲引发了改写中国故事的热潮,最终推动了中国文化和价值观念在西方的传播。

（本文由谭渊完成,张小燕审校,发表于《中国翻译》2021年第4期。本次收录时略有修订）

---

① 唐桂馨:《18世纪法国启蒙思潮与中国明清小说的传播》,《外语教学与研究》2019年第5期。

"赵氏孤儿"故事在18世纪德语世界的传播与改编

《赵氏孤儿大报仇》是第一部传播到西方的中国戏剧作品。1731年,来华耶稣会传教士马若瑟将其译为法文。1735年,《赵氏孤儿》法译本在杜赫德编撰的《中华帝国全志》中出版。随后,德国、英国、法国、意大利作家纷纷以此为蓝本,创作了各具特色的"中国孤儿"故事,在18世纪欧洲戏剧舞台上掀起了一股"中国热"。在德语世界,1736年,耶稣会首先在英戈尔施塔特排演了戏剧《召公》。1752年,意大利剧作家梅塔斯塔西奥在维也纳宫廷上演歌剧《中国英雄》。1772年,德国启蒙文学家维兰德在小说《金镜》中将"中国孤儿"故事与"重返自然"的启蒙思想融为一体。1774年,哥廷根大学的弗里德里希发表《中国人或命运的公正》,宣扬了善恶有报的思想。这些作品从不同角度吸收了《赵氏孤儿》中的中国思想元素,推动了中国文化和价值观念在西方的传播。

在中西文化交流史上,元杂剧《赵氏孤儿大报仇》(简称《赵氏孤儿》)占有极其重要的地位。该剧讲述春秋时晋国上卿赵盾遭大将军屠岸贾的诬陷,被诛灭全族,只有一名刚刚出生的男孩幸免。为救出赵氏孤儿,赵家门客程婴献出自己的儿子,瞒过了奸臣。而韩厥、公孙杵臼等义士则先后献出生命。20年后,赵武长大,向新国君禀明冤情,平反了冤狱,带兵杀死了屠岸贾,终于为全家报仇。《赵氏孤儿》不仅是第一部被译成西方文字的中国戏剧作品,而且在18世纪欧洲引发了强烈反响。在1735年《赵氏孤儿》法译本发表后,英国、法国、德国、奥地利至少出现了六部以"中国孤儿"故事为基础改编而成的戏剧和小说。法国启蒙思想家伏尔泰(Voltaire)、德国启蒙文学代表人物维兰德(Christoph M. Wieland)均加入了改编"中国孤儿"故事的行列。同一时期,耶稣会也在欧洲多地上演了以"中国孤儿"为主题的戏剧。本文将重点探讨《赵氏孤儿》在德语世界的传播和接受,并就"中国孤儿"故事"走出去"背后的文化软实力因素展开分析。

一、马若瑟的汉语研究与《赵氏孤儿》法译本的产生

在中学西传历史上,法国耶稣会士马若瑟是一位颇具影响力的人物。1698年,他随同奉康熙皇帝之命到欧洲招募人才的传教士白晋(Joachim Bouvet)来到中国。怀着对中国文化的浓厚兴趣,他在长达38年的来华岁月中对中国典籍、文字、文学进行了广泛研究,著述颇丰,曾用汉语撰写过《六书实义》《儒教实义》《儒交信》等著作,被19世纪法国著名汉学家雷慕沙赞誉为欧洲第一位"从书本了解

中国而成功地掌握了有关中国深广知识的学者"①。马若瑟1728年完成的拉丁文《汉语札记》(*Notitia Linguæ Sinicæ/Notice sur la Langue Chinoise*)虽然到1831年才在马六甲出版,但该书对汉语语法的研究(尤其是对汉语白话和文言语法的区分)仍影响了欧洲几代汉学家,被汉学界誉为"19世纪前欧洲最完美的汉语语法书"。②

在编辑《汉语札记》的过程中,马若瑟"力求越出欧洲传统语法的范畴",努力从中国文献中找出其语法规律,例句多达一万三千条,所引用的古典小说不下50部,元杂剧、南曲、传奇等多种体裁的文学作品也进入其征引之列,③纪君祥的《赵氏孤儿大报仇》便是其中之一。

此时,欧洲汉学才刚刚起步,为了让自己对汉语语法的研究成果能早日引起法国学界的关注,马若瑟从1725年起将自己的论著陆续寄给同时代法国科学院铭文与美文研究院院士傅尔蒙(Etiene Fourmont),希望能借助后者在法国文化界的影响力打开局面。但傅尔蒙本人此时也正在进行汉语研究,并借助中国旅法学者黄嘉略的帮助于1729年9月完成了《汉语论稿》(*Meditationes Sinicæ*)。因此在1730年1月收到马若瑟的《汉语札记》后,傅尔蒙非但没有热心地帮助其出版,反而对这位竞争对手进行了打压,④使其著作被埋

---

① [法]马伯乐:《汉学》,载阎纯德主编:《汉学研究(第三集)》,中国和平出版社1999年版,第48页。
② 李声凤:《中国戏曲在法国的翻译与接受(1789—1970)》,北京大学出版社2014年版,第54页。
③ [法]戴密微:《法国汉学史》,耿昇译,载戴仁主编:《法国当代中国学》,中国社会科学出版社1998年版,第15—16页。
④ [丹]龙伯格:《清代来华传教士马若瑟研究》,李真、络洁译,大象出版社2009年版,第133—135页。

没长达100余年。但远在中国的马若瑟对此并不知情,为了进一步引起傅尔蒙的重视,1731年12月4日,马若瑟向其寄上了自己刚刚完成的元杂剧《赵氏孤儿》译本和作为底本的《元人杂剧百种》。表面上看马若瑟是希望傅尔蒙能"指正"他的译作,实际上则是希望对方能够意识到《汉语札记》对理解《赵氏孤儿》一类汉语原著的重要价值。[①] 相较于《汉语札记》的命运,马若瑟的《赵氏孤儿》译本无疑要幸运得多,因为此时的法国正处于"中国风"的热潮中,对中国文化展现出了全方位的兴趣,因此中国戏剧的译本一出现就立刻引起了法国文化界的兴趣,短时间内就以手抄本形式流传开来,部分片段还在1734年2月被发表在了巴黎的《信使》(Mercure,又译《水星》)杂志上。[②] 此后,因编撰《耶稣会士书简集》(Lettres Édifiantes et Curieuses)而与马若瑟早有书信往来的耶稣会神父杜赫德不顾傅尔蒙的阻挠,于1735年将马若瑟译本公开发表在他编辑的巨著《全志》第三卷中,使《赵氏孤儿》成为历史上第一部被译介到欧洲的中国戏剧。《全志》问世后不久,法国德·阿尔让侯爵(Marquis d'Argens)就很快发表了一篇对《赵氏孤儿》的评论,并且在1739年开始发表的《中国人信札》(Lettres Chinoise)中引述了这个故事(第23封信),足见当时法国社会对该剧的关注。

《赵氏孤儿》故事的西传从表面上看是马若瑟汉语研究和18世纪"中国热"的结果,但从更深层次来看,译本的出版却与中西方"礼仪之争"的时代背景有着密切关系。1718年,从未到过中国

[①] 李声凤:《中国戏曲在法国的翻译与接受(1789—1970)》,北京大学出版社2014年版,第57页。
[②] 同上书,第11—12页。

的法兰西科学院院士雷诺多发表了著作《译自阿拉伯文的9世纪两位穆斯林旅行家的印度和中国旧闻》，以一份唐代的阿拉伯文献为依据，全面否定了耶稣会对同时代中国的颂扬。这一敌视中国文化的立场自然招致了耶稣会的反击。1722年，杜赫德在《耶稣会士书简集》第14卷卷首语中写道："建立在不争的事实基础上的舆论普遍认为，中国是亚洲最注重礼节、最明白事理，科学和艺术素质最高的国家，可是，雷诺多却竭尽全力想要摧毁这种舆论。"[1] 身在中国的马若瑟也于1724年撰写了一封长信作为呼应，指名道姓地反驳了雷诺多，后发表在1729年《耶稣会士书简集》第19卷中。就是在这场论战的背景下，1735年，18世纪欧洲人认识中国的标准文献——《全志》诞生了。而马若瑟正是《全志》的重要供稿人，总计有不下60篇论文和译作被收入书中。对于要在礼仪之争中树立正面中国形象的耶稣会士来说，《赵氏孤儿》实在是一篇十分契合己方立场的剧目，[2] 为耶稣会和18世纪欧洲启蒙思想家对中国文化的颂扬提供了有力支持。

在翻译过程中，马若瑟略去了《赵氏孤儿》中的大部分唱曲，其原因主要在于他没有认清元杂剧"曲白相生"的特色，认为对白中出现的唱词破坏了戏剧表现的连贯性。而杜赫德也赞成这种节译处理，认为当时的法国读者还没有能力领略唱曲中晦涩难懂的隐喻和修辞。但马若瑟实际上并未删去《赵氏孤儿》中的所有唱

---

[1] 李声凤：《中国戏曲在法国的翻译与接受（1789—1970）》，北京大学出版社2014年版，第157页。
[2] 鲁进，[法]魏明德：《舞在桥上——跨文化相遇与对话》，北京大学出版社2016年版，第147—148页。

词,而是保留了一些表现"忠""义"主题的佳句。如在第一折中,程婴扮作草泽医生将赵氏孤儿放在药箱中夹带出宫,负责在宫门盘查的将军韩厥见程婴行色匆匆,于是将他叫回,通过一段唱词道破了天机:"〔正末唱〕你道是既知恩合报恩,只怕你要脱身难脱身。前和后把住门,地和天那处奔?若拿回审个真,将孤儿往报闻,生不能,死有准。"①马若瑟完整地译出了韩厥的这段唱词,一方面渲染了程婴所面临的巨大风险,另一方面也从韩厥的视角点明了程婴救孤的动力来源于"知恩图报"的心理。但是程婴随后在对白中指出:赵氏一家是晋国的忠良贤臣,而屠岸贾残害忠良满门,众多义士不惜牺牲生命来搭救赵氏孤儿归根结底是为国尽忠,而韩厥到底是助纣为虐还是与他一起匡扶正义则只在一念之间。程婴所说的大义名分打动了韩厥,他随后在一曲《金盏儿》中唱道:"你既没包身胆,谁着你强做保孤人?可不道忠臣不怕死,怕死不忠臣。"②最后,韩厥受到感动,放走了程婴和孤儿,并为保守秘密而自杀明志。马若瑟将这段唱词完整地保留下来,从而准确传达了原作所要弘扬的"忠""义"观念,强化了耶稣会所要塑造的正面中国形象。

此外,从马若瑟给傅尔蒙的信中可以看出,为了赶上最近一班返回法国的船期,他当时只剩不到 10 天时间。因此,马若瑟在信中表示,如果自己能有"闲暇",将乐于为其解释曲文中全部典故和细微之处。台湾著名学者李奭学进一步指出,当时耶稣会恰值

---

① 纪君祥:《赵氏孤儿》,载臧晋叔编:《元曲选》,商务印书馆1958年版,第1481页。
② 同上书,第1482页。

礼仪之争的"生死关头"[①],杜赫德在编撰《全志》的工作上不得不与时间赛跑,以求能通过该书的出版达到"请中国作证",进而影响最终裁定的目的[②]。由此可见,礼仪之争的时代背景深深影响了《赵氏孤儿》的翻译与传播。

二、《中国英雄》——维也纳宫廷中的"中国孤儿"故事

从《赵氏孤儿》在欧洲产生的影响来看,马若瑟对唱曲的删节丝毫没有影响该剧在18世纪欧洲的传播。法国启蒙运动的代表人物伏尔泰就曾盛赞《全志》中的《赵氏孤儿》剧本,认为它"使人了解中国精神,有甚于人们对这个庞大帝国所曾作和所将作的一切陈述"。[③] 它作为难得的东方戏剧范本和中国传统伦理价值观念的体现很快成为欧洲文学家关注的焦点,在18世纪欧洲引发了对"中国孤儿"故事的改编热潮。

1736年,《赵氏孤儿》译本刚刚发表一年,耶稣会就在德国南部城市英戈尔施塔特上演了戏剧《召公》(Chaocungus),该剧讲述的是与《赵氏孤儿》类似的西周召公舍子救宣王的故事,依据的是《史记·周本纪》中的相关记载:"(厉)王行暴虐侈傲……国莫敢出言,三年,乃相与畔,袭厉王。厉王出奔于彘。厉王太子静匿召公之家,国人闻之,乃围之。召公曰:昔吾骤谏王,王不从,以及此

---

① 1741年,教皇本笃十四世颁布谕令《自上主圣意》(Ex quo singulari),最终否定了耶稣会在礼仪之争中对中国文化的解读。
② 李奭学:《马若瑟与中国传统戏曲——从马译〈赵氏孤儿〉谈起》,《汉风》2018年第3期,第61—63页。
③ [法]伏尔泰:《中国孤儿》,载范希衡编著:《〈赵氏孤儿〉与〈中国孤儿〉》,上海古籍出版社2010年版,第5页。

难也。今杀王太子,王其以我为雠而懟怒乎?夫事君者,险而不雠懟,怨而不怒,况事王乎!乃以其子代王太子,太子竟得脱。……共和十四年,厉王死于彘。太子静长于召公家,二相乃共立之为王,是为宣王。"①1659 年,耶稣会士卫匡国(Martinus Martini)在《中国上古史》(*Sinicae Historiae Decas Prima*)中首次记述了这段历史,1735 年的《中华帝国全志》转载了这部分内容,耶稣会士改编的《召公》便是取材于此。尽管《召公》的剧本没有流传下来,但从当时印发的剧目单中仍可看到故事的主要内容。该剧共分三幕,按拉丁语的拼写方法,将召公称为 Chaocungus,被救的孤儿(后来的周宣王)被称为西维努斯(Sivenius),召公自己的儿子则叫坦古斯(Tangus)。全剧情节如下:由于厉王(Lius)统治残暴,导致国都西安(Sigan)发生暴动,结果厉王逃走,起义者便转而追杀王子。危急时刻,大臣召公将王子西维努斯救回家中,并让相貌与之相仿的儿子坦古斯与西维努斯交换了纹章,使西维努斯得以悄悄逃走。而起义者随后赶到,由于他们一定要杀死王室成员泄愤,顶替王子的坦古斯自杀在起义者面前,平息了众人的怒火。最后真相大白,起义者被召公的牺牲精神所打动,于是让西维努斯登基做了国王②。18 世纪,此剧曾在德国多地上演③,使"中国孤儿"故事在德语世界迅速传播开来。

此时,受"中国风"影响,奥地利也兴起了一股中国热。1735

---

① 司马迁:《史记(第一册)》,中华书局 1959 年版,第 142—144 页。
② *Chaocungus: Tragoedia*, Ingolstadt: Johann Paul Schleig, 1736.
③ Adrian Hsia, "The Jesuit Plays on China and Their Relation to the Profane Literature," *Mission und Theater. Japan und China auf den Bühnen der Gesellschaft Jesu*, ed. by Adrian Hsia and Ruprecht Wimmer, Regensburg: Schnell & Steiner, 2005, S.218.

年,作为维也纳宫廷御用文人的意大利剧作家彼埃德罗·梅塔斯塔西奥(Pietro Metastasio,1698—1782)创作了以中国为背景的戏剧《中国女子》(*Le Cinesi*),宫廷中的许多贵族应邀在戏中出演角色,当时身为神圣罗马帝国皇位继承人的玛丽亚·特蕾西娅公主(Maria Theresia,1717—1780)就亲自在剧中扮演了一位中国公主。此剧主要讲述一个中国人在回家后如何介绍他在欧洲的所见所闻,剧中有一场是三位中国女子登场,借"他者"的视角夸张地展现欧洲人的戏剧,以营造出一种喜剧的效果。1748 年,梅塔斯塔西奥再次接受玛丽亚·特蕾西娅女王的创作委托,于是他将《赵氏孤儿》的故事与《召公》结合在一起,改编创作了以"中国孤儿"为母题的《中国英雄》(*L'Eroe Cinese*)。该剧于 1752 年春在维也纳美泉宫的花园剧院进行了首演,参演人员均为优秀的年轻宫廷贵妇与骑士,观众也是宫廷贵族。该剧用意大利语写成,其中有多个咏叹调,配有博诺(Bonno)创作的音乐。该剧本在 18 世纪重印过多次,后译成德语,1771 年曾出版过一个双语对照本,本研究便主要参考这一版本。在梅塔斯塔西奥笔下,全剧虽然有中国布景,但所有人物都取了拉丁语的名字,其中孤儿的名字 Siveno 与 1736 版的《召公》中的 Sivenius 几乎一样,仅仅是词尾按意大利语规则进行了一点改变,这恰恰是两剧之间具有承继关系的重要标志。但剧中前后情节的跨度达到了 20 年,舍子救孤也发生在孤儿还在襁褓中时,这又明显不同于《召公》,而与《赵氏孤儿》相近。作者在创作中显然并非只单纯参考了一个"中国故事",而是对多样化的蓝本进行了综合。

与纪君祥原作中绝大多数篇幅对主人公忠肝义胆、自我牺牲精神的讴歌不同,《中国英雄》仅仅通过第一幕第六场中的一段独白道出了 20 年前皇族惨遭屠戮、主人公利昂戈"舍子救孤"的义举,而将重点放在了亲情与友情的冲突上。其主要内容如下:在一场暴动中,皇帝利维亚诺(Livanio)为自保而被迫出逃,王室成员大都被赶尽杀绝。面对暴民的残暴搜杀,忠臣利昂戈(Leango)设计了一场骗局,他将自己的亲生子裹进王室褓裸并交给刽子手,从而保全了皇家遗孤西维文戈斯。利昂戈眼见刀剑砍到婴儿颈上,却强忍着丧子之痛,将尚在褓裸中的小王子隐藏起来,改名西维诺(Siveno)在身边养大,并且 20 年来一直保守着秘密。而被利昂戈所牺牲的亲生儿子蒙代奥(Minteo)其实也并未丧命,而是被大臣阿尔辛格所救,当成皇室遗孤悄悄抚养成人。蒙代奥长大后与西维诺结为好友,对身为摄政王的利昂戈也很忠诚。由于原来的皇帝已死,皇位不能长期空悬,所以让利昂戈继位的呼声很高。西维诺也来劝父亲登基,但却被斥退。而阿尔辛格坚信他收养的蒙代奥才是真正的王子,并想为他夺回王位。但由于蒙代奥钦佩利昂戈作为摄政王所展现的高尚品德,同时由于他与西维诺结为好友,因此他不仅拒绝发动政变夺回王位,而且还发誓忠于友情,在骚乱中救下了好友的性命。最后,利昂戈从皇宫大庙中取出先王的手谕,证明西维诺才是被他救下的真正王子。蒙代奥也通过颈上的伤疤与父亲利昂戈相认。全剧最终以真相揭开、误会解除、亲人团聚、西维诺继承王位圆满结束。从剧情可以看出,标题中的"中国英雄"主要是歌颂利昂戈牺牲个人幸福,拯救孤儿并让出皇位,但也可理解为是在赞扬品格高尚的蒙代奥等人。总之,《中国英雄》在赞颂利昂戈的忠诚和牺牲精神的同时,也赞颂了朋友间的忠诚。但是由于剧中并无屠岸贾那样让人憎恶的反面人物登场，故事只能从"孤儿大报仇"变成"报恩"。同时，作者还插入了西维诺、蒙代奥与两位鞑靼公主间的恋情，使剧中充满了种种对"爱"的刻画，既讴歌了品格高尚的"中国英雄"，也赞美了恋人间、友人间的忠诚与博爱。

从内容来看，梅塔斯塔西奥笔下的《中国英雄》并未能逃出欧洲戏剧的常见套路，如英雄人物之间的情感冲突、个人与国家利益之间的矛盾、英雄人物所遭受的误解、主角出于高尚目的而采取的隐忍、恋人之间的感情纠葛、父子通过倒叙和伤疤的相认、大团圆的结局等欧洲戏剧中司空见惯的主题都被插入其中，这显然是维也纳宫廷以及当时上流社会的审美观所决定的。

与此同时，作为宫廷剧作家，梅塔斯塔西奥对"中国孤儿"故事中的人物关系、情节发展都做了欧洲化的处理。在元杂剧中占据大部分篇幅的核心情节——"舍子救孤"——由于与后面的情节有20年的时间差，按照欧洲当时流行的"三一律"被压缩成对话中的内容，这令故事减色不少。故事高潮也从"舍子救孤"变成了众人误解忠臣而导致的皇位之争，在将剧情压缩至一天之内的同时，他放弃《赵氏孤儿》"忠奸斗争"的线索，建构起了"孤儿之谜"和"皇位归属"的新悬念，使剧情变得更为紧凑、更具吸引力。

在人物形象塑造方面，该剧聚焦于英雄人物利昂戈为国为君的忠肝义胆和自我牺牲精神，在歌颂他和周边人物的忠诚、英勇、舍己为人品质时，也营造了一种正面的价值引领，这与原著中所歌颂的"忠义"精神完全一致,也符合18世纪"中国风"时期欧洲社会对儒家思想的理解,向欧洲社会传播了一幅正面的中国画像,故事中所蕴含的道德教育意义也与儒家思想吻合。在舞台布景上,作家特意设置的中式工艺品、建筑园林、宫殿寺庙无不折射出18世纪"中国风"对欧洲社会的影响。

《中国英雄》的发表进一步提升了"中国孤儿"故事在欧洲的知名度,1755年,法国启蒙思想家伏尔泰将《赵氏孤儿》改编为《中国孤儿:五幕孔子道德剧》(*L'Orphelin de la Chine: la morale de Confucius en cinq actes*)时就提到了梅塔斯塔西奥前作的影响力。他在《中国孤儿》(1755)献词中写道"著名的麦塔斯塔西约长老曾为他的一篇诗剧选了一个差不多和我相同的题材"[①],指的便是这部《中国英雄》。

三、《金镜》

1772年,德国启蒙思想家维兰德(Christoph M. Wieland)在著名国事小说《金镜或谢西安的国王们》(*Der goldne Spiegel oder die Könige von Scheschian*, 1772)中也将"中国孤儿"故事吸纳了进去。维兰德为小说选取的舞台是一个半虚构的亚洲国家,他在前言中宣称作品原本是用所谓谢西安语写成,后由一个中国人译成汉语献给太祖皇帝,再由一个传教士从汉语译成拉丁语,最后由他本人从拉丁语译成德语。故事主线是印度宫廷哲学家达尼士曼为苏丹盖巴尔讲述谢西安王国的兴衰史,期望以此为鉴,为苏丹提供

---

① [法]伏尔泰:《中国孤儿》,载范希衡编著:《〈赵氏孤儿〉与〈中国孤儿〉》,上海古籍出版社2010年版,第88页。

治国理政的参考。维兰德选"金镜"作为小说标题,显然是取"以史为镜,以鉴得失"之意,维兰德在《金镜》开头处所谓"中文译者给太祖皇帝的献辞"中也写道,君王要得到一双慧眼,最为稳妥有效的办法便是"到人类世世代代的历史之中去领悟智慧与愚蠢、睿见与激情、真理与欺骗之道",而眼前这部谢西安王国的兴衰史实在与众不同,"在这面镜子的强光照耀下,智慧与愚蠢所带来的自然结果以清晰的特征和温和的色彩呈现出来",这将有益于君主对"王者之学"的探究,故而中国最高警务部门赋予它"金镜"之名并将其进呈君主[1]。

维兰德在小说《金镜》中虚构了一位按照儒家思想培养起来的贤明君主梯芳,他早年就有一段类似"赵氏孤儿"的经历:"依斯方达登基后不久,便把自己所有的兄弟及他父亲阿佐尔唯一的兄弟特莫尔留下的子孙铲除殆尽,梯芳便是其中的幼子,当时年仅7岁左右,由他父亲非常喜爱的一位老臣照看。人们称这位大臣为成吉思,他有一个独生子,恰好和特莫尔亲王的这位小儿子同龄;为了拯救年幼的梯芳,他唯一的办法就是将自己的儿子假扮成梯芳献给依斯方达派来的刺客。成吉思为美德做出的这般巨大牺牲,其行为堪称勇气可嘉。"[2]此处的"成吉思"并非直接来自一代天骄成吉思汗的大名,而更可能是受声名赫赫的伏尔泰版《中国孤儿》影响。但伏尔泰为表现"道义战胜暴力,理性征服野蛮"的主题,放弃了孤儿被残杀的情节,因此维兰德的故事肯定还是主要来

---

[1] Christoph M. Wieland, *Der goldne Spiegel oder die Könige von Scheschian*, Band.1, Reuttlingen: Johann Georg Fleischhauer, 1772, S.X – XVI.
[2] Christoph M. Wieland, *Der goldne Spiegel oder die Könige von Scheschian*, Band.3, Reuttlingen: Johann Georg Fleischhauer, 1772, S.143 – 144.

源于杜赫德编撰的《全志》。从维兰德在书中所加的一些注解来看，他也确实非常熟悉《全志》一书中的内容，"赵氏孤儿"故事成为小说中梯芳的原型丝毫不足为奇。

维兰德笔下的"孤儿"故事与《赵氏孤儿》相比在侧重点上有相当大的不同。《赵氏孤儿》中的草泽医生程婴是出于道义献出自己的独子、救下襁褓中的赵氏孤儿，《金镜》中的成吉思则是以忠心耿耿的老臣形象出现，他为拯救年幼的王室遗孤，毅然牺牲了自己年纪相仿的儿子，表现出的是对故主一家的"忠"。同时，维兰德对孤儿如何被救只有上面所提的短短一句话，对父亲献出孤儿时的心理活动只字未提，只是最后用一句话赞扬了他的美德与勇气。这与《赵氏孤儿》一半以上的篇幅在描写"搜孤"与"救孤"，通过一个又一个小高潮凸显忠奸斗争和义士们舍生取义的高大形象形成鲜明对比。而《赵氏孤儿》对程婴在此后20年中如何抚养孤儿则只是在第四场开头一笔带过，其间提到孤儿化名程勃，被仇家屠岸贾当成程婴之子养在府中，因为能文能武还颇受屠岸贾器重。相比之下，《金镜》中对孤儿成长的描写则可谓不遗余力。首先，富于牺牲美德的老臣成吉思为躲避暴君，带着梯芳隐居到了谢西安国南部边陲"一座肥沃但尚未开垦的山谷"中，而小说中以"讲故事者"身份登场的哲学家达尼士曼认为这种蛮荒的环境恰恰是梯芳最幸运的地方，因为他从中国的例子中看到："中国皇帝中最优秀的那位正是在草房中长大的……而那位道德高尚的农夫舜又怎会不成为最好的帝王呢？关键在于：他的起点就决定了他培养的方向是成为一个人。那些从摇篮开始就被朝着统治者方向培养的君主中，有几个能夸耀这样的优点！"据司马迁在《史记·

五帝本纪》中记载,"舜耕历山,渔雷泽,……年二十以孝闻,年三十而帝尧问可用者,四岳咸荐虞舜"。① 在《全志》第一卷对中国历代帝王的介绍中,青年时代的舜也被描写为一个具有各种美德的"普通农民",维兰德在小说中以编者身份为"舜"所作的注解即明确指向该书中的此处内容。随后,小说以舜为榜样,让未来的明君梯芳同样在远离宫廷的农园——一块"大自然本身所铸就的圣地"里中成长起来:"梯芳——国家的重建者、法律的制定者、英雄、智者、人民的慈父,是所有帝王中最受爱戴和最幸福的一位。……他在大自然的怀抱中接受了教育,远离了大千世界阴霾的污染,在近乎荒野的环境里,生活在一群纯真朴实、勤劳能干、温良恭俭的人所组成的社会小团体中,哪怕面对地位最低微的人也没有一丝优越感,他就在这种状态下度过了自己人生的前30年,不知不觉中,他的内心中也孕育出了所有君王当具备的美德。"② 从这段描写中我们可以看到,维兰德受到了同时代启蒙思想家卢梭(Jean-Jacques Rousseau)的名著《爱弥儿,或论教育》(*Émile ou De l'éducation*)影响,将"重返自然"、让孩童受到天性的指引、顺性发展为善良的人视为培养未来明君的途径。也正因为维兰德本人是德国启蒙运动中的重要思想家,笃信教育对一个良好社会的意义,所以他才不厌其烦,对"孤儿"成长为一代明君的历程进行了详尽描写。至于孤儿长大后为家族"报仇"的故事则干脆被《金镜》抛弃了。

---

① 司马迁:《史记(第一册)》,中华书局1959年版,第32—33页。
② Christoph M. Wieland, *Der goldene Spiegel oder die Könige von Scheschian*, Band.3, Reuttlingen: Johann Georg Fleischhauer, 1772, S.142–143.

四、《中国人或命运的公正》

1774年,德国哥廷根大学有一位笔名弗里德里希的大学生还根据《赵氏孤儿》改编完成了《中国人或命运的公正》(*Der Chinese, oder die Gerechtigkeit des Schicksals*),全剧用六步抑扬格写成,并加入了女性角色。作者在前言中写道:"中国人是东方最为文明的一个民族,他们自古以来就有了戏剧……其大多都是悲剧,他们那丰富的历史为此提供了大量素材。他们借此重新证明了一件事,即良好的礼仪和美好的未来是分不开的,总是彼此促成的。"作者显然曾阅读过杜赫德的《全志》,从中了解了中国戏剧艺术的特点,他除引用了一段《赵氏孤儿》的例子证明中国戏剧"不乏理性和真情实感"之外,还用中国小说《吕大郎还金完骨肉》中的情节介绍了中国人对"天命不可违""善恶有报"的理解。而杜赫德也曾在《中国人对诗歌、故事和戏剧的品味》一文中赞扬过中国小说"充满训诫,包含非常适合用于教化品行的格言,并几乎总是教导人践行美德"。[①] 他所选入的三个来自小说集《今古奇观》的故事也都带有教人向善的道德训诫色彩,与儒家的道德观念有着不可分割的关系,并体现了儒家将"天"视为至高神灵、其道德律令无所不在的观念。[②] 这些因素都对《中国人或命运的公正》一剧产生了影响。而也许是看到剧中赵氏一家被诛杀时连小孩子也不被放过,作者对君主专制制度的残暴一面产生了深刻印象,因此他宣称要在改编的剧本中"更多地保留该戏剧场景所处国家的特

[①] Du Halde, *Description*, Vol.Ⅲ, p.291-292.
[②] 参见本书前一篇《礼仪之争与〈中华帝国全志〉对中国典籍与文学的译介》。

征,尤其是东方专制主义的风俗习惯"。① 不过值得指出的是,其实启蒙时代思想家恰恰认为,中国所属的"东方专制制度"是一种"开明专制",《金镜》中所提到的舜帝正是这方面的代表。

《中国人或命运的公正》对《赵氏孤儿》故事的情节进行了很大改动。剧中主人公坎布尔是奸臣韩同的养子,并与韩同之女莉莉发相爱。由于这两层关系他一度助纣为虐,陷害朝中大臣。尤其是因为大臣兰福要与他争夺莉莉发,他抢先诬告了兰福,以至于后者被皇帝赐下"三班朝典",皇帝勒令其立即自尽,并将其官职授予坎布尔。但坎布尔良心未泯,目睹兰福的惨状后内心深感痛苦。而他所谓的生父苏伦年事已高,在去世前告知坎布尔,他其实是赵氏家族遗孤,而杀害他全家的仇人正是韩同,全靠苏伦用襁褓中的亲生儿子顶替坎布尔,坎布尔才没有被韩同的利剑穿心。得知真相后,坎布尔找到韩同,假称自己发现赵氏孤儿未死,当韩同解下匕首,要坎布尔去除掉孤儿时,坎布尔却将刀刺进了韩同躯体,为家人报了仇。但是坎布尔无法承受命运的重压,也无颜面对莉莉发,于是逃出韩府,莉莉发在得知父亲正是被未婚夫所杀时也无法承受打击,最终用同一把匕首结束了自己的生命。

正如该剧副标题"命运的公正"所彰显的那样,改编者显然十分欣赏中国文学作品中善恶有报、天网恢恢的观念,因此转而着力描写命运的公正安排,让奸臣韩同在反复呼喊"命运啊！上天！"中死去,② 宣

---

① Friedrichs, „Vorrede", *Der Chineser oder die Gerechtigkeit des Schicksals. Tragödie*, Göttingen: Victorinus Boßiger, 1774.
② Friedrichs, *Der Chineser oder die Gerechtigkeit des Schicksals. Tragödie*, Göttingen: Victorinus Boßiger, 1774, S.99.

染了天理昭昭、善恶有报的主题。但在人物刻画方面，作者进行了完全欧洲化的改写，坎布尔不断哀叹自己的命运，在感情与复仇之间犹豫徘徊，使人不由得联想起莎士比亚名剧《哈姆雷特》中优柔寡断的主人公，而莉莉发也与同一剧中哈姆雷特的恋人奥菲利亚相似，后者也是从对婚礼的憧憬一下落入父亲被恋人所杀的痛苦，最后发疯落水而死。可以说，剧中人物已经完全欧洲化，大段慷慨激昂的独白具有典型的欧洲舞台剧特点，给人以希腊式的命运悲剧之感，但却弱化了"中国孤儿"故事对"忠义"的推崇，也使原剧在儒家"忠义"价值方面的训诫意义基本荡然无存。

五、结语

总体来看，上述改编自"中国孤儿"故事的欧洲文学作品虽各有侧重，但都以歌颂正义、倡导美德为主题。归根结底，《赵氏孤儿》在18世纪欧洲的成功传播首先要归功于中华文化和传统美德的强大感召力，而戏剧这种在当时最为喜闻乐见的表演形式则是推动中华美德在异域得到有效传播的极佳载体。有研究者指出，戏剧的形式使得儒家伦理道德观念在《赵氏孤儿》中"得到生动体现"，甚至"比教条式的儒家经典更通俗明白和富有感染力"，[1]这也是杂剧《赵氏孤儿》在欧洲取得巨大成功的决定性因素。

作为第一部传播到西方的中国戏剧作品，元杂剧《赵氏孤儿大报仇》在18世纪欧洲文学界掀起的"中国故事"改编热潮至今仍值得我们深入反思。宏观地看，"中国故事"是对中华民族这个多

---

[1] 张国刚、吴莉苇：《启蒙时代欧洲的中国观》，上海古籍出版社2006年版，第215页。

族群共同体生活的记录,凝聚着中国人共同的思想观念和精神气质,除文学意涵外还包含有丰富的历史和政治意涵。而西方文学所改编和传播的"中国故事"一方面传递着"中国声音",是中华文化走出去、传播中国核心价值观的重要途径;另一方面,在传播中也受到同时代欧洲政治、宗教、文化等因素的影响,折射出西方在他者视角下对中国文化的理解。综合分析"中国孤儿"故事在18世纪的西传历程不难看出:耶稣会士对《赵氏孤儿》的翻译固然并非偶然,但也与中国"文以载道"的优良传统密不可分,与儒家文化强调文学的道德训诫功能有着密切关系。正因为耶稣会士与儒家文人一样将戏剧作品视为宣传道德教化的有力工具,所以他们在礼仪之争中引入中国文学作品作为"他山之石",肯定了"中国孤儿"故事弘扬道德、批判罪恶的立场,向西方读者传播了一组作为道德榜样的中国英雄形象。同时,《赵氏孤儿》也向18世纪欧洲人揭开了中国戏剧的面纱,在宣扬道德训诫的同时展示了积极正面的中国形象,激发了欧洲知识分子对儒家思想和中国文学的兴趣,促进了中国文化和价值观念在西方的传播。

(本文发表于《德意志研究》2021卷,武汉大学出版社2022年版。本次收录时有修订)

《好逑传》早期西文译本初探

作为第一部被译成西方文字并得以出版的中国长篇小说,《好逑传》在翻译史上具有无可替代的地位。本篇主要就小说译本在欧洲传播的历史及其影响进行研究,通过对问世于18世纪60年代的英、德、法三个译本的对比研究,一方面,指出各国译者在译文处理、注解、附录方面所做的大量工作是译本得以成为独特的文化载体并产生经久影响的成功之源;另一方面,也指出了早期译本中存在的一些错误。

在中国浩如烟海的文学宝库中，诞生于明末清初的才子佳人小说《好逑传》算不上一颗璀璨的明珠，但是在汉籍外译史上，它所占有的地位却极为值得大书一笔：《好逑传》不仅是第一部被译成西方文字并得以出版的中国长篇小说，而且在译本问世之后长达半个多世纪的时间里被向往中国文化的西方文人奉为经典。德国大文豪歌德甚至在年近八旬之际仍然对这本他30年前读过的作品记忆犹新。此书何以能在西方拥有如此经久不衰的魅力？除作品内容方面的原因外，此书的译者、出版者功不可没，其中一些用心之处即使是在200多年后的今天看来也不无教益。本文主要就最早出现的英、德、法文译本进行初步研究。

一、传播史

《好逑传》大致成书于明末清初。小说讲述好色的过公子垂涎独居在家的才女水冰心，三次意图强娶都被此女巧妙躲过，最后用计强抢，水冰心却又被恰好路过的侠士铁中玉撞见救下。过公子怀恨在心，便在铁中玉酒食中下毒。危急关头，水冰心不顾闲言，将生命垂危的恩人接到家中医治。此时，两人已相互倾心，但始终以理自守，谈话吃饭时也只隔帘相对。后来，铁中玉功成名就，由双方父亲做主成婚。过家却又出来诽谤。最后，皇后验明水冰心仍为处子之身，于是皇帝下旨表彰二人，令其完婚，同时惩处了恶人。1761年，此书的英译本出版者托马斯·帕西（Thomas Percy）在序言中写道："有理由断定中国人将其视为杰作……因为通常只有那些在本国人中享有盛誉的书，才会被拿给外国人看。"[1]帕西的判断十分准确,此书在清初确曾名噪一时,且被列为"十才子书"的第二名。

《好逑传》作者署名"名教中人",显然意在敦伦明理、提高名教声誉。而作者绝不会想到的是,随着英、法、德、荷译本的出版,《好逑传》的声誉飞越了国界,成为欧洲人眼中优秀的"伦理小说"。

欧洲出版界曾有两次翻译出版《好逑传》译本的热潮,每次均有多种语言的译本相继问世。其中第一次热潮出现在"中国风"时代晚期,最早问世的是英译本,1761年11月14日出版于伦敦,题为《好逑传或愉快的故事》(英文全名:*Hau Kiou Choaan or The Pleasing History. A translation from the Chinese language. To which are added*, i. *The argument or story of a Chinese play*, ii. *A collection of Chinese proverbs*, and iii. *Fragment of Chinese poetry*.) 1766年,此书从英文转译为德文和法文,1767年荷兰文译本出版,同样是从英文转译。仅就其传播速度之快也可以想见此书当年何等不同凡响。

关于托马斯·帕西出版英译本的一段历史,范存忠先生在《中国文化在启蒙时期的英国》一著中已经多有考证。但是由于译本手稿自帕西之后就再没有人见过,两百年来研究者对原始译本的认识仍然只是当年帕西介绍过的几句话,其庐山真面目也许将永远成为不解之谜。

---

[1] Thomas Percy, *Hau Kiou Choaan or The Pleasing History*, London: R. and J. Dodsley, 1761, p.IX. 下文引用均出自此书,不再一一注明。译文参见范存忠:《中国文化在启蒙时期的英国》,上海外语教育出版社1991年版,第148页。

关于译本的来历,帕西在第一版的译者序言中语焉不详,他声称译稿是在英国东印度公司职员的卷宗里发现的,手稿是用英文和葡萄牙文写成,笔迹显示这是由两个人分别写下。从帕西为《好逑传》所作的一处注解可以判断,英文部分中断于中文本第十六章三分之一处。译者首先用铅笔写下译文,而后又用墨水笔在上面进行了修改,帕西推断,翻译是在一位中国老师的指导下完成的。至于译者到底是谁,帕西却故意不说出来,只说这位英国东印度公司职员曾在中国工作多年,通晓汉语,译本手稿完成于1719年,即此人在华的最后一年,1736年他便已去世。帕西的闪烁其词加之小说所引起的轰动,令从来没有见过中国小说(或许是根本就怀疑中国人是否也掌握小说这种文体)的英国人开始大惊小怪,怀疑此书实际上是《波斯人信札》之类欧洲人托名的作品。直至1774年帕西才不得不进一步说明了译本的来历:译本英文部分出自英国东印度公司职员詹姆斯·威尔金森(James Wilkinson)之手,此人曾在广东居住多年,帕西是从他的后人那里得到手稿的。话虽说得肯定,但中国到底有没有《好逑传》这本书,帕西自己并无把握,几十年后,已经成为英国圣公会主教的帕西还在多方托人来华探访,甚至找到了1793年出使中国的马戛尔尼勋爵。[①] 直至1810年,当年作为使团随员觐见过乾隆皇帝、后因翻译《大清律例》蜚声欧洲的东印度公司职员小乔治·斯当东才一锤定音,结束了纠缠半个世纪的真伪之辨。

关于法、荷译本,留下来的资料很少。法文本1766年出版于

---

① 范存忠:《中国文化在启蒙时期的英国》,上海外语教育出版社1991年版,第148页。

里昂，从英文版转译，题名《好逑传，中国故事》(*Hau Kiou Choaan, Histoire chinois*)，译者仅署名 M＊＊＊。从德国图书馆中的检索信息来看，译者应为当时活跃于译坛的马克·安托万·艾杜斯（Marc Antoine Eidous）。1767年出版于阿姆斯特丹的荷兰文译本名为《铁中玉先生与少女水冰心的故事》，[①]译者为埃尔文·范·霍特因（Erven van F. Houttuyn）。

比较有趣的是德文译本，这一译本1766年出版于莱比锡，同样以英文版为基础，但译者克里斯托夫·戈特立布·穆尔（Christoph Gottlieb von Murr）将书名大胆改为《好逑传——好逑先生的快乐故事》(*Haoh Kjöh Tschwen, d.i. die angenehme Geschichte des Haoh Kjöh*)。穆尔在德译本前言中批评帕西对汉语语法知之甚少，不知道"好逑"便是作者先生的大名，如今他改正过来以晓德国读者。[②] 今人在此倒不必先嘲笑穆尔的"改进"。其实，法国东方学家、研究中文30年之久的福尔蒙（Stephan Fourmont）才是

[①] 荷兰文译本全名及出版信息为：*Chineesche Geschiedenis, Behelzende de gevallen van den Heer Tieh-Chung-U en de Jongvrouw Shuey-Ping-Sin. Nevens het Kort Begrip van een Chineesch Toneelspel, eenige Chineesche Dichtstukjes, en eene Verzameling van Spreekwoorden der Chineezen. Oorspronglyk in de Chineesche Taale beschreeven. Daar uit in 't Eng. overgezet, en met breedvoerige Aanteekeningen, vervattende zeer veele Byzonderheden wegens de Zeden en Gewoonten der Chineezen, verrykt. Nu in 't Nederd*, vert. Amsterdam, Erven van F. Houttuyn, 1767. 试译为：《中国故事，包括铁中玉先生和水冰心小姐的故事，附中国戏剧概要、中国格言集。最初用中文写成，从中文译成英文并附上很多独具特色的关于中国语言和习俗的重要注解》，现由埃尔文·范·霍特因在阿姆斯特丹将其译成荷兰文，1767年版。
[②] Christoph Gottlieb von Murr, *Haoh Kjöh Tschwen, d.i. die angenehme Geschichte des Haoh Kjöh — Ein chinesischer Roman, in vier Büchern. Aus dem Chinesischen ins Englische, und aus diesem in das Deutsche übersetzt. Nebst vielen Anmerkungen, mit dem Inhalte eines chinesischen Schauspiels, einer Abhandlung von der Dichtkunst, wie auch von den Sprichwörtern der Chinesen und einem Versuche einer chinesischen Sprachlehre für die Deutschen*, Leipzig: Johann Friedrich Junius, 1766, S.IX‑X.

始作俑者。穆尔的最大贡献在于明确指出此书出自中国人之手，而且在巴黎图书馆早有收藏！穆尔在德译本前言中附有福尔蒙所列的一份巴黎中文藏书清单，其中除《好逑传》外还有《平山冷燕》《玉娇梨》《西厢记》《琵琶记》等名目。《好逑传》的真伪这个令帕西战战兢兢了几十年的疑案也由此在德国迎刃而解。出于对福尔蒙中文功底的信任，穆尔不仅将其一篇关于中国语言的论文附在德译本后，而且完全照搬了他在书单中对"好逑"的解释。这也证明，穆尔本人并没有真正读过《好逑传》的中文本。这一以讹传讹之举倒是影响深远，100多年后，1869年又有一个德国人将《好逑先生的快乐故事》加以改编，并对"好逑先生"大加称赞，称之为"中国家庭生活小说的伟大作家"。

二、译本构成与译文质量

帕西在序言里谈到译文原稿是写在四册薄薄的中国纸上的，前三册用英文写成，第四册用的则是葡萄牙文。但从帕西后来所作的注解可以判断，葡文部分仅占全文1/6，帕西在出版译本时已经将葡文部分转译成了英文。早期的英、德、法三种文字的译本均可分为三个部分：序言，正文和内容庞杂的附录。

英文本最前面是帕西的献词，而后是他的序言。德文本除此之外还有德译者序言。法文本中则只有帕西的序言。

按照中国线装书的习惯，《好逑传》共有四卷十八回，前两卷各五回，后两卷各四回。威尔金森在英文译稿中也相应标明了回数。帕西出版译本时觉得中文各回篇幅太长，不符合当时英国读者的阅读习惯，因此将每个中文章回又划分为两到三章节。于是，读者最终所见到的英文本《好逑传》共有三十八章,也分为四卷。穆尔的德文本沿袭了这一划分方法。但是笔者所见的德文本是厚厚的一本,没有分开装订,页码也是从头编到尾,没有像另外两个译本每卷自成一系。法文本的特别之处在于每卷开始处均附有一幅描绘中国人娶亲、出游等生活场景的大幅插图。在编排上,其前两卷各十章,第三卷则有十七章,第四卷仅有三章,可能是因为第四卷后的附录很长,出版者为平衡各卷篇幅而调整了章节。

英文本《好逑传》有三个附录:一出在广东上演的中国戏剧的情节介绍,中国格言选辑,中国诗歌片断。此外还附有一个索引,主要列出了注释中出现的各个条目。附录中的内容基本上都是二手材料,主要来自耶稣会士有关中国的出版物,尤其是杜赫德的《全志》。所谓格言,既有孔子的名言也有民间俗语,既有成语也有民谚,真是五花八门。《中国诗歌片断》中选有20首中国诗,内容都是从法文和拉丁文转译而来的。有一段关于诗歌翻译的文字出自帕西手笔,其中说道:诗歌的花朵很微妙,不易从原来的语言移植到另一种语言里;中国诗的美很难译入其他语言,特别是欧洲语言,因为欧洲语言的表现方法同中国语言相去太远了。

法文本附录的内容较少,仅有戏剧和格言部分,诗歌与索引都不见踪影。

德文本则不仅沿用了帕西所作的附录,还进一步加以扩充。穆尔对中文已有所研究,他除了在附录中添加法国汉学家福尔蒙的一篇语言学论文外,还自己动手撰写了一篇以德国人为对象的关于中文特点的简介。此外,德文本的索引也与英文本有所不同。范存忠先生注意到,在帕西所作的索引条目中,关于中国人性格阴暗面的内容远远多于光明一面。德文本则不然，索引基本上仅限于具体的项目，"中国人的性格"一项被完全排除了。这样做颇有道理，因为小说家在刻画人物时常常将反面人物脸谱化以加强善恶对比（这一点中外咸同），将出于艺术性目的的反面描写当作中国人的普遍性格，不仅有失公允，而且是可笑的。

在译文方面，据范存忠先生研究，威尔金森和帕西在翻译出版《好逑传》时进行了许多删节和改写。这种做法自然是为当代翻译界所诟病的，但在当时也属情理之中。首先，威尔金森翻译《好逑传》多半只是为了学习中文，他本人并未打算将译文拿出来发表。必须考虑到的还有：对于当年的译者而言，最大的困难是没有汉英辞典可供查阅，而在翻译文学作品时没有辞典在手，任何一位有点经验的译者都应知道那将是何等艰难。此外，早期译者们由于对中国文化所知有限，碰到较为复杂的段落、高度凝练的诗句就干脆跳过不译，在当时也是通行的做法。因此，用今天的翻译标准来评判他的译文显然并不恰当。1810年，曾随马戛尔尼访华，并随后因其游记而闻名的约翰·巴柔（John Barrow）就称赞帕西的译本在从中文翻译过来的作品中是"最为忠实"的。这证明，相对当时的水平而言，威尔金森与帕西的译本已经相当成功。而且帕西的文学水平和眼力也是有目共睹，他所编辑的《英国古诗残存》（1765）至今仍有很高的研究价值。

因为威尔金森的手稿无从查考，帕西在编辑《好逑传》时进行了多少改动就难以确认。但从译本中的一些注解来看，帕西多数时候是在努力保留原稿的面貌。例如，威尔金森遇到诗文时大多跳过，对于原著中大量评论性的诗文而言，即使只字不提,译文读者也不会觉察,但碰到小说里的人物作诗就不一样了。威尔金森的做法是空上四行,帕西没有设法掩饰,而是在出版时也空上四行,然后在脚注中告诉读者原稿如此。原稿中葡文部分有一首诗仅仅译了三行,最后一行空在那里,帕西在出版时也付之阙如。

汉英翻译中的一个难点是大量惯用语的处理。威尔金森因为是在学习中文,因此在翻译时对一些惯用语采取了直译。帕西对"捋虎须""钟不敲不响""久旱逢甘霖"等易于理解的均加以保留,而对一些较难理解的则在正文中用意译代替,随后在注释中对中文的说法(威尔金森的直译)加以交代。不过,威尔金森的中文水平实在有限,除许多套语跳过不译外,有时联想起他所熟悉的表达方式,也信手拿来代替。如原著第十五回中"无欺无愧,惟有自知,此外则谁为明证?"在译本中变成了"惟有天知、地知、你知、我知",第十一回中"打得他头青眼肿"成了"打破他的头,让他的眼睛肿得像灯笼。"

法德两种文本的译者在译文方面没有显示出多少创造性,基本上采取了忠实于英文本的直译。由于英文本行文已多少有些生硬,再次直译之后的文字效果可想而知。

法文本出版后获得的评价不高,1829年有一篇评论甚至认为这位译者的法文水平实在很差。笔者法文功底尚浅,对此不敢妄评,但在查阅时也发现法文本至少印刷错误很多,给研究带来了诸多不必要的麻烦。德文本出版30年后,作家席勒曾打算进行改写,但那只是因为他觉得译本的语言表达有些过时,而且小说"过长",不适合在杂志上刊登。如果考虑到德文本出版后的半个多世纪,正是德国文坛革故鼎新、狂飙突进的时代,而这一译本直至50年后仍为文豪歌德所称赞,并在文学沙龙中朗诵(见下文),德译本应当说是较为成功的。

三、独到的注释

《好逑传》早期译本最为独到之处应当是编译者们对小说所进行的详尽注释,这首先应归功于当年为此进行了大量资料收集工作的帕西。他考虑到当时英国读者的知识水平,对小说中各种具有东方文化特色的名目进行了详尽注释。译本尚未出版,便有看过样书的友人对他写道:"你为这部中国小说收集注释,真是煞费苦心。这些注释把它很好地弄清楚了。而且我要坦率地对你说,这些注释是你这本书里最有价值的东西。"

帕西所做的注解涉及中国社会的方方面面。其中有关中国人日常生活的注解尤为众多,如中国人的传宗接代观念,如何订婚、行聘、举行婚礼、收取贺礼,如何孝敬长辈,妇女为何裹小脚,为何重男轻女,中国的妻妾制度,女眷的生活,中国家庭的陈设,其中床是怎样、院落结构怎样,城市如何布局,中国人如何作画、用什么纸墨,中国人的服饰,如何相互拜访,如何坐轿,磕头如何受到重视,中国的医生、佃户、仆从等职业如何不同于欧洲,如此种种。

涉及政治制度方面的注解虽然在数量上稍少一些,但是此类注解往往是长篇大论,正文反而被挤在一角。这方面的注解包括:吏、户、礼、兵、刑、工六部,都察院,钦天监,翰林,阁老,科举考试,皇帝祭拜天地,军队和士兵,"满大人",官印,刑讯,死刑审核,等等。

涉及宗教方面的注解同样篇幅较长,其中介绍了佛教、道教、儒教的基本思想，儒家经典"四书五经"的内容，孔孟老庄的简要生平，白莲教对统治者的威胁，佛教来华史，耶稣会士在华活动，等等。有趣的是，尽管帕西大量引用了耶稣会士的报告，但是并不盲目相信一面之词。比如，耶稣会士称中国和尚"又懒惰又堕落"，帕西却认为这与事实不符；又如耶稣会士在钦天监任职，帕西指出，他们编修的日历是在加入许多迷信的东西后才作为皇历颁发到全国的。

此外还有一些注解涉及当时的中西方交往，如杨光先与耶稣会士的历法之争；耶稣会与其他教派的"礼仪之争"；中国人如何自以为在世界中心，初次见到世界地图时是如何觉得难以置信；轰动一时的荷兰使团访华的过程，使团所递交国书的内容。

可见，帕西为译本所作的注解大多是知识性的，而这对于对东方充满好奇，却无力去阅读大型工具书的读者来说，无疑是极有帮助的。平心而论，就算在整个翻译史上，注释如此包罗万象的文学翻译作品也属罕见。丰富的注释使《好逑传》不仅仅是一部简单意义上的小说，更成为一部围绕中国话题的生动的小型百科全书。这使得译本在出版多年之后仍然保持着旺盛的生命力。德国作家席勒在1801—1803年为将《图兰朵》搬上德国舞台而努力时，就曾求助于《好逑传》中的注释，在他为剧本编写的十几条谜语中，"犁"和"长城"两首谜语诗便明显是从《好逑传》的注解中脱胎而来。

有趣的是，尽管帕西为《好逑传》所作的注解已经十分详细，但德法两国译者似乎都觉得意犹未尽，于是又在英文本注解基础之上进行了进一步注释。在这方面，德法两种译本可谓各有千秋。

数量方面,在译本第一卷中(相当于中文本一至五回),法文本第十章的注解有8处,德文本有3处,而第六章法文本有注解11处,德文本更多达15处。质量方面,法文本第一卷215页上对"塔(寺院)"所作注解明显更多引用了代表最新水平的法国研究论文,而德文本则与英文本一样,引用的是几十年前杜赫德在《全志》中所提供的资料。这也显示,在"中国风"时代,法国对中国建筑的研究走在欧洲各国前列。

除知识性注释之外,有些注释是涉及翻译方法以及汉语中一些惯用表达方式的。对于想要了解异国文字,或从异国文学中汲取养分的读者来说,这是十分有用的。如"路见不平"在正文中是意译的,同时编译者又将直译的原文放在注释中加以说明:"中文原文是将不平的道路修平。"但是威尔金森中文水平有限,就算请教了中文老师,也未必能完全弄懂一些惯用语的含义。例如在提到对仇敌的"切齿"之恨时,威尔金森将其译为:"就算仇敌死了,也恨不得从他身上咬下一块肉来。"帕西把这句译文放在注解里,并由此发了一通感慨,认为这与《圣经》教导人以德报怨相去太远了。

面对这类注解,德法两种文本的译者没有显示出更多的创造性,显然他们对汉语的了解远没有达到可以借助当时的汉学藏书对此加以改进的程度。例如威尔金森将"打得他头青眼肿"译成"打破他的头,让他的眼睛肿得像灯笼。"帕西在正文中将其改为 fall upon him and beat him severely, 同时在注解中注明原译为: break his head and swell his eyes as big as the lanterns。德法译者也亦步亦趋地将其译为: ihm die Augen so dick schlagen, wie eine Laterne 以及 cassez lui la tete, & rendez lui les yeux aussi gros qu'une lantrne。

　　值得注意的是，帕西的注解往往并不是单纯要澄清某一概念，而是要连带地向读者介绍一系列有趣而又自成体系的中国知识，有时甚至还穿插一些典故和轶事。如小说中提到"御史"时，帕西除就中国的官员监察制度进行介绍外，还尤其提到在中国这样的君主专制国家里大胆进谏的不易，他举出了两个典故：一位官员（可能是指海瑞）在冒死进谏时干脆把棺材也抬上了，而另一位晏子先生则通过巧妙的言语使国君放弃了因为痛惜爱马之死而要乱杀养马人的念头。在为"柳下惠"和"关云长"作注时，帕西提到中国人推崇"贫贱不能移，富贵不能淫"的品格，但又说中国人把关云长这样的武将画得异常高大魁梧是为了让异族产生恐惧心理，比如在澳门附近的关口就故意让一位身材特别魁梧的将军去巡逻，而把羸弱的兵丁隐藏起来。

　　当然，《好逑传》译本问世之时，西方汉学刚起步不久，耶稣会士在华几十年者尚多有闹笑话的时候，初通甚至不通中文的译者、编者们再兢兢业业，有时也难免张冠李戴。如帕西在注释中便把李白搬到了汉朝，德法两国译者也照搬无误。穆尔看到"阎王"被解释成"鬼王"，便一知半解地写道："阎"就是恶鬼的意思。又把"阎王"这个专有名词拼写为"阎的王"。

　　注解中比较令人生疑的是帕西就其所作"改编"进行的说明。笔者在前文中提到，英国学界就中国是否真有《好逑传》一书的怀疑大约到19世纪初才得以排除。但帕西的注解中却常有这样的措辞："中文原文是……"。此类措辞前后出现数十处之多，如果帕西连有无中文本都弄不清楚，又如何能知道中文原文如此呢？

较为合乎逻辑的解释是：帕西所谓"原文"实际上指的是威尔金森的译文原文。

细细研究此类注解，可以就帕西在多大程度上改变了威尔金森1719年手稿获得一个粗略的认识。如各种译本的《好逑传》第一卷第八章末尾均有这样一个注解："故事的中文作者在这句话之后还加上了这样几句赘笔：……编者认为此处删去为益，因为让读者暂时陷入迷阵才更合乎小说的味道。"

细究之下，帕西在译本第六章（中文第三回后半部分）中的一处注解颇有意思，涉及好色的过公子中了移花接木之计与一个丑女洞房花烛的段落。各译本中都有这样的注解："中文中此处是：她们（侍妾）按吩咐退了下去，过公子伸手往床上探去，说道：'啊，她睡了，我现在想歇歇，也躺下睡吧。'编者删去了这个不必要的段落，中国人的这种谦虚，总是这样生硬、可笑和多余。"如果帕西所见的译稿中真的是这几句话，笔者是要佩服帕西的鉴赏力了，因为与这"多余"之处相对应的中文原文全然没有什么谦逊可言，相反却是《好逑传》中唯一一段有涉色情的大胆描写！这种删改倒是很容易让人想起当年蟠溪子前辈翻译《迦因小传》时为维护女主人公形象而篡改小说的掌故。因为威尔金森的手稿已无从查考，所以也无法确认这段有涉色情的文字到底是从哪一步开始被改动的。估计不是威尔金森做了英国的蟠溪子，就是身为教士、后来还升任主教的帕西在此故布疑阵，隐去了真情。因为他是要把这本"道德的小说"献给一位贵妇的，帕西在献词中写道："正当海淫海盗的小说故事充斥国内市场的时候，这本来自中国的小说，作为一本讲究道德的书，还有劝善惩恶的作用；不然的话，我也不敢请夫人过目了。"

四、影响史

从小说后来的影响来看,帕西的一番苦心没有白费。在雷慕沙大批翻译中国文学作品之前,帕西的译本代表了当时汉籍西译的最高成就,其百科全书性质的注解更在越来越推崇知识和理性的文学沙龙中受到欢迎。尤其值得一提的是1766年的德译本,在汉学刚刚起步的德国,穆尔这一在英译本基础上更进一步的德译本及其所附的研究论文几乎代表了当时德国汉学研究的最高成就。1794年,穆尔将译本寄给了席勒,后者对此极为重视,为此回信致谢,而且很可能不久以后又将这本书推荐给了歌德。1800年,席勒觉得译本语言有些陈旧,一时兴起,改写了小说的开头半章。这项工作虽然不久便被搁置一旁,但从席勒最后的工作日程表来看,计划并没有取消,改编后的小说应于1806年付梓,遗憾的是席勒1805年因病去世,一段佳话终于未成。从有关书信来看,穆尔的译本在德国上流社会的文学沙龙中流传甚广。1815年10月14日,威廉·格林曾致书其兄雅各布(这两人便是《格林童话》的编纂者),谈及在海德堡的一次聚会中他幸会了正在主人家做客的歌德,歌德为大家"朗诵并讲解"了《好逑传》。因为在歌德的私人藏书和借书记录中均无此书,所以歌德很可能是在友人那里凑巧看到了这本小说。由此可以推断,此书在德国流传甚广,直至19世纪初仍然享有相当声誉。

提到歌德,便不得不提一提歌德1827年1月31日那番广为人知的谈话。那一天大诗人和他的朋友谈到中国小说,于是便回忆起了他读过的一些中国故事,其中有一段是《好逑传》中的情节:"有一对钟情男女在长期相识中很贞洁自持。又一次他俩不得不在同一房里过夜,就谈了一夜的话,谁也不惹谁。还有许多典故都涉及道德和礼仪。正是这种在一切方面都保持严格的节制,使得中国维持几千年之久,而且还会长存下去。"国内有一种流传甚广的错误说法,认为直到1827年歌德才真正把《好逑传》细心读完了。这一说法大约来自陈铨20世纪30年代的论文《中德文学研究》。从歌德的日记来看,他在此期间所看的是另一部中国小说《花笺记》。歌德的另一段谈话完全可以证明他是在几十年前看到《好逑传》的。这段谈话简要地记录在法国比较文学先驱让·雅克·安培(Jean Jacques Ampere)1827年四五月间多次拜访歌德后于5月16日写给友人的信里,信中写到歌德从雷慕沙所译的小说谈到了中国人的道德,由此又谈起了他半个世纪前读过的中国小说,里面的情节他至今仍记忆犹新。在此,我们无需深究歌德到底是30年前还是50年前读的这本小说,因为这只是年近八旬的大文豪与一位后生晚辈用法语进行的一次闲谈。况且有一点可以肯定,在歌德的时代,在德国人已经认识的中国小说中,堪称"道德小说"的也仅有《好逑传》一本而已!

值得一提的是,就在歌德发表这番谈话的时候,欧洲汉学家掀起一波翻译中国文学作品的热潮,《好逑传》再度受到青睐。1828年,新的法文译本 *Hau-kiou-choaan, ou l'Union bien assortie* 问世。1829年英文本 *The Fortunate Union* 出版。1832年,俄国诗人普希金发表了他从法文本摘译的一章。《好逑传》再度扬名异国。

(本文发表于《中国翻译》2005年第3期)

图兰朵公主的中国之路
——席勒与中国文学关系再探讨

席勒的剧本《中国公主图兰朵》长期以来被视为西方作家所虚构的东方世界,其中的中国元素也被视为舞台上的点缀。而"中国公主"这一形象在世界文学中的演变历程以及席勒在作品"中国化"方面所做出的努力则并未得到充分关注。本篇通过对12世纪末波斯民间故事集中的图兰朵童话、18世纪初法国东方学家的《一千零一日》、1762年意大利戏剧家哥奇的"童话剧"以及1801年席勒的"悲喜剧"等几个版本加以对比研究,指出直至席勒才真正有大量中国元素融入"中国公主"的故事。同时,席勒依据中国才子佳人小说《好逑传》在作品中强调女性尊严和妇女权利,使主人公图兰朵在性格发展、思想境界方面上升到了一个新的高度,才使得作品超越前人、真正实现了"中国化",并使童话中性格乖戾的女主人公最终成为世界文学之林中璀璨夺目的"中国公主"。

图兰朵公主的中国之路——席勒与中国文学关系再探讨

德国著名作家弗里德里希·席勒出生于1759年11月10日，在短短46年的生命历程中，他在戏剧、美学、诗歌、史学等方面都留下了丰硕的成果。他的《强盗》《阴谋与爱情》《欢乐颂》等作品不仅在马克思、恩格斯的著作中被频繁引用，而且至今脍炙人口。而在席勒所塑造的众多戏剧人物中，也包括一位光彩夺目的中国女性形象，这就是他于1801年在《中国公主图兰朵》中塑造的那位智慧过人、渴望真爱的中国公主。伴随着全球化时代的到来和普契尼版《图兰朵》"重返"紫禁城所引发的热潮，学术界对"中国公主"形象在世界文学中的演变历程也产生了愈来愈浓的兴趣：席勒何以会对一位中国公主发生兴趣？他仅仅是为了迎合观众对东方世界的好奇，还是有更深层的社会思潮在推动着他？中国公主的魅力究竟何在？她又来自何方？本文将以18、19世纪东西方文学间的互动为出发点，结合对席勒创作道路的考察来就这一中德文学关系研究中的重要课题加以探讨。

一、《图兰朵》的中国之路

在西方文学家所塑造的众多东方女性形象中，图兰朵无疑是最为光彩照人的一个。无论是她在用谜语与男性较量中所显示的智慧，还是她对真挚爱情的渴望、对男女平等的追求，都使她散发出超凡的魅力，从而吸引了哥奇、席勒、普契尼等一代又一代文学家、音乐家对这个古老的故事加以改编创作，使她不断绽放出诱人魅力。然而，《图兰朵》起初只是一个地地道道的波斯童话。所谓"图兰朵"实际上是由Turan和dot两个词组合而成，Turan是一个地名，现在指的是中亚土库曼斯坦、哈萨克斯坦、乌兹别克斯坦地区面积约 180 万平方公里的图兰盆地。在菲尔多西(Firdaussis，940—1020)耗费 43 年创作的史诗《列王记》①中，伊朗上古时期国王费里东在年老时三分天下，把中亚草原和中国(指中国西北部草原)分给了二儿子图尔(Tur)，②图尔的封地就被称为"图兰(Turan)"，后来也被用来概称中亚地区。dot 是 dokht 的简写，意为女儿、姑娘，国王的女儿(shahdokht)即公主，在特指场合下只用 dokht 也可指公主。③ 因此，"图兰朵"的本意是"图兰的女儿"或"图兰的公主"。

图兰朵故事的雏形大致起源于波斯诗人尼扎米(Iljas ben Jussuf Nizami，约 1141—1209)的故事集《七宝宫》(1196)中。④ 全书以 7 位公主给萨珊王朝的国君巴赫拉姆五世(Bahram Ⅴ,420—438 在位)讲故事为主线，结构与《十日谈》相近。根据后世流传下来的版本，其中与图兰朵最为接近的"谜语公主"的故事是"一位俄罗斯公主于星期二在红色的火星宫中讲述的"，⑤也有版本称是

---

① 张鸿年：《波斯文学史》，昆仑出版社 2003 年版，第 54—55 页。
② 菲尔多西：《列王纪选》，张鸿年译，人民文学出版社 1991 年版，第 126 页。
③ 穆宏燕：《图兰朵是中国公主?》，《侨报》2008 年 3 月 8 日。
④ 尼扎米的名字在西方有 Nizami 和 Nisami 两种拼写方法，国内也有内扎米的译名。《七宝宫》亦可译为《七美人》。目前，法国学界多认定《一千零一日》中的故事大都出自一本名为《忧愁后的快乐》(*Alfarage Badal-Schidda*)的土耳其故事集。罗湉：《图兰朵法国源流考》，《中国比较文学》2006 年第 4 期，第 159 页。但历史上也有学者提出，莫切里士年轻时曾将一批印度戏剧翻译成波斯语，而后它们又被转译成了各种语言，其中就包括土耳其语的《忧愁后的快乐》和法语的《一千零一日》。Pétis de la Croix, *The Thousand and One Days*, transl. by Ambrose Philips, London: J. & R. Tonson, 1765, p.vi. 还可参见 Pétis de la Croix, *Les Mille et un jour, contes persans*, Paris: Co. des Libr., 1828, p.3 - 4。
⑤ Iljas ben Jussuf Nizami, *Die sieben Geschichten der sieben Prinzessinnen*, transl. by Rudolf Gelpke, Zürich: Manesse, 1959, S.127.

一位斯拉夫公主在"第四天,火星日"所讲述。① 故事这样开始:"在俄罗斯的一座城市里曾经有一位国王,他有一个女儿,美丽聪慧,她的名字叫图兰朵……"②故事的全部情节都发生在俄罗斯和中亚,与中国毫无关系,也没有任何中国人出现。普契尼的歌剧《图兰朵》在北京上演后,国内有学者认为故事背景可能是蒙古金帐汗国土崩瓦解、分裂成若干小汗国的时代,说图兰朵是大元公主也未尝不可。③

到了17世纪下半叶,《图兰朵的谜语故事》引起了法国东方学家克罗伊克斯(Francois Petis de la Croix,1653—1713)的兴趣,他将其改写后收录于巴黎出版的五卷本波斯故事集中。这一故事集以老奶妈给被爱情和婚姻烦扰的克什米尔公主讲故事为主线,并仿效阿拉伯故事集《一千零一夜》命名为《一千零一日》(1710—1712)。时值欧洲的"中国风"时代,欧洲人在文化上顶礼膜拜正处于康乾盛世的中国,将中国瓷器、饮茶、园林、装饰风格都视为时尚,乘坐中国轿子一度在部分德国城市成为贵族才享有的特权,巴黎甚至还出现过冒充中国公主来出名的闹剧。而《一千零一日》的法国编者也同样在这股风气中嗅到了商机,于是将《图兰朵》中的俄罗斯公主重新包装,使之成为北京的"中国公主",并定名为《卡拉夫王子和中国公主的故事》。但此时的故事情节与现在大家所熟悉的版本还有很大差别。这一故事首先讲述了王子卡拉夫

---

① Iljas ben Jussuf Nisami, *Die sieben Prinzessinnen*, transl. by Martin Remane, Berlin: Rütten & Loening, 1980, S.61.
② Nizami, *Die sieben Geschichten der sieben Prinzessinnen*, S.129.
③ 穆宏燕:《图兰朵是中国公主?》,《侨报》2008年3月8日。

和他的父母因为战乱逃离故国,路上不幸又遇上强盗,被抢得精光,王子不得不靠乞讨和为人做苦工维生。后来他听说美丽的中国公主用谜语来招亲并被公主的肖像所吸引,这才来到北京。后面的情节是大家所熟悉的:卡拉夫解开了谜语,但是出于对公主的怜惜,他不惜再冒一次生命危险让公主来猜他的名字,公主得到了王子的名字,但却为王子所征服,最后自愿与他结为夫妇。后来,卡拉夫王子还在中国的帮助下夺回了自己的国家。①

在意大利,《图兰朵》的故事引起了威尼斯剧作家卡洛·哥奇(Carlo Gozzi,1720—1806)的注意。当时,哥奇为了对抗以"新喜剧"而闻名的革新派剧作家哥尔多尼(Carlo Goldoni,1707—1793),决心复兴威尼斯狂欢节上的传统艺术剧(commedia dell'arte,或称即兴喜剧)。为此,他从1761年起在四年内写出了10部童话剧,通过改编一系列光怪陆离的异国故事来吸引观众并获得了巨大成功,《图兰朵》便是其中最为有名的一部。哥奇于1762年将《一千零一日》中的这个故事改编成剧本《图兰朵,一部中国悲喜童话》,在情节上也做出了重大改动。其中,故事按照当时流行的"三一律"被浓缩到了24小时之内,卡拉夫到达北京之前漫长的流浪生活全部被删去,只在人物对话中被简单提及。卡拉夫原本是为求婚而来到北京,在哥奇笔下被改编为流浪到北京后才一下被公主的画像所吸引。此外,为了迎合威尼斯观众,哥奇在剧中加入了大量意大利元素,例如他让威尼斯艺术剧中的固定角色潘塔隆以首相身份、特鲁法尔丁以总管太监身份出现在中国宫廷,并将第

---

① [法]克罗伊克斯:《一千零一日》,杜渐译,辽宁人民出版社1981年版,第136—175页。该书中故事冠名为《杜兰铎的三个谜语》。

三个谜语改为"亚得里亚的雄狮"(威尼斯城的标志)。此时的图兰朵虽然名义上已成为一位"中国公主",但是除去作为舞台背景的北京城外,全剧几乎没有什么可以被称为中国的东西。第一个在真正意义上将中国元素引入《图兰朵》的欧洲人是德国文豪席勒。

二、席勒与《图兰朵》中的中国元素

席勒在改编《图兰朵》之前已经显示出对中国的浓厚兴趣。1795 年和 1799 年他曾写下两首《孔夫子的箴言》(*Spruch des Confuzius*)。这两首以时空为主题的诗充满哲理,尽管很难证明其与儒家思想的直接联系,但其内涵的确能够使人联想起《论语》《中庸》中的一些章句。[①] 这一时期,由于英国恰好派出以马戛尔尼勋爵为首的庞大使团访问中国(1793—1794),其成员在中国逗留达半年之久,后来将大量关于中国政治、经济、地理、人文方面的信息带回欧洲,使中国一下成为欧洲上流社会津津乐道的话题。1796 年 1 月 12 日,正在席勒家中做客的歌德在他的日记里留下了这样一行记录:"早上读小说,谈论中国小说。"是什么中国小说成为两位文学巨匠的话题呢?席勒的通信集揭开了谜底:这部小说便是历史上第一部被译成西方文字的中国长篇小说《好逑传》。《好逑传》是明末清初的才子佳人小说之一,曾被金圣叹列为"第二才子书",它讲述了才女水冰心智斗好色的过公子,后来又遇上侠士铁中玉,几经波折有情人终成眷属的故事。1761 年,该书英

[①] 卫茂平:《中国对德国文学影响史述》,上海外语教育出版社 1996 年版,第 143 页。Erich Ying-yen Chung, *Chinesisches Gedankengut in Goethes Werk*, Mainz: Uni Mainz Dissertation, 1977, S.93.

译本在伦敦出版,题为《好逑传或愉快的故事》(*Hau Kiou Choaan or The Pleasing History*),1766—1767年又被转译为德文、法文、荷兰文等文字。1794年,《好逑传》的德文版译者穆尔(Christoph Gottlieb von Murr)将译本赠予席勒,后者曾专门回信致谢。席勒对此书十分推崇,但觉得穆尔的译本在语言上已经有些陈旧,他为此于1800年8月写信告知出版界的朋友他已经开始动手改写长达488页的德译本,并完成了开头部分。他在信中写道:"此书有如此之多的出众之处,在同类作品中是如此独一无二,绝对值得再次赋予它新的生命。"①但不久之后,席勒的注意力转移到了一部来自意大利的"中国作品"上,这就是哥齐的《图兰朵》。

必须指出的是,虽然哥尔多尼在与哥齐的较量中被迫于1762年远走法国,但哥尔多尼倡导废除固定台词、固定角色,要求喜剧反映现实的改革实际上是一种进步,也恰恰击中了陈旧、僵化的威尼斯传统假面喜剧的要害。相比之下,力图复兴传统的哥齐墨守成规,在《图兰朵》中让角色依然像在旧式喜剧中一样带着假面出场,以取悦观众为目标,就落在了时代步伐之后。席勒在第一次提出改编《图兰朵》的计划时就一针见血地指出了这一点:"哥齐的剧本在构思上显示出极高的才智,但还不够丰满,缺少诗意的生命。人物就像被线牵着的木偶,某种迂腐的生硬贯穿着全剧,而这是必须克服的。"②因此席勒提出"希望通过诗意方面的润饰,使之在演出时具有更高的价值",并"以此为德国舞台赢得一部新颖而

---

① Friedrich Schiller, *Schillers Briefe*, Bd.6., Stuttgart: Deutsche Verlags-Anstalt, 1894, S.192–193.
② Ibid., S.314–315.

有趣的戏剧"。①

席勒为使《图兰朵》获得更高价值的努力主要体现在三个方面：一是利用《好逑传》为"中国公主"增添真正的中国元素，二是将图兰朵从脾气乖戾的童话公主变为一位具有崇高思想境界的妇女权利代言人，三是对人物性格的发展进行了精心铺垫，并借助诗意的语言使剧本具有新的生命。下面我们首先来看看席勒为作品增添的中国元素。

席勒的《中国公主图兰朵》完成于1801年10—12月，席勒在改编创作时充分利用了《好逑传》来为作品增添中国元素，而在此前哥齐的《图兰朵》中，除了故事发生在北京之外并没有多少严肃的中国成分。在席勒的《图兰朵》中，最具中国特色的是《犁》和《长城》两首谜语诗。其中谜语诗《犁》专门用来替代哥奇剧本中的"亚得里亚雄狮"，并作为三个谜语中的压轴之作。② 从这一点可以看出，席勒在创作时绝对是在前人的基础上努力使作品具有中国色彩。③ 席勒对《犁》产生兴趣并非偶然。在十七八世纪，由

① Friedrich Schiller, *Schillers Briefe*, Bd.6., Stuttgart: Deutsche Verlags-Anstalt, 1894, S.313‑314.
② 这两条谜语早已引起了国内学者的注意，相关研究可参见张威廉：《略谈席勒对中国的了解》，《雨花》1963年第1期，第48页；卫茂平：《中国对德国文学影响史述》，上海外语教育出版社1996年版，第152—155页。国外主要研究参见 Albert Köster, *Schiller als Dramaturg*, Berlin: Hertz, 1891, S.200‑202。
③ 丁敏在博士论文《席勒在中国》中认为，席勒为《图兰朵》的演出共准备了15条谜语诗，其中只有《犁》和《长城》两条具有中国色彩，因此作品的"中国特色并不浓厚"。参见丁敏：《席勒在中国》，上海外国语大学博士论文，2009年，第101—107页。笔者认为应当以历史的观点来看待剧本中国特色是否浓厚的问题，如果将作品放回它产生的时代，并将它与此前同样涉及中国的欧洲作品进行比较，我们恐怕不得不承认，除了伏尔泰的《赵氏孤儿》外，席勒的《图兰朵》是他那个时代的欧洲观众所能接触到的作品中刻画中国最为认真、中国特色最为浓厚的一部。

于中国农业养活的人比欧洲总人口还要多,欧洲传教士在发回本国的报告中对此大加赞扬,这给欧洲君主和农本主义倡导者留下了深刻印象。同时,传教士还报道了中国皇帝每年祭扫天地、躬耕皇田以显示对农业重视的轶事。1770 年,德国画家伯恩哈德·罗德(Bernhard Rode)曾根据这些报告加以想象创作了油画《扶犁的中国皇帝》,此画曾于 1985 年连同他的另一作品《采摘桑叶的中国皇后》以及法国吉美博物馆收藏的《雍正皇帝躬耕图》一起在德国展出。在农本主义者的鼓动下,1769 年和 1770 年,奥地利皇帝约瑟夫二世和时为法国王储的路易十六曾先后仿效中国皇帝亲自下地耕田,以示国家对农业的重视。给席勒以决定性启发的则可能是《好逑传》德译本中关于中国人"敬天"的一处长长注解。译者在此处写道:

> 中国人谈论天空和土地时就像在谈论神祇。"天"(Tien),在古籍编纂者笔下是统治天空的神灵。……皇帝也要每年按惯例向土地献上祭品,而后亲手用犁耕地。他犁地之处是北京城南面不远处的一处胜地。皇帝首先进行祭祀,祭祀之后他开始与三名殿下和九位大臣一起耕地。……皇帝要深深浅浅犁上几下。他离开犁之后才轮到殿下和大臣们。[1]

从上文有关皇帝躬耕皇田的记录还可以看出,中国人祭天实际上是向"统治天空的神灵"献祭,同时可以明显看出"三"在中国的祭祀礼仪中是一个神圣的数字。这些细节可能直接导致了席勒

---

[1] Murr, *Haoh Kjöh Tschwen*, S.422-423.

对哥奇剧本的其他几处改动。在谈到献祭时,哥奇剧本中向"天空"、太阳和月亮献上的猪、马、牛都是100头,而席勒却将献祭的数目都改为300头,并且写到"向天(Tien)献上了三百头肥牛……"。席勒的改动绝不单纯是名字的更换,而是反映了他对中国的进一步了解。①

但并非所有学者在下笔前都像席勒一样严谨。德国汉学家顾彬(Wolfgang Kubin)曾批评席勒"在也许可以写得具有中国情调的地方"并没有去努力,因为中国人说的"天"只是指天空,而不是天神。② 现在看来,席勒对有关资料把握得非常准确全面,倒是今天的汉学家表现出对200年前语境的无知。进一步的证据还有:受到波斯故事集的影响,哥奇曾让剧中一位大臣叫出波斯神祇(Berginguzin)的名字,而席勒将其改为"至高无上的天哪!"在另一处哥奇提到向"天空"献祭的地方,席勒则将其改为了"至高的天神",这证明席勒非常明确地知道"天"和"天空"在汉语中有不同的含意。顾彬显然大大低估了席勒在创作时的严谨态度。

长期以来,席勒与哥奇剧本的另一不同之处也一直为研究者所误解,这就是席勒剧本中7次提到的"Fohi"。德国研究者阿尔伯特·科斯特(Albert Köster)、中国台湾学者钟英彦(E. Y. Chung)均认为席勒是在阅读杜赫德的《全志》德译本时将290页上的伏羲皇帝和295页上的"佛"(Fo)弄混了,德国国家版《席勒全集》中的注解

---

① 卫茂平:《中国对德国文学影响史述》,上海外语教育出版社1996年版,第151页。
② Wolfgang Kubin, „Die Todesreise — Bemerkungen zur imaginativen Geographie in Schillers Stück 'Turandot. Prinzessin von China'", *Jahrbuch zur Ostasienforschung*, Vol.1, 1986, S.270-284. 顾彬作品的中文译文可参见他在北京大学的演讲集——[德]顾彬:《关于"异"的研究》,曹乃云等译,北京大学出版社1997年版,第148—164页。

也采用了这种说法。恐怕事实并非如此,1766年德文版《好逑传》的注解中曾三次介绍佛教以及信徒对"佛"的崇拜,由于这些介绍主要源于"尊儒诋释"的耶稣会士的报告,评价之低可想而知,甚至《好逑传》的中国原作者也对佛教素无好感,在书中让和尚"跌脚捶胸道":"我们和尚家最势利"(第六回),极尽挖苦之能事。而关于Fo-hi的介绍则出现在关于"儒教"的注解中,伏羲被称为皇朝的缔造者和古籍《易经》的撰写者①。可能受到礼仪之争中耶稣会士将"祭孔"解释为对"先师"的纪念(孔子被尊为"大成至圣先师")而非祭祀神祇的影响,席勒认为哥奇将孔子当成中国人的上帝、让剧中人在感叹时喊出"孔子啊"并不恰当,因此照搬欧洲思维将其替换为被视为儒教国家创始人的"伏羲"(欧洲人感叹语中出现的"耶稣"也被视为基督教创始人)。席勒在剧本一开头还让卡拉夫喊出了一句"大喇嘛啊!"这一改动实际上也同样源于《好逑传》中关于佛教的注解,在前面已提到的脚注中,欧洲译者指出中国人称佛教僧侣为"Ho-schang",而鞑靼人则称其为"Lama"。从这一知识背景来看,席勒让以鞑靼王子身份登场的卡拉夫喊出"大喇嘛啊!"是非常符合人物设定的。同时,这进一步证明席勒曾认真、严谨地凭借其所能达到的知识水平尽最大努力使剧本中国化,某些学者对席勒没有认真运用中国资料的指责是根本站不住脚的臆断。

为了让《图兰朵》长演不衰,席勒还于1802—1804年为"中国公主"准备了十多条谜语以备实际演出时轮换使用。在大约创作于1804年的一首谜语诗中席勒写道:

---

① Murr, *Haoh Kjöh Tschwen*, S.110–111.

> 有一座建筑,年代很久远,
> 它不是庙宇,不是住房;
> 骑马者可以驰骋一百天,
> 也无法周游,无法测量。
> 多少个世纪飞逝匆匆,
> 它跟时间和风雨对抗;
> 它在苍穹下屹然不动,
> 它高耸云霄,它远抵海洋……①

我们只需阅读《好逑传》德译本第 378 页上关于"万里长城"的一个注解就可以知道席勒的灵感由何而来:"这个伟大的工程毫无疑问是世上独一无二的……著名的秦始皇大约在公元前 220 年下令建造了它,以此来保卫中国免受邻国鞑靼人的威胁……它开始于北京附近东海之滨一个高大的岩石堡垒,穿过三个大省……延绵 1 500 法里……因为跨越山峦河谷它还有许多高低起伏……它傲视风霜雨雪已经将近 2 000 年了。"②可见,直至 1804 年席勒还在参考《好逑传》译本中百科全书式的注解③不断为《图兰朵》增添中国元素。

三、《图兰朵》中的女权思想

中国元素除了使席勒笔下的《图兰朵》更加具有中国风味,是

---

① 这首谜语诗后来作为该剧的附录发表。原文见 Friedrich Schiller, *Schillers Werke*, Bd. XIV, Weimar: Hermann Böhlaus Nachfolger, 1949, S.146。
② 德国研究者阿尔伯特·斯科特最早在其论文的一个尾注中简单指出了长城谜语源自 *Haoh Kjöh Tschwen* 译本 378 页上的注解。原文见 Murr, *Haoh Kjöh Tschwen*, S.378-379。
③ 参见本书《〈好逑传〉早期西文译本初探》一文。

否还对作品中人物形象的塑造产生过影响？在将图兰朵从脾气乖戾的童话公主转变为一位具有崇高理想的妇女权利代言人时，席勒的中国知识到底发生过怎样的作用？

长期以来，中国元素对《图兰朵》人物塑造和情节发展的贡献一直没有受到研究者的重视。顾彬曾引用萨义德的《东方学》，认为这个时候的亚洲妇女"不知自由为何物"是"不争的事实"，因此一部具有女性解放意识的作品是不可能从中国获得直接推动的。[①] 但是顾彬忽视了一点：女权运动此时在欧洲也不过刚刚起步，直到1792年德国才出现呼吁男女享有同等公民权利的书籍，1800年左右的德国还正忙着镇压法国大革命，此时的德国妇女对顾彬心目中的"自由"又知道多少呢？更为重要的是，在通过《好逑传》来了解中国的席勒心中，东方妇女恰恰不是对自由、平等一无所知的形象。

席勒作品中的一些细节可以证明他从中国作品中汲取的养料远比东方学家迄今所认识的要多得多。席勒在给出版商寇尔纳的信中曾这样评价哥齐的作品："人物就像被线牵着的木偶，某种迂腐的生硬贯穿着全剧。"席勒的批评所针对的是童话剧中人物性格的模式性。哥齐笔下的童话公主第一次被提到便是"美丽与残酷"并称，她对男性的残酷似乎与她的美貌同样与生俱来，她毫无缘由就"对男性那样厌恶、那样残酷"，因此拒绝婚姻并且多处显出她的残忍性格，如此一来，她到全剧最后突然爱上猜出谜语的卡拉夫王子就显得过于突兀。而席勒意识到了这种人物性格与剧情

[①] Kubin, „Die Todesreise", S.277.

发展的冲突,因此他从一开始就改写了女主人公的性格特征。在他笔下,图兰朵是美貌与智慧的结合,她因为"被上天赋予了智慧"而"满怀雄心","高傲"才"是她唯一可以被指摘的过失"(263),①所以她不愿俯就"除了蛮力别无优点"(785)的男子,并进而"对婚姻的枷锁充满厌恶"(163)。席勒还在剧中用崇高的自由平等理想和女性所受的屈辱为图兰朵的"残酷"做了辩护:

> 我并不残酷。我只要求自由的生活。
> 我只是不想属于任何人……
> 我看到整个亚细亚,
> 妇女都受到贱视和奴役。
> 我要为受辱的同性
> 对傲慢的男子报仇……(775—783)

如此一来,图兰朵就从一个残酷的童话公主形象上升为具有自由平等理想的女权代言人形象。这一变化是如此巨大,无怪乎有些东方学家要大惊小怪,将其归结为"欧洲的想象"。② 然而,席勒其实用不着多少想象,因为在他倚为中国知识来源的《好逑传》译本中就能找到类似形象。席勒首先描写图兰朵"天资聪慧,遐迩闻名,惊人美艳,非任何画家的画笔所能再现"(159—160),而《好

---

① 笔者翻译时使用的德文版本是 Friedrich Schiller, *Schillers Werke. Nationalausgabe*, Bd. XIV, Weimar: Hermann Böhlaus Nachfolger, 1949,并参考了张玉书译本(席勒:《席勒文集》,张玉书等译,人民文学出版社 2005 年版)。下文只在括号中标原文行数,不再一一作注。
② Kubin, „Die Todesreise", S.277.

述传》德文版中描述女主人公水冰心的第一句话便是"她是如此美艳,纵是大师的画笔也无法描绘其容颜"。① 同时,水冰心"有才有胆,赛过须眉男子"(第三回),她从一出场就显示了远胜男子的非凡才智,她也同样不愿屈就除了门第显赫别无优点的求婚人,屡次拒绝权贵公子的提亲,并用自己的智慧一再挫败对方的阴谋,捍卫了自己的自由。水冰心这一"千古奇女子"形象实际上与席勒改写之后的图兰朵确有几分神似,而且这也并非偶然或误读。在明清小说,特别是在才子佳人小说中,才貌双全、不愿在婚姻上俯就男性的女性形象比比皆是。不仅在《好逑传》中,在稍后介绍到欧洲的《玉娇梨》《平山冷燕》中都有类似情节。而《镜花缘》《红楼梦》中更是才女成群,至于女作家陈端生的作品《再生缘》中的孟丽君在女扮男装成为宰相之后做出反抗皇帝、反抗父母、反抗婚约的惊人之举,更是大胆颠覆了三纲五常,②突出反映了清代女作家所具有的追求男女平等的意识。反观 1800 年左右的德国,女权运动不过刚刚起步,大哲学家康德还在《道德形而上学探本》(*Grundlegung zur Metaphysik der Sitten*)中认为女性是不能自主的"被动"公民,没有能力参与国家管理。③ 即便是席勒早期的《强盗》《阴谋与爱情》等作品,虽然都以反抗暴政、争取自由为主题,④但其中的女性角色却清一色以家庭、婚姻牺牲品的形象出现。在

---

① Murr, *Haoh Kjöh Tschwen*, S.58.
② 乐黛云:《无名、失语中的女性梦幻》,《中国文化》1994 年第 8 期,第 161—166 页。
③ Immanuel Kant, *Grundlegung zur Metaphysik der Sitten*, Hamburg: Meiner, 1954, S.137.
④ 叶廷芳:《席勒——巨人式的时代之子》,载叶廷芳、王建主编:《歌德和席勒的现实意义》,中央编译出版社 2006 年版,第 12 页。

这种情况下,中国作品中才华横溢、敢作敢为的"才女"形象激发德国作家的创作灵感也就不足为奇了。及至1827年,歌德在阅读才子佳人小说《花笺记》后也曾迸发出灵感,两周之内七次在日记里提到了中国诗歌及"中国女诗人",并从《花笺记》的英文附录中转译出了清代诗集《百美新咏》中的四段"中国女诗人"作品。从这一点也可以看出,同为德国古典主义文学巨匠的席勒对中国女性的重视绝非偶然。

席勒的灵感还可能更多来源于译本后的一篇附录。当年随同《好逑传》译文一同发表的还有一出粤剧的简介,其中提到了鞑靼(辽国)女王按风俗带男女将领一起出征的情节,这引起了欧洲编者的极大兴趣,因为此前欧洲人只知道希腊神话中出现过亚马孙女战士,他不由得在注解里感叹这不可思议:"一个离希腊如此遥远的国度怎么会有亚马孙女战士呢?"但是经过查阅耶稣会士报告,他发现这在东方根本不足为奇:"据卫匡国讲述:1621年,当鞑靼人入侵中国时,一名女子,而不是她的儿子,带着三千战士从遥远的省份四川(Su-tschuen)赶来帮助中国人,并在战斗中表现得极为勇敢。……通古斯人中,男女都穿一样的衣服,都上阵打仗……甚至满洲女人也是这样……还有一个王国据说住的全都是女子,她们不要男人就能生育。"① 尽管这些资料里有文学创造的成分,对四川女英雄秦良玉抗击后金的记录也不尽准确,但却无疑反映出存在于东方世界的女性不受拘束、男女地位平等的意识。对于曾担任世界史教授、并且在《美育书简》中倡导要进行"完整的人

---

① Murr, *Haoh Kjöh Tschwen*, S.504–505.

类学评价"的席勒来说,女性在东方文学中的平等地位无疑与他于1800年创作的《奥尔良姑娘》《玛利亚·斯图亚特》等作品中的女权意识相互印证,进而证明了他的男女平等思想的普世性。因此,在席勒的文学创作中,图兰朵的自由平等意识根本无需依靠欧洲的想象。相反,《图兰朵》之所以能成为席勒作品中女性思想最为激进的一部,恐怕恰恰要感谢中国文学的帮助,也许正是因为他通过《好逑传》确信东方女性更为具有自由平等的思想,他才会让如此激进的形象成为一位"中国公主"。

四、席勒对图兰朵性格的发展

作为德国历史上最为伟大的剧作家,席勒在改编《图兰朵》时不是简单地对原作进行润色,而是在人物性格和情节发展上都进行了较前人更为精心的设计。

在哥奇笔下,图兰朵是"美丽与残酷"的结合体,她天生对男性又厌恶又残酷,并被描写为"毫无人的感情"[1]的一头"老虎",一个"怪物"(15—17)。当图兰朵初次看见卡拉夫时,哥奇笔下的图兰朵感到的是怜悯:"天哪,策丽玛,相信我,在这座宫殿中还没有一个人懂得让怜悯涌入这个胸膛。这个人知道这艺术。"(40)但是"怜悯"的主题并没有在剧中进一步展开,并且发展为爱情,[2]直到最后一幕公主才"终于"在卡拉夫的悲恸面前动了情:"您知道吗?您那俊美的身躯和您那高贵的目光终于成功地侵入了这个

---

[1] 笔者翻译时使用的德文版本是 Friedrich Schiller, *Schillers Werke. Nationalausgabe*, Bd. XIV 脚注中提供的哥奇剧本的德语译文。下文只在括号中标出页码,不再一一作注。
[2] Köster, *Schiller als Dramaturg*, S.183.

胸膛,融化了这颗心。"(130)这一童话式的转折缺乏心理上的铺垫,更多程度上可以视为公主的怜悯之情战胜了她的残忍本性,而并非爱情的火焰。①

席勒则在《图兰朵》中为"中国公主"从拒绝到爱慕的转变精心设计了人物内心深处一场"高傲与爱情的角逐"。在他笔下,"这个图兰朵,她是一只老虎,/但仅仅是对于那些追求她的男人。/其他时候她都善意地对待整个世界","高傲"才"是她唯一可以被指摘的过失"。(260—263)而卡拉夫一出场便深深打动了图兰朵——公主"端详了他好一会儿"才"轻声地"对侍女说:"噢,天哪! 我是怎么了,策丽玛! /…… 踏入宫殿的人中/还没有一个懂得打动这颗心。这个人知道这艺术。"(759—762)策丽玛马上接口道:"就三个简单的谜语——将高傲抛下!"(763)一语道破了关键。图兰朵并不否认爱情,却担心自己丢了面子,她回答道:"你说什么? 大胆的人,怎么办才好? 那我的名誉呢?"(764)这种争强好胜之心在卡拉夫解开两个谜语之后变得更为强烈——图兰朵"怒不可遏地站起身来"对卡拉夫说:"大胆狂徒,听清楚! /你越是希望战胜我、占有我/我就越是恨你!"(921—924)而哥奇在表达这种恨意时只是让图兰朵重复道:"我恨他到死。"(59、61)相比之下,席勒剧中更多地表现了内心的矛盾。他让图兰朵"陷入沉思"后说:"我恨他,是的,觉得他讨厌至极。/他在宫中毁了我的荣耀。"(1184—1185)公主显得心烦意乱、思绪万千。席勒为宫女阿德玛添加的旁白道出了关键:

---

① Helmut Feldmann, *Die Fiabe Carlo Gozzis. Die Entstehung einer Gattung und ihre Transposition in das System der deutschen Romantik*, Wien: Böhlau, 1971, S.143.

> 我看穿了你!
> 你爱他,但却不能承认。
> 你必须将他从你身边撵走、将他抛弃,
> 你必须违背自己,癫狂暴怒,
> 只为保住你那可笑的荣耀。(1126—1130)

因为图兰朵本来厌恶"除了蛮力别无优点"的男子,所以希望能为"受辱的同性"向"傲慢的男子复仇"。而卡拉夫王子却主动放弃到手的胜利,并且说自己虽贵为王子,但其实为了活命却不得不去充当低贱的奴仆,这时他所展现出来的就不再是"傲慢"而是谦卑。这样,图兰朵所说的"复仇"就失去了目标,她的恨也就缺少了必要的理由。所以,席勒笔下的图兰朵在反复思考卡拉夫谜语时也越来越深地对王子的不幸遭遇产生同情:"——噢,这可怜的人——我是怎么啦!/胸膛最深处的这颗心翻转了过来!"(1655—1656)"救救我! 噢,想个办法!/我被解除了武装——我已无法控制自己!"(1675—1676)最终打动图兰朵的还是卡拉夫认为自己失去一切时的态度:"我是我自己的杀手,我的爱/我已失去,因为我爱得太深!"(2456—2457)卡拉夫的爱并不只是停留在言语上,他决定在图兰朵面前了结自己的生命——"这样/您的胜利就完美了,您的心就满足了。"(2466—2467)卡拉夫愿为所爱之人献出生命的态度彻底推翻了图兰朵所认为的"男人只会爱他自己"(1187)以及"像猎人一样追逐美色"(798)。这终于消除了图兰朵的恨意:"在他面前,我再也不知如何防卫我的心。"(2471)图兰朵"扑到他的怀中",制止了卡拉夫自杀,并"带着惊惶与爱意"说道:"活下去,卡拉夫!我要您活下去——也为了我!/我被征服了。我再也不想掩饰我的心。"(2498—2499)"奖品是您的。/……我要听从我的心,/我要将自己赠送给您——唉,这颗心已属于你/从我看见您的第一眼起。"(2512—2517)"再也不想掩饰我的心"一句与卡拉夫初次见面时"打动这颗心"相呼应,说明图兰朵的爱意始终存在,只是到这一刻才终于承认。而"赠送"在这里不是意味着图兰朵甘心成为丈夫的"占有品"(802),而是意味着出于对卡拉夫的真爱她甘愿牺牲自己的奖赏。这是等价的交换,因为卡拉夫也同时被要求要为了她而活下去。这样一来,两人的爱情就升华为相互间为爱而甘愿付出的自我牺牲——一种真正崇高的爱情。

从上面的分析我们可以看到,席勒借助对人物内心的刻画和诗意的语言使作品从单调的"童话剧"变成了一出形象鲜明、层次丰富的"性格剧",并赋予了"中国公主"崇高的理想。这最终使图兰朵成为栩栩如生的舞台形象和令人难忘的"中国公主"。

五、结语

1799年,席勒在《孔夫子箴言》一诗中写下了这样的话:"你要看清世界的全面,你要向着广处发展;你要认清事情的本质,必须向深处挖掘到底。"[1]从上文分析可以看出,图兰朵从一位性格乖戾的俄罗斯公主一步步转变为一位具有崇高思想的中国公主并非一蹴而就,其间经历了大约600年的漫长演变。在欧洲文学中,图

---

[1] 席勒:《席勒诗选》,钱春绮译,人民文学出版社1984年版,第29页。

兰朵最初只是简单地被放入中国背景以吸引读者，而后作为奇异的东方童话登上舞台，成为复活威尼斯传统戏剧的工具，直至席勒通过深入发掘中国材料，"中国公主"身上才深深植入了中国元素，并从"被线牵着的木偶"最终成为栩栩如生的女权代言人形象。曾于1802年在魏玛亲自排演《图兰朵》的歌德敏锐地感觉到了"中国公主"中蕴藏的那种属于全人类的精神财富，他在《魏玛宫廷剧评》中写道："它当然原本就是为富有思想的观众所写的……如果此剧能够得到展现它全部光芒的一处天地，它必能创造出美妙的效果，并且唤醒某些还沉睡在德意志人天性中的东西。"[①]

这不由得又使人联想到歌德于1828年评价"世界文学"的实质时所说的话：世界文学"并不是说各个不同民族正在开始进行相互了解、对其他民族的成果进行了解"，而是说"有活力、有追求的文学家彼此认识、寻求通过集体精神和倾向而获得发挥社会影响的动力"[②]。回顾图兰朵真正成为"中国"公主的历程，我们不禁要赞叹《图兰朵》不仅是东西方文化相互交流、相互理解的光辉见证，同时也无愧为各民族、各文化作家为世界文学发展共谱新曲的辉煌范例。

（本文首次发表于《外国文学评论》2009年第4期，本次收录时有修订）

[①] Johann Wolfgang von Goethe, *Gesamtausgabe der Werke und Schriften in zweiundzwanzig Bänden. Bd 15. Schriften aus Literatur und Theater*, Stuttgart: Phaidon, 1958, S.200.
[②] 歌德：《歌德文集（第12卷）》，杨武能等译，河北教育出版社1999年版，第296页。

歌德笔下的"中国女诗人"

清代文集《百美新咏》于1824年被译介到欧洲后引发了出人意料的反响。本文以1827年歌德从英文转译的两首中国诗为重点,对中英德三种文本进行对比研究。文中特别指出,中国古代"才女"作品的译介在19世纪对欧洲文学界正确评价女性诗人和女性文学曾产生积极影响。同时,本篇就中国古典文学作品对歌德"世界文学"概念的影响做出了新的解释。

10余年前,张威廉前辈在《对歌德译〈梅妃〉一诗的赏析》以及《中德文化交流史上的一段佳话——歌德为开元宫人续诗》两文中盛赞歌德"凭他卓越的想像力,透过汤姆斯的译文,看到故事情节的发展,体会到诗人的内心世界",从而谱写了"中德文化交流史上一段非常有意义的佳话"。[①] 伴随着全球化时代的到来,学术界对歌德当年高瞻远瞩提出的"世界文学"概念产生了比以往更为强烈的兴趣,对东西方文学交流的研究也从"佳话"和"赏析"拓展到了深层次的跨文化对话研究。这当中尤其令人感兴趣的是,歌德同时是一位出色的翻译家,他一生中翻译、转译的文学作品至少涉及17种语言,通过文学翻译为德国文学汲取了丰富养料并率先于1827年宣告了"世界文学"时代即将到来。在长期实践的基础上,歌德从文化翻译的视角提出了"了解—模仿—相互替代"的三类型说。他通过吸取"外域文化滋养,创造一种更有生命力,更适应新的历史生态条件的新文化"的翻译思想被称为"歌德模式"。[②] 那么歌德在翻译当中如何实践了他的理论？与中国文学的接触对歌德提出"世界文学"的概念又产生了怎样的影响？

一、从《百美新咏》到《百位美人的诗》

歌德1749年8月28日出生于美因河畔的法兰克福市。时值洛可可艺术鼎盛时期,欧洲上层社会对东方,特别是对中国园林、饰品和艺术品的推崇也达到了历史上的一个顶峰,在歌德度过了

[①] 张威廉：《中德文化交流史上的一段佳话——歌德为开元宫人续诗》,《南京大学学报(哲学·人文·社会科学)》1992年第4期,第161—162页。
[②] 刘宓庆：《文化翻译论纲》,湖北教育出版社2005年版,第261页。

童年时代的法兰克福故居中至今仍保留有"北京厅"。尽管年少气盛的歌德对基于生硬模仿而产生的"中国风"一度不以为然,但长达半个世纪的接触却令歌德到晚年越来越为东方艺术所倾倒。他后来不仅阅读了当时刚刚译介到欧洲的《好逑传》《玉娇梨》《花笺记》以及元曲《老生儿》等作品,还从英文转译出了四首中国诗。

歌德翻译的中国诗首先于1827年以《中国作品》(*Chinesisches*)为题发表在《艺术与古代》(*Kunst und Altertum*)杂志第6卷第1册上。根据歌德所做的说明,该译作的蓝本是英国东印度公司职员汤姆斯(Peter Perring Thoms)1824年所译的 *Chinese Courtship*(《中国人的求爱》,即《花笺记》)后的附录。汤姆斯在书中称之为 *Pih-mei-she-yung* 或 *The Song of a Hundred Beautiful Women*,这就是令歌德为之倾倒的《百美新咏》。

《百美新咏》是乾嘉时期的著名诗集,海内外多有收藏,鲁迅先生在《朝花夕拾》中也曾论及。笔者所见的早稻田大学藏本为嘉庆十年(1805)刻本,共分四卷,题有"百美新咏图传,袁简斋先生鉴定,集腋轩藏版"。袁简斋便是清代著名学者袁枚。《百美新咏》分为《新咏》《集咏》《图传》三部分。根据《中华印刷通史》记载,《百美新咏图传》绘于乾隆二十年(1755),画师王钵池是当时供奉内廷的名家。编者颜希源,字鉴塘,书中题咏历史上百位美人的组诗《百美新咏》便是他的作品。《图传》部分是全书精华,共有100幅、合计103位女子的画像,并配有传略。其中既有王昭君、杨贵妃等在历史上赫赫有名的美人,也有嫦娥、织女这样的神话人物。

《百美新咏》的译介主要归功于19世纪初东西文化交流的发展。当时法、英、德等欧洲资本主义国家先后出现了卓有成就的汉学家。1814年,法国率先设立汉学教授席位,在此岗位上,著名汉学家雷慕沙翻译了《好逑传》《玉娇梨》并出版了第一个《道德经》节译本。英国由于受到1793年和1816年两次声势浩大的访华活动的刺激以及兼有东印度公司之便,此时也在中欧文化往来中越来越多地扮演了桥梁角色。在东印度公司资助下,汤姆斯耗时八年半于1823年在澳门完成了大型工具书《华英字典》(*A Dictionary of the Chinese Language*)的印刷工作。1824年,汤姆斯针对英国公众对中国上层社会的好奇,将流行于广东的弹词(木鱼歌)《花笺记》作为诗体小说译成英文出版。有趣的是,汤姆斯在译本封面上大书"花笺"两个汉字,下面配的题目却是 *Chinese Courtship. In verse. To which is added*, *an appendix*, *treating of the revenue of China*。在前言中,汤姆斯简要介绍了中国诗歌的特点和起源。他同时指出,欧洲对中国诗歌的研究还几乎是一片空白,为帮助欧洲人形成对中国诗歌的正确认识,他才将所谓"第八才子书""the Hwa-tseen 花笺'The Flower's Leaf', the Eighth's Chinese Literary Work"译成英文出版。[1] 汤姆斯的《花笺记》译本采用汉英对照排版,每页上方是竖排的原文,下方是译文和注解。其译文重心在于以散文体再现原诗内容,显得比较生硬。例如原作中的"曲径两旁栽小竹,金鱼池过百花堂"被汤姆斯译成"The winding path, on each side, was planted with small bamboos; On passing the golden fish pond, they came to the nursery of flowers."(12)原文的

---

[1] Peter Perring Thoms, *Chinese Courtship. In verse. To which is added*, *an appendix*, *treating of the revenue of China*, Macau: East Indian Company's Press, 1824, p.III. 下文所引英语译文均出自此书,只在括号中标出页码,不再一一作注。

诗韵荡然无存，变成了自由体的散文。

在该书附录中，汤姆斯从《百美新咏》中选取了30位美人的传略、诗篇连同另外两位女子的小传一并发表。歌德从汤姆斯译本转译的"中国诗"出自《百美新咏图传》第五十七、二十一、三十九、九十一。歌德将其分别题名为《薛瑶英小姐》《梅妃小姐》《冯小怜小姐》和《开元》。在整理其遗稿时，人们发现歌德曾数易其稿，诗人最初所拟定的题目是 Die Lieblichste，意为"最可爱的（女性）"，并且注有"4. Febr 1826"，其中1826为1827之误，歌德的日记和谈话录均可以证实这一点。魏玛图书馆也有歌德于1827年1月29日借出、6月14日归还 Chinese Courtship 的记录。受汤姆斯把《百美新咏》译为 The Song of a Hundred Beautiful Women 的影响，歌德将这部有关103位美人的文集理解成了"一百位美人的诗"，而这又进一步引发了误解，即这些诗也出自女诗人之手。因此他在日记中反复称自己正忙于研究"中国女诗人"，并最终将其称为"Gedichte hundert schöner Frauen"。

二、歌德的中国诗歌与翻译"三类型说"

在文学研究领域，尽管歌德的四首译诗在20世纪二三十年代就已经引起卫礼贤、陈铨等学者的重视，但直至1970年才由汉学家贝喜发（Siegfried Behrsing）完成了译本源流的研究。在此基础上，张威廉、卫茂平、林笳等学者自90年代以来都对此有过独到的论述，但对原稿的研究才刚刚起步。笔者下面谨结合歌德的文化翻译"三类型说"和"世界文学"概念对收藏于德国歌德-席勒档案馆的《薛瑶英》和《梅妃》手稿进行一些抛砖引玉的研究工作。

（一）薛瑶英

歌德笔下第一位"最可爱的女士"是中唐的薛瑶英。《百美新咏图传》援引唐代苏鹗的笔记小说集《杜阳杂编》写道："元载宠姬薛瑶英，能诗书，善歌舞，仙姿玉质，肌香体轻，虽旋波、摇光、飞燕、绿珠不能过也。载以金丝帐、却尘褥处之，以红绡衣衣之。贾至、杨炎雅与载善，时得见其歌舞。至乃赠诗曰：舞怯铢衣重，笑疑桃脸开。方知汉成帝，虚筑避风台。"汤姆斯的英译如下：

> Lady See-yaou-hing
>
> was the beloved concubine of Yun-tsae. She was handsome, a good dancer, and a poetess. A person on hearing her sing and seeing her dance addressed her the following lines.
>
> When dancing you appear unable to sustain your garments studdied with gems,
>
> Your countenance resembles the flower of new-blown peach.
>
> We are now certain, that the Emperor Woo of the Han dynasty,
>
> Erected a screen lest the wind should waft away the fair Fe-lin. (263)

汤姆斯将"汉成帝"看成"汉武帝"，同时对传记中难于翻译的专有名词和人名进行了大量删节，但出于介绍中国诗歌的目的，他完整地再现了原文中的五言诗。对"你起舞时似乎无力负起镶有珠宝的衣裳，你的面容犹如刚刚绽放的桃花"两句，林箊曾如此点评:"译者把原诗中的'她'变成了'你',这就改变了抒情角度,使这首充满士大夫情调的、中国文人与官宦之间的赠诗,类同于西方常见的诗人致舞蹈者的献诗。"[1]更确切地说,这是汤姆斯在阅读时的"先结构"使得他没有仔细去研究中国诗人相互应和的传统,而是将欧洲宫廷中司空见惯的场面直接投射到中国宫廷的画面上,才导致他误解了赠诗的对象,把原文理解为对舞蹈家的献诗。在后两句中,原诗引用了汉代美人赵飞燕的典故,《王子年拾遗记》中有:"赵飞燕体轻恐暴风,帝为筑台焉。"这是用夸张手法描写舞女身姿轻盈,似乎风都能将她吹走。汤姆斯正确把握了这个典故,将此句意译为"建起屏障以免风儿将美人飞燕吹走",完整传达了原句的意义。总体上看,汤姆斯"为了了解异域文化"选取了"简洁明了的散文体方式"进行翻译,正是歌德"三类型说"中的第一类翻译模式。[2]而歌德笔下的《薛瑶英小姐》则是:

Fräulein See-Yaou-Hing

Sie war schön, besaß poetisches Talent, man bewunderte sie als die leichteste Tänzerin. Ein Verehrer drückte sich hierüber poetisch folgendermaßen aus:

Du tanzest leicht bei Pfirsichflor

Am luftigen Frühlingsort;

Der Wind, stellt man den Schirm nicht vor.

---

[1] 林笳:《歌德与〈百美新咏〉》,《东方丛刊》2000年第1期,第113页。
[2] 许钧等:《当代法国翻译理论》,湖北教育出版社2001年版,第259页。

Bläs't euch zusammen fort. ①

（薛瑶英小姐：她美丽，拥有诗人天赋，人们惊叹她是最为轻盈的舞女。一位崇拜者为此作了下面这段诗：

轻舞在桃花锦簇下，

翩然于春风吹拂中：

若非有人撑伞遮挡，

只恐风儿将你吹走。）

在歌德的初稿中，上面四行诗句便是《薛瑶英》的全部译文。歌德在此进一步删去了武帝、飞燕等令读者感到陌生的人名，将其演绎为篇幅不及英译本一半的一首短诗，可谓到了"惜字如金"的地步。但诗人在此牢牢抓住了原诗中承载东方文化信息最多的两个核心："桃花"与"身轻若飞"，从而使德国读者完全能够通过这段短小精悍的译文充分领会到东方世界中人与自然的交融以及中国舞女的轻盈纤弱，丝毫不因诗行的压缩而在欣赏东方美感方面有任何损失。在文化适应翻译方面，歌德的《薛瑶英》的确已经达到了至高境界。

在最终发表的版本 GSA XXXVII‑22e 中，《薛瑶英》一诗却并非到此为止。歌德在后面又添加了以下 8 行诗句：

Auf Wasserlilien hüpftest du

Wohl hin den bunten Teich,

---

① Johann Wolfgang von Goethe, *Goethes Werke*, WA. Abt. I, Bd. 41/2, Weimar：Böhlau, 1887‑1919, S.272‑275. 下文所引德语译文均出自此书，不再一一作注。

Dein winziger Fuß, dein zarter Schuh

Sind selbst der Lilie gleich.

Die andern binden Fuß für Fuß,

Und wenn sie ruhig stehn,

Gelingt wohl noch ein holder Gruß,

Doch können sie nicht gehn.

（轻舞在朵朵水莲上，

悠悠然踏入彩池中，

你那纤纤的脚，你那柔柔的鞋，

浑然便与莲花一致。

众人也纷纷把脚儿来缠，

她们纵能翩翩而立，

抑或还能妩媚行礼，

举步前行却属万难。）

然而，这8行诗起初并非《薛瑶英小姐》的组成部分，而是一篇独立的译作。在收藏于歌德-席勒档案馆的手稿GSA XXXVII‑22b上，歌德首先写下了《薛瑶英》前四行，而后次第译出了《梅妃》和《冯小怜》，此后才写下了上面八行诗句和《开元》，并且各自独立成段。因此，这八行诗显然是在后来定稿时才被诗人合并到《薛瑶英》中去。在完成译诗之后，歌德又在另两页手稿上（GSA XXXVII‑22c）译出了小传，并特地为后八行诗添加了关于"金莲"的一段注解：

Von ihren kleinen goldbeschuhten Füßchen schreibt sich's

her, daß niedliche Füße von den Dichtern durchaus goldne Lilien genannt werden, auch soll dieser ihr Vorzug die übrigen Frauen des Harems veranlaßt haben, ihre Füße in enge Bande einzuschließen, um ihr ähnlich, wo nicht gleich zu werden. Dieser Gebrauch, sagen sie, sei nachher auf die ganze Nation übergegangen.（据说，由于她那双金鞋中的小脚，诗人们就干脆将小巧的脚称为金莲。同时她的这一过人之处使得后宫里的其他女人都把自己的脚用布紧紧地包裹起来，就算不能跟她一样，至少也能和她相像。这一风俗据说后来就这样传遍了全国。）

新加入的8行诗句和注解并非凭空而来，早在1796年歌德就已经通过1766年翻译成德文的"第二才子书"《好逑传》和英国人的游记了解到中国妇女有缠足的风俗，其读书笔记中也有"缠足"一条。但《好逑传》的译者把缠足的风俗说成是妲己的遗风，①直到30年后歌德才通过汤姆斯的《花笺记》译本了解了缠足风俗的真正由来。《花笺记》第七回描写女主人公身姿出众时使用了"个对金莲（都冇）二寸长"一句，汤姆斯采用直译加注将其译为 Her golden lilies（her small feet）do not measure three inches，并特地在注解中详细说明了"金莲"典故的起源：

The golden lilies has reference to lady Pwan, who was

---

① Murr, *Haoh Kjöh Tschwen*, S.7.

concubine to prince Tung-hwan ... She was considered an excellent dancer. The prince, it is said, had the flower of the water-lily made of gold, six cubits high, from which was suspended precious jewels. The wall and ceiling of the room, was painted to resemble the clouds. He caused lady Pwan to bind her feet in the shape of a half moon ... and requested her to dance on the top of the flower of the water-lily, which she did, and appeared as whirling in the clouds; the effect, it is said, was grand. From this ... originated the singular custom, with the women of China, of binding their feet, and causing them to be small ... In poetry, their small feet (the smaller the more genteel) are generally styled the *flower of the water lily*. (29 – 30)

汤姆斯的脚注对歌德为"金莲"加注并写下 8 行诗起到了决定性作用。"轻舞在朵朵水莲上,悠悠然踏入彩池中"显然脱胎于 to dance on the top of the flower of the water-lily, which she did, and appeared as whirling in the clouds,"那纤纤的脚"则源于 her feet in the shape of a half moon,只是"半月"变成了"莲花"。歌德通过将 lady Pwan (潘妃) 与《薛瑶英》合二为一,就将"金莲"的典故连同对舞步、小脚、莲足的描写都移植到了弱不禁风、面如桃花的薛瑶英身上,使"轻盈的舞者"这一主题几乎发挥到了极限,并且使他的诗作拥有了更为丰富的文化信息。从美感和文化价值上来说,歌德的译诗无疑远远超越了汤姆斯的译文。但严格地说这不是翻译，而是文学再创造。① 歌德在完成翻译后为全篇所添加的序言（GSA XXXVII‐22e）可以帮助我们很好地理解这种再创造的目的：

> Nachstehende, aus einem chrestomathisch-biographischen Werke, das den Titel führt: *Gedichte hundert schöner Frauen*, ausgezogene Notizen und Gedichtchen geben uns die Überzeugung, daß es sich trotz aller Beschränkungen in diesem sonderbar-merkwürdigen Reiche noch immer leben, lieben und dichten lasse.（以下内容出自一部文摘及传记性的作品，题为《百位美人的诗》。摘选的笔记和诗歌使我们相信，在这个特别、奇异的国度里尽管有着种种限制，人们依然一直在生活、恋爱、吟咏。）

引文中所谓"特别、奇异国度"中的"种种限制"无疑源于前文汤姆斯在英译本注解中所说的 singular custom 以及 many of their customs or fashions。可以看出，歌德翻译的主旨在于文化的传播，在于介绍中国风俗的由来以求消弭西方人对"小脚"的大惊小怪。与之相应，其再创造的重心亦在于渲染中国人有关"金莲"的独特审美情趣，而并非出于一种猎奇心态。歌德有关《花笺记》的一次谈话可以帮助我们进一步理解这一点。在从魏玛图书馆借到《花笺记》的第三天，歌德告诉前来拜访的朋友爱克曼（Johann Peter

---

① 卫茂平：《中国对德国文学影响史述》，上海外语教育出版社1996年版，第111页。

Eckermann)他正在读一部"中国传奇",而且认为"这部书很值得关注",爱克曼认为这书一定很奇怪,歌德的回复是:"并不像人们所猜想的那样……只是在他们那里一切都比我们这里更明朗,更纯洁……他们还有一个特点:人和大自然是生活在一起的。"①而我们在《薛瑶英》中恰恰看到歌德完全不拘泥于英译本原文,通过翻译中的再创造出色地勾勒出人与自然的和谐交融:描写人物的一句"面如桃花"在他笔下首先被演绎成了桃花锦簇、春风徐徐的舞台背景,随后他描写出薛瑶英在莲花上轻盈起舞,甚至于美人的脚都几乎与池塘中的莲花浑然一致。如此一来,"金莲"的产生就被美化为人对自然美的一种模仿,一种人与自然的交融。通过歌德的这种再创造,"金莲"对欧洲读者而言也就不再显得有什么"奇怪"的地方,而是"易于理解"的了。可见,歌德的诗歌翻译更多地是自觉扮演了文化载体的角色,传播文化信息的重要性对歌德来说超越了忠实于原文的重要性。但正是这种文化传播的努力,歌德的那段名言才最终为德国人所接受:"中国人在思想、行为和情感方面几乎和我们一样,你会很快感到他们是我们的同类人。"②

(二) 梅妃

梅妃是歌德笔下4位中国女子中名气最大,也是在研究中被探讨得最多的一位。《百美新咏》引陶宗仪《说郛》卷三十八《梅妃传》写道:"妃姓江氏,年九岁能诵二南。语父曰:我虽女子,期以

---

① [德]爱克曼辑录:《歌德谈话录》,朱光潜译,人民文学出版社1978年版,第111—112页。
② 同上书,第112页。

此为志。父奇之,名曰采苹。开元中,选侍明皇,大见宠幸。善属文,自比谢女。淡妆雅服而姿态明秀,笔不可描画。后杨太真擅宠,迁妃于上阳宫。上念之,适夷使贡珍珠,上以一斛珠赠妃,妃不受,以诗答谢曰:桂叶双眉久不描,残妆和泪污红绡。长门尽日无梳洗,何必珍珠慰寂寥?"不过根据鲁迅在《中国小说史略》中的考证,《梅妃传》为宋代传奇小说,唐代不见梅妃事迹流传,因此是否真有梅妃其人至今存疑。但这首诗让一位幽居冷宫的美人形象跃然纸上,无疑是上乘之作,同时也令英德两国诗人为之动容。

汤姆斯不知"谢女"是指王羲之之媳、"咏絮才女"谢道韫。他只能逐字逐句地传译原序,并将《谢赠珍珠》改写成:

Lady MEI-FE,

Concubine to the emperor Ming, of the Tang dynasty, was able when only nine years old, to repeat all the Odes of the She-king. Addressing her father, she observed, "Though I am a girl, I wish to retain all the Odes of this book in my memory". This incident much pleased her parent, who named her Tsae-pun, "Ability's root". She entered the palace during the national epithet Kai-yuen. The Emperor was much pleased with her person. She was learned and might be compared with the Famous Tseay-neu. In her dress she was careless, but being handsome, she needed not the assistance of the artist. On lady Yang-ta-chung becoming a favorite with the Emperor, Mei-fe was removed to another apartment. The Emperor, it is said, again thought of her; at which time a foreign state sent a quantity of pearls, as tribute, which his Majesty ordered to be given to Lady Mei-fe. She declined receiving them, and sent his Majesty by the messenger, the following lines.

The eyes of the *Kwei* flower, have been long unadorned;
Being forsaken my girdle has been wet with tears of regret.
Since residing in other apartments, I have refused to dress,
How think by a present of pearls, to restore peace to my mind? (254)

汤姆斯译诗的第一句"桂花般的眼睛已经很久没有修饰"曾被张威廉前辈所诟病,因为中国桂花"香则有余,美则不足",把原诗中的"桂叶双眉"改为"桂花般的双眼"还不如大胆改为"柳叶双眉"。① 其实,在19世纪初的语境中,西方人对东方的 Kwei flower 更多的是神秘的遐想,读到这里最多会联想到像花一样美丽的眼睛,同时脑海中浮现出一幅有东方情调的美人图,根本没人会去深究"桂花般双眼"的准确外观。汤姆斯将"桂叶双眉"改为"桂花般的双眼"实际上是"以吸引异域文化的精神、努力将其融入本民族文化为目的",属于歌德"三类型说"中的第二层次"粗略模仿"。② 而歌德的译文则更加"归化",向着更高层次发起了努力:

---

① 张威廉:《对歌德译〈梅妃〉一诗的赏析》,《中国翻译》1992年第6期,第41—42页。
② 许钧等:《当代法国翻译理论》,湖北教育出版社2001年版,第259页。

Fräulein Mei-Fe

Geliebte des Kaisers Min, reich an Schönheit und geistigen Verdiensten und deshalb von Jugend auf merkwürdig. Nachdem eine neue Favoritin sie verdrängt hatte, war ihr ein besonderes Quartier des Harems eingeräumt. Als tributäre Fürsten dem Kaiser große Geschenke brachten, gedachte er an Mei-Fe und schickte ihr alles zu. Sie sendete dem Kaiser die Gaben zurück, mit folgendem Gedicht:

Du sendest Schätze mich zu schmücken!

Den Spiegel hab' ich längst nicht angeblickt:

Seit ich entfernt von deinen Blicken,

Weiß ich nicht mehr was ziert und schmückt.

(梅妃小姐：

明皇的情人，美丽聪慧，因而自幼引人注目。在受到新宠排挤之后，她被迁居到后宫中一处特别的寓所。当藩属国君来朝贡时，皇帝又想起梅妃，于是把礼物都转送给了她。她将赏赐退还皇帝，并附上了下面的诗篇：

君赐珠宝为我妆！

无心对镜日已长：

自君顾盼远我日，

梳妆打扮不复识。）

歌德进一步删减了人名、植物、朝代等专有名词，同时大幅压缩对梅妃幼年的介绍，只保留美丽与聪慧两个要点。这绝非诗人信手拈来,它既与《薛瑶英》以"她美丽,拥有诗人天赋"开头遥相呼应,也是德国时代精神的产物。须知此时女权运动在欧洲不过刚刚起步,德国呼吁男女享有同等公民权的书籍在1792年才首次出现,而在文学领域,德国还罕见女诗人、女作家。1800年左右,德国文坛曾有过一场"天才女性"之争,其核心便是妇女是否与男性一样有从事文学创作的天赋,或者说是否只有罕见的"天才女性"才能文学、家庭两不误。[1] 当时对女性怀有偏见的大学者并不少见,哲学家康德、费希特都是典型的代表。而《歌德谈话录》也证明,歌德直至1825年对女艺术家的"天才"仍心存疑虑,甚至自称发现"妇女的才能总是在结婚以后就消失了"。[2] 而《百美新咏》或所谓一百位中国"美女诗人"的出现,无疑大大震撼了歌德。尽管《红楼梦》这样的杰作此时还没有被介绍到德国,"潇湘妃子夺魁"那样以才女为核心的精彩篇章还不为歌德所知,但已经流入欧洲文学沙龙的《好逑传》《玉娇梨》《花笺记》等"才子书"中的女性都是不让须眉,"才女"以诗文、智慧折服"才子"的片段比比皆是。在接触到《好逑传》之后,席勒于1801年将《中国公主图兰朵》从童话剧改编为带有激进女权主义色彩的"悲喜剧"。而歌德通过《好逑传》《花笺记》《百美新咏》《玉娇梨》等中国文学作品所看到的无疑也是一片与欧洲截然不同的天地,一个才女成群的东方文

---

[1] Andrea Albrecht, „Bildung und Ehe , genialer Weiber '. Jean Pauls Diesjährige Nachlesung an die Dichtinnen als Antwort auf Esther Gad und Rahel Levin Varnhagen", *Deutsche Vierteljahrsschrift für Literaturwissenschaft und Geistesgeschichte*, Vol. 80, 2006, S.379.
[2] [德]爱克曼辑录:《歌德谈话录》,朱光潜译,人民文学出版社1978年版,第53页。

学世界,将文学视为男性天下的欧洲传统观念在这里遭到了彻底的动摇。这种新的认识必然为歌德正在探索的"世界文学"概念补充进一个革命性的观念:文学世界同样是一个两性的世界,女性同样应该占据半壁江山,中国女诗人便是最好的范例。而这也并非向壁虚造,明清两代是女性作家迭出的时代,①文学中的女性主义倾向绝非个别现象,《红楼梦》《镜花缘》中都是才女成群,而为《百美新咏》作序的袁枚本人也拥有众多女弟子并留下过许多赞扬才女的文章。因此,歌德当年恰恰在接触《百美新咏》前后提出"世界文学"的概念绝不仅仅是偶然。

中国女诗人给歌德留下的深刻印象还可以从他的笔记和手稿中得到证明。令人注意的有:歌德在于 1827 年 1 月 29 日从魏玛图书馆借出 Chinese Courtship 之后两周内七次在日记里提到了中国诗歌及诗人。尤其应当引起注意的是,歌德两次提到中国诗人时使用的说法都是 chinesische Dichterinnen,即"中国女诗人们"。在翻译过程中,歌德曾数易其稿,在收藏于歌德-席勒档案馆的手稿 GSA XXXVII‐22c 上,笔者注意到歌德还特地将原稿中最后一行的"中国诗人们"改为"中国女诗人们"。尽管这只是个小小的修改,但却可以看出歌德对中国女性诗人群体的空前重视。就在歌德借阅《花笺记》的第三天,准确地说是 1827 年 1 月 31 日,歌德在与爱克曼讨论中国文学后便提出了"世界文学"的时代即将到来。在这段被广泛引用的谈话中,歌德特别指出德国人应该"跳出周围的小圈子朝外面看一看",他劝"每个人都这么做",因为"民

---

① 郭延礼:《明清女性文学的繁荣及其主要特征》,《文学遗产》2002 年第 6 期,第 70—71 页。

族文学在当代算不了很大一回事,世界文学的时代已快来临了"。① 歌德同时提出应仿效希腊文学作品去描写"美丽的人"(schöner Mensch),中国"美女诗人"显然功不可没。

单从翻译的角度来看,《梅妃》是歌德的四首中国诗中最忠实于原文的一首,但同样有大胆的创新。原诗表现了冷宫中妃子寂寞的生活,进而传达了她的哀怨,在译诗中,珍珠变成了妆扮用的"珠宝"并将"你"和"我"从一开始便联系起来,原诗中的"泪湿红绡"干脆消失,却通过第三句直接点出了"你"也就是君王移情别恋才是哀怨的根源。与汤姆斯的英译相比,歌德引入了照镜的概念,从而省去了梳妆、描眼等细节,这既使译文简洁明了,又将原诗意境和梅妃的心情准确表达了出来。② 因此,这一译作已经达到了歌德"三类型说"中最高的一个境界:译文与原文完全一致,甚至可以相互替代。歌德的《梅妃》诗的确是意译诗中罕见的佳作。

三、结语

1761 年,《好逑传》英译本的出版者帕西曾感叹诗歌的花朵精妙无比,不易从原来的语言移植到另一种语言里,尤其困难的是用欧洲语言再现中国诗的美,因为欧洲语言的表现方法与中国语言相去实在太远。③ 半个多世纪后,歌德关于翻译的一段谈话几乎完美地回应了帕西的感叹:"我从草地里刚刚采了一束鲜花,兴冲

---

① [德]爱克曼辑录:《歌德谈话录》,朱光潜译,人民文学出版社 1978 年版,第 113 页。
② 张威廉:《对歌德译〈梅妃〉一诗的赏析》,《中国翻译》1992 年第 6 期,第 42 页。
③ Murr, *Haoh Kjöh Tschwen*, S.511.

冲地捧回家去,手儿却将花儿弄蔫了,我把它们小心地插入花瓶的凉水里,多么令人高兴啊!那一个个小脑袋又重新抬了起来,茎与叶如此绿意盎然,仿佛依然是在母土里尽情开放。"[1]我们在上文中看到,歌德在翻译中的灵活处理恰恰淋漓尽致地展现了他为让中国诗的花朵在德语的花园中重新绽放的努力:他竭力不为英译本所限制,力图通过文学和意境方面的润饰为"中国女诗人"增添诗意的生命,从而使译作升华到了比英译本更高的层次,尤其是在《薛瑶英》的前四行和《梅妃》中更成功达到了文化翻译"三类型"中的最高境界。再从翻译主体的心理动机来看,歌德的再创造更多的是出于他倡导的"文化适应性翻译"即"歌德模式",其主旨是通过摘译诗文对中国的"种种限制"、中国式的"生活、恋爱、吟咏"进行介绍。他的译作更多地扮演了文化的桥梁而非中国诗歌的范本。而集美貌与才华于一身的"中国女诗人"对歌德之"世界文学"概念的成熟更是功不可没,歌德本人就是在完成译诗几个月后写下了著名组诗《中德四季晨昏杂咏》,使中德文学对话登上了一个历史性的高峰,也为世界文学增添了精彩的一页。综上所述,歌德笔下的"中国女诗人"堪称东西方文学通过翻译的桥梁相互了解、相互模仿、最终走向融合东西、推陈出新的光辉典范。

(本文首次发表于《中国翻译》2009年第5期;《复印报刊资料·外国文学研究》2009年第12期全文转载)

---

[1] 转引自许钧等:《当代法国翻译理论》,湖北教育出版社2001年版,第260页。

歌德的"中国之旅"与"世界文学"之创生

歌德出生时正值18世纪中期欧洲出现"中国热"的时代,在与中国长达半个多世纪的接触中,歌德越来越为中国文化所倾倒,并在晚年从清代文集《百美新咏》中翻译了4首中国诗歌,呈现了4位"中国女诗人",为"世界文学"留下了浓墨重彩的一笔。同时,歌德也通过"中国之旅"开辟了他走向"世界文学"的道路。

歌德出生时正值18世纪中期欧洲出现"中国热"的时代,追求新奇的欧洲上流社会对中国园林、饰品和艺术的推崇也达到了历史上的顶峰。① 根据歌德回忆,他童年时就在蜡布工场中对"以毛笔绘画"的"中国式写意笔的花卉"产生了兴趣。② 而在歌德度过了少年时光的法兰克福故居二楼至今仍保留有"北京厅",墙上贴满带有中国小人和园林图案的壁纸。尽管年少气盛的歌德对基于生硬模仿而产生的"中国风"一度不以为然,③但在与中国长达半个多世纪的接触中,歌德却越来越为中国文化所倾倒,并最终在晚年为德国文学中的"中国风"留下了浓墨重彩的一笔。

歌德对东方文化的兴趣可以追溯到大学时光,1770年在斯特拉斯堡学习时,刚刚二十出头的歌德就阅读过耶稣会士卫方济用拉丁文翻译的《中国典籍六种》(*Sinensis Imperii Libri Classici Sex*,1711),并在笔记中记下了《大学》《中庸》《论语》《孟子》《孝经》

---

① 许明龙:《欧洲十八世纪的中国热》,外语教学与研究出版社2007年版,第90—126页。
② Johann Wolfgang von Goethe, *Werke*, Band 5, ed. by Klaus-Detlef Müller, Frankfurt a. M., Leipzig: Insel, 2007, S.141 - 142. 译文参见[德]歌德:《歌德自传——诗与真》,刘思慕译,人民文学出版社1983年版,第151页。
③ 歌德在自传《诗与真》中提到:1768年,刚刚从莱比锡大学归来的歌德曾当着父亲的面在家中"对一些有涡形花纹的镜框加以指摘,对某些中国制的壁衣加以讥评"。这时的歌德已经在大学中接受了启蒙思想,对这样一位浸透了"回归自然"理想、即将成为狂飙突进运动旗手的青年而言,基于生硬模仿产生的"中国情趣"制品既矫揉造作,又与他追求自然的审美观完全背道而驰,他对此不以为然也就并不出人意料。不过,当歌德在年近六旬之际写下《诗与真》时,其实是对自己年轻时的"指摘"和"讥评"充满悔意的。他在有关"中国制的壁衣"这段话开头曾明确写道:"年轻人往往从大学里带回一般的知识……便拿这种知识作为他们所碰到的事物的衡量标准,而结果大多是不中绳墨的。……当谈到我们自己的房子时,我便鲁莽地把这种标准应用起来。"歌德:《歌德自传——诗与真》,刘思慕译,人民文学出版社1983年版,第364页。1771年,歌德还在讽刺剧《多愁善感的胜利》(*Der Triumph der Empfindlichkeit*)中对当时流行的"中国花园"进行了一番揶揄。Goethe, *Werke*, Band 5, S.141 - 142.

《小学》六部儒家经典的拉丁语译名："年长者的学校,不变的持中,谈话录,孟子,孝敬的子女,年幼者的学校"。① 这段文字可以被视为歌德与中国文化正式发生接触的开端。但是老成持重的孔子对正处于狂飙突进运动前夜的青年歌德而言显然过于稳重,因此歌德此时与儒家思想擦肩而过一点也不足为奇。

1775年,歌德迁居到文化名城魏玛。在这里,歌德不断与中国文化发生着接触,因为在这个名家汇聚的地方同样也汇聚了当时对中国最有研究的一批德国学者。1780—1781年,歌德的好友赫尔德(Johann Gottfried Herder,1744—1803)发表了《关于宗教学研究的书简》(*Briefe: das Studium der Theologie betreffend*),书中引用了1776年开始在巴黎出版的来华传教士报告集《中国丛刊》(*Mémoires concernant l'histoire, les sciences, les artes, les mœurs, les usages des Chinois*)。歌德1781年1月10日的日记表明他不仅正在阅读朋友的这本著作,而且从中抄写下了儒家赞颂周文王的一句"啊文王(O Ouen Ouang)!"②也是在1781年,魏玛的文化杂志《蒂福尔特》(*Tiefurt*)开始连载同在魏玛宫廷共事的塞肯多夫

---

① Goethe, *Goethes Werke*, Abt. I, Bd. 37.1, S.83. 原文为拉丁语:"Adultorum Schola, Immutabile Medium, Liber Sententiarum, Mencius, Filialis Observantia, Parvulorum Schola"。译文参见杨武能:《走近歌德》,上海社会科学院出版社2012年版,第325页。
② 这句"啊文王!"历来受到研究者的重视。19世纪80年代就有德国学者彼得曼(Woldmar Freiherr von Biedermann)据此认为歌德阅读过杜赫德的《全志》,由此也很可能读过其中的《赵氏孤儿》译本,并启发了他1781年开始创作的《埃尔佩诺》(*Elpenor*)。Woldmar Freiherr von Biedermann, „Die chinesische Quelle von Goethes Elpenor", *Zeitschrift für vergleichende Literaturgeschichte und Renaissance-Literatur*, Vol. NF1, 1887–1888, S.374. 不过,汉学家德博在考证拼写方法后确认"啊文王!"其实来自在巴黎出版的传教士报告集《中国丛刊》,其中不仅文王的拼法及顺序与歌德所写完全一样,而且前面同样带有叹词O,只不过单词起始字母为小写而不是大写。见Günther Debon, *China zu Gast in Weimar*, Heidelberg: Guderjahn, 1994, S.135–140。

(Karl Siegmund von Seckendorff, 1744—1785)的作品《中国道德家》(Der chinesische Sittenlehrer)和《命运之轮》(Das Rad des Schicksals)。在前一作品中,作者假托"中国哲学家"之名进行了道德说教,而后一篇没有完成的连载则演绎了庄生梦蝶的故事,并提到了老子。这也是道家思想进入德国文学的开山之作。

同时,魏玛丰富的藏书也为歌德神游东方提供了有力支持。从魏玛图书馆的借阅记录可以看出,歌德对中国产生兴趣主要有三个高峰。其中第一个高峰是由于受到轰动一时的英国马戛尔尼使团访华事件(1792—1794)的影响,在这一消息的刺激下,歌德于1794—1800年借出了刚刚发表的一部英国使团访华报告以及多部有关东方历史文化的书籍。1796年1月,到席勒家中小住的歌德在日记中写下:"早上读小说,谈论到中国小说。"[1]他们所谈论的正是历史上第一部被译成德语的中国小说《好逑传》。席勒曾动手改写这部作品,并在1801年改编戏剧作品《中国公主图兰朵》时利用了其中丰富的中国文化知识。而于1802年排演《图兰朵》并将该剧送上魏玛舞台的正是歌德。

一、歌德晚年的"东方之旅"

德国文学评论家海因茨·史腊斐曾尖锐地指出:18世纪"德意志文学的本质不是由'德意志本质'决定的,不同民族文化的交错融合对它的形成产生了深远的影响",例如"歌德嗅到了同时代文学作品(他自己也不例外)中的虔诚气味,并为此感到难堪,于

---

[1] Goethe, *Goethes Werke*. Abt. III, Bd. 2, S.38.

是作为某种意义上的祛魅者,他改拜外国老师为师,从荷马到拜伦都成为他的榜样";而引用浪漫主义文学领军人物奥古斯特·威廉·施莱格尔(August Wilhelm von Schlegel,1767—1845)的话来说就是,这一时代德国作家成了"欧洲文化中的世界公民"①。

在歌德身上,这种"世界公民"的特点体现得尤为清晰,1786—1788年他曾到意大利旅行,探寻欧洲文化的生命力之源,为日后铸就魏玛古典文学的辉煌积蓄了充沛的能量。而在1813年莱比锡大战之后,在对欧洲战乱倍感失望之际,为寻找精神上的避难所,晚年的歌德将目光转向了更加遥远的东方世界,仅在10月4日、12日两天里他就从魏玛图书馆借出了四个不同版本的马戛尔尼使团访华报告和两个不同版本的《马可·波罗游记》。11月10日,歌德在给友人的信中写道:"最近一段时间,与其说是真想干点什么,不如说是为了散散心,我着实做了不少事情,特别是努力读完了能找到的与中国有关所有书籍。我差不多是把这个重要的国家保留下来,搁在了一边,以便在危难之际——正如眼下这样——能逃到它那里去。"②1813年,歌德还结识了东方学家克拉普洛特(Julius Klaproth,1783—1835),并在一封信中欣喜地称他"活生生是一个中国人"(ein eingefleischter Chinese)。在日记中,歌德多次提到与克拉普洛特见面,向他请教过汉字的书写并借到过一批汉字印刷字版,后来歌德在陪伴魏玛公爵的公主们时就为

---

① [德]海因茨·史腊斐:《德意志文学简史》,胡蔚译,北京大学出版社2013年版,第103页。
② Goethe, *Goethes Werke*, Abt. IV, Bd. 24, S.28. 译文参见杨武能:《走近歌德》,上海社会科学院出版社2012年版,第319页。

她们表演过书写汉字。① 1815年1月23日,歌德在给朋友的信中回顾道:"一年前我勤奋地(在书本中)游历了中国和日本,并使自己对那个巨大的国家相当熟悉了。"② 而 1815 年 10 月 14 日,威廉·格林(Wilhelm Grimm, 1786—1859)在给其兄雅各布·格林(Jacob Grimm, 1785—1863)的信中还提到:他在海德堡的一次聚会中幸会了歌德,而歌德为大家"朗诵并讲解"的竟然不是他自己的某篇新作或某部欧洲文学名著,而是近 20 年前他在席勒家中结识的中国小说《好逑传》!③ 歌德对中国文学的推崇由此可见一斑。正是此次精神上的"东方之旅"为歌德晚年的文学创作奠定了重要的基础。

不过,歌德此次"东方之旅"并非停留在东亚,而是更多地沉浸在古代波斯诗人哈菲兹所营造的诗意氛围中,其直接成果便是 1814—1819 年完成的诗集《西东合集》(*Der west-östliche Divan*)。而在思想发展方面,歌德开始在思想中建立起"西—东"二元结构,逐步走出欧洲中心的桎梏。④ 此时的歌德未能与中国文学结缘,从根本上讲是由当时才刚刚起步的欧洲汉学水平所决定的。我们只要回顾汉籍西传的历史就可以发现,歌德其实几乎已经接

---

① Martin Gimm, „Zu Klaproths erstem Katalog chinesischer Bücher, Weimar 1804", in Helwig Schmidt-Glintzer ed., *Wolfenbüttler Forschungen. Das andere China*, Wiesbaden: Harrassowitz, 1995, S.581.
② Goethe, *Goethes Werke*, Abt. IV, Bd. 25, S.165. 德语原文:„China und Japan hatte ich vor einem Jahr (in den Schriften) fleißig durchgereist und mich mit jenen Riesenstaaten ziemlich bekannt gemacht."
③ Jakob Grimm, Wilhelm Grimm, *Briefe der Brüder Grimm*, Jena: Frommann, 1923, S.458.
④ 叶隽:《歌德思想之形成——经典文本体现的古典和谐》,中央编译出版社 2010 年版,第 231—244 页。

触到了他那个时代所能够接触到的全部中国文学译作,有些作品甚至才刚刚翻译成英语或法语,尚未来得及转译成德语。从1817年9月5日至1818年7月20日,歌德长时间借阅了1817年刚刚出版的元杂剧《散家财天赐老生儿》的英译本 *Laou-Seng-Urh, or An Heir in his Old Age* 并为之动容,他在日记中写道:"我们一谈到远东,就不能不联想到最近新介绍来的中国戏剧。这里描写一位没有香火后代、不久就要死去的老人的情感,最深刻动人。"① 1822年10月27日,歌德还在家中会见了在当时德国绝无仅有的两个中国人。这两人都是从广东跟随一个荷兰糕点师来到欧洲的,后来被普鲁士国王威廉三世以"波茨坦皇家侍从"的身份派往哈勒大学学习神学和语文,并协助汉学家进行中文研究,为德国汉学的建立和发展做出了贡献。② 歌德在日记中写道:"一点钟(见)中国人。三人共进午餐。饭后读汉学书。"③从这段内容来看,三人不仅一起共进了午餐,而且在饭后研读了汉学方面的书籍。歌德与中国学者的这种直接接触在20世纪之前的德国文化名人中是极为罕见的。正是这种对东方文学的积极探索为日后歌德跳出德国市民阶层的狭隘目光,本着东西互补的思路放眼中国,产生出一种"世界文学"的眼光奠定了坚实基础。

二、歌德的"中国之旅"与"中国女诗人"

1827年是歌德探索中国文化的第三个高峰,同时也是成果最

---

① Goethe, *Goethes Werke*, Abt. I, Bd. 42/2, S.52.
② 吴晓樵:《中德文学因缘》,上海外语教育出版社2008年版,第15页。
③ Goethe, *Goethes Werke*, Abt. III, Bd. 8, S.251.德语原文:„… um ein Uhr die Chinesen. Mittag zu dreyen. Nach Tische Sinica durchgesehen."

为丰硕的时期。这一年刚刚开始，年近八旬的歌德就失去了相交多年的红颜知己冯·施泰因夫人（Charlotta E. B. von Stein，1742—1827），也许是为了再次寻找一片精神上的避难所，歌德1月7日从魏玛图书馆借出了《蒙古人与罗马人的战争与体育历史研究》（*Historical Research on the Wars and Sports of the Mongols and Romans*，1826），再次将目光投向东方。三周之后的1月29日，歌德又从图书馆借出了中国小说《花笺记》的英译本 *Chinese Courtship*（1824）。5月9日，歌德在日记里提到了法国汉学家雷慕沙翻译的才子佳人小说《玉娇梨》（*Iu-kiao-li ou les deux cousines*，1826）。8月22日，他又在日记中提到雷慕沙编辑出版的三卷本《中国短篇小说集》，里面收有十篇出自《今古奇观》的故事。以上这些作品加上歌德早已熟稔的《好逑传》共同构成了歌德了解中国文学的基础，并激发他于1827年5—8月写下了著名组诗《中德四季晨昏杂咏》（*Chinesisch-Deutsche Jahres- und Tages-Zeiten*），使中德文学对话登上一个历史性的高峰，也为世界文学增添了精彩的一页。对中国文化日益加深的了解和与中国文学的频繁接触正是歌德1827年1月31日高度评价中国文学、提出"世界文学时代"概念的重要基础。

歌德遨游于中国文学的第一项直接成果就是他从《花笺记》英译本附录中转译出的4首中国诗。[①] 这4首诗都来自乾嘉时期的著名诗集《百美新咏》，英译者称之为 *The Song of a Hundred Beautiful Women*，原书中共有100幅、总计103位女子的画像，并

[①] 本节中的部分内容可以参见本书前一篇《歌德笔下的"中国女诗人"》。

配有美女的传略。其中既有王昭君、杨贵妃、卓文君等赫赫有名的历史人物,也有众多女诗人的故事,是中国文学史上罕见的以女性为主题的诗集。歌德误解了书名,将这部文集理解成"百位美人的诗",而这又进一步使他以为这些诗也出自女诗人之手,查阅歌德日记可以看到,在于1月29日借入《花笺记》后两周之内,歌德7次在日记里提到中国诗歌及诗人,其中2月4日写道:"晚上,中国作品。"次日又写道:"和约翰忙于中国女诗人。"再后一天的日记是:"抄写中国女诗人。"到了2月11日歌德写道:"为爱克曼博士朗读中国诗。"①可见,歌德在此期间完成了翻译工作并在日记中两次称自己的译作为"中国女诗人(们)"(chinesische Dichterinnen)。

歌德为德国读者呈现的四位"中国女诗人"分别是来自《百美新咏》的《薛瑶英》《梅妃》《冯小怜》和《开元宫人》。歌德在译作序言中将《百美新咏》称为 *Gedichte hundert schöner Frauen*,即"一百位美人的诗"。严格来讲,歌德的四首"中国诗"都属于在中国素材基础上的拟作,即便是较为接近原文的《梅妃》和《开元》也带有大量文学再创造的成分。而这些再创造恰恰可以帮助我们理解歌德的价值取向和关注所在。

歌德笔下第一位"最可爱的女士"是中唐的薛瑶英。《百美新咏》援引唐代苏鹗的笔记小说集《杜阳杂编》写道:"元载宠姬薛瑶英,能诗书,善歌舞,仙姿玉质,肌香体轻,虽旋波、摇光、飞燕、绿珠不能过也。"汤姆斯的英译如下:"Lady See-Yaou-Hing was the beloved concubine of Yun-tsae. She was handsome, a good dancer,

---

① Goethe, *Goethes Werke*, Abt. III, Bd. 11, S.15–19.

and a poetess"①。而歌德翻译的《薛瑶英小姐》则是:"她美丽,拥有诗人天赋,人们惊叹她是最为轻盈的舞女。"②与原作及英语原文相比,歌德删去了关于"元载宠姬"的介绍,将"美丽"提到第一位,而"拥有诗人天赋"的表达也比英译本中的"是个诗人"要更为强烈。

  歌德笔下的《梅妃小姐》体现出同样取向。《百美新咏》中写道:"妃姓江氏,年九岁能诵二南。语父曰:我虽女子,期以此为志。父奇之,名曰采苹。开元中,选侍明皇,大见宠幸。善属文,自比谢女。淡妆雅服而姿态明秀,笔不可描画。后杨太真擅宠,迁妃于上阳宫。上念之,适夷使贡珍珠,上以一斛珠赠妃,妃不受,以诗答谢曰:桂叶双眉久不描,残妆和泪污红绡。长门尽日无梳洗,何必珍珠慰寂寥?"③汤姆斯几乎逐字逐句地直译了原文。歌德则大幅压缩对梅妃幼年的介绍,只保留美丽与聪慧两个要点:"梅妃小姐:明皇的情人,美丽而聪慧,因此自幼引人注目。"④而梅妃的诗则被歌德改写为:"你赠我珠宝为我妆饰!我无心照镜日子已长:自从你的目光离我远去,我已不再知道什么打扮梳妆。"⑤从氛围来看,原诗表现了冷宫中妃子寂寞的生活,进而传达了她的哀怨,主要是一种自哭自叹的口吻,只有最后一句才稍稍发泄出心中的不满。译诗则将"你"和"我"从一开始就联系起来,并用感叹语气直接表达出胸中的怒火,原诗中"泪湿红绡"的场景干脆消失,却

---

① Thoms, *Chinese Courtship*, p.263.
② Goethe, *Goethes Werke*, Abt. I, Bd. 41/2, S.272 - 273.
③ 颜希源:《百美新咏》,集腋轩嘉庆十年版,第二十一页。
④ Goethe, *Goethes Werke*, Abt. I, Bd. 41/2, S.273.
⑤ Ibid.

通过第三句直接点出"你"也就是君王移情别恋才是哀怨的根源。与原诗相比,歌德笔下的女诗人不再是一个哭哭啼啼的弱女子,而是成为忠于爱情、敢于指责情人不忠的女性形象。

与之相似的还有歌德笔下的第三位"中国女诗人"冯小怜。她本是北齐皇帝的宠妃,在国破家亡后虽然又得到征服者的宠爱,但却念念不忘往昔岁月,并借音乐和诗歌来表达自己心情,在诗中自称"虽蒙今日宠,犹忆昔时怜。欲知心断绝,应看胶上弦"。歌德将其改写为:"带着一脸高贵,她继续唱道:'不要以为我欢乐自由,要知我是否已经心碎——只需看看这曼陀铃。'"①原诗中萦绕在冯小怜脑海里的"宠""怜"等反映依附意识的字眼都消失无踪,相反却平添了"高贵""欢乐""自由"等词汇。换言之,原诗中冯小怜对自己从属地位的认同在歌德笔下被置换成对欢乐、自由等理想的高尚追求。而这反映出的正是歌德时代德国进步知识分子的追求。

歌德选译的最后一首诗《开元》讲述的是开元年间后宫中一位得不到宠幸的宫女通过诗歌乱抛绣球却因此意外被皇帝赐予有缘人的故事。歌德虽没有太多地改变故事本身和女诗人的诗歌,却在最后借女诗人之口增加了一段歌颂君主圣明的四行诗,同时在全篇最后添加了一句"开元这个名字从此就留在中国女诗人们当中"②。在歌德手稿上我们可以看到,此处原本写作"中国诗人们",歌德是在最后定稿时特地将此处改为"中国女诗人们"。结合其在日记中反复强调的"中国女诗人们",我们不难看出,歌德

---

① Goethe, *Goethes Werke*, Abt. I, Bd. 41/2, S.274.
② Ibid., S.274–275.

在改编这四首中国诗歌时都有一个共同倾向：对中国女性在诗歌创作方面的天赋和独立个性的强调。

事实上，歌德在"中国之旅"中对"中国女诗人"的强烈印象丝毫不足为奇。无论是《百美新咏》还是《好逑传》《玉娇梨》《花笺记》等才子佳人小说①中的女性都是巾帼不让须眉，"才女"以诗文、智慧、勇敢傲视天下才子的片段比比皆是。反观1800年左右的德国，女权运动不过刚刚起步，在文坛上，德国还罕见女诗人、女作家，即便有寥寥无几的女性发表作品，也大都使用假名或缩写，尽量不让人发现其女性身份，连女作家作品中的女性也多是为家庭付出牺牲的角色。② 即便如此，面对女作家的出现，19世纪初德国文坛还是爆发了一场"天才女性"之争，其核心就是女性是否有能力像男性一样从事文学创作。事实上，当时德国女性的文学创作能力根本不被承认。以"教育小说"著称的让·保尔（Jean Paul，1763—1825）干脆在作品中写道："由于女性在自我对话方面存在缺陷……她们既不能进行诗歌和哲学方面的解析，也不能独立进行这方面的工作。"③德国女诗人的境遇更是苦不堪言。当时最为著名的女诗人贡特罗德（Karoline von Günderrode, 1780—1806）年方26岁就自杀身亡，她一生中所有作品（包括身后的作品集）都不得不以男性笔名发表。被称为"德国萨福"的女作家布拉赫曼（Luise Brachmann, 1777—1822）穷困潦倒，45岁时投河自尽。浪漫

---

① 关于明清之际的流行小说有所谓"十才子书"的说法，其中大多都是流行一时的才子佳人小说，《好逑传》《玉娇梨》《花笺记》分列第二、第三、第八。
② Wolfgang Paulsen, *Die Frau als Heldin und Autorin*, Bern, München: Francke, 1979, S.99.
③ Jean Paul, *Sämtliche Werke*, Bd. I.5, München: Hanser, 1959, S.684.

主义文学家施莱格尔的妻子卡罗琳娜(Caroline Schlegel-Schelling，1763—1809)尽管才华横溢，但终其有生之年，却只敢用丈夫的名字或自己名字的缩写来发表作品，就是怕受到男性的抨击。甚至歌德1825年被卷入这场争论时也曾毫不犹豫地批评过德国女诗人的创作"软弱无力"，甚至影响到整个文坛都"日益软弱"①。

在这一背景下，《百美新咏》(或所谓来自中国的"一百位美人的诗")的出现无疑大大震撼了歌德。从歌德选译女性诗人的诗歌并特意将"诗人们"改为"女诗人们"可以看出，歌德通过眼前的中国文学作品看到了一个才女成群的东方文学世界，在这一事实面前，关于女性是否能成为诗人的争论已毫无意义，将文学视为男性天下的欧洲传统观念在"中国女诗人们"面前遭到了彻底的动摇。这种新的认识无疑为歌德正在酝酿的"世界文学"思想补充了一个革命性的观念：文学世界同样是一个两性的世界，女诗人同样能够占据半壁江山，来自东方的中国诗歌和文学掌故便是最好的例证。因此，歌德恰恰在接触《百美新咏》前后提出"世界文学时代"的概念绝非偶然。

三、"世界文学时代"的创生

1827年1月31日，也就是歌德借阅《花笺记》的第三天、开始酝酿翻译中国诗歌的时候，他与爱克曼开始了关于"世界文学时代来临"的那段著名谈话。在谈话一开始，歌德告诉前来拜访的爱克曼："我正在忙于一部中国小说"，而且认为这部书"很值得关注"，

---

① [德]爱克曼辑录：《歌德谈话录》，朱光潜译，人民文学出版社1978年版，第53页。

"他们那里一切都易于理解、平易近人,没有强烈的情欲和飞腾动荡的诗兴,因此和我写的《赫尔曼与窦绿台》以及英国理查生写的小说有很多类似的地方"①。随后,歌德举出《花笺记》等中国小说中的五个场景说明了自己对中国文学特点的良好印象。接着,歌德将爱克曼的注意力引向东西方文学中一个"极可注意的对比"——法国诗人贝朗瑞的诗歌②与"中国传奇"在处理道德题材上的对立。值得注意的是,歌德在此要求朋友关注的并不是"西—东"二元框架下的"德—中"文化差异性的体现,而是特别请爱克曼"说一说,中国诗人那样彻底遵守道德,而现代法国第一流诗人却正相反,这不是极可注意吗?"③换言之,使歌德关注到差异性的固然是他思想中已经形成的"西—东"二元结构,但在选择立场时,他却带着他的《赫尔曼与窦绿台》站到了东方文学的立场上。显然,对他而言,在对法国诗人进行道德批评的时候,"德—中"二元所提供的并非首先是一个两极对立结构,而更多地是一个彼此在精神上相通的"殊途同归"结构。中德之间在地理上越是相隔遥远,在文化史上越是缺少交流,当他们展现出在文学追求上的共同点时,就越可以雄辩地证明这种追求真正符合"全人类"的共同理想,同时也就占领了一个"普世价值"的道德制高点。而用歌德本人的话来说,这就是"人类的共同财富"(Gemeingut der

---

① [德]爱克曼辑录:《歌德谈话录》,朱光潜译,人民文学出版社1978年版,第111—112页。
② 此前在1月29日的谈话中歌德已经和爱克曼谈起过贝朗瑞的诗歌,并批评他"对淫荡和庸俗不仅不那么痛恨,而且还带着一些偏向"。同上书,第111页。
③ 同上书,第112—113页。

Menschheit)①。

那么如何才能真正把握"普世价值",而不是像民族主义者那样出于狭隘误将"德国价值"当作普世的标准呢？歌德再次借摆在面前的《花笺记》来警示德国人,针对爱克曼问他"这部中国传奇在中国算不算最好的作品呢？"借题发挥道:"绝对不是,中国人有成千上万部这类作品,而且在我们的远祖还生活在野森林的时代就有这类作品了。"②对爱克曼的问题而言,歌德在后半句回答中对中国文学悠久历史的褒扬有些答非所问,但若从一位"世界公民"想要警示本国同胞的角度来看,这次极不对称的问答无疑发人深思,更使人隐隐感到"德国人应在历史悠久的中国文化面前保持谦虚"之意。歌德随后诚恳地对爱克曼说:"说句实在话,我们德国人的视野如果不能超越自己周围狭窄的圈子,那么很容易就会陷入那种迂腐的自大中去。"③可见,歌德恰恰是从中国文学作品中看到了新的思路和创作空间,使他一方面意识到"诗歌是人类的共同财产",自己诗意的理想同样可以在东方文学世界中找到印证,另一方面又敏锐地感觉到中国文学中有一些革命性的东西刺透了笼罩德国文坛的陈腐气息。从他对"中国女诗人们"的一再强调可以看出,诗歌——"人类的共同财产"并不只是男性的天下,而是一个两性的世界,女诗人同样能够占据半壁江山,而此前德国(男性)诗人似乎还从未意识到这一点。歌德曾说过:"我认为,当一个国家内在的分歧通过另一国家的观念和判断而趋于和

---

① [德]爱克曼辑录:《歌德谈话录》,朱光潜译,人民文学出版社1978年版,第113页。
② 同上。
③ 同上。

谐时,也就是我所谓的世界文学产生之时。"①借助"中国女诗人"对德国"天才女性"之争的革命性冲击,歌德跳出民族主义的狭隘眼光、阐明"世界文学"的概念也就水到渠成。因此,歌德随后便在谈话中指出,德国人应该经常"环视四周的外国民族的情况",他劝"每个人都这么做",更多地思考各国文学之间的交流。歌德此时无疑已经感觉到:人类的一些理想是共通的,尽管这些普世理想的重要性被各个民族所认识到的时间有先有后,但却完全可以通过相互沟通、相互理解、相互接受最终得到所有民族的认同,而一个民族则可以通过积极接受蕴含在其他民族文学中的属于全世界的财富来丰富自己、推动本民族跨越式的发展。从这一角度来看,各个民族的文学通过不断交流最终都将汇集在一个宏伟的目标之下:共同为全人类的幸福而服务。而这一宏伟的目标将赋予各民族的文学家最伟大的使命感,就如歌德1827年在《德国的小说》(*German Romance*)一文中所写的:"既让不同的人和不同的民族保持自己的特点,同时又坚信只有属于全人类的文学才是真正有价值的文学。"②在意识到这一点之后,歌德在高度评价中国文学后水到渠成地宣告了"世界文学时代"的创生:"民族文学在当代已算不了很大的一回事,世界文学的时代已快来临了"!③

---

① Goethe, *Goethes Werke*, Abt. IV, Bd. 43, S.106. 译文参见张佩芬:《歌德晚年诗歌的现实意义》,载叶廷芳、王建主编:《歌德和席勒的现实意义》,中央编译出版社2006年版,第127页。
② Goethe, *Werke*, Bd. 6, S.365. 译文参见杨武能:《走近歌德》,上海社会科学院出版社2012年版,第339页。
③ [德]爱克曼辑录:《歌德谈话录》,朱光潜译,人民文学出版社1978年版,第113页。

四、结语

在研究18—19世纪中德文学接受史中无法回避的一个问题是：接受的基石到底是什么？从歌德与中国文化的关系来看，歌德世界中的中国（包括在他的经典之作《中德四季晨昏杂咏》中）并没有多少凸显"中国性"和"德—中"二元对立的地方，相反，他在谈话中反复强调了中国与德国"有很多类似的地方""中国人在思想、行为、情感方面几乎和我们一样""他们是我们的同类人"。[①]换言之，"德—中"二元对歌德而言更多的是一个"互证"[②]结构，他所看中的是蕴含在中国文化中的"世界性因素"，是"德—中"二元中的殊途同归的价值观念。他突出中国文化的某些特定方面，这更多是因为他在那里发现自己的理想得到了印证，或是发现中国文学中早已阐发了一些在德国文学家中存在争议的观念，如文学的道德性、诗歌对人与自然紧密关系的反映、女性在文学创作上的平等。更进一步说，歌德没有把"中国元素"看成"异国"，而是将它作为"世界性"元素引入德国文学。因为从根本上讲，人类的众多理想是共通的，这些普世理想（价值观）的重要性尽管在各个国家被认识到的时间有先后，但却正是不同国家最终能相互沟通、相互理解、相互接受的深层基石。而在歌德心中，普世理想正是可以通过"世界文学"被各民族所接受并发挥社会影响力的，他曾在一封信中写道：世界文学的诞生"并不是说各个民族开始了解、知晓

[①] ［德］爱克曼辑录：《歌德谈话录》，朱光潜译，人民文学出版社1978年版，第112页。
[②] 乐黛云：《跨越文化边界》，东方出版中心2012年版，第116页。

其他民族的成果,这种意义上的世界文学早已存在……这里所说的是有活力、有追求的文学家彼此认识,感到被共同的倾向和信念所推动,发挥出对社会的影响力"①。从这一定义出发,我们可以认为,歌德"中国之旅"的价值正是在于感召他意识到一种超越民族文学的"世界性"的存在,并最终引发"世界文学"概念的创生。

[本文首次发表于叶隽主编:《侨易》(第一辑),社会科学文献出版社2014年版。本次收录时略有修改]

---

① Fritz Strich ed., *Goethe und die Weltliteratur*, Bern: Francke, 1946, S.399.

《老子》译介与老子形象在德国的变迁

　　《老子》是世界上除《圣经》以外被翻译次数最多的典籍,从1827年至今,其德语译本数量已经超过百种。本篇首先回顾了《老子》在德国的传播史,重点介绍了具有代表意义的四个译本,随后聚焦德国学者对老子生平的研究,特别是基督教思想对《老子》接受的影响。在基督教神学的左右下,老子长期被神圣化,被视为带有犹太教-基督教色彩的先知。直至20世纪,老子作为伟大哲学家和东方智慧典范的地位才在德国得到普遍承认。而随着学者们对《老子》研究的不断深化,德国在20世纪中先后两次出现"道家热",《老子》最终成为沟通中德文化的一座重要桥梁。

《老子》是国学宝库中最为重要的典籍之一。作为道家思想的奠基之作,它已成为西方学界研究中国哲学、文化、宗教、历史的必读经典。而在盛产哲学家的德国,《老子》更引发了持久的翻译和研究热潮并对20世纪德国哲学发展产生了深远影响,存在主义哲学大师海德格尔甚至在中国学者萧师毅的协助下亲自翻译了《老子》中的8个章节。[①] 不过,相对于《老子》翻译在英语界受到的重视而言,国内学界对《老子》在德国译介的历史和现状还较少关注,如马祖毅、任荣珍所著《汉籍外译史》(1997)称20世纪《老子》德译本"有8种之多"[②],而实际上仅20世纪80年代新出版的《老子》德译本就有15种。至于《老子》在德国引起研究热潮的原因国内学界同样少有论及。总结这段历史、归纳德国学者在该领域取得的研究成果将不仅有助于学术界就相关课题进行更加细致深入的研究,而且对理解20世纪德国思想史有一定意义。

一、《老子》在德国的主要译本

1823年,法国汉学家雷慕沙发表论文《老子的生平与学说》(*Mémoire sur la vie et les opinions de Lao-Tseu*),其中包括《老子》第1、14、25、41和42章的译文,这是欧洲学者系统研究《老子》的开始。1824—1826年,德国大哲学家黑格尔以这一论文为基础,在其哲学史讲座中向德国学界介绍了老子的思想并进行了简单点评。1827年,德国哲学家、历史学家温第士曼(C. J. H. Windischmann)从

[①] [德]卜松山:《与中国作跨文化对话》,刘慧儒、张国刚等译,中华书局2003年版,第81页。
[②] 马祖毅、任荣珍:《汉籍外译史》,湖北教育出版社1997年版,第77页。

雷慕沙的论文出发,在从法文转译《老子》的同时对老子思想进行了深入研究,这是德国学者翻译、研究《老子》的开端。1870年,第一个《老子》德语全译本终于在普兰克勒(R. von Plänckner)笔下诞生,但其影响力却远不及这一年稍晚时候问世的施特劳斯译本。

(一) 1870年施特劳斯译本及其影响

施特劳斯(Victor von Strauss,1809—1899)早年学习神学,后转向汉学,是德国19世纪少数几位精通古汉语的学者之一,其《诗经》译本(1880)在德国也享有盛誉。施特劳斯的《老子》译文简洁,而注解却达到了不厌其烦的程度。除大量引用《康熙字典》《广韵》《河上公章句》等典籍对原文进行详尽的文字注解外,他还写下长达80多页的前言,对老子生平和道家思想进行了系统论述,使译本达到了惊人的440页,其篇幅迄今仍罕有译者能够超越。德国存在主义哲学家雅斯贝尔斯(Karl Jaspers)曾在长文《老子》中盛赞施特劳斯,认为"他的注释引导读者了解译文中的难点、领会汉语的词句、分辨其多义性。另外,他本人受过德国哲学传统的训练,所作的解释深入、精细,时而带点玄奥的哲学味道。……译本不易读懂、需要借助注释来理解,然而它简捷、含蓄,最富于表现力。或许正因如此,这个乍一读起来费解难懂的译本才是最佳的。"[1]由于受到基督教神学的影响,施特劳斯在敬仰老子的同时又深信老子是因受了"上帝启示"才会具有如此非凡的

---

[1] [德]雅斯贝尔斯:《老子》,载[加]夏瑞春主编:《德国思想家论中国》,江苏人民出版社1995年版,第218页。原文见 Karl Jaspers, *Aus dem Ursprung denkende Metaphysiker*, München: Piper, 1957, S.290–325。

智慧,因此他在译本前言中将老子的思想归入所谓"原始基督教",并运用欧洲中世纪神秘主义思想对《老子》中的玄学思想进行了解读。① 施特劳斯译本尤其受到欧洲思想界的重视,俄国文豪列夫·托尔斯泰在转译《老子》时就以它为主要蓝本,德国社会学家马克斯·韦伯(Max Weber)的名著《儒教与道教》(*Konfuzianismus und Taoismus*)也主要参考此书。

受温第士曼和施特劳斯影响,发掘基督教与老子思想的对应之处在德国学者中一度蔚然成风,如1888年诺阿克(F. W. Noak)译本、1910年格利尔(J. Grill)译本均以基督教神学作为阐释《老子》的基础,格利尔甚至专门在译本最后列出81项《新约》与《老子》的对应之处。② 相信所有宗教都是由久已失传的"神秘信条"演化出来的"神智学协会"也对《老子》发生了兴趣,哈特曼(F. Hartmann)1897年的译本《神智学在中国——对〈道德经〉的审视》(*Theosophie in China. Betrachtungen über das Tao-Teh-King*)就按他们的思想对《老子》进行了有倾向的解读。德国出现这种现象的原因不仅在于基督教影响的根深蒂固,也在于进化论等进步思想对欧洲传统信仰体系造成的强烈冲击,守旧派不得不改变他们对非基督教文化的歧视态度,转而试图通过从其他古老文化中发掘"上帝启示"来拯救已经摇摇欲坠的基督教信仰。基督教神学的影响因此成为德国《老子》译介初期的一大特色。

---

① Victor von Strauss, *Lao-Tse. Tao Tê King*, Leipzig: Breitkopf und Härtel, 1870, S.LXXIX.
② Julius Grill, *Lao-tszes Buch vom höchsten Wesen und vom höchsten Gut*, Tübingen: J. C. B. Mohr, 1910, S.203-204.

(二) 卫礼贤及其《老子》翻译

汉学家卫礼贤1899年以传教士身份来到当时沦为德国殖民地的青岛,他在那里结识了辜鸿铭等文化名人,最后完全被中国文化所征服,先后翻译出版了《论语》《老子》《庄子》《易经》等典籍,影响了大批欧洲学者。

卫礼贤翻译《老子》没有像施特劳斯那样追求译语上的精确,对大量单字进行考证,而是借助德国人所熟悉的文学作品和概念体系将老子的思想介绍给本国读者。他的译作从一开始就显示出了西方学者用欧洲文化诠释东方哲学的努力。例如他援引脍炙人口的《浮士德》将《老子》译为《道德经——老者的真谛与生命之书》(Tao te king. Das Buch des Alten vom SINN und LEBEN),又引用卢梭赫赫有名的"重返自然"命题和《桃花源记》来印证《老子》中的小国寡民思想。[①] 随着对中国文化研究的深入,卫礼贤此后又对《老子》译本进行了多次修订,特别是去除了许多具有神学背景的文字。1957年,这一修订本由卫礼贤遗孀根据其手稿整理出版。两年后,施特劳斯译本也重新整理出版,编者同样显著削弱了译本的神学色彩。这些变化都反映出德国专业汉学逐步摆脱神学影响的历史性进步。

卫礼贤的《老子》译本在德国汉学史上具有里程碑意义。因为它着眼于德国读者所熟悉的概念体系和东西方思想的相通之处,大量借用西方文学、神学、哲学、社会学概念阐释道家思想,从而架起了一座沟通东西方文化的桥梁,对德国在一战后出现

---

① Richard Wilhelm, *Laotse. Tao te king. Das Buch des Alten vom SINN und LEBEN*, Jena: Diederichs, 1911, S.XV, 112–113.

的"道家热"起到了重要推动作用。因此,卫礼贤也获得了"文化使者"的美誉。据统计,卫礼贤的《老子》德译本到2000年已至少印行33次,此外还有法、英、荷等多种文字的转译本。[①] 著名作家黑塞、德布林、布莱希特等人都曾从这一译本中获得创作灵感。[②]

(三) 德博和施瓦茨的专业汉学家译本

20世纪上半期,德国先后两次发动世界大战,给人民带来了深重的苦难,在这一背景下,强调清静无为、顺应自然的道家思想成为许多德国人心目中的拯救良方。因此,《老子》在两次大战之后都倍受欢迎,《老子》的翻译与研究随之进入一个繁荣阶段。随着德国汉学的发展,1961、1970年,代表新时代专业水准的译本终于分别在联邦德国、民主德国汉学家笔下应运而生。

德博是海德堡大学汉学教授和诗人,曾翻译过从《诗经》到毛泽东诗词的大量作品,在中国古诗翻译方面成就卓著。他名为《道德经——道路与美德的神圣之书》(*Tao-te-king. Das heilige Buch vom Weg und von der Tugend*)的译本秉承其一贯风格,语言简洁明了,同时在风格方面很好地兼顾了原文排比、押韵等特色,显示出译者深厚的古文功底和德语文学造诣,因此广受德国读者的欢迎,到2000年已先后发行14版,仅次于卫礼贤的译本。但

---

① Oliver Grasmück, *Geschichte und Aktualität der Daoismusrezeption im deutschsprachigen Raum*, Münster: LIT, 2004, S.65 - 66.
② Heinrich Detering, *Bertolt Brecht und Laotse*, Göttingen: Wallstein, 2008, S.25 - 52.

是德博认为《老子》原著只使用了 800 多个汉字，因此译文也要保持这种语言和思想的简洁性，这造成他在追求译文简洁时有些过犹不及，加之其注解和所附介绍都偏于简略，难以满足许多读者理解老子思想的需求。在这一背景下，柏林洪堡大学的施瓦茨（Ernst Schwarz）于 1970 年推出了代表民主德国汉学成就的译本《道德经》（*Daudedsching*）。施瓦茨出生在维也纳，在希特勒 1938 年吞并奥地利时流亡中国，曾在上海、杭州、南京等地学习和任教，还曾到茶园、稻田劳动，在中国度过了 22 年的动荡岁月。后来他在民主德国作为汉学家和自由翻译家发表了大量优秀作品。他的《道德经》译本较德博更为通俗易懂、语言流畅，在 30 年里印行 12 次，成为当代德国最具影响力的《老子》译本之一。

与前代相比，德博和施瓦茨的译本都摆脱了基督教神学的影响，开始重视《老子》独特的语言形式美，并更多地在译本的语言、修辞、考据等方面考虑接受效果，这反映出二战后德国汉学发展的出色成就。

（四）当代"百花齐放"的《老子》翻译

出人意料的是，尽管前述学者的译本都堪称上乘之作，《老子》的翻译工作却非但没有因此在德国停顿下来，相反却呈现出异乎寻常的繁荣。从下表对每十年新增德语译本（含少量奥地利、瑞士等国译者译本）的统计可以看出：从 20 世纪 80 年代起，《老子》的德译工作进入了一个高度繁荣时期，而译本的总数也达到了百种以上：

表1 《老子》德译本统计(1870—2022)①

年　份	译本数量(部)	年　份	译本数量(部)
1870—1879	2	1950—1959	6
1880—1889	1	1960—1969	6
1890—1899	1	1970—1979	8
1900—1909	3	1980—1989	15
1910—1919	4	1990—1999	25
1920—1929	11	2000—2009	31
1930—1939	5	2010—2022	24
1940—1949	8	总计	150

《老子》德译工作的高度繁荣一方面反映出崇尚自然、追求宁静的思想成为当代德国社会的重要思想潮流,另一方面也反映出中国改革开放后中德文化交流的繁荣。同时,《老子》译者群体的构成在近年来也发生了巨大变化。二战前,传教士、神学家、文学家等"业余汉学家"是《老子》翻译的主力;二战后,随着汉学的快速发展,职业汉学家逐步成为翻译主力;从20世纪80年代起,随着"汉语热"的出现以及学科之间的相互渗透,"业余汉学家"再度

---

① 数据主要来源于 Matthias Claus, „Verzeichnis der deutschsprachigen Ausgaben des Tao Te King", http://www.das-klassische-china.de,访问日期：2022年4月12日。同时参考了 Grasmück, *Geschichte und Aktualität der Daoismusrezeption*, S.124-127。需要指出的是,少数研究性译本中还同时含有马王堆帛书、郭店竹简等多个版本《老子》的译本。如2008年特里尔大学的盖斯特讷(Ansgar Gerstner)在博士论文中进行了王弼本、马王堆帛书甲乙本、郭店竹简甲乙丙本的对比和翻译。而同一年克劳斯(Hilmar Klaus)的译本《智慧之道,老子——道德经》(*Das Tao der Weisheit. Laozi — Daodejing*)也在王弼本外附上了帛书和竹简《老子》译本。

崛起,新的《老子》译本和题为《××之道》的图书在德国几乎到了泛滥成灾的地步。① 这当中除少数以马王堆帛书、郭店竹简等新发现的《老子》版本为依据的译本外,真正值得重视的高质量译本并不多。而译者群体在这一阶段呈现出异常的多样化,他们中有教育工作者、心理医生,也有自由记者、保险销售员、企业经理等。这种繁荣景象反映出《老子》已经走出专业学者的书斋,在各个大众领域中获得广泛的应用,并逐渐成为沟通东西方文化的重要桥梁。

二、对老子生平的研究与老子形象的变迁

历史上关于老子生平的可靠记载少之又少,即便是司马迁的《史记·老子韩非列传》也是语焉不详。但与此同时,有关老子的传说却层出不穷,这就向研究者提出了一道难题:关于老子的记载和传说有多少是可信的?格利尔就曾对《老子》真伪及历史上是否真有老子其人表示过怀疑,并因此与英国汉学家理雅各(James Legge)发生了争论。② 回顾德国学者的有关研究,我们可以看到,不仅误读与争论始终伴随其中,参与讨论的学者也远远超出了汉学家的范围。

(一)作为上帝先知的老子——神化的老子形象

最早向欧洲人介绍老子的是意大利传教士利玛窦(Matteo

---

① [德]卜松山:《与中国作跨文化对话》,刘慧儒、张国刚等译,中华书局2003年版,第84页。
② 同上书,第77页。

Ricci)。在1615年出版的《利玛窦中国札记》中有这样的介绍："第三种教派是老子的教派,出自一位与孔子同时代的哲学家。据说他出生之前的怀胎期长达八十年,因此叫他老子,即老人哲学家。他没有留下阐述其学说的著作……。"①此后几十年中,虽然欧洲传教士在其著作中对中国的宗教多有介绍,但仍然没有提到老子的作品。直至1687年,柏应理(Phillip Couplet)才在出版于巴黎的《中国哲学家孔子》的前言中向欧洲人介绍并用拉丁文翻译了《老子》第42章"道生一,一生二,二生三,三生万物"一段。在他看来,这段话体现出老子已有"原始的至高之神"的概念。② 这段话后来引起了旧约象征派(索隐派)代表人物白晋的重视,他认为这证明中国古人对三位一体的上帝早有认识。白晋不仅联系中国哲学中的"太极""道"等概念提出了"中国式"的三位一体,而且认为中国古籍在某些方面可以与基督教神学互为补充。③《老子》在欧洲学者心中的地位也因此得到提高。

受旧约象征派的影响,雷慕沙在《老子的生平与学说》一文中也坚信老子第14章前3句中所列举的"夷—希—微"3个字暗示着上帝之名"耶和华"。根据"夷—希—微"与西亚民族语言中"耶和华"拼写的相似之处,同时结合道教中老子"出关化胡"的传说,雷慕沙推断:老子出关后可能一路西行到了叙利亚、巴勒斯坦甚

---

① Matteo Ricci, *Storia dell'introduzione del cristianesimo in Cina*, Lugduni: Cardon, 1616, S.110.
② Philippi Couplet ed., *Confucius Sinarum Philosophus*, Paris: Horthemels, 1687, S.XXIV.
③ Claudia von Collani, „Daoismus und Figurismus. Zur Inkulturation des Christentums in China", in *TAO, Reception in East and West*, ed. by Adrian Hsia, Bern: Peter Lang, 1994, S.3-34.

至希腊文化圈,并与当地文化发生接触,所以他才知道了犹太教所尊崇的上帝之名并同时在哲学思想上也显示出某些与犹太—基督教文化相似的地方。

1870年,施特劳斯在翻译《老子》时也对老子生平进行了考证。他根据《圣经》推论,上帝曾以各种方式启示过中国先民,老子就是接受过上帝启示的东方"先知"。同时,施特劳斯猜测古代以色列、犹太国在灭国时可能有犹太教徒流落到了中国,而老子正是从他们那里得知了上帝之名。这样一来,在他眼中《老子》就成为在上帝启示下写成的智慧之书。这种看法的影响一直延续到20世纪。1914年,约翰内斯·黑塞(Johannes Hesse)发表了《老子——基督降世之前的真理见证人》(*Lao-tsze. Ein vorchristliche Wahrheitszeuge*),这对他的儿子——文学家赫尔曼·黑塞(Hermann Hesse)在精神上的"东方朝圣"产生了很大影响。1919年,诗人克拉朋特(Klabund)干脆以"夷—希—微"为基础创作了诗集《三声》(*Dreiklang*),他在诗中将老子、释迦牟尼和耶稣并称为上帝在人世间的化身,使欧洲人对老子的神化达到了一个顶峰。①

(二)作为思想家的老子与第一次"道家热"的兴起

从19世纪末起,德国学者对东方文化的兴趣日益浓厚。1887—1889年,莱比锡大学、柏林大学教授甲柏连(Georg von der Gabelentz)曾发表系列论文介绍孔子、老子、庄子、墨子等中国思想家和他们的著作。1903年德乌拉克(R. Dvorak)出版了《老子和

---

① 相对而言,德国学者对中国民间信仰体系中的老子形象还较少关注。

他的学说》(*Lao-tsi und seine Lehre*)。1908年，约瑟夫·科勒尔（J. Kohler）以《东方最伟大的智慧》(*Des Morgenlandes größte Weisheit*)为题发表了他的《老子》译本。而到了一战前后，老子不仅频繁出现在各种哲学史、宗教史、文学史著作中，还成为学术专著的研讨对象，恰如社会学家马克斯·韦伯1915年在《儒教与道教》一书中所说："近年来，研究道家近乎时尚"。① 出现这次"道家热"的根本原因在于西方文明此刻所面临的深刻危机。

在20世纪初的德国，资本主义的物欲横流、帝国主义野心的高度膨胀和军国主义的甚嚣尘上已是触目惊心，如哲学家施宾格勒（Oswald Spengler）就在《西方的没落》(*Der Untergang des Abendlandes*, 1918)一书中指出欧洲中心论已经过时，西方文化面临自我毁灭。因此，德国的有识之士纷纷转向其他文化寻找解救的良方，迪特里希出版社著名的"东方宗教丛书"在此时应运而生，其中最为抢眼的便是卫礼贤的《老子》和《易经》译本。一战后，德国又因沦为战败国而进一步陷入空前的社会危机，因而大批知识分子转而在追求内心宁静的道家思想中寻求解脱和指引。作家克拉朋特就自认为是道家思想信徒。他不仅在1919年推出了一个以和平主义思想为中心的《老子》选译本，还撰文呼吁德国人按照"道的神圣精神"去生活，成为"欧洲的中国人"。② 直至1933年希特勒上台，纳粹煽动下的种族主义和军国主义思想抬头，第一次"道家热"才在德国宣告结束。

---

① ［德］马克斯·韦伯：《儒教与道教》，王容芬译，商务印书馆1995年版，第43页。
② Klabund, *Werke in acht Bände*, Band 8, S.230.

(三)作为神秘主义者的老子

卫礼贤曾在专著《老子与道教》开头第一句话写道:"中国思想家老子属于人类伟大的神秘主义者之一。"①为了研究老子的思想,他采取"以经证经"的方法,将《庄子》《列子》《韩非子》《吕氏春秋》《淮南子》等典籍中涉及老子的段落都一一译成德语。通过研究,卫礼贤发现老子并没有试图建立一个完整的世界观体系,而是把人类全部思想引向一个更深入的阶段并由此对整个人类生活产生影响,而老子创立的内心调适"在中国人的精神生活中具有独一无二的地位",所以老子有别于欧洲哲学家的概念。而道教将老子尊为神,通过《老子》来求长生不老、祈福免灾,或是杂糅《老子》与儒家、佛家思想在卫礼贤看来都"不过是对老子的强盗行为"②。

进入20世纪下半期,德国学者对老子生平的单篇介绍以及哲学家们在著作中对老子的评述多得几乎难以统计。从哲学家雅斯贝尔斯著作《老子,龙树——两位亚洲玄学家》(*Lao-tse, Nagarjuna. Zwei asiatische Metaphysiker*, 1957)以及《老子——中国智者迄今不为人知的生活史和他的影响》(*Laot-tse. Die bisher unbekannte Lebensgeschichte des chinesischen Weisen und sein Wirken*, 1971)、《伟大的宗教创始人》(*Große Religionsstifter*, 1989)之类的论著中可以看出,魏玛共和国之后的德国学者基本上接受

---

① [德]卫礼贤:《东方之光——卫礼贤论中国文化》,蒋锐、孙立新编译,外语教学与研究出版社2007年版,第200页。
② [德]卫礼贤:《东方之光——卫礼贤论中国文化》,蒋锐、孙立新编译,外语教学与研究出版社2007年版,第198页。

了卫礼贤对老子的阐释,将老子视为神秘主义哲学家。有学者甚至还认为卫礼贤译本取得成功是因为他作为"神秘主义者"同老子有着思想上的"内在联系"①。维尔茨堡大学汉学教授常志静(Florian Caspar Reiter)还对道教的《老君八十一化图说》进行了研究,发表了《图文老子生平与影响》(*Leben und Wirken Lao-tzu's in Schrift und Bild*, 1990),对道教以老子为中心的神话体系进行了梳理。

三、走向多元化的当代《老子》阐释

《老子》虽然只有81章五千余言,但即便对于中国古人来说,其中许多文字也过于深奥,因此历代都有学者对《老子》进行注释,甚至利用为《老子》作注的机会阐发自己的哲学思想。由于各派学者的解读不同,元朝时就已有所谓"注者三千余家"的说法。随着《老子》进入德国学者的视野,对《老子》的阐释也呈现出异乎寻常的繁荣和多元。

从比较重要的《老子》译本来看,德国译者多以魏晋时王弼注释的《老子》为底本,但也参考河上公本《老子》。其实,从后世出土的马王堆帛书《老子》可以看出,即便是王弼注释的《老子》本身也已经有多处掺入了魏晋玄学思想。施特劳斯在翻译《老子》时就已经意识到需要通过多个版本的比对来接近老子的思想,因此除《河上公章句》外还至少使用了其他两种注疏本。卫礼贤虽然

---

① [德] 罗梅君:《汉学界的争论:魏玛共和国时期卫礼贤的文化批评立场和学术地位》,载孙立新、蒋锐编译:《东西方之间——中外学者论卫礼贤》,山东大学出版社2004年版,第148—149页。

以王弼本为底本,但却在1911年译本中使用了河上公本《老子》中为各章节所添加的标题。① 德博在研究中使用的虽然也是王弼本《老子》,但在翻译过程中却对这一版本的权威性提出了质疑。在他看来,一些章节的划分过于牵强,可能是后人添加或是竹木简排序错误造成的,如第20章就应分属两个不同单元。②

在德国,最早对《老子》等道家文献加以系统考证的是莱比锡大学汉学系的艾克斯(Eduard Erkes,1891—1958),他发表有《老子的宇宙起源神话探索》(*Spuren einer kosmogonischen Mythe bei Lao-Tse*,1932)、《论今日道教及其文献》(*Über den heutigen Taoismus und seine Literatur*,1933)、《河上公对老子的注疏》(*Ho-shang-kung's Commentary on Laotse*,1951)等著作,此外还有大量有关道教、道藏、道观起源的论著。而当代对《老子》版本研究最为深入的当属海德堡大学教授瓦格纳(Rudolf G. Wagner),他已发表了三部有关王弼本《老子》的专著:《中国注疏家的技艺:王弼对〈老子〉的注疏》(*The Craft of a Chinese Commentator: Wang Bi on the Laozi*,2000)、《语言、本体论和政治哲学:王弼对玄学的探索》(*Language, Ontology, and Political Philosophy: Wang Bi's Scholarly Exploration of the Dark*,2003)、《对〈道德经〉的一种中国式解读:王弼〈老子注〉考据本和译文》(*A Chinese Reading of the Daodejing: Wang Bi's commentary on the Laozi with critical text and translation*,2003),对王弼所使用的解释学方法、《老子》版本

---

① 不过在1957年以后,这些标题又被从卫礼贤译本的修订本中删去。
② Günther Debon, *Tao-Te-King. Das Heilige Buch vom Weg und von der Tugend*, Stuttgart: Reclam, 1979.

和注疏的演变以及以王弼注疏背后的哲学问题进行了详尽分析。上述三部专著的中文译本于 2006 年合为《王弼〈老子注〉研究》出版,篇幅长达 940 页,曾引起国内学界的震动。

从 20 世纪 70 年代末开始,德国的道家研究出现了热点从传统宗教、哲学研究向生产生活各领域扩散的趋向,一个明显趋势是气功、养生、阴阳等方面的书籍激增,"道"再次被当成"拯救所谓物质泛滥而精神空虚的西方文明之灵丹妙药"①。90 年代后期,与道家有关的"风水"研究又开始在德国风行,短短几年间就出现了上百种有关图书。② 此外,《老子》中的思想在心理学、物理学、管理、金融等领域也都找到了应用空间,出现了《为经理谈老子》(*Laotse für Manager*, 1982)、《领导之道——面向新时代的老子〈道德经〉》(*TAO der Führung. Laotses Tao Te King für eine neue Zeit*, 1988)等书籍。③ 其实,不但《老子》阐释在德国呈现出多元化的特征,而且"道"(Tao/Dao)、"无为"(Wu-Wei)等词汇也越来越深入德国百姓生活。毫不夸张地说,《老子》的这种无所不能几乎使始终带有神秘色彩的东方哲学家再度以一种新的方式在今日德国登上了神坛。

四、结语

《老子》在德国的译介最初受到了基督教神学的强大影响。

---

① [德]卜松山:《与中国作跨文化对话》,刘慧儒、张国刚等译,中华书局 2003 年版,第 84 页。
② Grasmück, *Geschichte und Aktualität der Daoismusrezeption*, S.82–87.
③ 一些学者也对道家思想遭到滥用表示忧虑,如 1989 年斯罗特戴克(Peter Sloterdijk)就在《欧道主义》(*Eurotaoismus*)一书中对庸俗化的西方道家学说提出了质疑。

进入20世纪后,随着德国汉学的发展和研究的深入,《老子》的独特价值逐渐获得广泛承认,在一战后陷入精神危机的德国人心目中甚至一度成为一种救世之道。二战后,《老子》的翻译工作渐渐摆脱了基督教神学的影响,在汉学研究的推动下,老子日益成为德国人心目中的神秘主义哲学家。而自20世纪80年代以来,《老子》的译介和老子思想研究进一步向多元化方向发展,不仅《老子》的翻译和研究空前繁荣,《老子》中的思想精华也逐步深入德国社会的各个领域,推动道家思想成为沟通中德文化的重要桥梁。

(本文首次发表于《德国研究》2011年第2期。本次收录时对译本数据进行了更新)

赋魅与除魅
——德布林在《王伦三跃》中对东方宗教世界的建构

阿尔弗雷德·德布林的《王伦三跃》是德国文学中的第一部"中国小说"。这部表现主义小说讲述了18世纪发生在中国的清水教起义。该书尤以对中国的道教、儒教、佛教的精细且富于异域风情的刻画而著称。本篇分析了这部小说在建构中国宗教世界方面与20世纪初德国汉学发展的关系、道家思想对小说的影响和作品在细节方面所具有的宗教特色。

德国表现主义文学的代表人物阿尔弗雷德·德布林(Alfred Döblin, 1878—1957)于 1912—1913 年创作了以乾隆年间山东清水教起义为题材的长篇小说《王伦三跃》(*Die drei Sprünge des Wang-lun. Chinesischer Roman*)。1915 年,这部被标注为"中国小说"的作品一经发表就轰动德国文坛,被赞誉为德国"第一部表现主义小说"和"现代德语小说的开山之作"[1]。德布林也凭借它一举成名,获得 1916 年的"冯塔纳文学奖"。《王伦三跃》气势磅礴,使用了大量欧洲汉学研究成果,对 18 世纪中国社会进行了全景式的描写,[2]中国各个社会阶层的人群——从帝王将相到三教九流都栩栩如生地呈现在德国读者面前。该书尤其着力刻画了宗教哲学对中国社会生活的影响,道家的"无为"、儒家的"天人感应"、佛家的慈悲为怀等思想都在书中人物身上留下了深刻的烙印。这不仅体现了西方学者对道教、儒教与佛教在中国社会生活中所扮演角色的深刻认识,而且将德国文学家对东方世界的浪漫想象和虚构描写推上了一个历史性的高峰。

一、"无为"——古老的智慧与时尚的哲学

《王伦三跃》取材于真实的历史事件,以清代乾隆中叶发生在山东的王伦起义(1774)为背景,讲述了山东渔民之子王伦在佛家、道家思想影响下创立无为教,最终被清廷镇压的故事。小说的

---

[1] Walter Falk, „Der erste moderne deutsche Roman ‚Die drei Sprünge des Wang-lun' von A. Döblin", *Zeitschrift für deutsche Philologie*, Vol. 89, 1970, S.510–531.
[2] 参见 Weigui Fang, *Das Chinabild in der deutschen Literatur, 1871–1933*, Frankfurt a. M.: Peter Lang, 1992, S.223–224.

主人公王伦早年游手好闲，在闯荡江湖的过程中成为一帮混混的首领，当他的一位好友苏阔因为受到回民起义牵连而被捕入狱时，王伦乔装改扮成前来巡视的上级官员将其营救出来，但当苏阔回到家中之后，官兵还是追踪而至，将其残忍杀害。为给好友报仇，王伦杀死了带队的官兵头子，而后逃入山林，混迹于流浪汉中。在难苦山上，王伦结识了为远离喧嚣而隐居在那里的普陀山和尚马诺。通过与马诺等人论道，王伦大彻大悟，领悟到只有"无为"才能使处于绝望中的弱者取得精神上的胜利，他的这种无为思想也打动了马诺和其他流浪汉，他们自称为"真正的弱者"，建立起一个杂糅道家、佛家思想的无为教，并从100多人壮大到数千人。为使教团获得安全保障，王伦找到势力很大的白莲教寻求支持，并最终被其接纳。但在无为教由马诺暂管期间，马诺出于对"无为"的曲解，引入了所谓"神圣卖淫"，率领教众放纵性欲，并在被其占据的扬州府建立起一个以自己为教王的宗教政权——"破瓜帝国"，结果招致清廷的血腥镇压。为避免屠杀，王伦说服围城的清军统帅放他入城劝说马诺解散教徒，但马诺却出于对"无为"的曲解拒绝采取任何自救行动。王伦不愿看到流血冲突，于是亲手在水中下毒，杀死了"破瓜帝国"成员。此后，王伦万念俱灰，躲入渔村过起隐姓埋名的"无为"生活。但是清廷并没有就此停止对无为教的剿杀，教众残部被迫再次找到王伦，让他带领大家和白莲教一起投入反清复明的起义。在起义军进攻北京的计划失败后，王伦被清军围困在临清城。最终，他再次选择了无为，在城破之际纵火自焚，跳入了西方极乐世界。

德布林对王伦起义的了解主要来自荷兰汉学家高延的著作

《中国的教派和宗教迫害》(Sectarianism and Religious Persecution in China, 1904)。该书引用清代魏源所撰《圣武记》卷八"乾隆临清靖贼记"中的记载对1774年的王伦起义进行了介绍：

> 乾隆三十九年，兖州府寿张奸民王伦以清水邪教运气治病，教拳勇，往来山东，号召无赖亡命，徒党日众，羡临清之富庶。……二十有三日，舒赫德军抵临清。……搜王伦于城中大宅，毁墙入，手禽之。为十余贼所夺，贼登楼纵火死。①

德布林笔下的王伦起义的进程与这段记载基本相符。但无为教出现的年代其实要比王伦早三个世纪。在中国民间宗教发展史上占有重要地位的无为教创立于明朝中叶，创始人罗梦鸿（1442—1527）原籍山东即墨县，号无为居士，俗称罗祖。他于明成化十八年（1482）参悟出"无为法"，创立无为教。其教义一方面受佛教影响，认为人的苦难是由欲望引起，因此强调放弃欲望，追求无为；另一方面又吸收了"道生万物"的道家思想来解释世界的形成，认为世界是从"真空家乡"中形成的，而并非像禅宗所说的那样从内心产生，在此基础上又引申出了对"真空家乡"的最高追求，这与道家"复归其根"的思想如出一辙。无为教在明末清初时流传于冀、鲁、皖、苏、浙等省，又称罗教、罗祖教、罗道教，性质也从单纯的民间信仰转变为以宗教为名的结社活动，因此被统治者视为与白莲教一样危险的邪教组织并屡遭查禁，到嘉庆年间最终走向衰落，但

---

① 魏源：《圣武记》，世界书局1970年版，第251—252页。

一些支派如运河地区的青帮、留传台湾民间的龙华派到近代都还有很大势力,并一直奉罗祖为祖师。①

在中国历史上,王伦起义规模不算很大,但西方学者却对它十分重视,美国学者韩书瑞(Susan Naquin)甚至撰写专著《山东叛乱》(*Shangtung Rebellion*, 1981)对其加以专题研究。究其原因在于王伦起义打破了"康乾盛世"以来天下太平、社会矛盾缓和的假象,因此许多学者将其视为清朝由盛转衰的转折点,高延甚至推测清政府的宗教压迫在1774年左右达到高潮,以致最擅于忍让包容的中国人也到了忍耐的极限。② 这给了德布林很大的启发。他在全书一开始就刻画了一个极具张力的场景:一方是剑拔弩张的皇帝军队,另一方则是自称为"真正的弱者"的无为教信徒:

在直隶的群山之中、平原之上、在包容一切的苍天之下,栖息着一群令乾隆的军队剑拔弩张的人,他们穿过座座城市、散播到一个又一个集镇与村庄。

在"真正的弱者"出现的地方,大地发出一阵轻微的战栗。他们的名字"无为"(Wu-wei)几个月来传遍了万人之口。……他们既不传教布道,也不劝人皈依,既不膜拜神佛的

---

① 参见徐小跃:《罗教·佛教·禅学——罗教与〈五部六册〉揭秘》,江苏人民出版社2003年版。
② J. J. M. de Groot, *Sectarianism and religious persecution in China*, Amsterdam: Johannes Muller, pp.296-297. 此外,德国汉学家普拉特(Johann Heinrich Plath)于1830年发表的专著《东亚史》也记载了王伦起义,并提到了与王伦一起处于领导地位的僧人樊伟,也就是《王伦三跃》中马诺的原型。带有自由派思想的普拉特从民族矛盾的角度解读了这次起义,认为此次起义反映了"中国人对遭受外族统治的仇恨"。参见 Johann Heinrich Plath, *Geschichte des Oestlichen Asiens. Theil 1: Chinesische Tartarey. Abth. 1: Mandschurey*, Band. 1, Göttingen: Dietrich, 1830, S.696。

赋魅与除魅——德布林在《王伦三跃》中对东方宗教世界的建构

画像,也不高谈此岸的轮回,……从他们的栖身处经常传出大声的叹息与哭泣声。……许多人既不吃肉,也不折断花枝,仿佛要与植物、动物和石头友好相处。(11)①

德布林在此处没有使用"无为"一词所对应的德语译名Nichthandeln,而是直接引入了一个具有异国韵味的外来词:Wu-wei。"无为"在道家思想中占有重要地位,一方面"无为而治"是道家推崇的治国之术,所谓"圣人处无为之事,行不言之教"(《老子》第2章);另一方面"清静无为"又是道家提倡的修身处世之法,所谓"以其不争,故天下莫能与之争"(《老子》第66章)。从表面上看,崇尚无为的"真正的弱者"根本无法与装备精良的正规军队抗衡,但德布林却在小说中赋予古老的"无为"思想一种魔力——它像魔咒一样渗入民众心中,无论是刚刚高中的举人、没有后人的丈夫,还是烦恼不断的商人、逃婚在外的女子,甚至已经赎身从良的妓女都在"无为"的感召下散去家财,而后出现在"真正的弱者"行列中。总而言之,"无为"所到之处,"一种神秘而甜蜜的苦楚仿佛侵袭着体格健壮的青年男女的心灵"(14),令人无法抵抗,也令统治者感到有如芒刺在背,却对其无能为力。

德布林在《王伦三跃》中对"无为"感召力的艺术渲染与德国当时出现的道家思想研究热潮有直接的关系。德国产生"道家热"的原因一方面是基督教信仰受到了现代科学的冲击、走向衰

---

① Alfred Döblin, *Die drei Sprünge des Wang-lun*, Olten: Walter, 1980. 下文所引《王伦三跃》之处均出自此书,只在括号中标出页码,不再一一作注。

落,欧洲人对寻找"替代品"宗教、寄托精神诉求产生了强烈需求;①另一方面则在于20世纪初工业文明的发展带来了一系列社会问题,引发了对"进步"意义的质疑。德布林曾说过:"我们打算借助电力、蒸汽和钢铁机器,用几个世纪进行世界的工业化,却不考虑后果……在这个时代过后,我们终将看到我们到底干了些什么。"②而老子追求宁静、不滞于外物的"无为"思想正好迎合了这一代人的需求,因此在竞争的喧嚣中,道家思想反而成为德国的一种"时尚哲学"。

德布林在《王伦三跃》中对道家著作的大段引用直接反映了这种"时尚"的影响。例如在小说的引子中,作家引用了《庄子·渔夫》中的一篇寓言:"人有畏影恶迹而去之走者,举足愈数而迹愈多,去愈疾而影不离身,自以为尚迟,疾走不休,绝力而死。不知处阴以休影,处静以息迹。"(13)这里所讲的同样是人类如果背弃自然,只追求越来越快的发展,那么最终只会导致自身的崩溃。明智的做法为只有放弃贪欲,置身于"道"的荫蔽之下,通过与道合一,归于自然,才能最终得到宁静和满足。

在中国历史上,道家思想的鼻祖老子、庄子、列子都是出世的高人,魏晋时期随着玄学的发展,道家哲学大多数时候都成了山林隐逸、玄门高士的专利,而德布林则反其道而行之,通过着力刻画小说主人公王伦的"三跃",将"无为"思想渲染成一种入世的哲学。小说中,王伦在第一次从喧嚣尘世躲入难苦山时,就接触到了

---

① 参见本书前一篇《〈老子〉译介与老子形象在德国的变迁》。
② 转引自卫茂平:《中国对德国文学影响史述》,上海外语教育出版社1996年版,第363页。

赋魅与除魅——德布林在《王伦三跃》中对东方宗教世界的建构

一种在"底层人民中回荡"着的"古老精神"、一种"涌动在流浪者、在饱经世事者胸中的深刻的根本感受":"将欲取天下而为之,吾见其不得已。天下神器,不可为也,为者败之,执者失之。"(48)这段话出自《老子》第29章,意在警示意欲"有为"之士:要征服自然、战胜自然最终只能是徒劳,因此,人必须顺应自然,放弃贪欲。小说中,王伦不久就悟出"无为"之道,完成了思想上的飞跃,他随后对和尚马诺和流浪汉们进行了第一次布道:"我与狂热者和缺少理智的人分道扬镳。有位老人这样说他们:他们的命运受制于外,可以让他们死,可以让他们生。我要听凭生死安排,听之任之,不迟疑,不匆忙。"(80)王伦这段话出自《列子·杨朱》中"可杀可活,制命在外"以及"既生,则废而任之,……将死,则废而任之……无不废,无不任,何遽迟速于其间乎"两句话。这体现出王伦顺应自然,将自己的生命交给"道",不为生死所困扰的思想。王伦接着宣布要停止复仇和杀生,跳出这种无休无止的轮回,他新的人生准则是"无为,犹如清水那般柔弱和顺从,犹如光线从每片叶片滑下",他将"宁愿贫穷,让自己没有什么可以失去,让财富在大街上追逐我们却无法将我们赶上",从而另辟蹊径到达一个"无比辉煌的顶峰"(80)。这就是王伦生命中的第一次飞跃——投向无为思想和"道"的怀抱。

"无为"是否就意味着完全反对作为、放弃抵抗呢?德布林的答案是否定的。小说中的王伦用"柔弱胜刚强"的哲学思想指引在苦难中挣扎的"真正的弱者"对抗统治者:"尽管我们如此柔弱,但我们比所有人都更为强大。相信我,没人能杀死我们,我们折弯每根尖刺。"(81)书中另一个受到王伦影响的人也说:"古话讲,以柔弱对付命运是人的唯一胜利;我们必须在道的面前归于理智,偎依着它,而后像孩子一样追随他。"(389)这两处所体现的都是老子"柔弱胜刚强"的哲学思想。《老子》第78章说:"天下莫柔弱于水,而攻坚强者莫之能胜。"第76章说:"坚强者死之徒,柔弱者生之徒。是以兵强则灭,木强则折。强大处下,柔弱处上。"王伦这番话说明:他所推崇的"无为"并不意味着不要有任何作为,而是意味着要顺应"道",与"道"合一,不要因为自己的欲望而做违背"道"的事。王伦教导教众时曾说:"不要扯下树上的果实,而应该等待它们自行落下"(86),甚至当他被捕入狱时他还觉得自己以前的暴力才是真正令人难以忍受,相比之下,"在这里多加忍受,一切忍受到最后"简直是"一种幸福"(163)。但放任一个人走向死亡难道是"道"的目标吗?王伦在狱中意识到"死去毫无意义,不能听之任之",为了能让更多的人走向"无为",王伦必须先让自己"有为",尤其是当信徒们还处在迷惘之中时,"必须要有一个人开辟出正确的道路"(165)。其实,悟道后的王伦从未放弃"无为",即便是在小说最后一章,为了推翻迫害无为教的满清统治者,王伦在舍弃自己的隐居生活、率众造反、再次从"无为"跃入"有为"时,"无为"在他心中"仍是他最切身、最热切的事"(430)。《老子》第8章说:"上善若水。水善利万物而不争,处众人之所恶,故几于道。"由于王伦并非为自己的私欲而"有为",而是与倒行逆施的统治者抗争,这其实正体现了他为"利万物"而不惜"处众人之所恶"的牺牲精神。小说结尾借一个人物之口提出了这样的质疑:"一声不吭,不作反抗,我能做到吗?"(480)事实上,就在这部小说发表后几年,印度的圣雄甘地开始了他领导的非暴力不合作运动,并最终赢得了胜利。这证明德布林为王伦设计的"无为"和"柔弱胜刚强"之路并非只是空中楼阁,而是一条可行之路。瑞士汉学家舒斯特因此赞誉德布林的小说"成功地将中国哲学从学术的象牙塔中解放出来","标志了对中国思想和文学接受方面的一个重要进步"。①

二、超人与新人——时代漩涡中对道家思想的接受

德布林将道家思想运用于表现主义文学还有其深层的欧洲文化史背景。1909年2月20日,意大利作家马里内蒂(Filippo Tommaso Marinetti)在《费加罗报》上刊出了名噪一时的《未来主义宣言》,号召扫荡一切传统艺术、创建与机器时代合拍的全新艺术形式,未来主义自此宣告诞生。同年,马里内蒂发表了第一部未来主义小说《未来主义者马法尔卡:非洲小说》(*Mafarka le Futuriste: Roman Africain*)。这部副标题为"非洲小说"的作品在语言风格上对德布林产生了很大影响,如语句的跳跃,名词的连续列举,对句法规范的有意忽视,对战争、集会、狂欢场面令人喘不过气来的描写等特色也都可以在《王伦三跃》中找到。②

德布林本人并不否认他与马里内蒂在突破传统小说叙事风格方面志同道合,但却对标榜进步、叫嚣用机械掌控世界的未来主义思潮毫无崇拜之意。非但如此,他在1913年给马里内蒂的公开信中还表示要与未来主义彻底分道扬镳:"您搞您的未来主义,我搞

---

① Schuster, *China und Japan in der deutschen Literatur*, S.168.
② Armin Arnold, *Die Literatur des Expressionismus. Sprachliche und thematische Quellen*, Stuttgart: Kohlhammer, 1966, S.86.

我的德布林主义。"①德布林表现出这种厌恶的重要原因在于马里内蒂一步步将未来主义引向人类千年文明的对立面,甚至走上了法西斯主义道路,而《未来主义宣言》中的叫嚣更是令人忍无可忍:"我们穿过无数世纪走到了尽头!……为什么还要回过头来向后看呢?时间和空间已于昨天死亡。我们已经生活在绝对之中,因为我们已经创造了无处不在的、永不停息的速度。……我们昂首屹立于世界之巅,我们再次向宇宙间一切星球发出我们的挑战!"②德布林在《王伦三跃》的《献词》中针锋相对地对充斥着占有欲的"进步"思想和《未来主义宣言》的狂热叫嚣发出了反对的呼声,他先套用《圣经》中的名言"千年如一日",对人类在其短暂的历史中陷入无尽的贪婪、忙于"进步"是否明智提出质疑,继而又进一步引用《列子·天瑞》中的"行不知所往,处不知所持,食不知所以。天地强阳,气也,又胡可得而有邪?"写道:

> 飞机在天空中像鸽子般翱翔。
> 暖气炉在地底下涌动热流。
> 语句化作闪电划破百里:
> 这些都是为了谁?
> 走在人行道上的人我当然认识。他们的收音机很新。怪相上映出贪婪,刮得淡青的下巴显出敌意的饱足,薄薄的鼻子抽动的是淫荡,心脏浓稠的凝血里微微搏动的是粗野,水汪汪

---

① Alfred Döblin, *Aufsätze zur Literatur*, Olten und Freiburg: Walter, 1963, S.16.
② Filippo Marinetti, „Manifest des Futurismus", in *Literaturrevolution 1910–1925*, Band 2, ed. by Paul Pörtner, Neuwied: Leuchterhand, 1961, S.4.

的狗眼中闪动的是虚名,他们的喉咙对着以往的世纪狂吠,满口是这字眼——进步。

哦,我知道这些……

我只是无法忘怀——

在这个地球的生命中,两千年便如一年。

战胜,占有;一位老者说过:"我们走路,不知道去向何方。我们停留,不知道身在何处。我们吃饭,不知道所为何端。所有这些不过是天地强大的生气,谁又能谈得上战胜、占有呢?"

我权且用这本无力的小书在窗后祭奠他——这位智慧的老者:列子。(7—8)

德布林在此借用《列子》中的道家思想对人类贪婪地向天地索取,甚至意图战天斗地、征服自然的狂妄发出质疑,批判了人类对自然的无限索取和人性的贪婪,锋芒直指宣扬用机器征服自然、自认为处于历史发展之巅的未来主义文学潮流。不仅如此,德布林在自己这部"中国小说"的内容方面也对马里内蒂的"非洲小说"发起了针锋相对的挑战。这一时代的文学潮流深受尼采"超人"哲学的影响,无论是未来主义文学还是表现主义文学都将对"新人"和新社会的设计作为文学创作的重要内容。[①] 马里内蒂所塑造的马法尔卡是一个机器人式的英雄,其身体上的零件都可以拆卸更换,他本领万能,甚至可以展翅飞翔,但是却缺乏人的怜悯之心,蜕变为一个极端残忍、崇尚力量和权力意志的冷酷战士,在

---

① Schuster, *China und Japan in der deutschen Literatur*, S.167-168.

征服了地球之后,他最后野心勃勃地向太空飞去,要去征服太阳与群星。德布林所倡导的表现主义文学虽然也将塑造"新人"作为自己的任务,但与马里内蒂笔下的"机器人"形象却完全不同。根据他的设计,这个表现主义的"新人"身上应该体现出"饱受压迫的穷苦大众为自由、和平、真正的社会和与自然的和谐而进行不懈的奋斗"①。因此,德布林在《王伦三跃》中有针对性地塑造了一个"自然人"的形象,而在"自然人"的长篇布道中则出现了这样的训诫:

> 狼与虎是坏动物,谁将它们作为榜样,谁就将陷入吞噬与被吞噬。人必须思考,像大地一样思考,像水一样思考,像森林一样思考:不引人注意,缓慢,平静;对所有的排挤与影响都来者不拒,顺应它们发生变化。……柔弱,忍受,顺应,这才是纯正的道。……顺应万事,有如水靠拢水,靠拢河流、大地和空气,永远做兄弟姐妹……(471)

小说中的王伦随后还道出了自己的一个"人树合一"的梦:他梦见自己站在一棵巨大的树下,树木繁茂地生长起来,将他包裹在了里面。即便是在醒来之后,他仍然觉得树干已经与他的身体融为一体,他无法从大树多汁的脉络中抽出身来,而茂盛的植物也扎根在他的体内吸吮着养料,"在这(人树合一)一刻,它们都陷入了陶醉之中"(471—472)。德布林在此渲染的正是道教"与道合一"

---

① Döblin, *Aufsätze zur Literatur*, S.186.

的"得道"思想。《列子》中曾数次描述得道之人与五行融为一体、不为外物所羁的境界，如《列子·黄帝》中说："和者大同于物，物无得伤阂者，游金石，蹈水火，皆可也。"道教的《太上老君内观经》说："道不可见，因生以明之。生不可常，用道以守之。……生道合一，则长生不死，羽化神仙。"德布林借小说主人公之口宣扬要像水、土地、森林一样思维和生活，并借主人公与树木合一的梦境点明了人与自然、与道合一的理想境界，这一方面体现了他对道家"上善若水""与道合一""人法地""道法自然"等思想的直接接受，另一方面则是在用表现主义的"新人"——"自然人"挑战着未来主义的"超人"——"机器人"。结合德布林对"饱受压迫的穷苦大众"的同情和对"为自由、和平、真正的社会和与自然的和谐而进行不懈的奋斗"的呼吁，我们不难得出结论：德国作家在此并非仅仅是在刻画一个东方的宗教世界，而是在试图通过引入"无为"和顺应自然的思想来克服资本主义社会中的恶性循环，以求达到人类社会的自我救赎。[1] 道家思想在德布林笔下已经从象牙塔中的古老哲学演变为一种改造社会的主张。

三、宗教元素的引入与迷信氛围的渲染

20世纪初德国汉学的蓬勃发展为作家建构东方世界提供了丰富的素材，使德布林在对抗马里内蒂的"非洲小说"、创作自己的"中国小说"时得以建构出一幅逼真的中国社会全景图。尤其

---

[1] Hae-in Hwang, *Ostasiatische Anschauungen in der deutschen Literatur des 20. Jahrhunderts unter besonderer Berücksichtigung von Alfred Döblin und Hermann Kasack*, Bonn: Univ. Diss., 1979, S.104.

值得称道的是,德布林对细节的追求达到了不厌其烦的程度,他在1912年10月13日给宗教哲学家马丁·布伯(Martin Buber)的信中写道:"我需要了解能为我创造环境、气氛的各种中国材料。我已经读完所有能够弄到的东西,但很可能还有许多遗漏。"①正是这种求真精神加上丰富的材料,使得《王伦三跃》中对中国文化、地理、历史的描写几乎无一不是有所依据,如他对北方节日风俗的刻画来自葛禄博(Wilhelm Grube, 1855—1908)的《北京民俗》(*Zur Pekinger Volkskunde*, 1901),对普陀山和佛教信仰的描写出自恩斯特·伯施曼(E. Boerschmann, 1873—1949)的《普陀山——慈悲女神观音之圣岛》(*Pu' To' Shan. Die heilige Insel der Kuan Yin, der Göttin der Barmherzigkeit*, 1911)等。② 借助丰富的素材,德布林在作品中大力引入宗教元素,渲染了中国从皇帝到民间的宗教信仰体系,"风水术、鬼神信仰乃至巫术等社会迷信活动,无一不在他笔下出现"③,这明显增强了小说的可读性和对德国读者的魅力。

《王伦三跃》一开始就提到王伦的父亲"风水大师王圣——瑞霞村归太真人之弟子",他口中经常念念有词,比如来自《淮南子·地形训》的"八九七十二,二主偶,偶以承奇,奇主辰,辰主

---

① Alfred Döblin, *Briefe*, ed. by Walter Muschg, Olten und Freiburg: Walter, 1970, S.58.
② 相关研究参见 Fang-hsiung Dscheng, *Alfred Döblins Roman " Die drei Sprünge des Wang-lun" als Spiegel des Interesses moderner deutscher Autoren an China*, Frankfurt a. M.: Peter Lang, 1979, S. 185; Jia Ma, *Döblin und China: Untersuchung zu Döblins Rezeption des chinesischen Denkens und seiner literarischen Darstellung Chinas in " Drei Sprünge des Wang-lun"*, Frankfurt a. M.: Peter Lang, 1993, S.100;罗炜:《从〈王伦三跃〉看德布林儒道并重的汉学基础》,《中南民族大学学报(人文社会科学版)》2012年第3期,第166—168页。
③ 卫茂平:《中国对德国文学影响史述》,上海外语教育出版社1996年版,第373页。

赋魅与除魅——德布林在《王伦三跃》中对东方宗教世界的建构

月……七九六十三,三主斗,斗主犬,犬故三月生",王圣还给乡人讲述"千年狐仙、九头鸟怪和蝎子精"(18—19)。一次,王圣的老婆神经错乱,这位风水大师立刻"从自家的院子里冲出来,跑进一间烟雾缭绕的屋子,戴着虎头面具,一摇一摆地跳起了大神,在瘫倒在地的女人身上比划着,嘴里还嘟嘟囔囔、念念有词"(18)。治好老婆的疯病后,王圣名声大振,经常被迷信的乡人请去"跳大神",尤其是被请去为孕妇护胎,驱走病魔。但有一天做完法事后王圣自己却突然病倒,乡人急忙抬来药王菩萨像为他治病,不过神灵最终没有显灵,没能救下他的这位高徒。

在德布林笔下,中国不仅是在民间充斥着迷信,皇宫大内也同样充满迷信和神秘色彩。小说中有一富豪家中连遭厄运,风水先生诡称这是因为运河影响了祖坟风水,富豪因此上书乾隆皇帝要求将运河改道,而乾隆竟然批准了这一请求。这一轻率的决定导致当地大批运河工人失去饭碗,成为无业游民,最终成为王伦起义军的一部分。而历史上的无为教也的确曾在运河工人中拥有众多信徒。在《黄土地的君主》一章中,乾隆皇帝之子旻阔结交了巫婆裴氏,此人"能辨识各类妖魔鬼怪及其所幻化的狼人、狐狸、田鼠,通晓降妖捉怪之术,善用灰、符、纸、剑、水"(323)。为了早日得到皇位,旻阔不惜冒天下之大不韪,伙同巫婆在宫中行巫蛊之术,让石匠按乾隆的相貌雕刻了一个玉像,然后施展法术把乾隆的魂魄吸走,以致乾隆一度生命垂危。只是由于贪婪的石匠告密,阴谋才在即将得逞时宣告破产,当人们把埋藏在地下的玉人挖出来时,"白色的蛆虫爬满玉像,仿佛这真是一具尸体"(331)。在中国历史上,后宫中为争权夺利而行巫蛊之术的事情不绝于书,康熙年间

225

诸子夺嫡时,皇长子胤禔就曾行巫蛊之术诅咒太子,被人揭发后数罪并罚,结果在圈禁中了结余生。

与马克斯·韦伯的《儒教与道教》一样,德布林在其作品中将中国皇帝视为官僚系统的核心、儒家统治的最高领袖,他在《黄土地的君主》一章的开头第一句就写道:"乾隆,伟大的皇帝,那个从周而复始的自然和老天那里获得了世界帝国的人"(275),将乾隆刻画为一位笃信天人感应、君权神授,同时又战战兢兢、深恐愧对祖先的统治者。小说中,德布林着力刻画了乾隆皇帝作为儒教大祭司在敬天祭祖仪式中的角色:

> 皇帝披上了沉重的神圣而古老的方巾。……没有神圣的礼俗,世界将会分崩离析:大地自顾自地躺在那里,人们东奔西跑相互碰撞,神灵无所事事,天空也蜷缩起来,一切乱成一团。上天与尘世的关系必须确定下来。古人,特别是辉煌的孔子认识到,上天的血液流淌在每一个看似平凡的日常活动中,没有什么是毫无意义的。因此乾隆不会回避这种令人筋疲力尽的祭祀仪式。
>
> 当他在祭天的前一天禁食时,……乾隆作为天之子虔诚地祈祷着,真诚得令人肃然起敬。
>
> 在秋日阴郁的早晨,人们将皇帝抬进了太庙。当他登上最后一级台阶时,一块石头落在距离皇帝不到一掌远的地方,碎屑飞溅开来。皇帝对于这个恶兆感到迷惘,他走到祖先牌位前进行拜祭。……祖先们在责备乾隆,在鞭挞着他。这个易怒的人一刻也得不到安宁,他年纪越大就越是无法胜任祖

先的重托。他为自己生来就要继承大统、承担如此可怕的责任而感到战栗。(285)

在获悉王伦在扬州城毒杀马诺和"破瓜帝国"成员的事件后，乾隆皇帝感到极为震惊，他不相信事情像钦天监官员汇报的那样简单，只是一个邪教组织蛊惑民众造成了惨剧。迷信的皇帝认为，发生如此耸人听闻的事情肯定不是用理性思维可以简单解释的，一定有某种神秘力量在作怪，而他自己则因年事已高，觉得无法应付："人们把我放在龙座上，好让我来看、来听、来领导、来向上天负责。可我哪儿来这些力量！单单一个衰弱的躯体怎能承受起这样的折磨？"(293)于是乾隆决定邀请大智大慧的六世班禅罗桑巴丹益西从西藏来到北京为他出谋划策。但是，班禅的到来以及他赦免王伦、不再追捕无为教徒的建议却使朝中的儒家官员感到了威胁。德布林从西方学者的角度描绘了儒教与佛教（喇嘛教）、无为教信仰的碰撞：

> 在士人圈中，在孔庙中，震怒的人们坐到一起。根据某人传出的消息，皇帝想法的转变源于巴丹益西喇嘛对热河皇宫的拜访。因为没有中规中矩的理由，背弃查禁邪教法令这件事情就显得引人注目起来；都察院的邸报没有透露出任何消息；钦天监拖拖拉拉也没说出上面为什么会有这个动议。"宫廷中的喇嘛教"这个古老而不祥的不谐之声吓坏了保守分子，他们激动起来，人们在窃窃私语，议论年迈统治者的糟糕状态，议论神秘的妖僧如何利用了老年人抑郁的情绪。

反对"真正弱者"的熊熊烈火被煽动起来。……孔子的追随者们愤怒地聚集在一起,商量对策,做出决议。冲突从直隶西部开始发生,在许多地方,无为教弟兄都遭到了刑讯和杀害。(318—319)

面对儒教与喇嘛教、无为教的冲突,皇帝迷信地认为各种天灾人祸都来自上天示警,"乾隆感到无力和痛苦。他担心自己随时都会死去。……他改变不了这一切。他无法宽慰他的列祖列宗。他的生命可耻地结束了。这是上天加在他身上的命运"(321)。而在饱受责任感和内心痛苦折磨的同时,那位大智大慧的班禅喇嘛也无法再使他得到解脱——罗桑巴丹益西在北京染上天花死去了。[1]

经历这场波折之后,德布林笔下的乾隆皇帝心力交瘁,他把大权交给了主张严惩的嘉庆。这场因精神诉求不同而引发的宗教矛盾最终又与阶级矛盾、民族矛盾叠加起来,使王伦领导的无为教最终走向了与白莲教的联合,走向了暴力革命。德布林引入宗教冲突元素,并将其作为无为教最终走向暴力革命的动因,这体现了20世纪初德国知识分子对中国社会动荡原因的深刻认识。[2] 这与

---

[1] 乾隆四十四年(1779),六世班禅额尔德尼罗桑巴丹益西进京为乾隆皇帝祝贺七十寿辰,行程一年多,于乾隆四十五年(1780)7月抵达承德。乾隆皇帝安排了隆重的接待礼仪,并在雍和宫内改建了两座灰瓦顶楼,即班禅楼和授戒殿作为六世班禅讲经、礼佛和休息的重要场所。11月2日,六世班禅大师因染天花在西黄寺圆寂。乾隆皇帝为此辍朝一日,命京城所有佛寺诵经49天,为班禅超度。
[2] Zheng Fee, *Alfred Döblins Roman „Die drei Sprünge des Wang-lun": eine Untersuchung zu den Quellen und zum geistigen Gehalt*, Frankfurt a. M.: Peter Lang, 1991, S.139.

马克斯·韦伯将宗教元素视为阻碍中国资本主义经济发展的决定性因素有异曲同工之处。同时,德布林将嘉庆年间的白莲教起义(1796—1805)、乾隆四十六年的甘肃回族苏四十三起义(1781)一起提前到王伦起义时代,使这一时代统治阶级对人民的压迫显得更为突出,也使宗教元素在这部小说中占据了更加显著的位置。

为使小说更加具有中国色彩,德布林还在书中穿插了大量关于中国民间信仰的描写。如小说在描写苏阔被杀后王伦为他送葬的情景时写道:"棚屋前的木杆上有一块巨大的麻袋片在暖风中不停狂舞,那是招魂幡,它在夜风中将逝者的亡灵吸引回这里。那个笨手笨脚的小个子不停地向四方作揖,挥手跳跃呼唤着鬼王(Kuei-wang)——阴间的君主,向它推荐新来的灵魂。……他们向左右抛撒面团给那些饥饿的鬼魂……小纸片的余烬还泛着微光,那是给死者的钱钞。"(45)小说在此还顺便介绍了中元节(鬼节)风俗:"节日那天,鬼王会坐着一条小船顺河而下,这位鬼怪的主宰身穿虎皮领的黑上衣,外罩虎皮裙,脚蹬虎皮靴,手持三叉戟,黑色的发卷从冠冕下向前鼓起。他背后僵直地站着一群吵闹的小鬼,有的带着四角帽,有的罩着牛头,还有的长着马嘴,十殿阎君面颊绯红、丰满,任人观赏。"(45)这些对德国读者来说十分新奇的风俗和宗教信仰描写都在小说中营造出了比较真实的中国氛围。

四、结语

德布林虽然并非汉学家,但他在《王伦三跃》中建构中国形象时却体现出一种科学家的求真精神。可以说,《王伦三跃》几乎浓缩了1912年以前德国汉学界的所有主要成就,同时在文学领域中树起了东学西渐的一座里程碑。《王伦三跃》的字里行间都让读者感受到中国文化对德国文学家产生的强大魅力，无论是对中国社会矛盾、宗教压迫的探索，还是对民俗信仰、哲学智慧的融汇，《王伦三跃》都无愧于"中国小说"的称号。从对宗教世界的建构来看，《王伦三跃》一方面将神秘的宗教哲学变成了时尚的斗争哲学和穷苦大众反抗压迫的武器，[①]带有为中国宗教"除魅"的倾向；另一方面又渲染了宗教迷信思想，使其带有更强的异域风情，这则是一种"赋魅"文学手法。尽管从今天的角度来看，作品中有些迷信情节显得荒诞无稽，只是满足了西方人将东方作为古老、迷信、落后的"他者"加以描述的心理需要，但同一时代传入德国的《聊斋志异》、"三言二拍"等中国文学作品中也同样充满此类情节，因此研究者实在不必苛责德布林没有创作出比真正的中国小说更加符合当今审美标准的作品。值得重视的是，小说借"无为"批判了西方工业文明带给那个时代的贪婪、傲慢与喧嚣，如果抛去宗教色彩的外衣，小说所推崇的"与植物、动物和石头友好相处"、像水、大地、森林一样思考的思想在倡导生态文明的今日社会仍然具有积极意义。

（本文首次发表于《同济大学学报（社会科学版）》2014年第6期；《复印报刊资料·外国文学研究》2015年第5期全文转载）

[①] Zhonghua Luo, *Alfred Döblins „Die drei Sprünge des Wang-lun", ein chinesischer Roman?*, Frankfurt a. M.: Peter Lang, 1991, S.63, 133.

克拉朋特的中国情结与《灰阑记》

克拉朋特在一战之初将其对中国文学的兴趣和对战争的思考结合在一起,翻译了大量中国诗歌,并对李白和道家思想产生了浓厚兴趣。在接触到中国元代杂剧后,又将《灰阑记》改编为一部德国戏剧并获得成功。本篇就德国表现主义文学家克拉朋特对中国文化和文学的接受进行了研究,详细分析了克拉朋特对《灰阑记》的改写以及他在该剧中对中国文化、中国传统戏剧表演艺术的理解,就其成功之处和东方文化魅力的来源进行了梳理。

100年前，在表现主义登上文坛之际，德国出现了一股"唐诗热"，在中国文学与德语文坛之间架起了一座桥梁。这一历史性的沟通离不开一个人的贡献，他就是笔名克拉朋特（Klabund）的表现主义作家亨史克（Alfred Henschke, 1890—1928）。

一、克拉朋特的中国情结

在德国，克拉朋特这个名字与一系列具有东方情调的诗集和戏剧联系在一起。1915年，刚刚在文坛崭露头角的克拉朋特将他对中国文学的兴趣和对一战的思考结合在一起，发表了诗集《钝锣响鼓——中国战争诗》（*Dumpfe Trommel und berauschtes Gong. Nachdichtungen chinesischer Kriegslyrik von Klabund*, Leipzig），收入了李白、杜甫等唐代诗人的边塞诗以及《诗经》中反映战乱的诗歌。1916年，已经从一战爆发初期的狂热中清醒过来的克拉朋特转向和平主义和道家思想，发表了具有重要意义的诗集《李太白》（*Li-tai-pe*）。1921年，克拉朋特出版了最后一部具有浓郁中国色彩的诗集《花船——中国译诗》（*Das Blumenschiff. Nachdichtung chinesischer Lyrik*）。克拉朋特不懂中文，他发表的中国诗歌译作大多是从法语译本转译而来，再加上他的自由发挥，即便是冠以"译诗"（Nachdichtung）之名的作品也往往与原诗相去甚远。如李白的《早发白帝城》在他笔下被演绎为：

《在船上》
清晨摇动画笔，
绘出云霞的红光，

我离开这座城，

朋友的船儿载我去往远方岛屿。

两岸猴子一声接一声啼叫，

好似焊在岸边的锁链叮当作响，

在那些山下，在那些哀鸣的岸边，

我的帆没有动，不知不觉间已行出好远……①

尽管克拉朋特诗集中的所谓"译诗"都与原作有一定距离，甚至按今天的翻译标准都无法称之为译作，但其富于表现力的文字、极富冲击力的画面、对符号与象征的娴熟运用都使其诗集在百年之后仍然吸引着大量评论家和读者，一些德国大学在讲授唐诗时也还一直使用着克拉朋特的译本。克拉朋特曾在《李太白》的后记中为自己的自由发挥辩护道："字一旦写下，就像一朵更加灿烂地展开自己的花。有些文字符号，它们没有声音过渡，魔术般地在中国意识中形成概念。人们只见到一个符号——就会想到：愁苦、贫困、神圣、古怪。把符号游戏般地归在一起，就组成了镶嵌图画：眼睛……水＝眼泪……对诗人来说有无尽的可能。他写诗的同时，也在思考、画画、造型、歌唱。"②克拉朋特对"中国诗"的理解和阐发对德国表现主义诗歌风格的形成产生了重要影响，在对后世诗歌创作影响方面，他与庞德（Ezra Pound）的"中国诗"对英美

---

① 根据 Klabund, *Gesammelte Werke*, Freiburg im Breisgau: Freiburger Echo, 2002 译出，下文所引克拉朋特作品均出自此书，不再一一作注。
② 转引自卫茂平：《中国对德国文学影响史述》，上海外语教育出版社 1996 年版，第 386 页。

现代自由诗产生的影响可以相提并论,值得学界去深入研究。

克拉朋特在转向和平主义后还接受了中国道家思想,无论是在生活还是创作中都深受道家哲学影响。1918年,克拉朋特的第一任妻子死于难产,他在给朋友的信中怀着悲痛的心情写道:"如果智者成了孤儿,虽有理智显现,但心也不能受它引导。……如果我不是道的孩子……我早就绝望了。倘若我不知道,星星、太阳都是灵魂,不仅仅是视觉的对象,我就不会知道,个体灵魂同整体灵魂一样不朽(原道),那我早就把子弹射入了自己的头颅。"①

一战后,欧洲人普遍感到西方文化已经"没落",德国作为战败国所感受到的战争创伤尤为沉重,对西方文化进行反思、希望寻找新文化和新出路的要求也尤为强烈。在这种历史背景下,克拉朋特在1919年撰文号召德国人按照"神圣的道家精神"生活,要"做欧洲的中国人",并且以卫礼贤的《老子》译本为蓝本,推出了一个以和平主义思想为特色的《老子》节译本。1919年,克拉朋特发表了代表作《三声》(Dreiklang)。该诗集分为三部分,其中第三部分《夷、希、微》集中体现了他对老子哲学的接受与思考。所谓"夷、希、微"出自《老子》一书的第十四章"视之不见名曰夷,听之不闻名曰希,搏之不得名曰微"。早在18世纪,来华传教的耶稣会士就注意到《老子》中的这一段,认为"夷、希、微"暗指上帝之名耶和华(Je-ho-va),是旧约时代上帝用神秘启示引导中国人的证据。这种被称为"旧约象征主义"的思想在德法影响十分深远。深受宗教神秘主义思想影响的克拉朋特对此十分着迷,并由此将老子

---

① 转引自卫茂平:《中国对德国文学影响史述》,上海外语教育出版社1996年版,第387—388页。

视为与耶稣一样受上帝派遣来到人间的救世主。因此他在《三声》中写道：

> 夷——希——微。
> 这个神圣的名字或神圣的三声……
> 这是耶和华(Je-ho-va)……
> 神人，人神，人也是三位，成为上帝。
> 印度人的佛祖
> 犹太人的耶稣
> 中国人的老子。
> 而老子是他们中的第一位。
> 在老子身上，他首次见到：自己，
> 然后才是佛祖。
> 然后才是耶稣。

此外，克拉朋特还根据老子的传说创作了叙事诗《老子》(*Laotse*)，在诗中将老子描述为一个生下来就老态龙钟、但思想上也同样成熟的异人。在《一小时世界文学史》(*Deutsche Literaturgeschichte in einer Stunde*，1922)中他还从卫礼贤译本中引用了"庄生梦蝶"的故事。可以说在20世纪中叶以前，中国道家思想还从未在一位德国作家身上留下如此深刻的印记。而他于1925年改编创作的《灰阑记》(*Der Kreidekreis*)更是对他的奥格斯堡老乡布莱希特产生了重要影响。

二、《灰阑记》在欧洲的传播与"二母争子"母题的世界文学之旅

克拉朋特 1925 年改编创作的《灰阑记》的源头是中国元杂剧《包待制智赚灰阑记》，它首先于 1832 年由法国汉学家儒莲（Stanislas Julian）译成法文，1866 年，德国的克莱因（Julius Leopold Klein）在他编写的《欧洲以外戏剧及拉丁戏剧史》（*Geschichte des aussereuropäischen Dramas und der lateinischen Schauspiele*）中对《包待制智赚灰阑记》做了介绍和评论，后由丰塞萨（Wolheim da Fonseca）译成德文，1876 年，以出版平价文学书著称的德国雷克拉姆出版社（Reclam Verlag）将其付印出版。此后，在欧洲有多种《灰阑记》译本和改编版本诞生，其中影响最大的是著名戏剧家贝托尔特·布莱希特（Bortolt Brecht）于 1944—1945 年改编创作的戏剧《高加索灰阑记》（*Der kaukasische Kreidekreis*）。

克拉朋特曾讲述过与《灰阑记》结缘的经过："三年前的一个晚上，在《野兽舞台》（杂志社），伊丽莎白·贝格讷朝我走来说：'我们建立了一个话剧院，您是否愿意为我们，为我，写个剧本？您知道《灰阑记》吗？'我——老中国人当然知道《灰阑记》。它有儒莲非常出色的译本和雷克拉姆（稍逊一点）的译本。我恍然大悟，海棠这个角色对伊丽莎白·贝格讷来说，能成为一个独一无二的角色。当然，这个古老的中国断案和道德剧只能作为原始素材。……值得去编一部中国童话剧。"[①]1925 年 1 月 25 日，克拉朋

---

① 转引自卫茂平：《中国对德国文学影响史述》，上海外语教育出版社 1996 年版，第 393 页。

特的《灰阑记》在美森（Meißen）由导演戛撒玛斯（Hans Chlodwig Gahsamas）首次搬上了舞台,此后5个月内在柏林、汉堡、汉诺威、维也纳等城连演40余场,轰动一时。当时刚刚在柏林崭露头角的布莱希特观看了该剧,并由此开始了他与中国戏剧的不解之缘。

《包待制智赚灰阑记》的作者是元代的杂剧作家李潜夫,字行道,又作行甫,绛州（今山西新绛）人,流传下来的作品非常少,今人知道的就只有杂剧《包待制智赚灰阑记》。该剧讲述了少女张海棠为生活所迫,被迫卖身,后嫁与马员外做妾并产下一子。马员外的大老婆陷害海棠不成,便毒死亲夫并反诬海棠。为争夺财产,她还勾结情夫赵令史买通贪官,将海棠屈打成招,并将孩子占为己有。包拯看出其中蹊跷,巧施灰阑计,让两个女子在堂上争夺孩子,巧妙判明了孩子的真正母亲,最终明断是非,惩罚了真凶。

灰阑断案故事的核心是一个在世界文学中流传极广的母题——"智断二母争子"。《圣经·旧约》中的所罗门断案故事可能是此类故事的一个主要源头。所罗门王在位时期大约是公元前10世纪,那时的古代犹太国达到了鼎盛。据说所罗门王曾经向上帝祈求智慧,上帝应允了他所求。他的智慧集中体现在下面这个故事中：

> 一日,有两个妓女来,站在王面前。……那妇人说："不然,活孩子是我的,死孩子是你的。"这妇人说："不然,死孩子是你的,活孩子是我的。"她们在王面前如此争论。……王说："将活孩子劈成两半,一半给那妇人,一半给这妇人。"活孩子的母亲为自己的孩子心里急痛,就说："求我主将活孩子给那

妇人吧！万不可杀他。"那妇人说："这孩子也不归我，也不归你，把他劈了吧！"王说："将活孩子给这妇人，万不可杀他，这妇人实在是他的母亲。"以色列众人听见王这样判断，就都敬畏他，因为见他心里有神的智慧，能以断案。（《旧约·列王记上》，3∶16—28）

生母出于母爱的天性不忍心伤害自己的骨肉，所以宁可主动放弃孩子，所罗门王正是根据这一点看穿那个同意把孩子劈为两段的妇女是残忍的骗子，这就是著名的"所罗门王的智慧"。在所罗门王的故事之后，伊斯兰教的《古兰经》和佛教的《贤愚经》中都出现了类似的"智断二母争子"的故事。

在《古兰经》中智断此案的先知苏莱曼其实与《圣经》中的所罗门王是同一人。《古兰经》认为《圣经》中的摩西、大卫、所罗门、耶稣都是上帝派来的先知，其中所罗门（苏莱曼）尤以智慧与公义而闻名，"二母争子"的故事被继承下来，出现在《古兰经》中一点也不足为奇。

在佛教《大正大藏经》中的《贤愚经·檀腻𰖜品第四十六》，"二母争子"是释迦牟尼在舍卫国祇树给孤独园说法时向大弟子阿难讲述的故事：

二母共诤一儿，诣王相言。时王明黠，以权智计，语二母言："今唯一儿，二母召之。听汝二人各挽一手，谁能得者，即是其儿。"其非母者，于儿无慈，尽力顿牵，不恐伤损；其生母者，于儿慈深，随从爱护，不忍拽挽。王鉴真伪，语出力者："实非汝子,强挽他儿,今于王前道汝事实。"即向王道:"我审虚妄,枉名他儿。大王聪圣,幸恕其过。"儿还其母,各尔放去。

《贤愚经》在北魏时由凉州僧人慧觉等译成中文,到元杂剧出现时,在佛教盛行的北方地区应该已流传很广。

元朝时期,由于蒙古统治者奉行民族压迫政策,将百姓分为四等,大量官员是蒙古人和色目人,他们文化程度较低又任人唯亲,统治十分黑暗,元剧中对此有尖锐的批评,如关汉卿的《窦娥冤》中就痛批"老天你错勘贤愚枉为天"。同时,元剧中也塑造了一系列清官,希望包拯这样的清官能够出来改变现状。在正史中,清官被称为"循吏"或"良吏",早在西汉司马迁的《史记》中就有《循吏列传》,专门用于记述那些清正廉洁的州县级地方官,《汉书》《后汉书》继承了这一传统,使《循吏列传》成为正史中的固定体例,民间则习惯称"循吏"为"清官"或"青天大老爷"。循吏中最著名的代表是汉代的黄霸与龚遂,后世以"龚黄"为"循吏"的代名词。[①]东汉应劭所著的《风俗通义》记录了这样一个关于黄霸断案的故事:

> 颍川有富室,兄弟同居。两妇皆怀孕。数月,长妇胎伤,因闭匿之。产期至,同到乳舍。弟妇生男,夜因盗取之,争讼三年,州府不能决。承相黄霸出坐殿前,令卒抱儿,去两妇

---

① 据《汉书·卷八十九·循吏传第五十九》记载,黄霸(公元前130年—公元前51年)字次公,西汉淮阳阳夏人。少学律令,武帝末,补侍郎谒者,历任河南太守丞等职,公元前55年,汉宣帝任命黄霸为丞相,封建成侯。黄霸秉公执法,深受百姓信任和爱戴。

各十余步,叱妇曰:"自往取之!"长妇抱持甚急,儿大啼叫,弟妇恐伤害之,因乃放与,而心甚自凄怆,长妇甚喜。霸曰:"此弟妇子也。"责问大妇,乃伏。①

在元代百姓呼唤清官(循吏)的氛围下,李行道可能非常熟悉黄霸这个清官典型,他很可能是受应劭《风俗通义》的启发,将"黄霸断案"改写成了包公的故事。② 当然,由于"二母争子"母题在世界各国文学中十分常见,元代时佛教、伊斯兰教、景教(基督教)都很繁荣,甚至有犹太人在开封地区定居,因此李行道的《灰阑记》也可能存在不止一个源头。

从情节上看,李行道的《灰阑记》比上述各个断案故事都要丰富得多,特别是加入"灰阑为记,判断出情理昭然"的新主题绝对是李行道的贡献,使故事更加富有戏剧性。因此,无论《圣经》《贤愚经》《风俗通义》是否是李行道作品的源头,都不可与元剧《灰阑记》在文学史中的地位相提并论。而我们能够轻松断定克拉朋特、布莱希特版《灰阑记》的源头是中国元剧也要感谢李行道贡献的"灰阑断案"元素。

三、克拉朋特版《灰阑记》的梗概与人物形象特色

1925年,克拉朋特改编创作了《灰阑记》。"灰阑"就是用粉笔画的一个圆圈。《包待制智赚灰阑记》中,包拯下令拿粉笔在台阶

---

① 应劭、王利器:《风俗通义校注》,中华书局1981年版,第590页。
② 袁书会:《梵佛异域因缘——元杂剧〈灰阑记〉题材演变探源》,《艺术百家》2004年第5期,第32页。

前画一个圈，然后让孩子站在圈中，由二位妇人去拉拽，由此判断出孩子的真正母亲。在克拉朋特笔下，"灰阑"不仅代表公正，还有多种涵义。而与元剧最大的不同在于：克拉朋特为中国作品添加了许多浪漫的色彩，例如《灰阑记》原著中的包公变为一位多情的皇子，并与女主人公张海棠一见钟情，戏剧情节也由此发生了很大变化。克拉朋特版《灰阑记》共分五幕，梗概如下：

第一幕：佃农张家原本为书香门第，后家道中落，张老汉荒年无力缴租，在地主马员外门外自缢而亡。张妻无以为生，只得将女儿海棠卖与茶楼，儿子张林虽极力反对，但也无可奈何，只得羞愤而走。皇子包来到茶楼后对海棠一见倾心，正当他们两人谈情说爱，对着墙上画的一个粉笔圈雅兴大发、遐想连篇时，突然杀出个马员外，他出高价将海棠买去做了妾室。

第二幕：一年后，海棠在马员外家生下一子。马员外的正室玉佩没有孩子，又从奸夫赵令史处得知马员外正准备休妻并将海棠扶为正室，因此对海棠怀恨在心。这时，张林落魄回乡，路过马宅，欲杀马员外为父报仇，海棠出来劝阻并以衣物相赠。马妻借机向马员外诬告海棠与人通奸。海棠说出实情后，马员外相信海棠清白无辜，这使马妻更加怀恨，于是在茶中下毒，害死马员外，并诬告海棠谋杀亲夫。为了谋夺家产，马妻还买通左邻右舍和产婆，让大家都说这个孩子是马员外正妻所生，而海棠刚刚来到马府，不可能生孩子。

第三幕：赵令史贿赂了贪赃枉法的法官朱珠，海棠在公堂上极力辩白也无法洗脱罪名，最后被判斩首。恰在此时有诏书来到：皇帝驾崩，经过抽签，皇子包登基，为伸张正义，他要亲审一切死刑犯。张林听完诏书，不相信有如此贤君，当堂辱骂，于是被一并押解进京。

第四幕：押解途中，海棠向吏卒哭诉冤屈，但无人相信，她只得向天地、风雪哭诉。张林在旁不断抨击社会黑暗与腐败。

第五幕：新皇帝亲审此案，在听完张林的申诉后恕他无罪。在审海棠一案时，包下令将孩子放在代表公正的粉笔圈（灰阑）中，让海棠和马妻上去争抢。海棠不忍伤害亲生儿子，屡次松手，包由此判明真相。马妻不得不招供，供出赵令史，赵又反咬马妻贿赂朱珠及证人。包让海棠定三人之罪，海棠罢去赵、朱官职，令马妻以谋害亲夫的毒药自尽。包又令张林接任朱珠的法官之职。而后，皇帝承认自己当年曾潜入马家与海棠风流，海棠才明白自己一直以为是梦中发生的一夜风流竟然并非梦境，儿子原是包的亲生骨肉。最后，包宣布娶海棠为妻，一家人终于在灰阑前团聚。

从剧情介绍可以看出，克拉朋特在改编《灰阑记》时，除加入皇子包和海棠的爱情线索外，对剧情并没有做出很大改动，全剧五幕的内容基本与元杂剧中的四折一楔子一一对应。他对作品的主要改动是在人物形象塑造方面。

首先，寄托着中国百姓希望的清官包拯从一个刚正不阿、正义凛然的法官变成一个风流倜傥的皇子和富于理想主义的皇帝形象。克拉朋特笔下的包是皇帝的15个儿子之一，他对继承皇位不抱希望，更愿意以流浪者的形象浪迹天涯。他登场时即介绍自己是"一个冒险家，世上的一个醉汉，……总在幻想中当上英雄"。这一形象背后有克拉朋特和李白的影子。"克拉朋特"（Klabund）这一笔名是由两个德文单词拼接而成：Klabautermann（船妖）和

Vagabund(流浪者),其中就有"魔幻流浪者"这样一层含义。在克拉朋特的诗集中,李白也被描述成"永远的醉汉"和"流浪者"。可以说,皇子包的形象背后隐含着克拉朋特对中国文化的痴迷。皇子包为严肃的公案戏带去了许多西方喜剧色彩。在第一幕中他微服造访茶馆,与海棠一见钟情,正当他与海棠打趣说笑,并要买她回家时,却被富人马员外横刀夺爱,堂堂皇子居然只能眼睁睁地看着心上人被别人出高价夺走。不过,作为多情种形象的皇子采取一个《十日谈》式的办法解决了问题:他到了晚上悄悄潜入海棠卧室,与心上人一夜风流,而后者甚至以为是在梦中与情人幽会。一年后,当他通过抽签脱颖而出成为皇帝时,他又表现为一位渴望依法治国的开明君主。他在解释为何要亲自作为法官审理案件时说道:"正义——被称为皇帝的最高法律准则和所有美德中的美德。因此,我要召集我登基以来所有被判死刑的犯人和判决的法官到我的皇宫里来,开庭审理。"他深知"内部的敌人首先就是被贿赂的官员。那些不忠诚的法官,他们的灵魂败坏了,他们的判决就像市场上的肉一样可以用来买卖。我要帮助那些被压迫的人民,我要成为他们的兄弟,而不是独裁者。"这段话已经颇有启蒙思想的影子,而对一个中国皇帝来说更不可思议的是下面一段话:"法律规章我已经刻在石桌上,上面有'以上帝之名'的印记。看到这标记的人,就会怀有一种神圣的敬畏之心。因为上帝借我之口进行判决。"此处不仅是"上帝借我之口进行判决"这样的措辞明显带有基督教的痕迹,而且将法典刻在石板上也是典型的摩西《十诫》的风格。至于皇帝最后娶一位老情人、当年的风尘女子为妻更是只能出自西方文学家的想象,而与中国没有多大关系。在这位皇子身上,我们看到的更多是一种中西文化之间的交融。

同样,在剧中呼唤正义的还有海棠的哥哥张林。在李行道笔下,张林得到海棠之助,进入开封府当差,后来在风雪中救下险被押解差役所害的妹妹并带她到开封府鸣冤。而在克拉朋特笔下,张林在落魄后成为"一个革命者,白莲教成员",他因当堂抨击新皇帝而与海棠一起被押解进京,但即便是在皇帝面前他也没有停止控诉:"如果你的领土上有正义存在,我就不会戴着刑具站在你面前。……只有那些有权有势有钱有官的人才有法律保护。恐怕法官们都已被人拿金钱、美女、甚至是拿自己的老婆收买了。……法律?在中国有法律?别取笑了!……我为中国哭泣。"有趣的是,克拉朋特笔下的中国皇帝却在这个"革命者"的控诉中找到了共鸣,下令取下他的枷锁:"释放他!为此流泪的人,不是罪犯。……他咒骂是出于高尚的意愿,为了使这个糟糕的世界变好。我们这个共同的崇高目标将我们联系在了一起。来吧,做我的朋友。来帮我踏过这段荆棘丛生的道路!"皇帝最后还任命张林为法官,接替因贪赃枉法而被免职的朱珠。而张林对皇帝的态度也一下来了180度转弯:"你真是万民的天子。我要亲吻你皇袍的衣边。"张林的斗士形象与包所代表的开明君主形象背后都是欧洲18世纪以来所宣扬的民主、法制思想和乌托邦式的社会改良理想。

克拉朋特笔下的张海棠形象也有很大变化。在元剧中,她被母亲卖入妓院,成为青楼女子,后来成为"上厅行首",与马员外"作伴年久",最后才被其买走做妾。而在克拉朋特笔下,海棠更多体现出了善良和自我牺牲精神,她在父亲含恨自尽后,因为家境贫困，无钱请掘墓人，于是用双手掘墓埋葬了父亲。在被卖入茶楼时，她还含泪把自己的卖身钱分给刚刚还在辱骂他的哥哥张林。在茶楼中，克拉朋特笔下的海棠只是为生活所迫以卖唱为生，出淤泥而不染，保持了一个纯洁少女的形象，从而赢得了包的真情。此外，克拉朋特还将她塑造成一个有着民主和法制意识的新女性形象。当她在法庭上认出当朝天子正是当年情人时，她并没有急于相认，甚至当皇帝也认出她、故意要求她说出情人名字时，她仍然拒绝法外开恩："如果我现在说出他的名字，他就会相信，我是为了减轻我悲惨的命运，奉承他、乞求他缓解我的痛苦，求得法律的宽恕。我不会说出他的名字。我要求的是正义，别无其他。"这段义正词严的宣言使一个具有独立自主意识的妇女形象跃然纸上。当案情真相大白，皇帝让她对陷害她的三人宣判时，她又发出"法官怎能自己做出判决？上天会亲口宣判！"的呼声，要求三人各自依据自己的行为去领受公正的惩罚。海棠对公平正义、独立自主的追求让这一中国女性形象在温柔善良之外又增添了理性的光芒。此外，在对待丈夫的态度上，克拉朋特笔下的海棠在婚后已经原谅了马员外逼死父亲的过错，在第二幕中劝说哥哥抛弃仇恨，认为马员外"并非坏人，犯下过错只是因他性格如此"，马员外最终被海棠的宽宏与善良所感化，决心重新做人行善，海棠此时也深受感动，对马员外敞开了心扉。这段新增的情节十分精彩，其细腻的心理刻画和博爱、宽恕的精神都是原作中所没有的。

此外，克拉朋特笔下的人物对白部分十分精彩，读者可以从不同的说话风格中体会到每个人的教育程度及性格特征，如海棠的温柔善良，包的高贵正直，佟掌柜的贪财谄媚，马员外的低俗好色。

克拉朋特通过舞台语言将人物个性刻画得入木三分，为这部作品在德国上演时取得巨大成功打下了坚实基础。

四、克拉朋特版《灰阑记》对中国戏剧艺术的吸收

李行道的《灰阑记》是元杂剧中典型的公案剧，所采取的是"四折一楔子"这种最常见的剧本结构，即每个剧本由四折戏组成，前面再加一个短小的楔子。而克拉朋特版《灰阑记》虽然也分为五幕，但重点明显不同，其中尤以楔子的变化最为显著，在被扩充为第一幕后占去了全剧四分之一以上的篇幅。这种篇幅上的剧烈变化又为克拉朋特将自己对东方戏剧文化的认识和西方戏剧元素放入《灰阑记》提供了空间。

克拉朋特改编的《灰阑记》在许多方面具有革命性意义。

首先，他在20世纪德国戏剧家中率先将中国传统戏剧中的"自报家门"搬上了舞台。如克拉朋特在第一幕中新添加的人物佟老板一上场就说道："允许鄙人介绍自己。贱姓佟，一个低等贱姓。'佟'这个音听起来就像在轻轻敲打一个走了音的锣。我是这个虽然感觉上简陋却实属一流的风月场所的老板。"海棠出场时也说道："我名叫海棠，是这位尊贵女士——张太太的女儿。我十六岁。才刚刚十六岁啊。我就已遭受了重重磨难。"有趣的是，在李行道的原作中，海棠是由她母亲第一个出场后介绍的，她自己并没有自报家门，这证明"自报家门"已经深深印入了克拉朋特脑海，即便没有原著指引，他也将其作为中国戏剧的重要手法主动加以运用。这种手法后来也影响到了布莱希特，在其作品《四川好人》中就是由卖水人老王首先出来自报家门。

其次,他将大量抒情诗和韵文加入了他改编的《灰阑记》。元杂剧本身就有"曲白相生"的特点,不仅有人物之间的对白,而且有大段点明剧情要点、表达人物心情的唱词。中国诗歌历史悠久,特别是经过唐诗宋词的铺垫,可以歌唱的"曲子"到元代已经非常发达。在《包待制智赚灰阑记》中,元曲和诗词运用极多。而西方戏剧中同样不乏歌曲元素,古希腊悲剧就通常以"开场白"开始,接着是合唱队的"进场曲",然后有三至五个戏剧场面和三至五首"合唱歌",相互交织,最后以"退场"结束。但西方人对元剧中的"曲白相生"起初并不理解。在1735年元剧《赵氏孤儿》作为首部中国戏剧作品被翻译成西方文字发表时,译者马若瑟(Joseph de Prémare)就将其中的曲子全部删去不译。儒莲后来重译《赵氏孤儿》时在序言中写道:"在这篇杂剧里,和在同辑的所有其他剧本里一样,对白里夹有大量唱词,以音乐伴唱,往往极高雅动人之致。马若瑟神父似乎不曾深究中国韵文,没有把这些唱词译出,这些唱词有时占一折的半数篇幅,而他只以'他唱'二字代替了。"[①]不过,1832年儒莲翻译《灰阑记》时的做法是将其中的韵文全部译成散文,直到1876年的德文《灰阑记》译本中,原作里的诗词曲子才终于以韵文形式出现。克拉朋特的《灰阑记》中出现了多段唱词和韵文,但与原作中的曲子并没有对应关系。克拉朋特显然注意到了对白与唱词的交叉运用,但在运用形式上并未依照李行道的《灰阑记》原著。

克拉朋特加入的韵文可以分为三类:(1)唱段,主要用于烘

---

① 转引自范希衡:《〈赵氏孤儿〉与〈中国孤儿〉》,上海古籍出版社2010年版,第38页。

托作品气氛,如第一幕中歌妓按佟老板要求在舞台上的鸟笼中演唱的一段,第四幕开始处押解差役在风雪中的唱段。(2)评价剧情、人物的诗句,如包出场时一段长长的自我介绍。(3)用于点缀中国氛围的所谓"中国诗",如第一幕中海棠吟诵的一段苏东坡的词。这些诗句其实都与原作没有什么关系,却体现了克拉朋特在融合东西诗歌文化基础上创造一种新的表现主义诗歌的艺术主张。1933年在汉堡大学获得博士学位的陈铨在博士论文中对克拉朋特的"自由改窜"颇有微词,但对穿插其中的诗歌却评价很高:"克拉朋(特)《灰阑记》最成功的地方,倒是他的抒情诗,有时到了不容易企及的高度。中国的感情,中国的空气,中国人的生活观,有时活现于字里行间。"[1]此外,克拉朋特还在剧中点缀了大量来自《孝经》《礼记》的中国格言,都为作品增加了很多东方文化魅力。

五、结语

《灰阑记》一剧在发表的同年便由柏林德意志剧院院长、著名导演赖因哈特(Max Reinhardt)亲自搬上舞台并获得了巨大成功。克拉朋特在一封信中也骄傲地称《灰阑记》是"多年以来最伟大的戏剧成就"[2]。即便是对德国作家的"中国戏"一向颇有微词的陈铨也不得不承认:"德国的戏剧史,一直到现在,还没载得比克拉朋(特)《灰阑记》改编得更好的中国戏剧"[3]。通过对克拉朋特版

---

[1] 陈铨:《中德文学研究》,辽宁教育出版社1997年版,第71页。
[2] Klabund, „Ich würde sterben, hätt ich nicht das Wort…", in *Archiv-Blätter 21*, ed. by Martina Hanf, Helga Neumann, Berlin: Akademie der Künste, 2010, S.197.
[3] 陈铨:《中德文学研究》,辽宁教育出版社1997年版,第71页。

《灰阑记》与李行道原作的对比研究可以看出,这种成功主要来自克拉朋特所进行的精心改编,正因为他不拘泥于原作,将自己对东方戏剧文化的理解与西方思想文化成功融合在一起,才使得这部戏剧成为德国舞台上改编得最为成功的中国戏剧,也为"二母争子"母题的世界文学之旅增添了精彩的一笔。

(本文发表于朱建华、魏育青等主编:《德语文学与文学批评》(第九卷),人民文学出版社2016年版)

从流亡到"寻求真理之路"
——布莱希特笔下的"老子出关"

本篇将布莱希特在流亡时期创作的诗歌《老子流亡路上著〈道德经〉的传奇》放入德国流亡文学的历史语境进行分析,重点剖析了德国诗人在文学创作中如何借助中国历史上的榜样来反思流亡文学中的现实问题。在该诗中,布莱希特将"柔弱胜刚强"的道家思想与"谁战胜谁"的革命思考创造性地结合起来,展示了他对反法西斯斗争道路的思考,鼓励了身处困境的流亡文学家。同时,布莱希特借描写老子出关赋予了流亡新的意义:流亡之路并不意味着逃亡和沉沦,它同样可以成为一条传播真理的传奇道路。

1933—1945年的纳粹统治对德语文学意味着一场空前浩劫。德国无产阶级革命作家同盟、作家保卫协会等进步组织被迫解散，大批不愿与纳粹为伍的作家被迫流亡海外，不仅地位一落千丈，甚至连谋生都成问题。面对漫漫长夜，享誉世界的传记大师斯蒂芬·茨威格(Stefan Zweig)在留下自传《昨日的世界》后在巴西与妻子服毒自尽，他在《绝命书》中写道："在我自己的语言所通行的世界对我来说业已沦亡、我精神上的故乡欧洲业已自我毁灭之后，我再也没有地方可以从头开始我的生活了。……我向我所有的朋友致意！愿他们在漫长的黑夜之后还能见得到朝霞！而我，一个格外焦急不耐的人先他们而去了。"①文论家瓦尔特·本雅明(Walter Benjamin)不堪忍受颠沛流离，在法国边境小镇自杀身亡，他的诀别信中这样写道："在这走投无路的局面中，我除了结束它别无选择。我的生命在比利牛斯的一个小村庄告终，那里没有人认识我……"②然而在颠沛流离中，德语文学也诞生出"流亡文学"这一苦难之花。一些作家如布莱希特(Bertolt Brecht)、亨利希·曼(Heinrich Mann)甚至在流亡岁月中达到了个人创作的巅峰。他们或"持枪作战"，直接控诉纳粹、歌颂反法西斯；或借助"历史镜像"，从历史、艺术、哲理层面进行深刻省思。③ 布莱希特的《伽利略传》(*Leben des Galilei*)、《大胆妈妈和她的孩子们》(*Mutter Courage und ihre Kinder*)《四川好人》等名著均诞生在流亡路上。

---

① ［奥］斯蒂芬·茨威格：《中外名家经典随笔·茨威格卷：回归自我》，高中甫等译，长江文艺出版社2009年版，第177页。
② 魏育青：《浮海的勇士，围炉的哀者——1933—1945年的德语流亡文学》，载张玉书等编：《德语文学与文学批评(第四卷)》，人民出版社2010年版，第2页。
③ 叶隽：《时代的精神忧患》，北京大学出版社2010年版，第90—91页。

其中,布莱希特1938年流亡丹麦时创作的《老子流亡路上著〈道德经〉的传奇》(Legende von der Entstehung des Buches Taoteking auf dem Weg des Laotse in die Emigration)一直享有盛誉。它不但因其与中国文化的紧密联系而备受中国学者的关注,[①]而且堪称德语诗歌中的杰作,被誉为"二十世纪最为优美的德语诗歌之一"。[②]而如果我们将其放入流亡文学的历史大背景,对其背后所蕴藏的丰富语境进行分析,则会发现"历史镜像"甚至已经深深融入了对流亡文学本身的讨论,"老子出关"背后所隐藏的是德国作家自己对流亡文学和革命道路的独特思考。

一、"老子出关"的变迁

布莱希特与老子结缘可以追溯到1920年。这年9月,他在一位朋友家做客时读到了《老子》(《道德经》)一书。布莱希特在日记中写道:"他给我看《老子》,老子与我(的思想)是如此的高度一致,以至于他惊诧不已。"[③]布莱希特所看到的很可能是德国汉学家卫礼贤发表于1911年的著名译本《老子:道德经,老者的真谛与生命之书》(Laotse, Tao te king. Das Buch des Alten vom SINN und LEBEN)。该译本有一篇十分精彩的前言,其中对"老子出关"是这样介绍的:

[①] 参见张黎:《异质文明的对话——布莱希特与中国文化》,《外国文学评论》2007年第1期,第28—38页。另见卫茂平:《中国对德国文学影响史述》,上海外语教育出版社1996年版,第464—501页。
[②] Jan Knopf, *Brecht-Handbuch, Gedichte*, Stuttgart: Metzler, 2001, S.299.
[③] Bertolt Brecht, *Tagebücher 1920–1922*, Frankfurt a. M.: Suhrkamp, 1975, S.66.

从流亡到"寻求真理之路"——布莱希特笔下的"老子出关"

据说,当国家状况江河日下,恢复秩序已毫无希望时,老子决定归隐。照后人的说法,他骑上一头黑牛,来到了函谷关(见插图),这时,边境官员尹喜请求他为自己留下一些文字性的东西。应此要求,老子写下五千余字的《道德经》交给了他。而后他向西行去,没有人知道他去了什么地方。[1]

卫礼贤关于老子出关的这段介绍显然来自司马迁在《史记·老子韩非列传》中关于《道德经》成书的记载:

老子脩道德,其学以自隐无名为务。居周久之,见周之衰,乃遂去。至关,关令尹喜曰:"子将隐矣,强为我著书。"于是老子乃著书上下篇,言道德之意五千余言而去,莫知其所终。

卫礼贤在括号中提到的插图也十分重要。这幅描绘老子出关的中国画进一步证明卫礼贤译本就是日后布莱希特诗作的直接灵感来源。图画所表现的正是老子骑在牛背上,一位童子为他牵着牛、挑着担,两人一起回望正站在松林和巨岩间施礼的关令尹喜。[2] 画中的诸多细节,如书童牵牛、老子骑牛、回头观望、松林、巨岩,甚至关令衣服上补缀的一块布均可以在布莱希特1938年创

---

[1] Wilhelm, *Laotse*, *Tao te king*, S.V.
[2] 这幅中国画作为插图首先出现在迪特里希出版社1911年出版的卫礼贤《老子》译本封二上,此后随卫礼贤译本的再版曾几次重印,但在1957年迪特里希出版社出版卫礼贤《老子》译本修订本时,这幅插图被删去,以后再没有重印,因此在当代研究中较少被注意。

作的诗歌中一一找到对应之处。而这些要素在其他任何有关老子的传记或插图中都没有如此集中地出现过。

卫礼贤的《道德经》译本和他对老子的介绍大大激发了布莱希特的创作灵感,他曾多次在作品中提及老子出关的典故。其中最早发表的是1925年的短文《礼貌的中国人》:

> 据我所知,礼貌的中国人对他们伟大智者老子的尊重超越了任何一个民族对他们老师的尊重……老子青年时代就开始教导中国人生活的艺术,而以耄耋之年离开了他的国家,只因人们没有理智的行为愈演愈烈,智者的生活日益维艰。当他面临选择——是忍受世人失去理智还是与之抗争时,他离开了这个国家。在边境上,一位关令迎了上来,请求他为他,这位关令,将他的学说笔录下来。老子生怕礼数有缺,于是满足了他的心愿。他为这位关令将自己平生的经验写成了一本薄薄的书,书写成后他才离开了自己出生的国家。中国人用这个故事表达了对《道德经》诞生的敬意,而他们至今还在照此生活。[1]

在这里,诗人将自己对中国人的印象与"老子出关"的典故结合起来,表现出一种对"礼仪之邦"的敬仰,同时也借机表达了自己对身边的德国同胞对其创作缺乏敬意的不满。而到了1938年,

---

[1] Bertolt Brecht, *Werke. Große kommentierte Berliner und Frankfurter Ausgabe*, Berlin, Weimar, Frankfurt a. M.: Suhrkamp, 1988 – 1997. 文中凡引自此文集之处均只注为 GBA,并标明卷数和页码,此处为 GBA 19: 200.

从流亡到"寻求真理之路"——布莱希特笔下的"老子出关"

当布莱希特再次面对他所熟悉的"老子出关"时,诗人所关心的已不再是中国人的彬彬有礼和他们对老子的尊重,而是变成了与其自身经历息息相关的主题:"流亡"。这一主旋律的更迭在新作品的标题上就已体现出来:《老子流亡路上著〈道德经〉的传奇》。布莱希特对这篇作品十分珍视,他 1938 年 5 月就已完成初稿,而后又经过反复的精心修改,1939 年才发表在莫斯科出版的《国际文学》杂志上,随后又发表在《瑞士星期日报》和诗集《斯文堡诗篇》(*Svenborger Gedichte*)中。今天保存在柏林布莱希特档案馆(BBA)中的手稿不仅使我们得以看到诗人最初的构思,同时还使我们得以从反复修改的痕迹上窥探到 1938 年激荡在诗人内心中的复杂感情。这首总共 13 节的叙事诗是这样开始的:

> 当他年逾古稀,身体羸弱,
> 期盼宁静之心,迫切涌动,
> 但因国中善良,再度衰落,
>   邦内邪恶,复又逞凶。
> 老师系上鞋子,踏上旅途。[①]

在此,布莱希特将一种历史唯物主义的观点带入了对"老子出关"背景的描述。将《史记·老子韩非列传》、卫礼贤译本、《礼貌的中国人》与布莱希特 1938 年创作的诗歌加以对比,我们可以发现,老子出关的原因从"见周之衰"演变为"国家状况江河日下,恢

---

① 文中所引诗歌原文出自 GBA 12:32—34,由笔者翻译,下文不再一一作注。

复秩序已毫无希望",又演变为"人们没有理智的行为愈演愈烈",再进一步演变为"邦内邪恶,复又逞凶",对历史背景的这种重新演绎所折射出的是布莱希特自己流亡国外的根本原因——纳粹的猖獗一时。而更为耐人寻味的是诗歌中的一处修改:在最初的打印稿(BBA 346/95—98)上,每一节诗歌的前四行使用的都是"五五七五"的抑扬格韵律,但布莱希特在进行修订时却不惜破坏格律的统一性,亲手在第一节的第四行加入了"复又"(wieder einmal)两个字,这不仅凸显出一种天道往复、循环不息的思想,同时也提醒读者以一种历史唯物主义的观点去冷静看待他们所处的时代:历史是以一种螺旋形的方式曲折前进的,邪恶势力猖獗一时是历史上多次出现的现象,但它终究不久就会成为过眼云烟。从1926年起开始系统研究辩证唯物主义的布莱希特认为这种历史观对革命宣传十分重要,他曾在论文《书写真理的五重困难》(*Fünf Schwierigkeiten beim Schreiben der Wahrheit*, 1935)中写道,因为统治阶级希望一切维持不变,所以革命作家"特别强调事物的流逝性,这种观察方式是鼓励受压迫者的良好手段"。(GBA 2: 87)他在这首以"流亡"为主题的《老子流亡路上著〈道德经〉的传奇》中不惜牺牲原本完美的格律来强调这一点,无疑就是为了鼓励流亡者不要丧失希望,而要清楚地看到黑暗终将过去,黎明终会到来。

诗中更为有趣的是布莱希特在第二节中为老子所配备的行装:

> 打点行囊,取他必备,
> 所要不多,也需这那,
> 像那烟斗,晚间常抽,

从流亡到"寻求真理之路"——布莱希特笔下的"老子出关"

一本小书,不时要读,
白白面包,估计只需寥寥。

布莱希特为老子装入行囊的这几件东西颇为耐人寻味。因为烟草原产于美洲,传入中国大约已是16世纪末的事情,老子所在的春秋晚期自然不会有烟斗。但烟斗却恰恰是布莱希特流亡时不离左右的东西,他甚至还为自己所钟爱的烟具写下过《烟斗》(*Die Pfeife*)一诗,戏称诗人按"规则"要被一无所有地赶上流亡之路,但他如今却破坏了这一规则,因为"那小烟袋和老烟斗/将来还能为他贡献很多很多"。(GBA 12:109)同时,中国虽然是最早发明造纸术的国家,但春秋时期人们所阅读的"书"还是写在竹简木简上,根本不可能有什么"小书"存在。而面包更是远离了中国人的生活,布莱希特在构思《四川好人》一剧时曾为在舞台上是"出现面包还是米饭"的问题而大伤脑筋,[①]所以他对"白面包"的不合时宜自然也是心知肚明。综合这些因素,我们不难得出一个解释:布莱希特表面上是在刻画"老子出关"的故事,但实际上却是将自己隐身在老子形象背后,[②]而这首诗歌对"流亡"的传奇化演绎也正是他反思自身流亡经历的结果。那么,布莱希特又是如何一步步将"老子出关"与他对流亡的反思融为一体的呢?

二、"柔弱胜刚强"与"谁战胜谁"

在《老子流亡路上著〈道德经〉的传奇》的3—8节中,凭借《史

---

① Bertolt Brecht, *Arbeitsjournal*, Band 1, Frankfurt a. M.: Suhrkamp, 1973, S.126.
② Detering, *Bertolt Brecht und Laotse*, S.70.

记》中的简短记载和自己出色的想象力，布莱希特为老子与关令尹喜的历史性会面设计了一段精彩的情节。当老子来到一处"巨岩夹道"的关隘时，一位关令拦住了去路，例行公事地询问："有没有贵重东西上税？"面对税吏的提问，拙于言辞的老子只回答了一个词："没有。"而为他牵牛的书童却在旁边补充道："他教过书。"这个回答意味着老教书匠不会有什么钱，但话中同时暗含了一种歧义：对书童而言，在这个乱世中，这位年高德劭学者的智慧同样是一件珍贵无比的东西呀！这一暗含的歧义一下激发了关令的兴趣，因此诗中写道，他"心中一喜"，随即追问道："他（老者）可有收获？"这里值得注意的是，不是追求宁静生活、生活在象牙塔中的老哲学家，而是布莱希特添加的一个小人物——活跃在老子左右的小书童替哲学家给出了答案：

柔弱之水，奔流不息，
日复一日，战胜强石，
刚强居下，你定懂得。

这段诗句所依据的正是《道德经》第 78 章："天下莫柔弱于水。而攻坚强者莫之能胜。……弱之胜强，柔之胜刚。天下莫不知莫能行。"但这两者之间却存在着细微的差别。布莱希特为弱水的胜利加入了两个先决条件：一是"奔流不息"（in Bewegung），二是"日复一日"（mit der Zeit），同时斗争的对象也不再是普通的岩石，而是"强大的石头"（den mächtigen Stein）。时间、运动、实力等元素的加入体现出布莱希特对道家思想的批判性接受，他以"柔弱胜刚强"的朴素哲学思维为出发点,将历史唯物主义和辩证唯物主义的科学视角进一步融入其中,使之更具科学性和可操作性,并具有成为一种革命斗争思想的潜力。"弱水"对"强石"的反抗和它所取得的胜利无疑提醒着那个时代的读者:对法西斯反动派的斗争从来就不是一蹴而就,而是一场持久战,只有坚持斗争,并且假以时日,表面柔弱的流水才能最终战胜强大的岩石——法西斯反动派。

转过来看诗中那位关令。当他骤然听到这充满智慧的话语,似乎一时还没有反应过来。直到老子、书童和牛儿将要消失在松林之后时,他才回过神来,急忙要老子停下,并且赶上去追问道:

"敢问老人,你那柔水,有何奥妙?"
老者驻足:"你感兴趣?"
那人言道:"我虽关令,
谁战胜谁,亦想分明,
你若知晓,便请道来!"

"谁战胜谁"这个看似平淡无奇的问题背后却隐藏着极其丰富的话语,也是点明关令身份的关键所在。这个问题在我们今天看来似乎平淡无奇,然而当年却与一场惊天动地的斗争紧紧联系在一起,对20世纪上半叶的共产党人和进步人士而言更是一个生死攸关的重大课题。而提出这一问题的正是伟大革命导师列宁。1921年10月,列宁面对国内外反动派的疯狂反扑,就无产阶级革命中的政治教育工作发表了以下演讲:

全部问题就在于：谁跑在谁的前面？资本家如果先组织起来，他们就会把共产党人赶走，那就什么也不用谈了。必须清醒地看待这些事情：谁战胜谁？……必须清楚地了解斗争的这个实质，并且使广大工农群众清楚地了解斗争的这个实质："谁战胜谁？谁将取得胜利？"[①]

列宁为捍卫新生苏维埃政权所反复强调的"谁战胜谁？"由此成为随后几十年无产阶级革命斗争中的核心问题。布莱希特笔下的关令显然也正在思索革命导师所提出的问题，正渴求得到答案。因此，当他听到书童充满智慧的话语时，他很快便领悟到其中所蕴含的真理——那正是自己苦思冥想而不得其要的关键所在。他不能容忍老子这样的知识分子继续将真理封锁在象牙塔中，只为追求自己生活的宁静而一走了之，让他这样期待真理指引的人继续苦苦等待。因此，布莱希特在手稿（BBA 346/96）上让关令说出了这样一句话："你若知道这些，就须将它教给我们。"而在定稿时，诗人将它改成更富于感情色彩的话语："快快给我写下！就叫书童笔录！/这般玄机奥妙，岂可如此带走。"顿时让关令迫不及待的心情跃然纸上。

如此一来，《道德经》成书的原因就发生了根本性变化。在《史记》和《礼貌的中国人》中，久仰老子大名的关令尹喜礼貌地向老子提出请求，请他在归隐之前将学说留给世人，而老子同样出于

[①] ［苏］列宁：《新经济政策和政治教育委员会的任务》，载中共中央马克思恩格斯列宁斯大林著作编译局编译：《列宁全集（第42卷）》，人民出版社1987年版，第186—187页。

礼貌答应了这一请求。但在《老子流亡路上著〈道德经〉的传奇》这首诗中,关令却是出于对真理的渴望向掌握知识的哲学家提出了学习的请求。而老子也并非简单地出于礼貌才留下自己的著作,而是经过谨慎的观察和思考才答应了对方的要求。为了说明这一点,布莱希特在完成最初的三页手稿(BBA 346/95,96,98)后,又特地加入下面五行诗句,组成了诗中新的第9节:

> 老者侧头,打量来人,
> 袍钉补丁,足无敝履。
> 一道皱纹,深印额头,
> 啊,致胜之道,恐无他份,
> 由是喃喃:"你亦欲晓?"

从关令穷得无鞋可穿,衣服上打着补丁可以看出,他虽身为官吏,却并非统治阶级的代表,更与仕途上的飞黄腾达全然无缘。更准确地说,他同样属于社会底层的受压迫人民,至少也是劳苦大众可以团结的对象。因此,关令对"谁战胜谁"的思考绝不是出于剥削的目的,而是因为他站在受压迫者的立场上产生了对真理的强烈追求。而老子作为知识分子的代表正是基于对关令的这一观察,才决定在离开故国之前将自己所掌握的真理传授给需要它的人们,用《道德经》这本智慧之书来解答"谁战胜谁"的问题。这样一来,"柔弱胜刚强"的思想就创造性地与列宁主义对无产阶级革命的思考结合在了一起,使具有千年历史的道家哲学成为照耀新时代革命斗争之路的火炬。更进一步说,它对正在苦苦思索流亡文学出路的同志们意味着一盏新的指路明灯,它不仅给予了受压迫者必胜的信心,同时也指出了走向胜利必须经过坚韧不拔的持久斗争,而猖獗一时的法西斯最终必将被革命洪流所战胜。

"谁战胜谁"与"柔弱胜刚强"——它们的结合所反映出的正是布莱希特自己对道家思想的创造性接受。我们看到,在最初接触到老子出关的故事时,布莱希特注意到的只是中国人对老子的尊敬和他们对礼貌的重视,随着他自己如诗中的老子一样带着简单的行装离开故土并在流亡中一步步成熟起来,他才越来越深地体会到中国诗人和哲学家的流亡并不是一种逃亡,而是另一种形式的斗争,体会到"柔弱胜刚强"思想对革命斗争的巨大意义。最终,道家思想与他对革命道路的长期思考有机地结合了起来,成为他激励反法西斯斗争和流亡文学的思想武器。

三、从"归隐之路"到"传播真理之路"

老子哲学思想与无产阶级革命及反法西斯斗争的结合使布莱希特笔下的"老子出关"发生了质的变化。老子的流亡之路不再仅仅是一条追求"自隐无名"、与世无争的归隐之路,而是变成一条走出书屋、传播真理的传奇道路,流亡不再意味着逃亡,而是成为革命作家传播真理的契机。

对"老子出关"的这一革命性加工中隐藏着布莱希特对德国流亡文学的深入思考。1935年,布莱希特在《书写真理的五重困难》一文中写道:"在今天,谁要是想同谎言和愚昧做斗争并写下真理,必须至少克服五重困难。"它们包括"书写真理的勇气""认识真理的智慧""把真理变为可以运用的武器的艺术""判断真理在哪些人手中发挥作用的能力"和"在这些人当中传播真理的计谋"。(GBA 2：74)我们在《老子流亡路上著〈道德经〉的传奇》中出现的三位人物身上恰恰可以看到：书童具有"书写真理的勇气"，他在诗中通过唤醒关令对生活经验的认识（"……你定懂得"），勇气十足地将"柔弱胜刚强"作为不可否认的真理宣讲出来。而关令则有"认识真理的智慧"，如果没有他慧眼识珠，追求清静无为的老子势必就此归隐，而后人也就将无缘读到《道德经》。同时，真理在老子那里只是被封锁在象牙塔中，正是这位关令将老子思想中所蕴含的真理与"谁战胜谁"的革命思考结合起来，才使"柔弱胜刚强"最终成为运用于革命和反法西斯斗争的思想武器。因此，布莱希特专门将全诗的最后一节献给了这一常被忽视的人物：

  一份感谢，亦应归于税吏，
  智者智慧，也须有人求索。
  是他，求得智慧硕果。

  而老子的功绩并不仅仅在于他是《道德经》的直接作者，值得关注的还有他"判断真理在哪些人手中发挥作用的能力"，正是有了他审慎的观察、英明的决断，凝结他毕生智慧的作品才有了良好的归宿，而日后《道德经》的广泛传播也证明老子对传承者的判断准确无误。甚至于在布莱希特看来，中国人"至今还在照此生活"。
  由此可见，《老子流亡路上著〈道德经〉的传奇》一诗不仅隐藏着布莱希特自己的流亡经历，同时也凝聚着他多年来对流亡道路和书写真理的思考。诗人的意图异常明显：他正是要借两千多年前一位中国哲学家被迫走上流亡之路，但是却在流亡路上传播真理、创造辉煌的例子为流亡国外的无数德国文学家、哲学家树立一个光辉的榜样，使他们看到流亡并不是一场人生的悲剧；相反，知识分子可以由此走到人民中去，走到广大需要真理指引的无产阶级和劳苦大众中去，流亡之路最终同样可以成为进步学者书写真理、传播真理、赢得人民尊重的光辉道路。同时，布莱希特无疑也借"老子出关"表达了自己的志愿：他要通过在流亡路上的文学创作，通过与人民大众的合作将反法西斯斗争不屈不挠地进行到底，最终将他的流亡之路变成一条辉煌的"传播真理之路"。

1942年，布莱希特还在写给友人的一封信中再次借"老子出关"阐释了德国流亡文学的意义：

> 亲爱的卡琳，……就凭你对真理的热爱和对不公的愤怒，要是你没有流亡我才会感到惊奇呢。……据我所知，中国诗人和哲学家习惯于走上流亡之路，就像我们的人进入科学院一样。那是如此普遍，很多人都流亡过多次，但那却似乎是一种荣耀，或许可以这样写：人在一生之中，至少要有那么一次将故国的尘土从脚底掸去。（GBA 23：9）

在这封信的末尾，布莱希特以一种大无畏的气概写道："而我们所处的时代对斗士而言是何等优越的时代。理性何曾在哪个时代中有过如此机遇？再没有任何时代比这更为值得去斗争了。"（GBA 23：9）可见，在布莱希特眼中，像"老子出关"一样流亡异国他乡已经成为一种荣耀、一种成功的社会批判与拥有真理的标志。因法西斯迫害而走上的"流亡之路"对他而言早已不再是什么人生悲剧,相反已经成为他心目中锤炼自己、赢得不朽声誉的宝贵契机和一条前途光明的"真理之路"。

四、结语

在为《老子流亡路上著〈道德经〉的传奇》这首诗歌命名时,布莱希特将"老子出关"的故事称为"传奇"(Legende)。"传奇"与通常所说的"传说"有着很大区别,它在德国文学史上主要被用来歌颂古代英雄,特别是宗教故事中的圣徒。这一命名不但折射出布莱希特对老子的尊崇,也是对流亡中的进步人士的一种鼓励——他们拒绝与法西斯合作、毅然选择流亡的经历有朝一日同样也会成为后世所尊崇的传奇故事。正是凭着这种信念,凭着老子等先哲榜样的鼓励,凭着对"柔弱之水,奔流不息,日复一日,战胜强石"的信心,布莱希特非但没有在漫长的流亡道路上沉沦下去,相反却创造了自己文学生涯的巅峰,他不仅铸就了德国流亡文学的光辉成就,最终也使自己的流亡之路成为具有传奇色彩的"传播真理之路"。

(本文首次发表于《解放军外国语学院学报》2012年第6期;《复印报刊资料·外国文学研究》2013年第3期全文转载)

布莱希特的《六首中国诗》与"传播真理的计谋"

本篇将布莱希特流亡时期翻译的《六首中国诗》与其所依据的韦利的英文蓝本进行了比较。它首要关注的是布莱希特在翻译过程中如何有意偏离蓝本并借助译作反思自己的流亡经历。在关于白居易生平的第一个注解中,布莱希特就已经有目的地突出了白居易的批判倾向并将他塑造成典型的流亡作家和不屈的社会批评家。在诗歌翻译中,布莱希特也一再为求自我反思而偏离原文。通过有目的的改写和省略,他将中国古诗变为反映时事的现代诗歌,并将白居易变成理想化的社会批判诗人——虽屡遭流放却绝不放弃对统治者的批判。最终,人们在译本之下发现的是布莱希特"传播真理"的独特手法。

布莱希特的《六首中国诗》与"传播真理的计谋"

1933—1945年的纳粹统治对德国文化造成了空前浩劫,文学界更是遭到彻底清洗,无产阶级革命作家同盟等左翼文化组织先后遭到灭顶之灾,进步作家或被捕入狱,或被迫流亡。面对漫漫长夜和颠沛流离,享誉世界的传记小说大师斯蒂芬·茨威格、文论家瓦尔特·本雅明、作家库尔特·图霍尔斯基在绝望中选择了自杀。然而也有一些作家在流亡路上非但没有沉沦,相反却跳出德意志文化的狭窄圈子,从各国文化中广泛汲取养料,将自己深深融入世界文学之林,这其中最为著名的当属布莱希特对中国文化的吸收。1935年,布莱希特与梅兰芳在莫斯科相遇,此后写下《中国戏剧表演艺术中的陌生化效果》等作品,对20世纪西方戏剧理论发展产生了深远影响。而布莱希特1938年的译作《六首中国诗》对其诗歌创作的影响同样深远,有德国学者曾经指出:"如果没有中国榜样,布莱希特的后期诗歌创作是不可想象的"。[1] 其实,对布莱希特而言,"中国榜样"的意义还不仅仅在于立意、语言和形式方面,如果我们进一步将《六首中国诗》的产生放入流亡文学的历史语境中进行剖析,那么就将看到它们对布莱希特能够勇敢面对艰苦的流亡生活也产生了不可估量的作用。而布莱希特在翻译中所使用的"春秋笔法"更使人看到了"中国榜样"在德国文学大师身上潜移默化的影响。

一、布莱希特笔下的白居易

1938年,布莱希特在莫斯科的流亡者杂志《言论》第8期上发

---

[1] Hans Mayer, *Bertold Brecht und die Tradition*, München: dtv, 1965, S.99.

表了译作《六首中国诗》,这六首诗歌连同一篇关于白居易的小传都并非直接译自中文,而是以英国汉学家亚瑟·韦利(Arthur Waley)的《中国诗170首》(*170 Chinese Poems*)为蓝本。白居易是最受西方喜爱的中国诗人之一,在韦利选编的《中国诗170首》中,白居易一人的作品就多达60首。此外,韦利还为他所钟爱的白居易专门配发了一篇长达9页的介绍,布莱希特对白居易的了解主要就源于这篇介绍。对此,爱尔兰学者安东尼·泰德娄(Antony Tatlow)在《布莱希特的〈中国诗〉》中这样写道:"布莱希特之所以感到被中国诗歌或者说这几首诗所吸引,是因为它们与他自己的诗歌有相通性,一是关心社会的传统,二是相对直接的、口语化的口吻,……三是诗句的简练精确。"[1]但是我们必须注意到,布莱希特并没有忠实地从英文转译中国诗歌,他对白居易的简介也与韦利的版本有着诸多差别。两者之间的这些差异意味深长,它告诉我们布莱希特被中国诗歌所吸引的原因远非泰德娄认为的那样简单。

在被布莱希特用作蓝本的《中国诗170首》中,韦利关于白居易生平的介绍是这样开始的:

> Po Chü-yi was born at Ta-yüan in Shansi. [...] His father was a second-class Assistant Department Magistrate. He tells us that his family was poor and often in difficulties.[2](白居易出生

---

[1] Antony Tatlow, *Brechts chinesische Gedichte*, Frankfurt a. M.: Suhrkamp, 1973, S.24.
[2] Arthur Waley, *170 Chinese Poems*, London: Constable and Company, 1947, p.105.

布莱希特的《六首中国诗》与"传播真理的计谋"

在山西太原……他的父亲是二等地方官助理。他告诉我们，他家境贫寒，常常陷于困顿。）

布莱希特关于白居易的简介则是：

《政治家》《被子》与《黑潭龙》三首诗均出自中国诗歌大师白居易之手。他出身于一个贫苦的农民家庭，自己却成了官员。①

布莱希特写得没错，白居易幼年的确家境贫寒，然而他的成长却与布莱希特所写的出入甚大。韦利文中的官宦之家（白父曾任彭城县令、徐州别驾、襄州别驾）在布莱希特笔下居然变成了"贫苦的农民家庭"，换言之，从统治阶级变成了被统治被剥削阶级。随后，韦利所关注的白居易的成长历程，特别是他和政治家、诗人元稹之间多年的友谊以及白居易在"帝国首都"（the political capital of the empire）崭露头角的历程都被布莱希特置之不理，只以一句"自己却成了官员"一笔带过，显然他不想让读者注意到白居易的显赫履历。同样，韦利对白居易诗歌风格和效果不遗余力的介绍也在布莱希特那里变得面目全非。韦利在《中国诗170首》中这样写道：

与孔子一样，他将艺术仅视为一种传播教谕的手段。……相应地，他视其教谕诗的价值远过于其他作品，但显而易见的

---

① Bertolt Brecht, „Sechs chinesische Gedichte", *Das Wort*, Vol.8, 1938, S.157.

是,他最好的诗中许多都根本不带任何道德内容。……教谕诗或者说讽喻诗属于他第一次被流放前那段时期的作品。他自夸:"要是暴君和佞臣听到我的《秦中吟》,他们就会面面相觑、颜色更变。"……他的讽喻诗无疑是真正的诗歌,但却缺乏真正的智慧,我们应简单地将其看作是诗体的道德故事。……简而言之,他重视内容要甚于形式,这是他理论的一部分,却并非他行动的一部分。……他的诗歌"传唱在君王、王子、妃嫔、贵妇、农夫和马夫口中",镌刻在"村塾、寺院、船舱的墙壁上"。①

布莱希特对上述介绍进行了大幅压缩,同时其译文重心也发生了明显偏移。文中与韦利相对应的表述是:

"和孔子一样,他将艺术视为一种传播教谕的手段"(韦利)。……他这样描述自己:"要是暴君和佞臣听到我的诗歌,他们就会面面相觑、颜色更变。"他的诗歌被"传唱在农民和马夫口中",写在"村塾、寺院、船舱的墙壁上"。②

布莱希特首先基本原封不动地照搬韦利的评价,强调白居易与孔子一样重视诗歌的教谕功能,但是却"忘记"了韦利的批评:白居易"最好的诗中许多都根本不带任何道德内容"。同时,他也"忘记"了韦利的另一句话:"教谕诗或者说讽喻诗属于他第一次

---

① Waley, *170 Chinese Poems*, pp.110-112.
② Brecht, „Sechs chinesische Gedichte", S.157.

被流放前那段时期的作品。"所谓"要是暴君和佞臣听到我的诗歌,他们就会面面相觑、颜色更变。"在韦利眼里也不过是一种自夸(he boasts)。此外白居易的讽喻诗在韦利看来"应简单地将其看作是诗体的道德故事"。但布莱希特却只保留了强调白诗批判性的部分,不遗余力地将读者注意力引向了白居易对统治者的抨击。

布莱希特还制造出一种印象,仿佛白居易的诗歌恰恰是在下层人民如农民和马夫当中深受喜爱。而韦利分明写的是:他的诗歌"传唱在君王、王子、妃嫔、贵妇、农夫和马夫口中"。白居易诗歌受到的热爱显然与阶级成分没有关系。那布莱希特为何偏偏要隐瞒"君王、王子、妃嫔、贵妇"呢?因为所谓"对统治者的批评"会与"统治者的喜爱"成为难以解释的矛盾。而在布莱希特省略掉的部分中,韦利其实已经解释了两者并不矛盾的原因:"简而言之,他重视内容要甚于形式,这是他理论的一部分,却并非他行动的一部分。"换言之,讽喻诗只在白居易"第一次被流放前"扮演着重要角色,同时白居易也并没有将他的社会批判文学主张贯彻到底。综合这些偏差可以看出,布莱希特是在小心翼翼地为读者塑造着一个来自穷苦人民、始终站在被压迫人民一边、不断批评统治阶级的伟大诗人形象,为此甚至不惜对传记内容进行巧妙加工。

在布莱希特的简介中占据重要位置的还有白居易遭到流放的经历。这一倾向在布莱希特1934年写下的《诗人的流亡》(*Die Auswanderung der Dichter*)一诗中就已十分明显。他在那首诗中戏称自己如李白、杜甫、海涅等许多前辈一样背井离乡,"逃到了丹麦的草堂"。1938年,布莱希特还在短文《最后的话》(*Das letzte Wort*)中进一步将自己的流亡经历与中国诗人的榜样紧紧联系在一起:

在各国诗歌中,现存最为古老的当属中国诗,它曾受到来自某些诸侯方面的特别关照:中国诗人中的佼佼者有时会被逼离开那些他们的诗歌备受欢迎的省份。李太白至少流亡过一次,杜甫至少两次,白居易至少三次。大家可以看到:居有定所并非这种文学形式的首要目的,这种艺术更不仅仅是一种用来取悦于人的艺术。(GBA 22: 455)

同样,布莱希特也在《六首中国诗》里将白居易塑造成一位始终如一的流亡斗士形象:

他两次遭到流放。在两篇长长的题为《论停止战争》的警示录中,他批评了一场针对一个小小鞑靼部落的长期战争。在一部诗集中,他讽刺了官员们的强盗行径,并将人们注意力引向人民难以忍受的苦难。当宰相被革命者们所杀时,他批评他对减轻民怨无所作为,因此遭到了流放。他的第二次流亡要归咎于他对皇帝施政不善、引发弊端的批评。

然而,在韦利笔下,白居易"两次遭到流放"却是另一番景象。首先,韦利曾明确指出白居易的诗歌在流亡前后发生了重大变化,布莱希特则故意暗示白居易的讽喻诗与两次流放之间有着紧密联系。其次,韦利指出,白居易对官员掠夺的抨击不是针对整个统治阶级,而是针对掠夺成性的"小官吏"(rapacity of minor officials)。[①]

[①] Waley, *170 Chinese Poems*, p.107.

至于批评宰相一事，布莱希特所述与韦利的介绍也有出入。白居易的确要求"减轻民怨"，但他被贬却是因为政敌对他的攻击。而所谓白居易的"第二次流亡"也与欧洲语境中的"流放"相去甚远，因为白居易其实只是被外放，而且所去之地也是有"人间天堂"之称的杭州。但正是经过这些有目的的加工，白居易的社会批判立场终于与其所谓"流亡"经历建立起了令人信服的因果关系：他出身贫寒，反对战争，抨击掠夺，批评统治阶级，他始终站在下层人民一边，因此也受到了下层人民的喜爱。流亡是他为其社会批判性诗歌所付出的代价，但同时也是成功的社会批判家获得认可的光辉标志。

同时，通过树立中国诗人的榜样，布莱希特还向流亡异国的德国作家清晰地传达出这样一个信息：白居易的诗歌正是因为诗人坚定不移的批评立场才广为流传，传唱在广大人民口中，同时令暴君佞臣惊慌失措，并最终为诗人带去了巨大的声誉。既然如此，那对于德国作家而言，因反抗纳粹而流亡异国也不应当被视为一场悲剧，相反，它最终将为坚持真理的流亡作家赢得人民的拥戴和永恒的声誉。1942年3月，他在给友人的一封信中就清楚表达了这一点：

> 我们的文学史上没有中国那么多的流亡作家。据我所知，中国诗人和哲学家习惯于走上流亡之路，就像我们的人进入科学院一样。那是如此普遍，很多人都流亡过多次，但那却似乎是一种荣耀，或许可以这样写：人在一生之中至少要有那么一次将故国的尘土从脚底掸去。（GBA 23: 9）

就这样，布莱希特不仅借助中国诗人的榜样为德国作家指出了流亡文学的光辉前景，同时在自己以及千千万万流亡者心中激起了与德国法西斯斗争到底的信心和勇气。

二、布莱希特对白居易诗歌的改写

在选题方面，韦利的《中国诗170首》选题很广，布莱希特的《六首中国诗》则集中在两个方面：对统治阶级的批评和对流亡生活的思考。更准确地说，中国与德国诗人所共同拥有的流亡经历和社会批判意识成为他选题的标准。我们在此重点分析《六首中国诗》里来自白居易的三首。

《寄隐者》（即布莱希特译文中的《政治家》）讲述的是一位隐士去都城卖药，路上遇见了刚刚失宠、被贬去崖州的右丞相，由此感叹君恩不长，只有归隐山林才是明智的选择。从翻译角度来看，布莱希特基本忠实于英译本，在词句和结构上并未进行较大的改动，但在细节之处仍有调整，其中出入最大的是结尾四句："青青东郊草，中有归山路；归去卧云人，谋身计非误。"韦利的译文为：

> Green, green, the grass of the Eastern Suburb;
> And amid the grass, road that leads to the hill,
> Resting in peace among the white clouds,
> At last he has a "coup" that cannot fail![1]

---

[1] Waley, *170 Chinese Poems*, p.138.

原诗是以"归隐"为核心,因此有"中有归山路"及"归去卧云人"两句,英译本亦有"在白云中平静安歇"之说。但在布莱希特笔下它们被压缩为三句:

Grün, grün, das Gras der östlichen Vorstadt, durch das
Die Strasse zu den Hügeln führt. Zuletzt
Hat er den „Coup" gemacht, der nicht fehlgehn kann.
(GBA 11: 257)
(译文:青青的,城东郊区的草儿,穿过那儿
道路通向山中。最终
他作出了明智的抉择,那是绝不会错的。)

为何"Resting in peace"一句会在布莱希特笔下完全消失?我们注意到,"归去卧云人"的删节使原诗中以归隐山林、与世无争为指向的"归隐之路"发生了剧变,原本作为核心的"归隐"之意荡然无存。相反,流亡者虽然离开了宫廷,但是在繁华都市之外、在贫苦人民生活的"Vorstadt"(城郊,也有贫民区之意)找到了自己的道路。布莱希特的这一改写恰恰反映出他没有将流亡当作消极遁世,相反却在白居易的激励下将流亡视为获得更大成功的契机。

《被子》(*Die Decke*)一诗则体现了白居易对贫困人民的同情和对统治阶级的批判。布莱希特还曾将他所喜爱的这首诗歌植入名剧《四川好人》,后将其更名为《大被子》(*Die große Decke*)。特别引人注目的是,在不同语境之中,该诗也被赋予了多种不同含义,为后人提供了广阔的解读空间。其实,在韦利的英译本中,这

首诗歌已与原诗《新制绫袄成感而有咏》有很大差别,原诗共有 14 句,而韦利仅挑选其中的第 9、10、13、14 句(百姓多寒无可救,一身独暖亦何情!争得大裘长万丈,与君都盖洛阳城!)组成了一首新的四行诗:

> THAT so many of the poor should suffer from cold what can we do to prevent?
> To bring warmth to a single body is not much use.
> I wish I had a big rug ten thousand feet long,
> Which at one time could cover up every inch of the City. ①

在韦利的译文中,白居易的创作动机仍然清晰可见。诗人那时在东都洛阳担任着一个待遇优厚但却终日无所事事的闲职。在诗里,他羞愧于自己在隆冬之中不能救助广大穷人,因此幻想能有一条巨大的被子将整个城市都暖暖和和地包裹起来。韦利虽然只是节译该诗,但却准确传达出诗人同情百姓疾苦、为贫苦人民着想的思想。布莱希特根据韦利译本译出了下面的诗歌:

> Der Gouverneur, von mir gefragt
> Was, den Frierenden unserer Stadt zu helfen, nötig sei
> Antwortet: Eine zehntausend Fuß lange Decke
> Welche die ganzen Vorstädte einfach zudeckt. (GBA 11: 257)

---

① Waley, *170 Chinese Poems*, p.157.

(州官,我问道:
要帮助我们城中挨冻的人需要些什么?
回答:一条万尺长的被子,
干脆把整个贫民区都盖裹起来。)

  布莱希特在此加入的第一句"州官,我问道"改变了整首诗的含义,全诗变成了"我"与一位地方官员的对话。诗歌的重心不再是"我"对穷苦人民的关切,而是对统治阶级"施政不善"的抨击。一方面,读者可以看出,穷人是如此之多,要为所有挨冻受苦的人提供帮助只能是一种幻想。当《被子》一诗在《四川好人》中出现时,剧中人物就这样点评道:"不幸就在于城中的苦难是如此深重,以致没有哪位可以单枪匹马去对抗。"(GBA 6:196)另一方面,全诗又是对统治者麻木不仁的辛辣讽刺。面对诗人关系民生的严肃问题,统治者非但不积极想办法解决,相反却做出一副无能为力甚至有些玩世不恭的姿态:本官除非会变魔术,弄出一床万尺大被,否则什么也做不了。布莱希特在此还将"the City"改译为"整个贫民区"(die ganzen Vorstädte),进一步突出了社会贫富阶层之间、统治者与贫民之间的对立。同时,身居高位者积极思考的不是如何真正解决底层人民的疾苦,反而是想着如何才能粉饰太平、掩盖贫民区中民不聊生的惨状。如此一来,该诗就成了一首辛辣的政治讽刺诗,矛头直指包括州官在内的整个剥削阶级。

  《黑潭龙》则本身就是一首政治讽喻诗,原诗还有一个明白无误的副标题:《疾贪吏也》。韦利在《中国诗170首》中曾如此点评道:"他(白居易)曾经讽刺小官吏们的掠夺成性,并唤起对人民所遭受的难以忍受的苦难的关注。"①布莱希特的译文基本遵照韦利的英译本,但却加强了讽刺的味道。例如原诗中"灾凶水旱与疾疫,乡里皆言龙所为"被改写成"村民们将丰收、歉收、蝗灾、皇家委员会、赋税、瘟疫都视为那非常神圣的龙所赐"。(GBA 11: 258)新多出来的"皇家委员会""赋税"使诗歌矛头直指统治阶级的剥削压迫。白居易原诗中还对为神龙举行的"朝祈暮赛"有这样的描写:"神之来兮风飘飘,纸钱动兮锦伞摇;神之去兮风亦静,香火灭兮杯盘冷。"韦利的译文基本忠实于原诗。而在布莱希特笔下这一节却变成了一段针对神龙的"颂辞":

  Gegrüßt seist du, Drache, voll der Gaben!
  Heil dir im Siegerkranz
  Retter des Vaterlands, du
  Bist erwählt unter den Drachen und erwählt ist
  Unter allem Wein der Opferwein. (GBA 11: 258)
  (向你致敬,龙,满带祭品!/祝你健康,在胜利者的花冠下/祖国的拯救者啊,你/是从众龙之中拣选而出的/这祭酒也是从众酒中拣选而来。)

此段第一句其实模仿了天主教赞美诗《万福玛利亚》(Ave Maria)的开头:"向你致敬,玛利亚,满带慈悲!"而第二第三句则是借用普鲁士的国王颂歌"祝你健康,在胜利者的花冠下/祖国的统治

---

① Waley, *170 Chinese Poems*, p.107.

者啊！"(„Heil dir im Siegerkranz, Herrscher des Vaterlands!")[①]在当时的语境中，"Heil"这一祝福语其实已被纳粹党徒紧紧地与希特勒的名字(Heil Hitler!)捆绑在了一起，而所谓"祖国的拯救者"也正是纳粹分子对希特勒的颂词。此外，德国纳粹还根据种族理论自命为"优秀民族"，而根据《旧约》记载受上帝拣选的犹太民族则正遭受着灭顶之灾，成为纳粹统治的牺牲品，译文中具有浓烈《旧约》色彩的erwählt(被拣选的)和Opferwein(祭酒, Opfer还有"牺牲"含义)两词进一步使布莱希特影射纳粹暴行的用意展露无遗。如此一来，原本是抨击官吏掠夺成性的讽喻诗就发生了根本性的改变，成为布莱希特影射黑暗现实、抨击希特勒统治的政治讽刺诗。

三、结语："春秋笔法"与"传播真理的计谋"

对白居易诗歌的改写体现出布莱希特空前重视中国诗歌超越时代的一面。在《六首中国诗》手稿中，布莱希特甚至曾写下这样的批语："这诗就像它诞生的第一日那样具有现实性。"(GBA 11：390)可见，在中国诗歌的世界中，布莱希特一方面看到了白居易等人作为"流亡诗人"不畏强权、为民请命的一面，看到了学习的榜样；另一方面，他也从中国"流亡诗人"身上看到了"流亡文学"超越时代的意义和永恒的光芒，认识到流亡不是人生悲剧，而是一场战斗的延续，并最终将为"流亡诗人"带来无上荣耀和辉煌。

---

① Edgar Marsch, *Brecht-Kommentar zum lyrischen Werk*, München: Winkler, 1974, S.261.

布莱希特的作品《书写真理的五重困难》(1935)还为我们分析他改写中国诗歌的用意提供了更重要的线索。他在这部诞生于流亡早期的作品中写道:"在今天,谁要是想同谎言和愚昧作斗争并写下真理,必须至少克服五重困难。"它们包括"书写真理的勇气""认识真理的智慧""把真理变为可以运用的武器的艺术""判断真理在哪些人手中发挥作用的能力"和"在这些人当中传播真理的计谋"。(GBA 2: 74)在"为了传播真理,计谋是必要的"一节中他这样写道:"无论什么时代,只要真理遭到压制和掩盖,为了传播真理,都应用计谋。孔夫子篡改了一部爱国主义的历史年表。他只是改变了某些用词。比方说'楚国统治者杀死了哲学家宛,因为后者说过什么什么'。孔夫子把'杀'改为'谋杀'。又比方说一位暴君被刺杀,孔夫子将其改为'处决'。由此孔夫子开了一种新的评价历史的先河。……孔夫子的计谋在今天仍有用处。"[1]布莱希特在此高度赞誉的"孔夫子的计谋"正是我们所熟悉的"春秋笔法"。从布莱希特将白居易刻画成模范的"流亡诗人"、将中国诗改写成抨击统治阶级残酷剥削、麻木不仁的讽刺诗等范例中都可以看出他对"春秋笔法"的娴熟运用。通过令人难以觉察的改译,布莱希特最终使古老的中国诗歌成为具有现实意义的政治诗,在不动声色之中抨击了纳粹统治,传递了他对流亡文学的见解,也最终使《六首中国诗》成为一件他在流亡途中巧妙"传播真理"、不屈不挠与纳粹斗争的有力武器。

"中国榜样"还对布莱希特的人生产生了不可估量的作用。

---

[1] [德]布莱希特:《描写真理的五重困难》,张黎译,《世界文学》1998年第3期,第133—134页。

它不仅使作家对"流亡文学"的定位与实质有了更加深入的思考，而且使他非但没有像茨威格、本雅明那样沉沦下去，相反却在流亡路上达到了文学创作的巅峰，奉献出《伽利略传》《大胆妈妈和她的孩子们》《四川好人》等名篇，最终成为德国流亡文学的代表人物。而布莱希特在翻译中所使用的"春秋笔法"更使人看到了中国文化在德国文学大师身上潜移默化的影响以及他用"中国榜样"激励德国流亡文学的良苦用心。

（首次发表于《解放军外国语学院学报》2011年第3期；《复印报刊资料·外国文学研究》2011年第10期全文转载）

布莱希特的中国榜样与《四川好人》的侨易之旅

在1933年被迫走上流亡之路后,德国作家布莱希特借助来自世界文学中的榜样逐步廓清了"流亡文学"的内涵。在侨居他国的岁月中,与异国文化的频繁交流也帮助布莱希特越来越多地获得了来自异质文化的启迪。在此过程中,"中国榜样"尤其扮演了重要角色,并促使布莱希特将其酝酿多年的寓言剧更名为《四川好人》。而在布莱希特逃亡于丹麦、瑞典、芬兰、美国的日子里,《四川好人》的内容也随着时局变化而在不断发生着变化,从最初反映资本主义社会中的经济斗争和尔虞我诈,逐步演变为影射政治时局,到后期则越来越多地折射出流亡者的艰辛与对人性、对生存策略的反思。而与剧中情节相呼应,流亡中的布莱希特为渡过难关也一步步戴上了用于伪装的面具。因此,《四川好人》不仅折射出布莱希特与中国文化的共鸣,也反映了他对流亡之路的深刻思考。

1933—1945年的纳粹统治对德国文化而言意味着一场空前的灾难。大批不愿与纳粹为伍的知识分子或被关入集中营,或被迫流亡海外。然而,面对甚嚣尘上的法西斯势力,即便是那些逃亡海外暂时获得喘息机会的幸运儿,也逐渐在漫漫长夜中失去了等待黎明来临的信心。1940年,纳粹德国占领法国后,心力交瘁的哲学家瓦尔特·本雅明在从法国逃往西班牙的途中自杀。1942年2月,已辗转多国的传记小说大师斯蒂芬·茨威格在巴西的寓所中自尽。但是,在流亡岁月中,也有一批文学家如布莱希特、托马斯·曼(Thomas Mann)、亨利希·曼在异国他乡找到了新的创作灵感,他们或吸收异域文化作为养料,或借助"历史镜像"反思现实,从艺术、历史、文学等多个层面对德意志民族遭受的苦难进行了深刻省思[1],从而浇灌出"流亡文学"的苦难之花。布莱希特的著名剧作如《大胆妈妈和她的孩子们》《四川好人》《高加索灰阑记》均诞生在流亡路上,其中又尤以1942年完成的寓言剧《四川好人》最具"因侨致易"的典型性。从1927年草拟大纲到1942年最终完稿,《四川好人》不仅经历了柏林、丹麦、瑞典、芬兰、美国等五个创作环境,而且三易其名,内容也随着创作环境的变化而不断发生变化,不但故事的发生地点从德国变为中国,而且剧本本身也越来越多地融入了中国文化元素和他对流亡生活的新思考。从这段独特的创作史中不难看出,"流亡"(Exil)对布莱希特而言并不只是一种"一般性的物质位移过程",而是意味着一种在政治和环境变迁下的"精神质变"[2]。本篇将从解读布莱希

---

[1] 叶隽:《时代的精神忧患》,北京大学出版社2010年版,第90—91页。
[2] 叶隽:《变创与渐常:侨易学的观念》,北京大学出版社2014年版,第199页。

特的流亡之旅和他在《四川好人》一剧中使用的"中国镜像"出发,分析中德文化"互动核心"之间超越时代的交流,进而从侨易学角度展示出"中德二元"互动在德语文学大师身上所激发的文学创造性。

一、从流亡异国到视线转向中国

布莱希特是最早因纳粹上台而走上流亡道路的德语作家之一。早在1923年希特勒发动"啤酒馆暴动"时,他就已经因为创作讽刺军国主义的诗歌《一个阵亡士兵的传奇》(*Legende vom toten Soldaten*)而登上纳粹党的黑名单。1933年2月28日,即纳粹制造国会纵火案的第二天,布莱希特匆匆踏上了逃亡之路,其著作随即在德国遭到查禁并被纳粹分子公开焚毁。在流亡之初,布莱希特与许多进步人士一样,乐观地认为希特勒的统治不会持续很久,回家指日可待,因此他在最初的一段岁月里一直侨居在与德国近在咫尺的捷克、瑞士、法国、丹麦等国。布莱希特曾在诗歌《对流亡持续时间的思考》(*Gedanken über die Dauer des Exils*, 1937)中这样回顾自己当年的乐观:"我们烦躁地坐在那里,/尽可能地接近边境,/等待着回家日子的到来……何必为四天去忧虑?/你明天就会回去。"(GBA 12:81—82)但随着时光的推移和希特勒统治的巩固,流亡者们慢慢发现,要马上回到德国只是他们一厢情愿的幻想。因此,布莱希特终于忍不住在诗中反问自己:"何时,你认为,才会是你归家之日?"(GBA 12:82)而由于长期远离自己的故乡、读者和图书市场,流亡者们的文学创作在侨居异国的岁月里也逐渐发生了质的变化。1937年,布莱希特终于率先对"移民文学"概念提出了质疑,①这一年,他写下了《关于"移民"的称谓》(*Über die Bezeichnung Emigranten*, 1937)一诗,正式对自己的"移民"身份提出质疑,并建议用更为准确的"流亡"(Exil)一词来描述他们的境遇:

> 我总认为我们被赋予了错误的称谓:移民(Emigranten),
> 这无异于"侨民"(Auswanderer)。然而我们
> 不是出于自由的选择,移民海外,
> 不是去往心仪的异国,而是逃亡。
> 我们其实是被驱逐者、被流放者。
> 收容我们的不是家园,是流放地(Exil)。(GBA 12: 81)

诗中出现的 Exil 一词源于拉丁语,在古罗马历史学家塔西佗(Tacitus)的著作中,exilia 一词被用来指"被流放者"。② 借用这一古老的概念,布莱希特在此明确提出了"正名"的要求:他们不是自愿长期侨居异国的"移民"(Emigrant),而是遭到政治迫害、被迫远走他乡的"流亡者、被流放者"(Exilant)。选择"流亡者"还是"移民"身份,意味着为躲避纳粹迫害而侨居海外的德国人是选择为返回德国而继续斗争还是向现实妥协。最终,在 1938 年召开的巴黎流亡者大会上,与会者同意了布莱希特的看法,认同"流亡"

---

① Konrad Feilchenfeldt, *Deutsche Exilliteratur 1933–1945. Kommentar zu einer Epoche*, München: Winkler, 1986, S.15–18.
② Rita Hau ed., *Pons Wörterbuch für Schule und Studium Latein-Deutsch*, Barcelona: Klett Sprachen, 2003, S.321.

285

才是对他们当前处境的真实写照,[①]"流亡文学"的概念也开始获得承认。

就侨易学意义而言,从"移民"到"流亡"不仅是称谓上的改变,更是因移居他乡而导致的"知识选择和接受"的变化,而在这场从身体位移到精神质变的"移变"中,布莱希特在异国他乡与异域文化的交流("移交")中又扮演着重要角色。[②] 从1937年起,无法再依赖于德语文学市场的布莱希特取材于世界文学,创作了大量反思流亡者身份与目标的作品,如在诗作《访问被放逐的诗人》(*Besuch bei den verbannten Dichtern*)中,他将自己想象为一位刚刚踏入"被放逐诗人"行列的"新来者",在汇聚了古今中外著名诗人的小屋中,奥维德、但丁、欧里庇得斯、海涅、白居易、杜甫等前辈——上前向他提出成为"流亡诗人"的标准,(GBA 12: 35—36)同时也在短短数行间勾勒出布莱希特对自己作为"流亡诗人"的全新定位。这正是流亡知识分子在物质位移引发情感和精神质变之后,通过发掘异国文化资源,寻找新的人生定位和抗争道路的写照。从心理上看,恰恰因为布莱希特更好地适应了作为新常态的"流亡"("移常"[③]),他最终非但没有像本雅明、茨威格那样失去对未来的信心,反而在流亡岁月中通过吸收各国文化的优秀成果达到了自己文学创作的巅峰。1942年,布莱希特在给友人的一封信中写道:"据我所知,中国诗人和哲学家们习惯于走上流亡之路,

---

[①] 魏育青:《浮海的勇士,围炉的哀者——1933—1945年的德语流亡文学》,载张玉书等编:《德语文学与文学批评(第四卷)》,人民出版社2010年版,第2页。
[②] 叶隽:《"侨易二元"的整体结构》,载叶隽主编:《侨易(第二辑)》,社会科学文献出版社2015年版,第193—194页。
[③] 同上。

就像我们的人进入科学院一样。那是如此普遍,很多人都流亡过多次,但却似乎是一种荣耀。……而我们所处的时代对斗士而言是何等优越。理性在哪个时代中曾有过如此机遇?又何曾有过如此值得去斗争的时代。"(GBA 23:9)在此,布莱希特再次从"中国榜样"中汲取养料,阐明了流亡文学的光明前景。对他而言,流亡已经不再只意味着苦难,更升华为了一次在"侨易之旅"中锤炼自己、获得不朽荣誉的契机。①

布莱希特1942年完成的寓言剧《四川好人》同样得益于他在流亡期间与中国文化的交流,该剧"所体现的物质位移和精神质变的关系'交点'"则尤其值得我们关注。② 此剧讲述的是三位神仙从天上来到人间寻找好人,在屡屡碰壁之后终于在四川找到了善良的妓女沈德。为了让这世上唯一的好人能够体面地生存下去,神仙送给她一千银元。沈德用这笔钱开了一家烟店,想通过经营烟店来帮助更多穷人,然而不久后她就因四处行善而濒于破产。为拯救烟店,也为拯救即将出世的孩子,善良的沈德不得不戴上恶人的面具,化装为冷酷无情的表兄隋达出现在众人面前,并通过残酷剥削工人把烟店变成了财源滚滚的烟厂。于是众人更加怀念起失踪的沈德,怀疑她遭到了隋达的监禁。最后,当神仙们审讯隋达、追问"四川好人"的下落时,沈德终于不得不脱下男装,将一个令人震惊的事实展现在世人面前:社会已是如此堕落,好人既要善待别人,又要善待自己,在这个世界上根本就无法做到。那么到

---

① 谭渊:《布莱希特的"中国镜像"与"流亡文学"概念的创生——纪念布莱希特诞辰120周年》,载《德意志研究2018》,武汉大学出版社2019年版,第66—78页。
② 叶隽:《变创与渐常:侨易学的观念》,北京大学出版社2014年版,第177页。

底应该去改造人,还是应该去改变世界?三个神仙在这个问题面前也束手无策。在"世上最后一个好人"的追问声中,神仙们万般无奈地逃回了天上。评论家们通常认为《四川好人》主要抨击的是资本主义社会对人类善良本性的扭曲和压迫,时至今日,这一主题也并未过时,因此该剧迄今深受欢迎。但若将此剧的诞生放回它所处的物质位移和精神质变"交点",我们不禁要思考这样一些问题:身处流亡逆境的布莱希特为何偏偏要选择中国这样一个遥远的国度作为舞台?"恶人的面具"在流亡岁月中又有着怎样的寓意?

事实上,当布莱希特最初在柏林开始创作此剧时,他并未想到过要将故事的发生地点设定在中国。根据布莱希特的工作笔记,当他1927年首次草拟故事大纲时,他将该剧命名为《范尼·克蕾丝或妓女的唯一朋友》(*Fanny Kress oder Der Huren einziger Freund*),讲述的是一个名叫范尼·克蕾丝的青楼女子为帮助她的同伴摆脱困境而乔装改扮。但当她女扮男装,以假身份登场时,却发现妓女们为讨得男人青睐,不惜对姐妹们背信弃义,自己所能信赖的人只有自己。剧本所抨击的是人与人之间的尔虞我诈。1930年,当德国深陷世界性经济大萧条时,布莱希特再次着手加工此剧,将其更名为《爱情商品》(*Die Ware Liebe*)。此标题一语双关,既指妓女的爱情被当成商品出售,又以谐音的方式暗示了主人公对"真爱"(die wahre Liebe)的追求。该剧描写了一个具有资本主义商品意识的年轻妓女,她意识到自己不能同时既是商品又是商品出售者,于是运用手腕弄到一笔钱,一面化装成男人经营一家小香烟店,另一面继续从事妓女的营生。但当她为追求真爱而坠入爱河时,却被嫖客所骗,不仅怀了身孕,还被骗走了那一点微薄的财产。正如马克思、恩格斯在《共产党宣言》中所说:"资产阶级撕下了罩在家庭关系上的温情脉脉的面纱,把这种关系变成了纯粹的金钱关系。"①与三年前的初稿相比,该剧不仅具有更为浓郁的社会批评意味,而且从马克思主义角度对资本主义社会关系进行了更加深刻的反思。然而,1933年希特勒的上台打乱了布莱希特的创作计划,使他不得不暂时告别德国戏剧舞台。直至1939年3月,当布莱希特准备离开丹麦到更远的瑞典躲避法西斯迫害时,他才在收拾行李的过程中发现了早年构思的手稿,于是重启该剧创作,并将其定名为《四川好人》。

四川成为布莱希特笔下"世界上最后一个好人"的寄身之所并非偶然。早在1930年4月,布莱希特便通过苏联著名导演梅耶荷德(Wsewolod Meyerhold)在柏林上演的政治剧《怒吼吧,中国!》(Brülle, China!)了解到1926年四川万县军民反抗英国侵略者、炮击英国军舰的"九五"抗英运动。该剧惊人的舞台效果曾给德国观众留下了深刻印象,令年轻的布莱希特兴奋不已。(GBA 21:374—375)四川也因该剧而一时成为中国人民反帝斗争的象征。② 1935年,当梅兰芳访问莫斯科时,梅耶荷德和布莱希特再次在莫斯科重逢,不约而同地从东方表演艺术中汲取了革新舞台戏剧的灵感。在与梅耶荷德共同感受中国戏剧中的间离效果时,布莱希特无疑也会想起五年前那部以四川为背景的政治剧《怒吼吧,

---

① [德]马克思,恩格斯:《共产党宣言》,中共中央马克思恩格斯列宁斯大林著作编译局编译,人民出版社2014年版,第30页。
② Schuster, *China und Japan in der deutschen Literatur*, S.115.

中国！》。除此之外，在流亡岁月中，布莱希特还不断关注着中国抗日战争的进程。在1937年国民政府迁都重庆之后，布莱希特还继续与派驻四川的德国记者保持了书信往来，四川在反法西斯战争中所扮演的角色因此也在他的书信中留下了印记。正是在同一时期，流亡中的布莱希特与中国古代诗人、哲人产生了更多的共鸣。他不仅在1938年翻译出版了《六首中国诗》，将白居易视为流亡诗人的榜样，而且在同一年写下了《老子流亡路上著〈道德经〉的传奇》，将一幅流亡者的自画像隐藏在中国哲学家老子的面孔下。[①]也是在同一时期，布莱希特将他酝酿已久的寓言剧（Parabelstück）从柏林搬到了四川，剧名也最终定为《四川好人》。显然，正是在流亡岁月中，布莱希特与中国的精神联系日益紧密，这最终促使他用"世界上最后一个好人"致敬了正在为民族生存与独立自由而顽强抗战的中国。

二、流亡语境与作品的变迁

在《〈四川好人〉与中国文化传统》一文中，中国社会科学院的张黎教授曾对该剧与中国古代文化之间的关系进行了深入分析，指出该剧可能受到元剧《救风尘》的影响，其证据是沈德的形象与赵盼儿这一角色颇有相似之处。[②]不过，"四川好人"形象的创生并非一蹴而就，若将该剧的诞生放入其独特的侨易历程进行分析，不难注意到"流亡"语境更是对《四川好人》中的人物形象塑造、情节

[①] 参见本书前一篇《从流亡到"寻求真理之路"——布莱希特笔下的"老子出关"》。
[②] 张黎：《〈四川好人〉与中国文化传统》，《外国文学评论》2004年第3期，第116—128页。

布莱希特的中国榜样与《四川好人》的侨易之旅

处理产生了深刻影响,"好人"形象在创作过程中的多次变迁不仅与作者在流亡期间的坎坷经历息息相关,而且与作者在政治和环境压力下发生的"精神质变"有着密切关联。

在1939年布莱希特刚刚将该剧从《爱情商品》更名为《四川好人》时,整个故事与"中国榜样"还仅有松散的联系,只有故事的发生地点与人物名称具有一些中国色彩,如剧中的"四川好人"此时被定名为"利公"(Li Gung),这一名字显然并非布莱希特信手拈来,而是暗指主人公乐于助人的品质。从保留在布莱希特档案馆(BBA)的手稿资料中可以清楚地看到,在这一版本的故事中,被誉为"贫民区天使"的妓女利公在神仙的帮助下买了一家烟草店,以便帮助更多穷人。但不久后有一位烟草大王在附近开起了连锁店,低价倾销香烟,使小烟草商们陷入了恐慌,他们纷纷以邻为壑,唱着"落在最后的被狗咬",靠出卖同行利益在垄断资本的侵蚀下苟延残喘。利公在万般无奈之下,只能乔装成冷酷的表兄"老哥"(Lao Go),靠着欺诈和野蛮剥削贫苦工人,把小店变成烟厂,利用更加低廉的价格和《反垄断法》打败了竞争对手,拯救了自己的烟店。最后真相大白,大家才惊讶地意识到,好人在这个世界上竟只能以这种方式生存下去了。① 这个故事与1930年版的《爱情商品》一脉相承,但在核心情节中增加了乔装改扮的女主人公所代表的小商贩与垄断资本家(烟草大王)所展开的经济斗争。布莱希特还发挥填词作曲的特长,特地为此谱写了短歌《落在最后的被狗咬》(*Die letzten beißen die Hunde*),讽刺了小烟草商之间的

---

① Werner Hecht ed., *Materialien zu Brechts „Der gute Mensch von Sezuan"*, Frankfurt a. M.: Suhrkamp, 1968, S.31 - 34.

相互碾压、相互出卖。但布莱希特将《四川好人》明确标注为一部"寓言剧"(Parabelstück)，他所担心的恰恰就是观众仅仅将其视为一部反映经济斗争的戏剧。如果将《四川好人》视为一部与时代密切相关的戏剧，把其中新增的情节元素与1939年前后的欧洲局势联系起来，那么我们不难发现，这段小商贩之间相互碾压、以邻为壑的新情节正与流亡者所面对的艰难时局有着密切关联：在1933年纳粹党夺取德国政权后，面对希特勒日益暴露的野心，英国、法国等欧洲列强非但没有努力阻止法西斯的崛起，反而压迫弱小邻国屈服于纳粹德国的领土要求，希望靠出卖小国利益来满足希特勒的野心，最终，1938年3月的德奥"合并"和同年9月《慕尼黑协定》的签订使得奥地利、捷克先后落入法西斯之手。欧洲局势的急剧恶化对原本希望能早日回国的流亡者而言无疑是沉重的打击，也迫使布莱希特重新审视自己的"移民"身份，提出将自己定位为更具政治意义的"流亡者"。而面对欧洲各国在法西斯面前的步步退让，布莱希特为警醒世人，在流亡到瑞典后改编创作了讽刺短剧《铁价是多少？》(Was kostet das Eisen?)，并于1939年8月在斯德哥尔摩人民大学首次公演。在此剧中，一位铁器商行的老板一次次将铁器卖给一位明显居心不良的顾客，对于随后传来的隔壁烟草店老板（奥地利）和鞋店老板娘（捷克）遭到洗劫的消息却置若罔闻，并宣称自己"不会参加令人厌恶的争吵"，同时还以保持中立为由拒绝加入反抗入侵者的协会，但到最后，那位顾客终于拿着冲锋枪闯入了铁器行，想置身事外的老板也只得吞下自己酿造的苦酒。(GBA 5：310—324)必须承认，布莱希特这部影射时局的短剧颇具先见之明，因为几乎同样的一幕很快就在1939—

1940年的欧洲大地上演了。当纳粹德国在1939年9月1日对波兰发动"闪电战"袭击时,负有保护盟国责任的英法两国采取了"宣而不战"的绥靖政策,希望将法西斯祸水引向东方,结果波兰不到两周就沦陷在了纳粹德国的铁蹄下。但法西斯并未如列强所愿就此满足,1940年,曾作壁上观的丹麦、荷兰、比利时、法国也相继遭到入侵,先后沦陷。再过一年,与德国秘密签订《苏德互不侵犯条约》的苏联最终也同样未能逃脱遭到侵略的厄运。在那段前途未卜的岁月中,流亡者的命运随着法西斯势力的甚嚣尘上而变得更加难以预料,而布莱希特则早已在朝不保夕的流亡生活中磨炼出了高度敏锐的洞察力,对时局的变化也更加敏感,这势必影响到他在颠沛流离中创作的《四川好人》。因此,在1939年版的《四川好人》中,小商贩之间相互出卖的场景与英、法等国的与虎谋皮是如此惊人的相似,使得该剧已不仅是一部简单的社会寓言剧,还成为一部影射时局的政治寓言剧。

欧洲局势的恶化和流亡者朝不保夕的处境使布莱希特在1939年4月流亡到瑞典后陷入了焦虑的状态,用他自己的话来说:"每一个希特勒获胜的消息都会使我失去一些当作家的意义。"①在那段"换国家比换鞋子更勤"(GBA 12∶87)的日子里,布莱希特来不及把行囊打开就已经开始考虑下一站流亡地的问题,这种焦虑给《四川好人》的创作打下了深深的烙印,也严重影响了创作进度。最终,布莱希特未能如愿以偿地在瑞典完成对《四川好人》的修订。1940年4月9日,德国军队占领丹麦后,感到纳粹威

---

① [德]克劳斯·弗尔克尔:《布莱希特传》,李健鸣译,中国戏剧出版社1986年版,第366页。

胁已近在咫尺的布莱希特于4月17日再次从瑞典启程,逃到了更远的芬兰。他在5月6日的工作日志上写道:"我们在4月的最后一个星期搬了过来,我认真地投入了《四川好人》的创作。这部戏剧开始创作于柏林,在丹麦和瑞典重启后又被搁下。我希望能在这里完成它。"(GBA 26:371—372)但此时的欧洲正在纳粹的铁蹄下颤抖,1940年5月10日,德国的战争机器再次发动,法国、英国、荷兰、比利时军队迅速土崩瓦解。6月20日,布莱希特在工作日志中写道:"《四川好人》大体完成。"(GBA 26:392)但在同一天的日志中,布莱希特也记录下了英法军队的惨败。此后几天,布莱希特被法国投降的消息搅得心绪不宁,直到6月29日才在工作日志中再次提及他的创作:"自从我开始《四川好人》的最终版,就是芬兰版以来,一个世界帝国崩溃了,另一个的基础也遭到了动摇。这出戏剧让我付出了前所未有的艰辛。我已难以与之分离。这部戏必须彻底完成,但它却还未能如此。"接下来,布莱希特记下了令他深感不安的美国签证问题、笼罩欧洲的饥荒阴云以及"所有这一切都指向第三帝国政权的日益强大"(GBA 26:395)。在这篇短短的日志里,世界大战、《四川好人》、流亡、生存、第三帝国等话题是如此紧密地缠绕在一起,令我们足以想象出《四川好人》的创作是如何紧密地与流亡、战争问题一起萦绕在作家脑海中。按照布莱希特的说法,此后的"小修改"(GBA 26:410)又花费了他几个月的时间。直到1941年1月,他才终于完成了对初稿的修订。但局势的急剧恶化和迫在眉睫的流亡再次打断了创作,因此,对《四川好人》的修订最后一直持续到了1942年初,那时,布莱希特一家已身在美国。

布莱希特1940年在流亡芬兰期间完成的修订稿有两处明显变化：一方面，关于开展经济斗争、打破烟草大王垄断的情节被大大削弱，不同阶级之间的经济斗争被"转移到市民阶级内部"[1]，更加凸显了人与人之间的相互倾轧；另一方面，在此前的版本中都是聪明的女主人公自己想出了化装为"表兄"救场的办法，但在改写后的版本里，这一情节的产生却是来源于外界的巨大压力。

在修订后的《四川好人》第一幕中，我们可以看到布莱希特是如何着力刻画了沈德（即早期版本中的"利公"）在接受表兄这一角色时的犹豫彷徨：在刚刚开张就面临破产的烟店里，一个想要寄居在店中的八口之家教唆沈德用虚构的表兄作为托词打发掉前来讨账的木匠，而沈德虽然无钱付账，却拒绝按他们的建议说谎。事实上，在这第一次危机中，不是沈德，而是那个八口之家和前来讨米的邢女士靠虚构出来的"表兄"暂时渡过了难关：

沈德：我怎么付得了账？我现在已经没有钱了。

木匠：……马上！要么您马上付款，要么我就把您的拿去转卖了。

男人：（提示沈德）表兄！

沈德：下个月给钱不行吗？

木匠：（叫喊）不行！……

女人：我亲爱的沈德，你为什么不把事情交给你表兄呢？

---

[1] Jan Knopf ed., *Brecht Handbuch Theater*, Tübingen: Metzler, 1980, S.202.

（对木匠）把您的账单写下来，沈德小姐的表兄会付钱的。

木匠：谁还不知道她那些表兄啊！

侄子：别那么傻笑！我认识他。

男人：一个像刀子一样的男人。

木匠：好吧，那让他来付账。①

这所谓的表兄无疑只是用来暂时搪塞债主的谎言，对于一直帮助他人、牺牲自己利益的沈德来说，她诚然为自己无法付钱给木匠而感到内疚，但为了保住烟店中的橱柜，又不得不被动地容忍谎言的存在，她最激烈的反抗也只剩下沉默，即尽最大努力不让谎言从自己口中说出。然而，第二场危机又很快袭来，当房东威胁沈德，如果找不到担保人就要收回房子时，苦苦挣扎的女主人公不得不在绝境中屈从了：

房东：（对沈德）还有没有其他人可以帮助我了解您？

女人：（提示）表兄！表兄！

房东：您一定得找到个人担保这房子里只做正经营生。这是个很体面的房子，小姐。没担保我是不会签租约的。

沈德（低垂双目，慢慢地说）：我有一个表兄。②

观众们在这一过程中看到，沈德起初苦苦相求，继而在沉默中

---

① ［德］布莱希特：《四川好人》，吴麟绶注释，外语教学与研究出版社1997年版，第21页。
② 同上书，第23页。

进行无言的反抗,最终才在生存的压力下,在旁人一声又一声的教唆中"低垂双目",绝望地重复了旁人强加给她的谎言,整个过程漫长而痛苦,内心的挣扎溢于言表。对此,布莱希特在工作日志中写道:"此处有一个重要的认知:对她来说行善是何等的轻松,作恶又是何等的困难。"(GBA 26:411)这一表述不禁让人联想起布莱希特1941年流亡到美国后写下的著名诗歌《恶的面具》(*Die Maske des Bösen*):"我墙上挂着一件日本木雕,/一个恶魔的面具,涂着金漆。/我同情地看着/他额头暴起的青筋,/那表明作恶需要何等努力。"(GBA 12:124)对于沈德而言,发明"表兄"以及此后的乔装改扮都是无比艰难的选择,那些违心之举只是一种在极端环境下的自救。因为在一个如此黑暗的时代,沈德想做"好人"就无法再继续生存下去。而要想求得生存、继续行善,"好人"就只能戴上"恶的面具",避免自己早早被恶势力所吞噬。在全剧最后一场,"表兄"面具下的沈德曾这样表达自己的无奈:"我迫不得已来过三次。我从未想过要留在这里。最后一次是各种情况导致我不得不留下。整个过程中,我得到的只有艰辛。"

事实上,在1939—1941年这段最为颠沛流离的岁月中,现实生活中的布莱希特确实也曾经戴上一副用于伪装的面具。在此期间,原本准备在丹麦定居下来的布莱希特面对法西斯在欧洲的步步紧逼,不得不从丹麦逃往瑞典,又从瑞典逃往芬兰,然而他知道芬兰也很难避免战火,但他与卢卡契(Georg Lukacs)在"表现主义之争"中的论战以及斯大林的大清洗使得苏联已难以成为理想的落脚之处,于是他托美国朋友帮忙弄到了前往美国讲学的邀请。然而对于布莱希特这样一个早已接受马克思主义思想的左翼作家,要想在美国生存并不是一件容易的事情。甚至于他还没有踏上美国土地,为了获得美国签证,他就已经不得不为自己"戴上面具",其原因在于美国方面在审批布莱希特签证申请时提出了一个问题:这位著名的左翼作家"是不是共产党或者说是'特洛伊木马'",并且要求调查布莱希特的政治立场和政治活动。他的朋友不得不为布莱希特打马虎眼,告诉当局:布莱希特"也许曾经是共产党,但不知道他现在还是不是,也许他更应该算作'同情者'"。①就这样,布莱希特总算蒙混过关,于1941年5月获得了去美国的签证。于是,布莱希特马上从芬兰出发,坐火车横穿整个苏联,日夜兼程经符拉迪沃斯托克乘船到达了美洲,而在他刚刚从苏联启程的第九天,即1941年6月22日,空前惨烈的苏德战争就爆发了。

在流亡美国的6年中,尽管布莱希特一直小心翼翼,但最终也未能逃脱因政见不同而遭到迫害的命运。1947年,在麦卡锡主义横行的时代,布莱希特收到华盛顿"非美活动调查委员会"的传讯通知,要他接受所谓关于共产党渗透美国电影工业听证会的质询,当时和他一起接到通知的还有著名演员卓别林。布莱希特不得不在华盛顿的听证会上做出这样的陈述:"我过去和现在都没有参加过任何一个共产党。"他不仅强调自己是"可靠的",并且巧妙地把自己作品中的革命思想归结为译者的误解,同时把自己贬低为专门写反希特勒"历史剧"的小作家,宣称他研究马克思的历史学也只是因为写历史剧的需要。② 当然,布莱希特就如《四川好人》

---

① Werner Hecht, *Brecht Chronik 1898－1956*, Frankfurt a. M.: Suhrkamp, 1998, S.608.
② [德]弗尔克尔:《布莱希特传》,李健鸣译,中国戏剧出版社1986年版,第429—430页。

中的沈德一样,他并不想永远戴着"恶的面具"。面具之下的沈德曾经说过:"我迫不得已来过三次。我从未想要留在这里。"这同样说出了布莱希特的心声。当"非美活动调查委员会"相信布莱希特的说辞,暂时放宽了对其行动自由的限制后,布莱希特所做的第一件事情就是逃离华盛顿,第二天便乘上了从纽约飞往巴黎的飞机,从此再没有回到美国。

因此,从这段特殊的经历中不难看出,正是流亡中的政治和生存压力导致布莱希特不得不将"恶的面具"作为在流亡中保存实力、以求东山再起的一种策略。换言之,他在流亡生涯中所实践的也恰恰正是他在寓言剧中为"好人"规划的求生方略。

三、中国文化资源与"四川好人"形象的建构

与20世纪三四十年代诸多流亡作家一样,在与德国渐行渐远的岁月中,布莱希特"通过精神漫游不断获得异文化的补给",[①]从而达到了个人创作的顶峰。与众不同的是,在布莱希特寻找外国文学榜样、吸收异国文化养分的过程中,中国文化被视为重要的诗学和哲学资源,始终扮演着最为突出的角色。[②] 而流亡语境中"中德二元"之间的长时间互动也给布莱希特在侨易之旅中的文学创作留下了深刻印记,推动布莱希特在《四川好人》的后期加工阶段不断加入新的中国文化元素。对流亡状况的反思与对中国元素的吸收在创作中相互交织,将这部寓言剧变成了布莱希特在侨易之

---

① 叶隽:《变创与渐常:侨易学的观念》,北京大学出版社2014年版,第20页。
② Xue Song, *Poetische Philosophie — philosophische Poetik. Die Kontinuität von Philosophie und Poesie in Brechts China-Rezeption*, Marburg: Iudicium, 2019, S.53.

旅中的传声筒。尤其是他将沈德塑造为"世界上最后一个"具有善良本质的人,又在有意无意间介入了一场关于人性善恶的争论,为欧洲由来已久的"人性本恶/本善"之争加入了来自中国传统文化的新元素。

由于基督教教义强调每个人都有"原罪","人性本恶"的观点在欧洲一直大行其道。而《四川好人》却勾勒了一幅完全相反的图景,作为"好人"代表的沈德在第一次和神仙交谈时就表现出"善良的天性"(Güte ihres Herzens)①,她说:"我觉得如果能够顺从天理,孝敬父母,诚恳待人,是一种幸福;能够不占街坊邻舍的便宜,是一种快乐;能够忠实于一个男人,是一种愉悦。我不想损人利己,也不想抢夺无依无靠的人。"②这让人不禁联想起儒家思想代表人物孟子关于"人性本善"的理论,他有一段著名的论述:"恻隐之心,人皆有之;羞恶之心,人皆有之;恭敬之心,人皆有之;是非之心,人皆有之。……仁义礼智非由外铄我也,我固有之也。"(《孟子·告子上》)这段话就是说善良是每一个人都具有的普遍心理活动,是出于人的本性、天性,是与生俱来的"良知"。然而,既然人性本善,为什么人类社会还会充满"恶"呢?孟子将其归咎于外来的影响:"水信无分于东西。无分于上下乎?人性之善也,犹水之就下也。人无有不善,水无有不下。今夫水,搏而跃之,可使过颡;激而行之,可使在山。是岂水之性哉?其势则然也。人之可使为不善,其性亦犹是也。"(《孟子·告子上》)也就是说,人具

---

① [德]布莱希特:《四川好人》,吴麟绶注释,外语教学与研究出版社1997年版,第72页。
② 同上书,第14页。

有善良天性就如水往低处流一样是出自天然,虽然也有反常流动的水,但那都是由于施加了外力,并非水的天性使然。在《四川好人》中,沈德有一段台词十分贴近孟子关于"人性本善"的这段论述:

> 您为什么这样邪恶?
> (对观众)
> 践踏身边的人,难道就无须费力?
> 额头青筋鼓出,只因
> 满足贪婪要费尽力气。
> 伸出手去给予,是多么的自然而然,
> 抬手将它接住,来得也是如此轻松。
> 只有贪心抢夺才会那么费力。
> 啊!赠予,那是怎样的诱惑!
> 与人为善,这又何等的惬意![1]

从这一段中可以看出,乐于助人的沈德在布莱希特笔下象征着人类善良天性的一面,行善对她来说是发自本性、自然天成的轻松之举。与之相反,作为"行善"对立面的"作恶"在沈德眼中则是一件违反本性、无比费力的事情。这与布莱希特在《工作日志》以及名诗《恶的面具》中的观点一脉相承:"作恶是多么的费力。"(GBA 12:124)而其根本原因就在于恶行有违天性和良知。

---

[1] [德]布莱希特:《四川好人》,吴麟绶注释,外语教学与研究出版社1997年版,第99页。

布莱希特曾就如何在舞台表现好人"作恶"之难进行过深入思考。他在1940年8月9日的《工作日志》中写道:"要就一个基本问题做出决断:如何处理神仙—利公—老哥关系的问题。(1)通过拓展寓言成分,以天真的方式处理神仙—利公—老哥三者,以便让一切都能在道德上立足,并且让两个对立的原则(两个灵魂)分别登场;(2)简单地叙述利公是如何装扮成表兄的,这样她就可以运用她在贫苦生活中积累起来的经验和素质。其实只有(2)是可能的……。"(GBA 26:410)布莱希特认为这个问题的"艺术解决办法"是"在幕布前易装",但这种"易装"不是精神分裂或双重人格的表现,而是一种伴随着巨大艰辛的角色扮演。布莱希特在《工作日志》中指出,表演者须展现"利公扮演老哥的角色需要付出巨大的努力"①。换言之,这个角色应当表现出一个人所具有的良好天性,而外界的环境又是恶化到了怎样的程度,以至于一个好人无法再以好人的身份生存下去。而为表现好人作恶之难这一主题,布莱希特最终所选取的恰恰是他眼中极具中国特色的戏剧表现手法。

由于布莱希特在1935年已通过与梅兰芳的交流对中国京剧表演艺术有了相当深入的了解,并在此后撰写了多篇论文,因此他在创作《四川好人》时对中国戏剧舞台上的女扮男装、脸谱艺术都绝对不会陌生。在《四川好人》第四、第五场之间,布莱希特安排了一场表现女主角通过女扮男装从"好人"变身"恶人"的幕间戏。在这场戏里,女主人公沈德来到舞台当中,如布莱希特在工作日志

---

① [德]布莱希特:《四川好人》,吴麟绶注释,外语教学与研究出版社1997年版,第99页。

中设计的那样,当着观众的面"在幕布前易装",在一步步换上男性衣装的同时向众人唱出了一段关于"好人难做"的歌谣:"在我们国家,好人做不长。/碗儿空了,吃饭的人就要你争我夺。/啊,神灵的戒条当然好,/就是对付不了缺吃少穿……"[1]在经历了一番艰难的内心挣扎后,沈德不得不为了自己的生计戴上代表"恶"的假面具,用男性的假声痛苦地唱道:"要想吃上午饭,就得狠下心肠……/若不把一打人踩在脚下,就救不下来一个穷光蛋。"[2]这段幕间戏明确地指出:"好人"要想在这黑暗的时代生存下去,就只能戴上恶人的面具,将自己伪装起来。尽管她从内心深处希望"这是最后一次"[3]戴上面具,然而险恶的环境却迫使她不得不一再以表兄的面目出现在众人面前。那好人为何一定要掩盖自己的善良天性,大费周折地戴上"恶的面具"呢? 为了指出根本原因所在,布莱希特在《四川好人》第六、第七幕之间的幕间戏里不惜篇幅地引用了来自道家经典《庄子》的著名寓言"材之患",将好人的悲剧比喻成"有用之材的痛苦"(das Leiden der Brauchbarkeit):

> 在宋县有个地方叫做荆棘坪。那儿长着繁茂的楸树、柏树和桑树。可是,那些围粗一两拤的树被人砍下来做了狗圈的栏杆。那些围粗三四尺的树被富贵人家砍下来去做了棺材板。那些围粗七八尺的树被砍下来做了豪华别墅的横梁。因

---

[1] [德]布莱希特:《四川好人》,吴麟绶注释,外语教学与研究出版社1997年版,第63页。
[2] 同上书,第64页。
[3] 同上书,第102页。

此所有这些树都不能尽其天年，而是长到一半就夭折在斧锯下。这就是有用之材的痛苦。[1]

《四川好人》中的这段文字几乎完全抄自著名汉学家卫礼贤1912年发表的《庄子》德译本[2]，布莱希特只在文字上略做改动，将后两个用途进行了对调。《庄子·人间世》原文为："宋有荆氏者，宜楸柏桑。其拱把而上者，求狙猴之杙斩之；三围四围，求高名之丽者斩之；七围八围，贵人富商之家求禅傍者斩之。故未终其天年而中道之夭于斧斤，此材之患也。"[3]这一寓言在庄子哲学中占有重要地位。在春秋战国的动荡岁月中，庄子独树一帜地强调"无用之用"，在《逍遥游》和《人间世》中都讲到只有那些遭到木匠嫌弃的"无用"之木才能逃脱被砍伐的厄运，成为参天大树，终其天年。这一寓言受到布莱希特的重视绝非偶然。

布莱希特的手稿显示，他是流亡到美国之后即创作的最后阶段才将这段幕间戏插入了原本已经写完的剧本。对于全剧而言，幕间戏中的中国寓言具有画龙点睛的作用，它明确地向观众昭示：在一个黑暗的时代中，好人难以得到好报，越是"有用之材"就越是充满痛苦，无法得到一个应有的好结局。其实，这是布莱希特在流亡时期最为喜爱的一个作品主题。就在1939年开始创作《四川好人》之前，当时流亡于丹麦的布莱希特还完成有一部经典之作

---

[1] ［德］布莱希特：《四川好人》，吴麟绶注释，外语教学与研究出版社1997年版，第91页。
[2] 参见 Richard Wilhelm, *Dschuang Dsi. Das wahre Buch vom südlichen Blütenland*, Jena: Diederichs, 1912, S.35.
[3] 《庄子》，方勇译注，中华书局2010年版，第71页。

《大胆妈妈和她的孩子们》。该剧刻画了德国三十年战争时期的一位随军女商贩,她一心想发战争财,最后却在战争中失去了自己的3个子女。故事中,大胆妈妈曾安慰刚被乱兵打伤脸的女儿:

> 不会留下疤来的,即使有疤我也并不在乎。那些专门讨男人欢喜的人的命是最苦的了。她们为男人玩弄,直到她们死掉。要是不得男人的欢心,她才能继续活下去。……这就像那些长得笔直挺秀的树木,它们常常会被砍去当屋梁用,那些长得曲曲扭扭的树反而可以安安稳稳地欢度年华。所以留了个伤疤还真是福气呢。①

而这段话同时也点明了该剧的主题:在动乱的年月中,好人往往难有好归宿。剧中大胆妈妈的三个孩子各有各的优秀品质:大儿子勇敢,二儿子忠实,小女儿善良,但最后他们三个却都因为各自的优点而在战争中丢了性命,像"有用之材"一样早早遭到厄运。布莱希特在写下《大胆妈妈和她的孩子们》和《四川好人》时,想必心中也一样充满了对自己命运的哀叹——他自己何尝不是因为成为"有用之材"才不得不颠沛流离、漂泊异乡,寄身于丹麦的草棚之下呢?而布莱希特在1938年从英国汉学家亚瑟·韦利的《中国诗170首》中转译出的一首《洗儿》也真实地道出了自己此时的心境:"人皆养子望聪明,我被聪明误一生。惟愿孩儿愚且鲁,无灾无难到公卿。"这首诗出自苏东坡之手——一个同样因为是

---

① [德]布莱希特:《布莱希特戏剧选(上)》,孙凤城译,人民文学出版社1980年版,第349页。

"有用之材"而屡遭贬谪的文学天才。① 因此,在那样一个黑暗时代,沈德要想在充满剥削的"四川"继续生存下去,要想有朝一日继续行善,就只有戴上"恶的面具"来加以伪装。同样,布莱希特要想在最黑暗的流亡岁月中保存自己,也只有暂时伪装自己,如道家寓言所教诲的那样韬光养晦,暂时掩饰自己"有用之材"的光芒。同时也如他在《老子流亡路上著〈道德经〉的传奇》中所写的那样:"柔弱之水,奔流不息,日复一日,战胜顽石。"(GBA 12：33)通过表面柔弱却持之以恒的斗争来夺取最后的胜利,这正是布莱希特在侨易之旅中从中国古人那里汲取的智慧。

四、结语

综上可以看出,布莱希特不仅在侨易之旅中一步步"通过异质性文化的启迪"②廓清了流亡文学的意义,为流亡者带去新的希望,而且也借助寓言剧《四川好人》展示了流亡者深刻的"精神质变"。在剧本中,"恶的面具"成为好人沈德破解危局、保全"有用之材"的权宜之计。而在现实中,陷入窘迫局面的布莱希特也同样戴上面具,保护了自己,最终胜利走完了长达 14 年的流亡之路。从这一意义上讲,《四川好人》反映了布莱希特对中国文化的高度认同,也成为作家内心中"自我"的投影。在成长为"流亡文学家"的侨易之旅中,布莱希特不但在"移易"过程中获得了来自异质文化的补给,从精神上日益认同"流亡文学家"的定位,而且也在与

---

① Xue, *Poetische Philosophie — philosophische Poetik*, S.205–209.
② 叶隽:《变创与渐常:侨易学的观念》,北京大学出版社 2014 年版,第 18 页。

道家"材之患"和"柔弱胜刚强"思想的接触中也愈发明晰了自己作为"流亡者"的斗争策略,"四川好人"的抗争所折射的正是流亡文学家的求存之道。综上所述,作为侨易主体,布莱希特的思想变化同时受到"流亡"和"中国文化"二者的共同作用,流亡是具有决定意义的时代背景,中国文化则作为异国文化资源扮演了重要推手,使《四川好人》成为布莱希特思想质变的一种结果和现象存在。以作品为中心透视《四川好人》背后布莱希特的思想侨易、历史语境下的文本演变和中德文化的二元互动,带给我们的正是对"侨易"现象更深层面的理解。

(本文首次发表于《同济大学学报(社会科学版)》2021年第2期;《复印报刊资料·外国文学研究》2021年第8期全文转载)

第三编

德语文学在中国的传播

"名哲"还是"诗伯"?
——晚清学人视野中歌德形象的变迁

19世纪末,外交官李凤苞、学者辜鸿铭首次向中国读者介绍了德国作家歌德,歌德开始以"师伯""名哲"的形象出现在中国人面前。但直到1903年,受日本"歌德热"的影响,赵必振才从日文翻译出《德意志文豪六大家列传》首次全面概述了歌德生平及作品,此后,王国维、马君武、鲁迅等人加入对歌德的译介,对中国的歌德接受史产生了很大影响。本篇回顾了歌德在中国的这段早期接受史并指出了以往研究中的一些误区。

2014年3月,"《歌德全集》汉译"与"歌德及其作品汉译研究"两个国家社科基金重大项目分别在上海和四川同时启动,国内的歌德研究也迎来了前所未有之繁荣。对于清末民初之际的歌德接受史,学界已经多有研究,其中不乏名家手笔,但因原始文献难以考证,一些错误被多方传抄一直没有得到纠正。笔者在此以清末学人视野中歌德形象的变迁为线索,对中国的歌德接受史进行一点抛砖引玉的考辨。

一、李凤苞笔下的"诗伯果次"

根据前辈学者钱锺书、阿英的考证,中国对德国文化巨人歌德的介绍始于清朝驻德公使李凤苞的一则日记。李凤苞(1834—1887),字丹崖,崇明人,曾赴英法两国学习,1878年受李鸿章保荐担任驻德公使,后又兼任驻奥、意、荷三国公使,1884年转任驻法公使。作为近代最早"睁眼看世界"的中国外交官之一,李凤苞驻德期间对德国社会的方方面面进行了全面的观察,其中不乏振聋发聩的睿见,而他对外交活动的记载更是巨细无遗。1878年农历11月29日,到任不久的李凤苞受美国驻德使馆之邀,参加了美国公使"美耶台勒"的吊唁活动。李凤苞不仅在日记中详细记载了吊唁的过程,而且认真考证了相关外国人名,"诗伯果次"之名才因此出现在国人视野中:

送美国公使美耶台勒之殡。……美国公法师汤谟孙诵诔曰:"美公使台勒君,去年创诗伯果次之会。……(台勒)以诗名,笺注果次诗集,尤脍炙人口。"……按果次为德国学士巨孼,生于乾隆十四年。十五岁入来伯呶士书院,未能卒业。往士他拉白希习律,兼习化学、骨骼学。越三年,考充律师,著《完舍》书。二十三岁,萨孙外末公聘之掌政府。编纂昔勒诗以为传奇,又自撰诗词,并传于世。二十七岁游罗马、昔西里而学益粹。乾隆五十七年与于湘滨之战。旋相外末公,功业颇著。俄王赠以爱力山得宝星,法王赠以大十字宝星。卒于道光十二年。①

"果次"就是歌德,"完舍"便是其名著《少年维特之烦恼》。李凤苞当年按英语发音进行转译,出现偏差也在所难免。可贵的是他并没有轻易放过有关歌德生平的信息,为我们留下了具有开创意义的"第一笔"。这位刚刚去世的"美耶台勒"公使是歌德作品翻译史上值得大书一笔的人物,他就是19世纪美国诗人、文学评论家、游记作家贝亚德·泰勒(Bayard Taylor, 1825—1878),同时是歌德名著《浮士德》的英译者,他的译本采用诗歌体,在英语界享有很高声誉,自1870—1871年首次出版以来,140多年间不断再版。1878年,泰勒接受任命到柏林使馆任职,但抵达后不久便因病去世。由于泰勒在歌德作品译介方面的杰出贡献,悼词中当然要提到歌德。不过,作为外交官,李凤苞在日记中更为关注的是歌德在政治舞台上的角色,因此他重点记录下歌德担任魏玛公国首相、获得俄国沙皇勋章这些具有政治意义的事件,而对其作为文学家的一面反而未作更多探究,甚至把歌德意大利之行的时间也搞

---

① 李凤苞:《使德日记》,载王云五主编:《丛书集成初编·使德日记、英轺私记、澳大利亚洲新志》,商务印书馆1936年版,第37—38页。

错了十年。钱锺书提及这段历史时曾揶揄道:"事实上,歌德还是沾了美耶台勒的光,台勒的去世才使他有机会在李凤苞的日记里出现。……假如歌德光是诗人而不也是个官,只写了《完舍》书和'诗赋'而不曾高居'相'位,荣获'宝星',李凤苞引了'诔'词之外,也未必会再开列他的履历。"①

  钱先生的观察十分准确,其背后原因则更发人深思。分析清末第一代驻外使节的日记不难看出,外交官们将搜集欧美发达国家政治、经济、军事、外交方面具有战略意义的情报视为本职工作,与之相对的是,由于价值观念的差异和对本民族文化的高度自信,抱着"中学为体、西学为用"思想的清朝官员在搜集情报时,极少会对欧美的文学、艺术、人文科学发展加以关注。因此,虽然李凤苞兢兢业业地记下旅德期间的所见所闻,但他所关注的还是作为政治家的歌德"功业颇著""相外末公"等事,对其在文学上的丰功伟绩反倒只有寥寥一行。不难推想:对于科举出身的清朝官员来说,歌德以弱冠之年、凭诗词文赋闻达于诸侯,又游学于古都、磨炼于军旅,最终入阁拜相,寿享遐龄,名播异邦,如此完美的人生履历正印证了"学而优则仕"的儒家人生理想,自然会引起李凤苞的共鸣。而由于文学仅被李大人视为进身之阶,因此歌德显闻于诸侯后的文学成就在他看来反倒可有可无,甚至连歌德晚年名著《浮士德》——也是泰勒最有名的译著都成了政治家歌德履历中不值一提的元素。

---

① 钱锺书:《汉译第一首英语诗〈人生颂〉及有关二三事》,《国外文学》1982年第1期,第18页。

二、辜鸿铭作品世界中的"名哲俄特"

在中国学者中,第一个对歌德有所研究的当属辜鸿铭。他早年随义父到海外学习,在英国读中学时,他就为学好德文而背诵了《浮士德》。日后著书立说时,辜鸿铭对自幼娴熟的歌德语录常常是信手拈来。1885年,学成归来的辜鸿铭被湖广总督张之洞揽入幕府,为"洋务派"推行新政出谋划策。在此期间,辜鸿铭撰写短文《自强不息》,文中引用歌德的作品提出了他对中西文化相通性的理解:"'唐棣之华,偏其翻尔,岂不尔思,室是远而。'子曰:'未之思也,夫何远之有?'余谓此章即道不远人之义。辜鸿铭部郎曾译德国名哲俄特自强不息箴,其文曰:'不趋不停,譬如星辰,进德修业,力行近仁。'卓彼西哲,其名俄特,异途同归,中西一辙,勖哉训辞,自强不息。可见道不远人,中西固无二道也。"①"俄特"指的便是歌德,所谓《自强不息箴》最初被认为是来自《浮士德》结尾处天使所唱颂歌,后来有学者找到了准确出处:歌德的短诗《温和的警句》(*Zahme Xenien*)。该诗写道:"像星辰一样,/不着急,/可也不休息,/各人去绕着/自己的重担旋转。"②辜鸿铭的这篇短文在中国产生了不可低估的影响,中国的歌德研究、尤其是对《浮士德》的阐释从此就与来自《易经》的"自强不息"结下不解之缘。值得一提的是:1893年,在辜鸿铭鼎力谋划下,张之洞上奏光绪皇帝筹建了高等学府自强学堂(武汉大学前身),辜鸿铭则出任方言教习,所以《自强不息箴》很有可能就翻译于这一时期,后随其他笔

---

① 辜鸿铭:《辜鸿铭文集(上)》,黄兴涛编,海南出版社1996年版,第474页。
② [德]歌德:《歌德诗集(下册)》,钱春绮译,上海译文出版社1982年版,第347页。

记一起发表于《张文襄幕府纪闻》(1910)。

《自强不息箴》以及此后一系列引用歌德为佐证的作品反映了辜鸿铭对中西文化相通性的坚定信念。1898年,辜鸿铭将《论语》翻译成英语出版,副标题为 A New Special Translation, Illustrated with Quotations from Goethe and other Writers,直译便是"一部引用歌德等作家名言作为诠释的特殊新译本"。该书扉页上直接就印有歌德《浮士德》中的诗句"Was glänzt, ist für den Augenblick geboren./Das Echte, bleibt der Nachwelt unverloren."(译文:"闪亮的东西只能存在一时,真品才会在后世永葆青春。")[①]在序言中,辜鸿铭批评英国汉学家理雅各(James Legge)翻译的"中国经典"系列"完全缺乏评判能力和文学感知力",以至于普通英国人会"产生稀奇古怪的感觉"。为了"尽可能地消除英国读者的陌生和古怪感",也为了"使读者能彻底到家地理解文本内容",[②]辜鸿铭在译文中尽量去掉专有名称,并引用歌德等欧洲著名作家的名言来印证《论语》中的思想,从而拉近欧洲读者与中国经典之间的距离。例如在阐释孔子的"克己复礼为仁"(《论语·颜渊》)时,辜鸿铭就引用表达歌德晚年"断念"思想的诗篇《天福的向往》加以印证。在将"文"与"质"这对概念意译为 art 和 nature 时,他又引用《威廉·迈斯特》中一句"文之所以谓之为文为非质也"[③]作为脚注。而由于辜鸿铭对歌德作品的偏爱,歌德在这部英语译著中出现的次数还超过了英语作家华兹华斯、弥尔顿和

---

① [德]歌德:《浮士德》,杨武能译,广西师范大学出版社2003年版,第4页。
② 辜鸿铭:《辜鸿铭文集(下)》,黄兴涛编,海南出版社1996年版,第345页。
③ 同上书,第351页。

卡莱尔。辜鸿铭后来发表的重要英语作品如1901年的《尊王篇》、1908年的《中庸》、1915年的《春秋大义》也都大量出现了对歌德名言警句的引用。例如在翻译《中庸》第十二章"君子之道,造端乎夫妇;及其至也,察乎天地"时,他就用《浮士德》中浮士德对格雷琴说的一段话来印证"道德法则发源于男女两性间的关系"①。而在《尊王篇》序言中,辜鸿铭甚至连续大段引用歌德的《威尼斯警句》作为反对民主、尊君保皇的论据,其中第一段以法国大革命中的血腥冲突为鉴,称"在上者"固然应该反省,但是百姓也该考虑:"若'在上者'被打断,那么谁来保护'在下者'不受'在下者'欺凌?'在下者'已成为'在下者'的暴君"②。接着,辜鸿铭在引用孔子"君子喻于义,小人喻于利"这句话谈自己对治理"群氓"的观点时,再次引用《威尼斯警句》加以印证:"群氓,我们必须愚弄他们;你瞧,他们多么懒惰无能!看上去多么野蛮!……唯有真诚,才能使他们焕发人性"③。

辜鸿铭大量引用歌德的名言警句,一是为了唤起欧洲读者的阅读经验,拉近作品与读者之间的距离;二是出于一种"以子之矛攻子之盾"的高明策略,不仅让西方读者难以提出诘难,而且抬高了中国经典的地位;三是正如许多前辈所指出的那样:孔子与歌德在思想上也的确有诸多相通之处。④

从引用频率来看,辜鸿铭对"名哲俄特"的小说《威廉·迈斯

---

① 辜鸿铭:《辜鸿铭文集(下)》,黄兴涛编,海南出版社1996年版,第542页。
② 辜鸿铭:《辜鸿铭文集(上)》,黄兴涛编,海南出版社1996年版,第14页。
③ 同上书,第15—16页。
④ [德]歌德:《歌德诗集(下册)》,钱春绮译,上海译文出版社1982年版,第349页。

特》情有独钟,其次是《浮士德》,但除频繁援引歌德作品中具有哲理性的名言警句外,他并没有对歌德的文学成就产生更大兴趣。总体看来,歌德在辜鸿铭的作品中始终表现为一位与孔子在思想上有诸多相通之处的"德国孔夫子"形象。后来,辜鸿铭的德国友人卫礼贤、民国新儒家代表人物张君劢、唐君毅都曾撰文比较孔子与歌德的相似之处,所谓"自强不息"精神也始终影响着中国的歌德接受史和《浮士德》研究,可见辜鸿铭所塑造的"名哲俄特"形象对后世产生了何等深远影响。

三、王国维笔下的美育典范"大诗人格代"

在晚清国势衰颓之际筚路蓝缕地将西方美学介绍到中国来的大学者中,王国维的贡献最为突出。早在1900年夏,他就已经在翻译德国物理学家海尔模鞏尔兹(Hermann von Helmholtz,1821—1894,今译赫尔姆霍茨或亥姆霍兹)的著作时顺带翻译出了其中引用的《浮士德》诗句,就作品刊行时间而论,这甚至早于辜鸿铭翻译的《自强不息箴》。此后,他还在《教育世界》上专门撰文《德国文豪格代希尔列尔合传》和《格代之家庭》进一步介绍歌德。因王国维在主编《教育世界》时文章多不署名,以致上述文献的作者长期没有定论,但王国维研究专家对此已有考证,从《教育世界》撰稿人的背景和相关著述的风格与内容来看,两文作者亦为王国维无疑。[①]

王国维的《势力不灭论》译于清光绪二十六年(1900)六月,此

---

① 王国维:《王国维哲学美学论文辑佚》,佛雏校辑,华东师范大学出版社1993年版,第435页。

时王国维正供职于上海《实务报》并开始学习日文、英文,大量接触到西方科学著作。该译著原署"德国海尔模鞏尔兹著,英人额金孙英译本,海宁王国维重译",编入樊炳清辑《科学丛书》第二集,并发表于1903年《教育世界》。事实上,王国维在转译时犯了一个张冠李戴的错误。因为其译文原本来自赫尔姆霍茨的一次科普讲演《论自然力的相互影响以及相关的最新物理学探索》(1854),英译者为泰达尔(Tyndall)教授,而《势力不灭论》对应的则是赫尔姆霍茨的著名论文《能量守恒论》(1847),英译者才是王国维所说的额金孙(E. Atkinson)。① 译著涉及歌德著作的段落如下:"夫古代人民之开辟记,皆以为世界始于混沌及暗黑者也。梅斐司托翻尔司 Mephistopheles(德国大诗人哥台之著作 Faust 中所假设之魔鬼之名)之诗曰:'渺矣吾身,支中之支。原始之夜,厥幹在兹。厥幹伊何,曰闇而藏。一支豁然,发其耿光。高严之光,竞于太虚。索其母夜,与其故居。'"②这段译文虽短小,却是迄今所知最早刊印的歌德作品片段,而且王国维以四言古诗格律将其译出,也独具一格,的确弥足珍贵。

1901年,王国维因病中断留学从日本归来后,开始潜心研究西方哲学和美学,尤其是康德、席勒、叔本华、尼采的著作。1904年3月,王国维在其主编的《教育世界》第70号上刊登名为《德国文豪格代希尔列尔合传》的文章。文章一开头就写道:"呜呼!活国民之思潮、新邦家之命运者,其文学乎!十八世纪中叶,有二伟人降生于德意志文坛,能使四海之内,千秋之后,想象其丰采,诵读

---

① 梁展:《王国维"境界"的西学来源》,《中华读书报》2011年1月26日。
② 王国维:《势力不灭论》,《文教资料》1997年第3期,第36页。

其文章,若万星攒簇,璀璨之光逼射于眼帘,又若众浪搏击,砰訇之声震荡于耳际。"①而文章结尾又写道:"嗟嗟!瓦摩尔之山,千载苍苍!莱因河之水,终古洋洋!惟二子之灵往来其间,与星月争光!胡为乎,文豪不诞生于我东邦!"②可见,王国维是从他的教育理想出发,希望文学能够发挥开启民智、振兴国运的作用。王国维在文中着重对比了歌德、席勒两人在家庭、人生、成就等多方面的不同,他尤其对歌德的诗歌创作成就赞扬有加:"格代,诗之大者也!如春回大地,冶万象于洪炉。读其诗者,恍见飞仙弄剑,天马脱衔;……格代之诗,诗人之诗也"。③ 有趣的是,王国维虽对歌德诗歌如此推崇,"大诗人"形象在此也呼之欲出,文中却偏偏没有细谈歌德的创作生涯,更没有举出一篇歌德的作品,反倒是席勒的戏剧《阴谋与恋爱》(即《阴谋与爱情》)、《彤加洛斯》(即《唐·卡洛斯》)在文中得以留名。

1904年8—9月,王国维又在《教育世界》第80、82号发表《格代之家庭》,讨论了家庭教育对歌德的影响,称"格代诗才之敏赡,得自乃母"④。歌德之母在文中也被塑造成文学女性形象,例如歌德母亲临终所作之歌被王国维用骚体译得文采飞扬:"胡仙乐之琅琅兮,导神魂以飞扬!吾将逐遗响而任所之,归我白云之故乡!"⑤然而,王国维在该文中依然没有引用歌德作品,只是提及《海尔曼

---

① 王国维:《德国文学家格代希尔列尔合传》,《教育世界》1904年第70期,第57页。
② 同上书,第60页。
③ 同上书,第58—59页。
④ 王国维:《王国维哲学美学论文辑佚》,佛雏校辑,华东师范大学出版社1993年版,第304页。
⑤ 同上书,第305页。

叙事诗》"即隐述家庭情事者"①,而《野蔷薇》《法斯德》(即《浮士德》)也有歌德人生经历的影子,但这都算不上对作品的正面介绍。

耐人寻味的是,王国维连一句歌德诗作都不引用,却一再撰文对歌德推崇备至,这不禁令人产生疑问:王国维真的看重作为"大诗人"的歌德吗?将《德国文豪格代希尔列尔合传》与《格代之家庭》两文结合起来阅读,这一疑问似乎有了一个合理的解释。在前一文章结尾,王国维曾大发感慨"胡为乎,文豪不诞生于我东邦!"②而后一文章的开头则隐隐就是在回答"文豪如何才能诞生"的问题。王国维写道:"此旷世奇才不易得。虽然,苟一观其幼年事,则又未尝不叹家庭教育之功用至宏且远也。"③王国维的教育思想源于1901年之后对西方哲学、教育学的研究,特别是康德哲学和赫尔巴特的教育学思想对其产生了决定性影响,他因此提出了培养"完全之人物"的教育思想:"教育之宗旨何在?在使人为完全之人物而已。何谓完全之人物?谓人之能力无不发达且调和是也。……而精神之中又分为三部:知力、感情及意志是也。……教育之事亦分为三部:知育、德育(即意育)、美育(即情育)是也。……三者并行而得渐达真善美之理想,又加以身体之训练,斯得为完全之人物,而教育之能事毕矣。"④后来,王国维在此

---

① 王国维:《王国维哲学美学论文辑佚》,佛雏校辑,华东师范大学出版社1993年版,第304页。
② 王国维:《德国文学家格代希尔列尔合传》,《教育世界》1904年第70期,第57页。
③ 王国维:《王国维哲学美学论文辑佚》,佛雏校辑,华东师范大学出版社1993年版,第302页。
④ 王国维:《论教育之宗旨》,载姚淦铭等编:《王国维文集(第三卷)》,中国文史出版社1997年版,第58—59页。

基础上提出了智育、美育、德育、体育的"四育"思想,其中,"美育"思想是在中国教育界首次提出,在中国教育史上有划时代的意义。[①] 而贯穿《格代之家庭》的正是王国维的美育思想。王国维在文中关注了歌德23岁前所受的家庭、学校教育,从中可以看出对歌德成长影响最大的因素是母亲的熏陶、父亲的传授、对个人兴趣的广泛培养和对情操的陶冶,其中对情感的培养又始终占据着核心地位。因此,王国维越是颂扬歌德的伟大,就越是可以借"大诗人格代"的名气传播自己的美育思想,宣扬他所看重的西方美学教育理念。而歌德的文学作品内容则反而无足轻重了。

总体而言,王国维对歌德的兴趣似乎始终只停留在极度的推崇上,而这种推崇又往往是为拔高另一阐述对象而服务。如1904年他在《〈红楼梦〉评论》中提及"格代"与"法斯特",称其与曹雪芹的《红楼梦》并称"宇宙之大著作",并说:"在欧洲近世之文学中,所以推格代之《法斯特》为第一者,以其描写博士法斯特之苦痛及其解脱之途径最为精切故也。若《红楼梦》之写宝玉,又岂有异于彼乎?"[②]1907年,王国维在《教育世界》第143、144号连载《脱尔斯泰传》时,再次称"以为文学家,则惟琐斯披亚、唐旦、格代等可与颉颃"。[③] 王国维对歌德的这种大力推崇对后世产生了积极影响。

[①] 肖朗:《王国维与西方教育学理论的导入》,《浙江大学学报(人文社会科学版)》2000年第6期,第47页。
[②] 王国维:《红楼梦评论》,载王运熙主编:《中国文论选·近代卷(下)》,江苏文艺出版社1996年版,第474页。
[③] 王国维:《王国维哲学美学论文辑佚》,佛雏校辑,华东师范大学出版社1993年版,第322—323页。

四、从《独逸文坛六大家列传》到"德意志文豪"

歌德真正以较为丰满的文学家形象出现在中国读者面前始于1903年的《德意志文豪六大家列传》。关于此书的来历,研究者多沿袭阿英1957年为纪念歌德逝世125周年而发表在《人民日报》的文章《关于歌德作品初期的中译》,称译者赵必振所依据的材料是"日本大桥新太郎的编本"[1]。由于阿英在学界的影响力,这一说法流传甚广,转抄者对"编本"的说法大都未加考证,转引时将大桥新太郎写成该书作者的情况更是屡见不鲜。但这一说法颇有值得商榷之处。

大桥新太郎是日本近代实业家,作为家中长子,他早早就接手管理其父创立的博文馆,并将家族产业拓展到多个经济领域,成为实业巨子。在他主持下,博文馆顺应时代潮流,出版了大量西方科学文化著作和多本畅销杂志,其中廉价丛书"寸珍百种"第24编为《独逸文坛六大家列传》,"独逸"就是"deutsch"(德意志)一词在日语中的音译。从书中署名来看,该书实际上由涟山人(岩谷小波)与雾山人(真名不详)两人共同编撰完成。该书中文译者赵必振(曰生)是旅日学者,湖南常德人,留学日本时曾大量接触西方现代思潮,1903年初翻译有《近世社会主义》,第一次向中国读者系统介绍了卡尔·马克思的生平和社会主义理论,此外还翻译了《日本维新慷慨史》《日本人权发达史》等著作多种,为现代西方思想在中国的译介做出了贡献。

---

[1] 阿英:《关于歌德作品初期的中译》,《人民日报》1957年4月24日。

《独逸文坛六大家列传》出版于1893年3月,也是日本最早系统介绍歌德生平的著作。此时正值甲午战争爆发前一年,1868年开始的日本明治维新已进行了25年,日本朝野上下励精图治,福泽谕吉等人又努力鼓吹"脱亚入欧论",力图使日本摆脱中国传统文化的影响,跻身于西方现代强国之列。在向西方学习的过程中,1871年完成统一后迅速崛起的德国就成为日本学习的重要榜样。受此影响,日本编者为《独逸文坛六大家列传》所撰写的前言也颇有暗自以德国文学崛起为榜样、为日本崛起张本的意味。前言首先将马丁·路德翻译《圣经》视为"德意志文学之萌芽",将此后出现的"宗教的社会的之诗歌小说"视为"德意志文学隆盛之第一期"。写到此处,文中陡然笔锋一转:"虽然,其时所有之著作,概自他国而翻译之者(法国尤甚),未足以见德意志固有之风俗人情也。"[①]换言之,此时的德国文学还只是翻译和模仿他国,算不上真正的德意志民族文学。这是一种先抑后扬的手法,意在烘托出书中随后出场的核心人物——"六大家"在德国文学史上的崇高地位。文中随后写道:"至于十八世纪,科洛列斯托科、乌拉度、撲希科、威陆特陸、可特、希陸列陸六大家起。乃专致力于斯道。以振兴德国文学为己任。是为德意志文学隆盛之第二期。"[②]赵必振当年从日语转译的人名与今天的译名颇有不同,让研究者为此大为头疼,其实日文版插页中附有"六大家"的画像,他们就是克洛卜斯托克、维兰德、莱辛、赫尔德、歌德、席勒。日

---

① [日]涟山人、[日]雾山人:《独逸文坛六大家列传》,东京博文馆1863年版,第1页。《德意志文豪六大家列传》,赵必振译,上海作新社1903年版,第1页。
② 《德意志文豪六大家列传》,赵必振译,上海作新社1903年版,第1页。

"名哲"还是"诗伯"?——晚清学人视野中歌德形象的变迁

本编者的一些按语细读起来颇有深意,例如书中说"科洛列斯托科氏与乌拉度当全国心醉于法国文学之时。乃共披荆棘闯荒芜。以真挚严格之笔……除狼鄙之法国文学……暗谋德意志文学之独立。"①此段文字颇有以德国文学自况,为日本挑战中国宗主国地位张本的味道,明治维新时代的日本人读到此处,难免会联想起千余年来中国文化对日本的强大影响。因为历史上的日本是以华为师,文学也是建立在翻译和模仿中国文学的基础之上,直至此书出版前夕,日本才开始决心"脱亚入欧",意图摆脱"老大之中国"的影响,暗谋取代中国成为东亚霸主。在这种氛围中,《独逸文坛六大家列传》的编者采用"春秋笔法"含沙射影也就不足为奇了。

中文版《德意志文豪六大家列传》于光绪二十九年(1903)由上海作新社出版,目录页又题为《德意志先觉六大家传》。"文豪"与"先觉"的差别体现了译者和编者对歌德等作家形象在关注角度上的差异。书中的《可特传》堪称中国学界系统介绍歌德及其作品的开山之作。该书首先以史书中"列传"的形式介绍了歌德家庭出身及歌德早期的文学作品——该书称为"戏曲"的《恋人之变心》、"滑稽剧"《罪人》和"小篇之歌谣"多种。② 接着介绍了歌德1770年后到斯特拉斯堡继续求学的经历,称歌德在赫尔德的启发下"乃大悟国风俚歌之可贵""又自文学上而博闻有益之卓论新说更大发达其诗想",得益甚多。③ 随后,该书介绍

---

① 《德意志文豪六大家列传》,赵必振译,上海作新社1903年版,第1页。
② 同上书,第58页。
③ 同上书,第89页。

了歌德的成名作《葛兹》,称"此著既出,世人皆争读之,有一时洛阳纸贵之势"。于是,"氏之声名,铮铮喧传于江湖"[1]。接下来便是介绍不朽名著《乌陆特陆之不幸》,即《少年维特之烦恼》。编者不仅详细介绍了此书的情节和成书过程,而且介绍了此书所引发的"维特热":"此书即出,大博世人之爱赏,……青年血气之辈,因此书而动其感情以自杀者不少。可特氏之势力,不亦伟哉。"[2]这也是中国读者首次读到关于《维特》一书和"维特热"的介绍。在随后几段中,《可特传》介绍了歌德到魏玛后的经历和文学创作道路,如《意大利纪行》(今译《意大利游记》)、《植物之变形》(今译《植物变形论》)、《狐之裁判》(今译《列那狐的故事》)等作品的诞生。歌德在魏玛的巅峰时期无疑是与席勒订交的十年。《可特传》不惜笔墨对此进行了重点介绍。书中称席勒为歌德"平生第一之益友",并用"比兴"的手法写道:"金以炼而益光,玉以磨而愈粹,二氏之进步,于此时愈为精励。"[3]《可特传》最后一段介绍了歌德晚年的名著《列乌斯托》即《浮士德》,称"学者一生之事业,或迷于情,或走于利,千辛万苦,乃达真正之幸福。以自家之经历,混和以哲学的之理想,而达于愉快之境,实为一种警世之哲学云。"[4]

与今天的文学家传记相比,《可特传》的特色在于将歌德的创作生涯与德意志民族文学的振兴结合起来,紧扣"文豪"诞生和崛

---

[1] 《德意志文豪六大家列传》,赵必振译,上海作新社1903年版,第61页。
[2] 同上书,第62页。
[3] 同上书,第69页。
[4] 同上书,第73页。

起的历程,罗列了歌德几乎所有重要作品,第一次真正树立起"德意志文豪"的形象,对清末歌德译介小高潮的到来起了重要的推动作用。

五、结语

1902—1911年,马君武、鲁迅、仲遥、苏曼殊先后投入歌德译介工作,掀起了一股小小的歌德研究热潮。根据马君武记述,他在1902—1903年留日期间翻译完成了《米丽容歌》,后发表在1914年刊印的《马君武诗稿》中。但学界对这一译作是否如阿英所述具有"首译"的意义仍存争议。① 1907年,留学日本的鲁迅发表了第一篇论文《人之历史》,其中提到了"瞿提"建"形蜕论":"瞿提者,德之大诗人也,又邃于哲理,……著《植物形态论》……谓为兰麻克达尔文之先驱"。② 歌德在这里俨然是一位自然科学家的形象。此后,鲁迅又在《摩罗诗力说》中将歌德誉为"日尔曼诗宗",并谈及他所著"传奇"《法斯忒》(《浮士德》)。③ 稍后,仲遥在《学报》1908年第一卷第十期上发表了《百年来西洋学术之回顾》一文,其中概述了歌德的成就:"哥的(Goethe)及西鲁列尔(Schiller Friedrich)两氏同为德意志新派文学之先登大家。德意志文学能称霸于当时全欧者。皆两氏之赐。"④从文中"先登大家"的说法可以看出,《独逸文坛六大家列传》一书仍然发挥着很大的影响力。

---

① 卫茂平:《德语文学汉译史考辨:晚清和民国时期》,上海外语教育出版社2004年版,第66页。
② 鲁迅:《鲁迅全集(第一卷)》,人民文学出版社2005年版,第11—12页。
③ 同上书,第68页。
④ 仲遥:《百年来西洋学术之回顾》,《学报》1908年第10期,第8页。

1910年,苏曼殊也译出了歌德的诗作《沙恭达纶》(*Sakontala*, 1791)。以上著作共同构成了中国历史上第一次歌德接受的小高潮,成为20世纪中此后几次歌德译介热潮的先声。

(本文首次发表于《中国比较文学》2017年第2期;《复印报刊资料·外国文学研究》2017年第8期全文转载)

歌德诗歌的复译与民国译者对新诗的探索
——徐志摩《征译诗启》背后的新旧诗之争

歌德的一首诗歌在1925年引起了徐志摩、胡适、郭沫若等多位诗人的兴趣,引发了激烈的翻译竞赛和辩论。随着辩论的深入,诗人们就运用新诗翻译外国诗歌取得了更加深刻的认识。这场名家云集的翻译竞赛是新文化运动时期诗歌翻译发展的一个缩影,折射出旧诗与新诗在诗歌翻译方面的竞争,也对中国诗歌翻译事业的发展产生了积极影响。

新文化运动的兴起推动了文学翻译在中国的发展，一批以新诗体为基础的优秀诗歌译作如郭沫若的《鲁拜集》在这一时期应运而生。但守旧派仍不遗余力地维护旧诗，试图否定诗体解放和使用新诗来翻译外国诗歌的努力。作为针锋相对的斗争，倡导新诗的徐志摩于1924年刊登出《征译诗启》，与胡适、郭沫若、成仿吾、朱家骅等人共同掀起了一场激烈的新诗翻译竞赛。关于这段著名的译坛公案，卫茂平曾在《德语文学汉译史考辨：晚清和民国时期》中从底本考辨、英语转译等角度进行探索，[①]杨建民则在《徐志摩与歌德四句诗的六译》中对译者们追求完美的精神给予高度肯定。[②] 而如果将这场难得的翻译竞赛放回民国时期"新诗体"草创的历史语境中重新加以解读，我们不难发现，在竞赛背后实际上还隐藏着新文化运动中新旧诗歌在翻译领域的激烈竞争，它不仅促使民国译者群对"新诗翻译"的语言技巧、文学属性和跨学科特性进行深入探索，而且推动了我国诗歌翻译事业的发展。

一、缘起：徐志摩对使用新诗翻译诗歌的探索

随着新文化运动的开始，文学翻译在中国进入了一次新的高潮。鲁迅、茅盾等新文化运动先驱主张通过翻译从外国文学作品中汲取营养，以达到丰富本民族文学语言的目的，一批以新诗体为基础的优秀诗歌译作也在徐志摩、胡适、郭沫若等人笔下应运而

[①] 卫茂平：《德语文学汉译史考辨：晚清和民国时期》，上海外语教育出版社2004年版，第89—90页。
[②] 杨建民：《徐志摩与歌德四句诗的六译》，《中华读书报》2006年11月8日。

歌德诗歌的复译与民国译者对新诗的探索——徐志摩《征译诗启》背后的新旧诗之争

生,有力推动了中国新诗的发展。① 徐志摩的翻译活动开始于1921年留学英伦期间。他在赞叹西方诗歌成就的同时,自然而然产生了翻译和模仿的冲动。此时,旧式教育在徐志摩身上的影响依然根深蒂固,因此他曾一度尝试使用四言、五言、七言等旧体诗格律来翻译英语诗歌,甚至模仿《诗经》风格来翻译白朗宁夫人(E. B. Browning)的诗歌。由于被古诗格律牢牢束缚住手脚,潇洒飘逸的徐氏风格无迹可寻,因此徐志摩自己对效果也很不满意,很快就断然结束了用旧体诗翻译外文诗歌的尝试,随后发表了一系列以白话诗为基础的译作。但白话诗这种"新诗"此时刚刚诞生不久,还是一个蹒跚学步的孩子,将其用于诗歌创作难免出现一些问题,守旧派便借机发难,反对新诗,战火自然很快延伸到对新诗发展具有重要意义的外国诗歌翻译领域。从1922年起,以吴宓为首的"学衡派"以《学衡》为阵地,多次有组织地刊登用旧诗体翻译的英美诗歌,其中仅《学衡》第39期就一次性选登了贺麟、陈铨等人用旧体翻译的华兹华斯(William Wordsworth)的《露西》(*She dwelt among the untrodden ways*)组诗第2首的8种译文。面对守旧派的否定,1924年3月,坚信新诗价值的徐志摩针锋相对地在《小说月报》和《晨报副刊》上刊登出《征译诗启》,坦言希望"爱文艺的诸君"在"中国文字解放后""破费一点工夫,做一番更认真的译诗的尝试",共同研究一下经历新文化运动锤炼之后的中国文字"究竟有什么程度的弹力性与柔韧性与一般的应变性"可以运用

---

① 汤富华:《论翻译之颠覆力与重塑力——重思中国新诗的发生》,《中国翻译》2009年第3期,第23—28页。

来"表现致密的思想与有法度的声调与音节",并探究还在"草创时期"的新诗体与"旧诗格"相比在翻译中有怎样的优势,以便翻译工作者可以沿着"新开辟的途径"获得"更可喜更可惊的更不可信的发现"。①

为了推动这项具有诗歌革命与翻译创新双重价值的研究,徐志摩在接掌《晨报副刊》后撰写了《莪默的一首诗》等多篇文章来点评时人的译作,其中最为引人注目的当属他于1925—1926年发表的姊妹篇《一个译诗问题》和《葛德的四行诗还是没有翻好》。"葛德"是德国文豪歌德的旧译,所谓"四行诗"实际上是歌德的小说《威廉·迈斯特的学习时代》中一首诗歌的前四行。1921年,徐志摩在佛罗伦萨游学时从英国作家王尔德(Oscar Wilde)的作品《从深处》(*De Profundis*)中读到了这段诗的英语译文。1925年,他从英文将该诗译出,发表在8月15日的《晨报·文学旬刊》上。徐志摩所依据的英译本和他的初译如下:

> Who never ate his bread in sorrow,
> Who never spent the midnight hours
> Weeping and waiting for the morrow,
> He knows you not, ye Heavenly Powers.②
> 谁不曾和着悲哀吞他的饭,

---

① 徐志摩:《徐志摩全集(第一卷)》,韩石山编,天津人民出版社2005年版,第427—428页。
② Oscar Wilde, *The Complete Letters of Oscar Wilde*, ed. by Merlin Holland, Rupert Hart-Davis, London: Fourth Estate, 1988, p.736.

歌德诗歌的复译与民国译者对新诗的探索——徐志摩《征译诗启》背后的新旧诗之争

> 谁不曾在半夜里惊心起坐,
> 泪滋滋的,东方的光明等待,
> 　他不曾认识你,阿伟大的天父!①

《从深处》由王尔德于 1897 年 1—3 月在英国监狱中创作,他在文中引用的这段饱含对人世沧桑认识的文字并非信手拈来,而是源于作家本人近乎绝望的心境。当时,王尔德因与朋友道格拉斯爵士的同性恋关系而遭到指控,以致身陷囹圄。过惯了享乐生活的王尔德此刻悲愤交加,在写给道格拉斯爵士的长信中,他回忆起昔日母亲常常引用的这四行诗句,自述当年还不解人间悲苦,此刻深陷苦难,世界仿佛走到了另一个极端,他方才领会到其中所蕴含的人生三昧:"在我看来,有时候似乎只有悲哀才是人间的唯一真理。"②

徐志摩在此完全放弃了使用旧诗来翻译西方诗歌的老办法,而用具有节奏感的语言代替了格律。虽然在今天看来,其语言与日常口语仍有一定差异,但已经充分展示出了徐志摩所强调的白话诗歌的"柔韧性",这在新文化运动时代是一个具有开创性意义的大胆尝试。

二、胡适的回应:音韵、格律在自由体中的平衡

徐志摩抛砖引玉发表的这篇译作首先引起了好友胡适的注意。胡适不以翻译而著称,但对中国当代诗歌翻译的贡献却不容

---

① 徐志摩:《一个译诗问题》,《现代评论》1925 年第 38 期,第 14 页。
② Wilde, *The Complete Letters of Oscar Wilde*, 1988, p.737.

低估。他早期的翻译风格与徐志摩相似,一度只知唐风宋韵,曾将德国诗人海涅的诗歌《一株孤独的云杉树》(*Ein Fichtenbaum steht einsam*)翻译成对仗工整的七律发表在1913年《留美学生年报》第2期上。但此后不久,胡适便开始思索诗歌创作方面的革新,并在去往哥伦比亚大学的火车上写下了"诗国革命何自始?要须作诗如作文"的宣言,此后发表了中国第一批白话诗词,并誓言"不更作文言诗词",①成为中国白话诗的开路先锋。1917年1月1日,胡适在《新青年》上发表《文学改良刍议》,正式举起了文学革命的大旗。同时,他在翻译中也抛弃了旧诗体。1917年,胡适将林德赛(Anne Lindsay)夫人的名诗《老洛伯》(*Auld Robin Gray*)以自由体译出并发表在《新青年》上,这首《老洛伯》也成为中国人最早用新诗体翻译的外国诗歌之一。不过,胡适虽然强调"诗体的大解放",但实际上并没有放弃诗歌中的韵律,只是在字数和平仄上更为自由。例如1919年从英文转译《鲁拜集》(*Rubaiyat*)诗歌时,胡适虽然在每行的字数上十分灵活,但依然严守英译者菲茨杰拉德诗中的格律,采用AABA式的韵尾。这一次读过徐志摩翻译的歌德诗作后,胡适颇不以为然,因为他发现徐志摩翻译的四行诗居然有四个韵,与原诗的ABAB式交叉韵脚相去甚远。胡适毫不客气地找到徐志摩,批评他"一来没有研究过音韵,二来又要用你们对(的)蛮音来瞎叶(押),可是'饭'那里叶得了'待','坐'那里跟得上'父',全错了,一古(股)脑子有四个韵!"②不过,批评起来容易,要让译文如原文一般对仗工整并且再

---

① 胡适:《胡适文集(第九卷)》,北京大学出版社1998年版,第72—79页。
② 徐志摩:《一个译诗问题》,《现代评论》1925年第38期,第14—15页。

歌德诗歌的复译与民国译者对新诗的探索——徐志摩《征译诗启》背后的新旧诗之争

现原诗的韵脚绝非易事。为证明自己不是在吹毛求疵,胡适回过头来也下了一番功夫钻研译诗。几天后,他向徐志摩寄上了自觉满意的译文并提供了德语原文:

> Wer nie sein Brot mit Tränen aß,
> Wer nie die kummervollen Nächte
> Auf seinem Bette weinend saß,
> Der kennt euch nicht, ihr himmlischen Mächte.
> 谁不曾含着悲哀咽他的饭!
> 　谁不曾中夜叹息,睡了又重起,
> 泪汪汪地等候东方的复旦,
> 　伟大的天神呵,他不会认识你。①

因为批评徐志摩在先,胡适在进行翻译时显然在对仗和押韵方面下了一番功夫。另外他还拿着德文原文向北京大学一位懂中文的外教请教了译文,后者建议他将"天神"改为"神明",并告诉了他一段关于这首诗的掌故。原来这段动人心弦的诗篇早在打动王尔德之前就已闻名遐迩,它在歌德的小说《威廉·迈斯特的学习时代》中是由一位命运坎坷的老人一边弹着竖琴一边含泪吟唱的,其中充满对人生多艰的叹息。而歌德恰恰是王尔德最为喜爱的德语作家。《威廉·迈斯特的学习时代》的英译者卡莱尔(Thomas Carlyle)当年曾将译本赠予王尔德之母。在狱中时,王尔德几度请

---

① 徐志摩:《一个译诗问题》,《现代评论》1925 年第 38 期,第 14—15 页。

求友人将一些书籍寄给他，这张书单中就包括歌德作品的英译本和德语原本。① 不过王尔德记忆有误，midnight hours 在卡莱尔译文中原为 darksome hours，waiting 原为 watching，Heavenly 原为小写。② 从徐志摩刊登的英语译文来看，他对这些细节上的出入并不知情。

胡适提供的德语原文为其他译者进一步推敲歌德诗作的原意提供了便利，也使原诗与英译本之间的差异暴露出来，例如歌德原诗的第三行只提到"泪汪汪坐在床上"，胡适所谓"等候东方的复旦"只是卡莱尔的发挥。这就为后来人再次挑战胡适的译诗埋下了伏笔。

三、徐志摩的二度翻译体验：神韵与形式的交融

徐志摩收到胡适的信后也修改了自己的译文。他的改进有两方面，一是在一三句选用了同样的韵脚，二是他也意识到歌德诗中的 Powers（德语 Mächte）更接近于"命运之神"而并非基督教所言的慈爱上帝，所以将"天父"改为了"神明"。徐志摩的复译如下：

> 谁不曾和着悲泪吞他的饭，
> 　　谁不曾在凄凉的深夜，怆心的，
> 　　独自偎着他的枕衾幽叹，——

---

① Oscar Wilde, *The Complete Letters of Oscar Wilde*, ed. by Merlin Holland, Rupert Hart-Davis. London：Fourth Estate, 2000, p.673.
② Thomas Carlyle, *The works of Thomas Carlyle in thirty volumes Vol. 23: Wilhelm Meister's Apprenticeship and Travels*, Vol. 1, London：Chapman and Hall, 1899, p.176.

歌德诗歌的复译与民国译者对新诗的探索——徐志摩《征译诗启》背后的新旧诗之争

伟大的神明阿,他不认识你。①

1925年8月29日,徐志摩在《现代评论》第二卷38期上以《一个译诗问题》将他的两种译文连同胡适译文、英文、德文原文一并登出,并就译诗之难感叹道:"翻译难不过译诗,因为诗的难处不单是他的形式,也不单是他的神韵,你得把神韵化进形式去,像颜色化入水,又得把形式表现神韵,像玲珑的香水瓶子盛香水。"②

在翻译歌德这首诗歌时要做到形神兼备到底有多难呢?从三种译文来看,胡适的译文胜在形式工整,但"睡了又重起"这样半文不白的词句出现在诗中,冲淡了诗味。而徐志摩二次译诗时尤其看重"传神",他认为"应注意的是要用怎样的译法才能把原文那伟大、怆凉的情绪传神一二"。同时,徐志摩由于自身的棱角过于分明,不愿将奔放的思维禁锢在原诗的框架中,因此初译时加入了"惊心起坐",复译时又在用"怆心"翻译 kummervoll(忧伤、忧愁的)之外平添了"凄凉"一词,并用"幽叹"来翻译 weinend(哭泣)以增强感情色彩,这些表达虽然进一步传递出原作悲凉的气氛,但反而不如胡适的译文那般贴近原文。所以,他与胡适的译诗虽然在"神""形"方面各擅胜场,徐志摩最终却不得不承认已有的三个译本仍然都算不上"不负原诗的译本"。③

徐志摩的这篇文章旋即引起了译界同仁的重视。当时刚刚考入北京师范大学的周开庆颇有初生牛犊不怕虎的劲头,他一下给

---

① 徐志摩:《一个译诗问题》,《现代评论》1925年第38期,第15页。
② 同上书,第14页。
③ 同上书,第15页。

徐志摩寄上了他的三种译法,同时在信中批评徐志摩的初译"不甚好,第二首音韵佳而字句似不甚自然;胡译的字句似较自然,而又不及徐译第二首的深刻——这大概是二位先生诗的作风的根本差别吧"。[1] 徐志摩刊登了这三种译法中的一种:

> 谁不曾和着悲哀把饭咽下,
> 谁不曾在幽凄的深夜里,
> 独坐啜泣,暗自咨嗟,
> 伟大的神明呵,他不曾认识你!

周开庆信中批评徐志摩使用"伧心"不够自然,其实到了自己动手翻译,为求不落俗套,他同样也在诗中使用了"幽凄""咨嗟"之类的生僻字眼,这与他所批评的徐志摩为求意境而不顾行文如出一辙,在意境上也未见创新。

四、朱家骅、成仿吾:从忠实于源语到探索原诗语境

当时同样给徐志摩寄去译文的还有后来担任民国时期教育部长的著名教育家朱家骅。为强调自己的翻译才是"正宗",时任北京大学德语教授的朱家骅特别指出胡适和徐志摩的译作都是从卡莱尔的英译本转译的,但卡莱尔在翻译中已经有多处加工。徐志摩虚心接受了批评,将朱家骅从德语直接翻译而来的作品连同来信一起刊登在《现代评论》第43期上。这段以贴近德语原文为首

---

[1] 徐志摩:《徐志摩全集(第二卷)》,韩石山编,天津人民出版社2005年版,第163页。

歌德诗歌的复译与民国译者对新诗的探索——徐志摩《征译诗启》背后的新旧诗之争

要任务的译文如下：

> 谁从不曾含着眼泪吃过他的面包，
> 　　谁从不曾把充满悲愁的夜里
> 在他的床上哭着坐过去了，
> 　　他不认识你们，你们苍天的威力！①

但朱家骅这段译文也有明显的弱点："把充满悲愁的夜里/在他的床上哭着坐过去了"虽然从字面上来讲较为符合德语原意，但在汉语中"把……夜里……坐过去"却是一个病句，即便去掉"里"字也还是不符合汉语的表达习惯。

1925年11月，活跃于翻译评论界的成仿吾也加入讨论，他在《现代评论》第48期上发表评论文章《"弹竖琴者"的翻译》，认为徐、胡、朱三人译文最大的缺陷在于"不曾再现原诗的悲壮，没有原诗那种悲壮的Rhythm，这现象的原因，一在音节不佳，二在脚韵不得当"，同时责备三人对"第二行的die kummervollen Nächte是复数""都似不甚注意"，原诗意义应为"谁不曾常常在夜里……"。②成仿吾给出的译文是：

> 谁不曾把面包与血泪齐吞，
> 谁从不曾在惨痛伤神的夜里，
> 每在床上，忽忽起坐而哀呻，

---

① 朱家骅：《关于一个译诗问题的批评》，《现代评论》1925年第43期，第20页。
② 成仿吾：《"弹竖琴者"的翻译》，《现代评论》1925年第48期，第19—20页。

他不认识你们呵,你们苍穹的伟力!①

成仿吾通过改进音节、脚韵等形式上的要素来再现原诗的悲壮节奏和神韵的手法,其实正是对徐志摩"神韵说"的具体化,使徐志摩原本偏于抽象的"神韵说"具有了可操作性,同时也更加接近原文的意境。

同月稍晚,李兢何也在《现代评论》第 50 期发表《关于歌德四行诗问题的商榷》一文,对徐、胡、朱三人的译文都提出了一些质疑。他特别指出歌德是一位"泛神主义者",因此他第四行诗中的 himmli(s)che Mächte 是指各种自然力而不是"他所反对的上帝"。他认为,从这一角度来讲,朱译的"苍天的威力"的确要比徐、胡译文要好。②

至此,这场翻译竞赛和争鸣从徐、胡两人对新诗体神、形、音韵平衡的关注转向了对原文意蕴的关注和再现,并从对原著语境的关注逐步转向对原作者思想的研究和准确把握,这意味着对诗歌翻译的研究逐步摆脱单纯的文字、音韵研究,向着文学史、思想史研究领域拓展开来。

五、郭沫若、冯至:关注原作意境与表达的成熟

这场诗歌翻译竞赛很快惊动了被茅盾赞誉为诗坛"霹雳手"的郭沫若。因此,当徐志摩 1925 年夏到上海为《晨报副刊》约请作

---

① 成仿吾:《"弹竖琴者"的翻译》,《现代评论》1925 年第 48 期,第 20 页。
② 李兢何:《关于歌德四行诗问题的商榷》,《现代评论》1925 年第 50 期,第 15 页。

歌德诗歌的复译与民国译者对新诗的探索——徐志摩《征译诗启》背后的新旧诗之争

者时,郭沫若也提交了他早已准备好的一种译法:

> 人不曾把面包和眼泪同吞,
> 人不曾悔恨煎心,夜夜都难就枕,
> 独坐在枕头上哭到过天明。
> 他是不会知道你的呀,天上的威棱。①

郭沫若在意境和文字上都下足了功夫。作为歌德名著《少年维特之烦恼》和《浮士德》的译者,郭沫若对歌德著作的理解要远胜同辈中人,他指出歌德原作要比徐、胡两人译文的意境更为深沉,一个人有时为了不大重要的事也会睡不安稳,但这绝不是歌德诗里的境界。从这一角度来看,郭译中的"悔恨煎心"的确胜人一筹。郭沫若还认为"谁不曾怎么样,他不曾怎样"这种表达在中文里还不成熟,含义不清,容易混淆。而他现在采用的"人不曾……他是不会……"这一框架结构要比已经问世的几种译文更为层次清晰。不过,徐志摩认为仅仅将"谁"换为"人"字实际上改进不大,如果加一个"就"字进去,改为"谁要怎么样他就怎么样"便比较通顺了。在讨论中,旁边一位朋友又进一步提出了"谁……谁(就)……"的参考译法。② 其实,徐志摩和他的朋友都没有注意到,当时刚刚崭露头角的诗人冯至早在一年前就已经采用过"谁……谁……就……"的译法翻译过同一首诗。这首译诗发表于1924年

---

① 徐志摩:《徐志摩全集(第二卷)》,韩石山编,天津人民出版社2005年版,第162—163页。
② 同上书,第164页。

《文艺旬刊》第18期,并被冯至别具匠心地命名为《箜篌引》:

> 谁不曾和泪吃他的面包,
> 谁不曾坐他的床上哭泣,
> 度过些苦恼重重的深宵,
> 就不会认识你们苍天的威力。①

就表达而言,冯至的译文最为贴近白话,容易被读者接受,但其缺点也显而易见,就是缺乏成仿吾所说的悲壮感,诗歌韵味明显不足。

郭沫若、徐志摩等人关于句式框架的讨论在今天看来有些令人费解,但回顾历史不难发现,这几种主从复合句式其实当年都才刚刚伴随翻译文学进入中国,"谁……谁(就)……"这样的句式能在当代汉语中赢得一席之地恰恰要感谢徐志摩那一代译者的反复推敲和锤炼。而徐志摩在此所提出的句式也成为1949年后董问樵、杨武能等翻译家在翻译《威廉·迈斯特的学习时代》中同一首诗歌时采用的标准译法。

不过,郭沫若译文中"独坐在枕头上哭到过天明"一句当时同样引起了争议。一方面它在汉语中过于前卫,不属于同时代人都能认可的成熟表达方式,另一方面徐志摩认为懂德语的人如朱家骅读到这里一定会问:"枕头!你的枕头哪儿来的?"②但郭沫若看到徐志摩的批评后却鸣冤叫屈,抱怨徐志摩转发有误,他随后在

---

① 冯至:《冯至全集(第九卷)》,河北教育出版社1999年版,第14页。
② 徐志摩:《徐志摩全集(第二卷)》,韩石山编,天津人民出版社2005年版,第164页。

《洪水》上发表了自己的译文《弹琴者之歌》,其中三处(斜体部分)与徐志摩转发的版本存在差别:

> 人不曾把面包和眼泪同吞,
> 人不曾悔恨煎心,夜夜都难就枕,
> 兀坐在床头上哭到过天明。
> 他是不会知道你的呀,天上的威陵。①

1926年1月,在经历这番论争之后,徐志摩再次在《晨报副刊》上发表了《葛德的四行诗还是没有翻好》一文,对民国时期这场难得的译诗竞赛进行了回顾。徐志摩认为,尽管经过了众多译者的共同努力,但这首诗还是没有译好。虽然歌德的原诗仅仅只有四行,但要求译文"字面要自然,简单,随熟;意义却要深刻,辽远,沉着;拆开来一个个字句得没有毛病,合起来成一整首的诗,血脉贯通的,音节纯粹的",却是"不易,真不易!"徐志摩不但承认自己"译的两道都还要不得",而且说"别家的我也觉得不满意"。所以,尽管已有多位诗坛、译坛上的顶尖高手参加了这场激烈的翻译竞赛,但徐志摩仍然坚信"一定还有能手。等着看。"②

六、结语:一场推动新诗发展的翻译接力

在徐志摩刊登《征译诗启》后短短一年的时间里,歌德的一首诗歌就有了多位名家的不下10种译法,这一方面说明"译无定

---

① 郭沫若:《弹琴者之歌》,《洪水》1925年第3期,第56页。
② 徐志摩:《徐志摩全集(第二卷)》,韩石山编,天津人民出版社2005年版,第165页。

译","只可能有成功的、出色的乃至堪称伟大的译本,而不可能有所谓的定本",[①]即便是出自名家之手的译文也同样还有改进的空间;另一方面则恰恰体现出徐志摩指出的新诗体所具有的"弹力性与柔韧性与一般的应变性",展示出新诗在翻译方面的巨大潜力,有力地回击了吴宓等守旧派在翻译领域对新诗的挑战。

同时,这场名家云集的翻译竞赛也是民国译者群探索新诗翻译的一个缩影:在起步阶段,诗人徐志摩只关注到新旧诗体竞争,认为新诗具有更大的灵活性,在表现原文思想、声调、音节方面与旧诗格相比更具潜力;胡适则正确指出即便是白话诗也同样要兼顾音韵、格律的再现,同时不能完全摈弃旧诗的韵律之美;此后,徐志摩经过进一步摸索,总结出诗歌翻译必须追求神韵与形式交融的原则;接着,这一理论原则在成仿吾那里得到了具体化,后者提出通过改进音节、脚韵来再现原诗的悲壮节奏,也就是通过形式变化来展现原作神韵的操作办法;而郭沫若的视野则比前述译者都更为宽广,延伸到了原作背后的作者思想研究和译作读者的语言习惯两个领域,他一方面与李竞何一样都强调通过文学研究准确把握原作境界,另一方面则强调即便是新诗体也要考虑表达是否成熟,是否能被同时代读者所接受。概括来讲,徐志摩、胡适起初考虑的还只是文字的灵活、音韵格律的平衡等诗歌语言层面上的问题,随着探索的深入,徐志摩、成仿吾对形式与神韵交融问题的思考才真正触及诗歌翻译的文学翻译本质所在,而郭沫若、李竞何

[①] 杨武能、许钧:《就文学翻译问题答许钧教授问》,载董洪川等编:《星火·桃李集:杨武能教授文学翻译、学术研究、外语教学五十年》,外语教学与研究出版社2012年版,第280页。

强调对歌德原著境界的准确把握则体现出思想史研究、读者接受研究与文学翻译之间密不可分的联系,隐藏其后的是诗歌翻译研究走向深入之后所必然具有的跨学科特性。由此可见,民国译者群在探讨歌德诗歌翻译时的精益求精和不懈探索实质上推动了新文化运动时期白话诗翻译理论的发展,同时对中国诗歌翻译走向成熟做出了杰出贡献。

(本文由谭渊完成,刘琼审校,发表于《解放军外国语学院学报》2017年第3期)

作为精神资源的歌德学
——文学革命和抗日救亡背景下的歌德研究

20世纪上半叶,王国维、郭沫若、宗白华等人对歌德作品和思想在中国的传播做出了巨大贡献。虽然他们进入歌德研究领域的方式各不相同,贡献也颇有差异,但他们得益于海外留学经历,积极地将歌德视为重要的精神资源。他们或以歌德为人生榜样呼唤对人格的全面培育,或推动狂飙突进式的文学革命来重塑民族精神,或张扬浮士德式的奋斗精神以挽救国家危亡。在文学革命与抗日救亡思潮的共同推动下,歌德在20世纪二三十年代的中国爆发出巨大的精神感召力,歌德的人生、思想和作品都成为知识分子获取精神资源的宝库。而歌德研究与时代需求的结合则对歌德学在中国的发展产生了决定性的推动作用。

作为精神资源的歌德学——文学革命和抗日救亡背景下的歌德研究

19世纪末,随着西学东渐之风兴起,德国文学以及文豪歌德的名字开始传入中国。在清末出版的书籍中,最早提到歌德的应当是英国传教士艾约瑟(Joseph Edkins)1885年编译出版的《西学略述》一书。该书在"德国诗学"条目下提到了"世落耳与哥底"(即席勒与歌德),称歌德"素称博学……当其幼时即爱习音乐、绘画、格致、方言诸文艺,长而愈精。所著之《缶斯德》一书最为著名",并称"德国文学之盛实多出于其诱掖之功"。[①] 此后,曾任驻德国公使的李凤苞、学成归国辜鸿铭先后在《使德日记》(1891)、《张文襄幕府纪闻》(1910)等著作中介绍歌德及其作品[②]。但歌德真正开始为广大中国读者所熟悉还应归功于20世纪初负笈海外的一批学人。本篇将着重回顾旅日学人郭沫若和旅德学人宗白华、陈铨对建立歌德学的贡献,并分析歌德及"浮士德精神"如何在文学革命和抗日救亡语境下成为一代中国知识分子心目中的重要精神资源[③]。

一、旅日学人与歌德学之滥觞

在1868年明治维新开始后,日本朝野极力鼓吹"脱亚入欧",力图通过向欧美资本主义国家学习,跻身于西方现代强国之列。于是,1871年完成统一后迅速崛起的德意志帝国成为日本学习的重要榜样。1889年,从德国留学归来的著名作家森鸥外翻译了歌

---

① [英]艾约瑟:《西学略述(卷四)》,总税务司署光绪十一年版,第四十、四十一页。
② 参见本书前一篇《"名哲"还是"诗伯"?——晚清学人视野中歌德形象的变迁》。
③ 叶隽:《文化建国者的"精神支柱"——论宗白华的歌德观》,《南京师范大学文学院学报》2007年第1期,第142—147页。

德的名诗《迷娘之歌》,获得了"第一名译"的美誉。同年,中井喜太郎从英译本节译出《少年维特之烦恼》(若きウェルテルの悩み),两年后,高山樗牛又发表了全译本《淮亭郎之悲哀》,再加上森鸥外的评论,结果在日本引发了一股"维特热",甚至催生出表现感伤色彩的"维特主义"一词。而中国在1895年甲午战争结束后也开始向日本大量派遣留学生。因此,在新文化运动之前,留学日本的赵必振、马君武、王国维、鲁迅、苏曼殊等中国学人就已感受到"维特热"的影响,先后加入译介歌德作品的行列。

在旅日学人中,最早向中国读者介绍歌德生平的是湖南学人赵必振。1903年,他在上海作新社出版了从日语翻译的《德意志文豪六大家列传》,在目录页上,该书又题为《德意志先觉六大家传》。所谓"先觉",不仅指书中的克洛卜斯托克、维兰德、莱辛、赫尔德、歌德、席勒6位文学家对"德意志文学隆盛"有开创之功,从"披荆棘闯荒芜"直至"名震于万国",而且指他们振奋了作家群体的民族精神,通过有意识地"谋德意志文学之独立",最终摆脱法国文学影响,实现了"独立于地球"①的目标。此处已有将民族文学崛起视为一场独立战争的意味,强调了文学中蕴含的民族构建意识。几乎与此同时,因病中断留学回国的王国维也关注到了歌德对振兴德意志民族精神的意义。1904年3月,王国维在《教育世界》上发表了《德国文豪格代希尔列尔合传》一文,开篇就写道:"呜呼!活国民之思潮、新邦家之命运者,其文学乎!"②他将文学与国运联系在一起,主张通过文学革命来振兴国家的思想已呼之

---

① 《德意志文豪六大家列传》,赵必振译,上海作新社1903年版,第1页。
② 王国维:《德国文学家格代希尔列尔合传》,《教育世界》1904年第70期,第57页。

欲出。王国维在文章结尾还感叹道:"胡为乎,文豪不诞生于我东邦!"①显然,王国维是有感于清朝国势衰微,期盼能通过文学大家的横空出世来振奋民族精神、开启民智、振兴国运,而歌德正是他用来宣扬文学兴邦思想的重要论据。那么中国如何才能产生出歌德那样的文豪呢? 1904年8—9月,王国维又在《教育世界》发表了《格代之家庭》一文,探讨歌德父母对文豪诞生的影响,称"此旷世奇才不易得。虽然,苟一观其幼年事,则又未尝不叹家庭教育之功用至宏且远也。"②在中国教育史上,王国维是"美育"理念的提出者,也是最早在中国传播西方美学教育思想的学者。而贯穿《格代之家庭》的正是美育思想,读者从文中不难看出,对歌德成长影响最为重要的因素是母亲的熏陶、父亲的传授、个人的广泛兴趣和对情感的培养,其中尤以后者最为重要。因此,王国维撰写此文正是要以歌德为例证,强调人格的全面培育对培养一代文豪、振兴民族精神、改变国家命运的重要性。

1902—1910年,马君武、鲁迅、苏曼殊也先后投入歌德译介工作,掀起了一股小小的歌德研究热潮。马君武在1902—1903年翻译了《米丽容歌》,后发表在1914年上海文明书局刊印的《马君武诗稿》中。1905年,他还自费编印了《新文学》一书,在书中发表了他从《少年维特之烦恼》中摘译的《阿明望海哭女诗》。1907年,留学日本的鲁迅在他发表的第一篇论文《人之历史》中也关注到歌德的自然科学研究,称其"邃于哲理","谓为兰麻克

---

① 王国维:《德国文学家格代希尔列尔合传》,《教育世界》1904年第70期,第60页。
② 王国维:《王国维哲学美学论文辑佚》,佛雏校辑,华东师范大学出版社1993年版,第302页。

达尔文之先驱"①,此后他又在《摩罗诗力说》中将歌德誉为"日尔曼诗宗"②。此外,康有为在考察欧美各国时亦对已崛起为欧洲大陆第一强国的德国产生了深刻印象,在作于1907年的《补德国游记》中称赞德国"政治第一,武备第一,文学第一"③,虽然他没有留下对歌德的直接介绍,但在他编撰的《不忍》第八册(1913)中仍插入了法兰克福歌德故居的照片,题为"诗人鸠梯故宅拓影",上面还有歌德的肖像。以上零星译介说明,歌德在新文化运动之前已经开始被中国知识分子所接受,但若从"歌德学"的意义上来看,还只有王国维对歌德有了一些浅尝辄止的研究。

中国第一次迎来歌德翻译与研究高潮是在新文化运动兴起之后。此时,中国先进知识分子高举"民主"与"科学"两大旗帜,公开追求个性、思想和情感的解放。值得一提的是,新文化运动的代表人物陈独秀恰恰是在他的纲领性著作《文学革命论》中谈到了歌德。他写道:"欧洲文化,受赐于政治科学者固多,受赐于文学者亦不少……予尤爱桂特、郝卜特曼之德意志"④,"桂特"就是歌德的另一译名,陈独秀文中所看重的是作为文学家的歌德对欧洲文化革命的贡献,他在此文末尾甚至声称,如果中国文学界中有自负为中国之歌德、雨果、左拉,向旧文化宣战者,他甘愿为其前驱。显然,歌德在他心中已经化身为文学革命的先驱和榜样。

新文化运动开始后,旅日学人中的郭沫若、田汉和旅德学人中

---

① 鲁迅:《鲁迅全集(第一卷)》,人民文学出版社2005年版,第11—12页。
② 同上书,第68页。
③ 康有为:《康有为全集(第八集)》,中国人民大学出版社2007年版,第336页。
④ 杨武能:《走近歌德》,上海社会科学院出版社2012年版,第355页。

的宗白华也开始关注歌德对中国学人的示范作用,在歌德研究与作品译介中相继脱颖而出。他们三人在书信来往中不仅多次谈及对歌德作品的翻译与解读,并且谈到了建立歌德研究会、翻译歌德作品全集的宏大计划。如郭沫若在民国9年(1920)1月18日致宗白华的长信中写道:"《韦尔特之烦恼》一书,我狠有心译成中文,你以为如何?我对寿昌兄所说的'哥德底研究会'只不过是个提议,并未从事组织。我的意思是想把哥德底杰作一一翻成中文,作个澈底的介绍。"[1]此时的郭沫若不但以歌德作为榜样,自称"乃所愿则学哥德也"[2],而且在听说宗白华计划撰写《德国诗人哥德底人生观与宇宙观》后,便立刻在回信中就自己眼中的歌德进行了长篇论述。他认为歌德是罕见的全方位发展的"大天才"[3],在解剖学、理论物理、绘画、音乐、政治、哲学、伦理、教育学方面均有成就,是"德国文化上的大支柱,……近代文艺的先河"[4],并借德国思想家维兰德的话称其为"人中的至人"[5]。而歌德的泛神论思想、感伤主义和即兴创作倾向等也都使郭沫若感受到一种思想上的亲和性。在榜样力量的激励下,郭沫若首先译出了《浮士德》中的几段诗歌。同时,田汉也将三人的信件编辑成书,以《三叶集》(*Kleeblatt*)之名出版,并在序言中将其与书信体的《少年维特之烦恼》相类比,憧憬此书能在中国青年中掀起一场堪比"维特热"的

---

[1] 田寿昌、宗白华、郭沫若:《三叶集》,亚东图书馆1920年版,第135—136页。
[2] 同上书,第45页。
[3] 同上书,第12页。
[4] 同上书,第14页。
[5] 同上书,第15页。

"三叶热"①。从严格意义上来讲,三人的通信集并非学术著作,但其中大量内容都涉及对歌德思想和作品的阐释,展现出三位学者在歌德研究方面的深入思考。而他们在建立歌德学会、翻译《全集》方面的讨论也彰显出一种学科意识。正如宗白华在给郭沫若的信中所说:"哥德文艺之入中国当算从你起了。"②因此,后辈学人完全可以将《三叶集》视为歌德学在中国的滥觞。值得注意的还有,《三叶集》的诞生和海外学人对歌德学的酝酿同时折射出"侨移"所导致的"移变":正是由于留学导致的位置迁移,郭沫若等人才能在异国文化中从容接触到日本乃至德国的"维特热",并入乡随俗,在求学过程中学习德语、阅读被作为语言范本的歌德作品,从而感受到歌德及其作品所蕴含的精神力量,进而产生思想上的共鸣,并在心理、文化、精神等方面发生更深层次的改变。③

二、郭沫若与20年代的"维特热"

"侨易"之旅所带来的精神质变也体现在郭沫若的成长之路上。1921年4月,郭沫若从帝国医科大学请假回国,马上在上海着手编辑《创造》丛刊,期间还返回日本与田汉、郁达夫等人共同创立了进步文学社团——创造社。在假期即将结束之际,郭沫若又开始翻译他仰慕已久的《少年维特之烦恼》。在次年初发表的《〈少年维特之烦恼〉序引》中,郭沫若曾如此描述翻译时的艰辛:"这部《少年维特之烦恼》我存心移译已经四五年了。去年七月寄

---

① 田寿昌、宗白华、郭沫若:《三叶集》,亚东图书馆1920年版,第1—2页。
② 同上书,第76页。
③ 叶隽:《构序与取象——侨易学的方法》,浙江教育出版社2021版,第47—49页。

寓上海时,更经友人劝嘱,始决计移译。起初原拟暑假期中三月内译成,后以避暑惠山,大遭蚊厄而成疮疾,高热相继,时返时复,金鸡蜡霜倒服用了多少瓶,而译事终不能前进。九月上旬,折返日本,尽为校课所迫,仅以夜间偷暇赶译,草率之处,我知道是在所不免……"[1]他同时坦言,无论是歌德流露出的"主情主义"(sentimentalism,即感伤主义)、泛神思想,还是对自然、原始生活的赞美、对赤子之心的尊崇,都使他感到自己与"歌德思想有种种共鸣之点"[2]。这种与歌德思想的深深共鸣也激发了郭沫若的文学创作灵感。1921年2月,郭沫若发表了独幕历史剧《女神之再生》,他毫不讳言作品是受到歌德的启发,在标题下直接引用了收束《浮士德》全剧的"神秘之群合唱"作为开场诗。同年8月,令他一举成名的新诗集《女神》出版,其中第一篇作品就是《女神之再生》,因此读者翻开此书就可看到歌德的名字和《浮士德》的经典结尾:Das Ewig-Weibliche/Zieht uns hinan。[3]

1922年4月,郭沫若翻译的《少年维特之烦恼》正式出版后,刚刚受到新文化运动影响和五四精神启蒙的一代中国青年立刻产生了强烈共鸣,使一场"维特热"席卷了中国。短短15年间,仅泰东书局、创造社等4家出版社就重印郭沫若译本达37版之多。文学家茅盾甚至将这本书写入了名著《子夜》(1932),将其作为女主人公吴少奶奶赠予青年时代恋人的定情之物。这真实地反映了当时中国青年男女争相阅读《维特》、视维特为知己的狂热气氛。对

---

[1] 郭沫若:《〈少年维特之烦恼〉序引》,《创造季刊》1922年第1卷第1期。
[2] 同上。
[3] 郭沫若:《女神》,泰东书局1921年版,第1页。

于中国兴起"维特热"的原因,柳无忌曾在《少年歌德与新中国》一文中写道:"凡歌德在这篇小说里所宣泄的,正是现代中国青年所感觉到的,所希望要宣泄的。今日之中国青年,也在狂飙里挣扎着。暴风烈雨正是要推翻陈旧的传统基础,把'过去'的残余都一概摈弃。我们的国家,现在不特正在经验一个政治的革命,而正也在经验着文化的革命……那篇小说,宣泄出来了我们所不能宣泄的思想和感觉,它象征着我们的快乐与痛苦,它应和着我们心弦的哀吟。"①

同时,歌德采用书信体第一人称形式来宣泄愤懑之情的写作手法也成为青年文学家们竞相模仿的对象。如郭沫若1924年创作的短篇小说《喀尔美萝姑娘》就由九封信件组成,展现了主人公的爱情悲剧,最后也是以男主人公的自杀结束。1926年发表的《落叶》则是由女主人公的41封信件组成,并以她在圣诞夜悲惨死去作为结局,其哀婉的情调也与《维特》颇为神似。此外,冰心的《遗书》、庐隐的《一封信》、张资平的《晒禾滩畔的月色》、蒋光慈的《少年漂泊者》、沈从文的《一个天才的通信》中也都可以看到《维特》的影响,而"维特式"的冲突解决方式——自杀也在这些书信体小说中成为常见的结局。

随着《少年维特之烦恼》成为中国青年一代的热议话题,歌德也日益引起中国文学界的关注。就在郭沫若译本发表的当年,女作家冰心为纪念歌德逝世九十年创作了《向往》一诗。诗中写道,她要追随"先驱者",在"真理"和"自然"里,挽着"艺术的婴儿",

---

① 柳无忌:《西洋文学研究》,大东书局1946年版,第196—197页。

"活泼自由的走光明的道路"[1],表达了她对歌德的崇敬之情。而革命家张闻天则参考科特里尔(H.B. Cotterill)的《浮士德传说和歌德的〈浮士德〉》(*The Faust-Legend and Goethe's Faust*, 1912)和贝亚德·泰勒的英译本在《但底与哥德》(1923)中对《浮士德》进行了深入的研究。[2] 他从发展观的角度指出,浮士德的人生观是一种"永不满足"的行动主义人生观,他虽然追求个人的满足,但"这些满足都是人类向上发展的阶段":"执着人生,充分地发展人生,我以为就是浮士德中包含的根本思想。"全书最后以一句"唉!保守的、苟安的中国人呵!"[3]作为结尾,显露出作者力图将歌德和《浮士德》引为精神资源,用永不满足的"浮士德思想"唤起中华民族革命意识的愿望。值得一提的是,《但底与哥德》也是首部以歌德研究为主题的中文专著,在中国的歌德学史上占有一席之地。

在张闻天的《但底与哥德》出版之后,柳无忌的《少年哥德》(1929)、黎青主(廖尚果)的《哥德》(1930)等作品也先后问世。同时,中国还一连出现了三部德国文学史,即张传普的《德国文学史大纲》(1926)、李金发的《德国文学 ABC》(1928)、刘大杰的《德国文学概论》(1928),这些著作都强调歌德研究的重要性,共同推进了中国的歌德学建设。如刘大杰在《德国文学概论》中《哥德》一节开头便论述"哥德是全人类的",阐明歌德是人类共有的精神资源:"这是我们全人类的艺术家,不是那一国所独有的罢。……

---

[1] 宗白华等:《歌德研究》,中华书局1936年版,第1页。
[2] [斯洛伐克]马里安·高利克:《歌德〈神秘的合唱〉在中国的译介和评论》,李敏锐、王爽译,刘燕校,《汉语言文学研究》2016年第2期。
[3] 张闻天:《但底与浮士德》,商务印书馆1923年版,第96页。

哥德艺术的伟大,没有适当的字来形容他。只可以说他是超越万家包罗万象的金字塔。以八十三年的长远的生涯,看透了世界,……达到人间最高之境域。"①在革命氛围影响下,此书同样谈到了歌德研究所具有的政治意义:"哥德不仅是德语与德国文学的统一者,德国思想界的统一,受哥德之影响不小。德国政治的统一在他的以后,也不是无因的事。"②最后,该书还论述了"浮士德与歌德的思想",指出歌德虽然已经去世,"但是他的精神没有死",通过《浮士德》"永留在人间",因此"哥德是永远的,哥德的精神是永远的"。③ 而柳无忌在芝加哥大学图书馆中完成的《少年哥德》同样彰显了借歌德研究推动文学革命的思想,作者在序言中写道:"中国现在的时代,也正如歌德的少年时代一样,充满着狂飙的精神;德国的文艺革命时期后产生了歌德歇鸾,我们中国的新文学运动成绩又当如何,借他邦的人物也许可作自己的照镜。"④由此我们可以看出,歌德在20世纪二三十年代的中国已成为文学革命浪潮中的一项重要精神资源。

三、宗白华与歌德百年纪念活动

在郭沫若之后接过中国歌德研究大旗的学者正是《三叶集》的另一位参与者——留德学人宗白华。宗白华作为"一个不折不扣的文化建国者",德国是他"重要的思想资源",其中歌德又占据

---

① 刘大杰:《德国文学概论》,北新书局1928年版,第79—81页。
② 同上书,第82—83页。
③ 同上书,第129—130页。
④ 柳无忌:《少年哥德》,北新书局1929年版,第1—2页。

了最重要的地位。① 正是在探讨歌德的过程中,当时执掌上海《时事新报》副刊《学灯》的宗白华痛感国内资料匮乏,他在1920年1月7日给郭沫若的信中说:"我预备做的《哥德人生观与宇宙观》真不容易,还不晓得怎样下笔,我这里又没有什么书参考,全靠我的直觉,及在Faust同他的小传自传中搜集证据。"② 1月30日的信中又写道:"我那篇《哥德宇宙观》极难下笔,我这里哥德的书又极少,我又没有详细的研究,精密的分析,将来只好就我自己所直感的写了出来,以待他人的校正罢了。"③ 也许正是为了更为深入地研究歌德,同年7月,宗白华便选择了前往德国深造,而他留学的第一站就是位于歌德故乡的法兰克福大学。毫无疑问,宗白华是想通过此次侨易之旅,尽可能地拉近自己与作为精神偶像的歌德之间的距离,在歌德成长的地方感受同一文化的熏陶,去感觉和体悟歌德的人生经历,从而推动自己发生积极的"精神质变"。1922年,宗白华虽身在德国,但他还是策划了纪念歌德辞世九十周年活动,在《学灯》集中刊登了郑振铎的《歌德死辰纪念》、胡愈之的《从〈浮士德〉中所见的歌德人生观》、谢六逸的《歌德纪念杂感》和冰心创作的诗歌《向往》,体现出他在侨易之旅中对歌德的崇敬与日俱增。在这一时期,他还创作了一组名为《题歌德像》的小诗,反映出他在精神上与伟人的沟通。诗歌开篇便是作者与歌德的心灵对话:"你的一双大眼,/笼罩了全世界。/但是也隐隐的透出了/你

---

① 叶隽:《文化建国者的"精神支柱"——论宗白华的歌德观》,《南京师范大学文学院学报》2007年第1期,第142页。
② 田寿昌、宗白华、郭沫若:《三叶集》,亚东图书馆1920年版,第25页。
③ 同上,第107页。

婴孩的心。"[1]学者叶隽指出,这组小诗正体现了宗白华的歌德观:诗心童趣、生命价值、世界关怀、伟大人格、追求不止。[2] 而从宗白华在此后十年间留下的译作和歌德研究论文也可看出,通过感悟歌德当年的生活轨迹,他对歌德的人生与创作有了更加深入的理解,进而产生了对歌德的强烈认同[3]。

1925年7月回国后,宗白华先是任教于东南大学哲学系,后又到中央大学执教,在中国大学中首次开设了美学和艺术学课程。1931年,他在中央大学开设了一门课,名字就是歌德,这是中国大学里第一次专门讲授歌德思想,[4]堪称歌德学在中国高等教育中开始占有一席之地的重要标志。而在同一时期开展歌德纪念活动的中国学人也非个别。仅1931年3月22日歌德逝世纪念日前后,便有《清华周刊》刊登杨丙辰撰写的《葛德和德国文学》,御风编译的《歌德年谱》,《北平晨报》刊登许君远的《歌德逝世纪念》、瞿菊农的《歌德和康德》,《鞭策周刊》刊登杨丙辰的《葛德何以伟大》。此后,《时时周报》《读书月刊》《文艺新闻》也都刊出了纪念歌德的文章。

1932年,随着歌德逝世百年纪念日的到来,对歌德的缅怀更是引起了中国文化界的广泛关注。1932年初,《国立北平图书馆读书月刊》第1卷第4期上名为《哥德百年纪念大典之预备》的报

---

[1] 宗白华:《宗白华全集(卷一)》,林同华主编,安徽教育出版社1994年版,第357页。
[2] 叶隽:《文化建国者的"精神支柱"——论宗白华的歌德观》,《南京师范大学文学院学报》2007年第1期,第144—147页。
[3] 同上书,第143页。
[4] 方玮德:《纪念歌德》,《北平晨报》1932年3月24日。

道便注意到,德国正在大规模筹备"大文学家兼大学者哥德"逝世百年纪念活动。文中特别指出,德国正陷于严重的经济危机,"然德国政府往往于国事紧急之际以整顿国家文化为政策,且已行之而成功者。如在一八一三年,德国与拿破仑作'解放战争'之前,柏林即建有博物院数所,至今为国都增光荣也。德人果能以此大纪念以兴奋国民而增进其国家之统一,则于德国政府,更有无上之价值矣"①。这段话很容易让国人联想到中国当时所面临的危亡局面:1931年9月,日本发动了"九一八事变",占领了东北大片国土;1932年初,日本又在上海步步紧逼,激起了中国人民的激烈反抗,1月28日,"一·二八"淞沪抗战爆发。十九路军对日本侵略军的战斗一直持续到3月初。其间,日本于2月8日占领哈尔滨,东三省全部沦陷。面对危急局面,通过文学革命来振兴民族精神、挽救民族危亡的思想在知识分子当中获得了广泛的认同。而郭沫若在1921年的《三叶集》中就已明确说过:"我想哥德底著作,我们宜尽量多地介绍,研究,因为他处的时代——'胁迫时代'——同我们的时代很相近!我们应该受他的教训的地方很多呢!"②因此,歌德作品中那种昂然向上的民族精神和奋发进取的自强不息精神愈发引起了中国知识分子的关注,宗白华、杨丙辰等人推动的歌德纪念活动也很快在中国知识分子当中得到了积极响应,在北京、上海、广州等大城市都出现了中德两国艺术家和知识分子共同举行的纪念活动。如1932年3月22和23日在广州举行的纪念

---

① 佚名:《哥德百年纪念大典之预备》,《国立北平图书馆读书月刊》1932年第1卷第4期。
② 田寿昌、宗白华、郭沫若:《三叶集》,亚东图书馆1920年版,第18页。

活动中上演了戏剧《浮士德》，纪念会的邀请函则引用该剧中的名句写道："要每天每日去开拓生活和自由，然后才能做自由和生活的享受。"邀请函中还用中英两种文字对"浮士德思想"进行了总结：

>浮士德思想乃是坚持不懈地努力，始终如一地斗争，永远渴望尽善尽美，衷心企盼创造力；尽管会受到谬误与错误的世俗影响，仍企盼人类福祉以及形而上世界的最终救赎。总之，浮士德思想是德国精神与存在的最深刻最全面的表述。①

作为纪念活动的一部分，这一时期国内多位学者撰写和翻译了大量歌德传记和纪念歌德的文章，《北平晨报》3月22—28日甚至在《北晨学园》栏目中一连登出了7个"歌德纪念专号"。虽然其中也有质量低劣的应景之作，但对于在中国民众中普及对歌德的认识、推广歌德的文学作品仍然起到了不可低估的作用。从数量上来看，1932—1936年的短短5年间，中国学者所译介和发表的歌德传记、评传几乎占了整个民国时期同类作品的六成，掀起了一场不折不扣的"歌德热"。在这股接受热潮中，1933年，三部具有历史意义的歌德研究论著和论文集先后问世，这便是宗白华主编的《歌德之认识》、张月超所著的《歌德评传》和陈淡如编辑的《歌德论》，它们也成为中国歌德学研究的重要奠基之作。

宗白华主编的《歌德之认识》于1933年1月在南京钟山书局

---

① 转引自［斯洛伐克］马立安·高利克：《1932年：歌德在中国的接受与纪念活动》，林振华译，刘燕校，《长江学术》2015年第4期。

出版,除位于全书开头的诗歌《向往》外,主要收录1932年发表在国内各种报纸杂志上的歌德研究论文和译文共计21篇,研究者视角之多也令人赞叹,如"歌德之艺术观""歌德的爱情""歌德之人生启示""歌德之人生观与世界观""自然科学者歌德"等,反映出30年代初中国歌德学研究的面貌。值得注意的是,该书1936年在上海中华书局再版时更名为《歌德研究》。从"认识"到"研究",这其中的微妙差异或许正反映了歌德学在中国蓬勃发展的局面。

《歌德之认识》一书收录了宗白华的三篇作品:论文《歌德之人生启示》、译作《歌德论》和评述《歌德的少年维特之烦恼》。《歌德之人生启示》是该书的第一篇论文,此文于1932年3月首次刊登在天津《大公报》上,也是作者多年研究的重要成果。宗白华在文中所探讨的核心问题是人生的真相和意义。对于这一问题,不同时代、不同学者自然有不同的回答。宗白华无意介入这场讨论,因为歌德已为他打开"世界一扇明窗",使他看到了新时代人生应有的意义与内涵。在宗白华眼中,歌德的人格与生活"极尽了人类的可能性。他同时是诗人,科学家,政治家,思想家,他也是近代泛神论信仰的一个伟大的代表。他表现了西方文明自强不息的精神,又同时具有东方乐天知命宁静致远的智慧"[①]。其丰富的生活经历中既有"许多不可思议的矛盾",又有"一种奇异的谐和",而无论是在人生哪个阶段,"无论是文艺政治科学或恋爱,他都是以全副精神整个人格浸沉其中","经历全人生各式的形态",从而像

---

① 宗白华:《歌德之人生启示》,载宗白华等:《歌德研究》,中华书局1936年版,第1—2页。

他笔下的浮士德一样"领略全人类所赋有的一切"。① 因此,歌德的一生正体现了对"生命本身价值的肯定"。②

宗白华对"生命价值"的关注与其哲学思想有着密切联系。他在同济大学求学时就开始关注亨利·柏格森(Henri Bergson)所倡导的生命哲学。在阅读了伯格森的《创造进化论》(*Evolution créatrice*)后,宗白华在1919年发表了《读柏格森"创化论"杂感》一文,研究了创造进化中所凸显的生命意志。而伯格森强调唯有通过直觉才可体验与把握生命的存在,这一思想对宗白华后来建立"体验美学"也起到了至关重要的作用。正是在这种生命哲学的指引下,宗白华从歌德的人生经历中体悟到"一切生命现象中内在的矛盾"的解决办法,即"从生活的无尽流动中获得谐和的形式,但又不要让僵固的形式阻碍生命前进的发展"。③ 这种宝贵的人生经验不仅"在歌德的生活里表现得最为深刻",而且"他的一切大作品也就是这个经历的供状"。④ 而同样的人生经验也可以在歌德的作品世界中发现,其代表作《浮士德》不仅表现了"人生不息的前进追求","无尽的生活欲与无尽的知识欲",而且体现了对生命本身的肯定和"悲壮的人生观",即无论"是苦是乐,超越一切利害的计较,……在他的中间努力寻得意义"。⑤ 人生固然"是个不能息肩的重负,是个不能驻足的前奔",但"人生之得以解救,

---

① 宗白华:《歌德之人生启示》,载宗白华等:《歌德研究》,中华书局1936年版,第4—6页。
② 同上书,第7页。
③ 同上书,第14—15页。
④ 同上书,第15页。
⑤ 同上书,第16—17页。

浮士德之得以升天",正是因为找到了生活的意义——"永恒的努力与追求"。① 因此,《浮士德》固然被歌德称为"一部悲剧",但这是"积极的悲壮主义","这不停息的追求正是人生之意义与价值"。② 最终,"人在世界经历中认识了世界,也认识了自己。世界人生渐趋于最高的和谐",这正是"人生问题可能的最高的解决"。③

宗白华对歌德人生的感悟还影响到了同时代人对歌德的研究。他的弟子张月超在长达378页的著作《歌德评传》中将《少年维特之烦恼》和《浮士德》都视为歌德生平的写照,认为浮士德终得解救的原因"并不在他对于生活有何完成,而就是在他的生活中不断的前进与追求"④,而歌德"自己一生皆是这样的,从没有一天的懈息"⑤。因此,歌德"给我们树立一个楷模,昭示给我们他是怎样紧握着了他自己的问题,怎样奋斗而达到那精神上的均衡和那生活中最可宝的'内在的自由''人格的价值'",他同时也是"我们的生活榜样","怎样去生活才有意义,怎样去发展生活中可能的价值,这是歌德给我们的最大教训"。⑥

纪念歌德活动中的另一活跃人物——北京大学德文系教授杨丙辰撰写的《歌德何以伟大》也同样关注到了作为"精神资源"的歌德。他指出,歌德之伟大首先在于"人格底伟大",在于他是一

---

① 宗白华:《歌德之人生启示》,载宗白华等:《歌德研究》,中华书局1936年版,第18页。
② 同上书,第19页。
③ 同上书,第21页。
④ 张月超:《歌德评传》,神州国光社1933年版,第301页。
⑤ 同上书,第351页。
⑥ 同上书,第351—352页。

个有着"十足的血肉的人",其丰富的生活阅历、对人生价值的认识、注重和谐的精神修养和罕见的创作天才都令后人"望尘莫及"。① 因此,"他的精神生活底宏富深邃更是一般地超出常人万万倍,巍巍峨峨地站在人群之上"。②

不过,在将歌德作为"他山之石",从中获取中国所需的精神资源时,也不乏"借他人酒杯浇胸中块垒"的作品。如《歌德之认识》中收录的一篇《歌德处国难时之态度》便属此类。该文作者、著名哲学家贺麟在文中对法军占领魏玛时歌德的合作态度避而不谈,却塑造了一个作为"爱国者"的歌德形象。在他笔下,歌德"事先于战与和双方均预有主见,虽因格愈情势,未能见诸实行,但……总可算得谋国以忠",此外,"当时魏玛公爵幕府中人,皆莫不各顾性命,走避一空。惟歌德仍镇静不动,处之泰然。……及眼见大难当前,别人莫不奔避逃命,而他以一参议的闲职,乃能镇静以待,无所恐惧,为本地维持幸福,不可谓非'临难毋苟免'了"。③贺麟架空历史,刻意塑造这样一个有勇有谋、临危不惧的歌德形象,其实无非是想以歌德来反衬国民党在1931—1932年面对日寇侵华时的惊慌失措和诸般无能表现。因此,李长之在一篇书评中一针见血地指出:"这篇作不到好处的原因在歌德对国家观念并不太强而作者硬要派作处国难时的模范人物","贺麟被一种心理所

---

① 杨丙辰:《歌德何以伟大》,载宗白华等:《歌德研究》,中华书局1936年版,第74—77页。
② 同上书,第78—79页。
③ 贺麟:《歌德处国难时之态度》,载宗白华等:《歌德研究》,中华书局1936年版,第95—101页。

束缚,我们敬爱他的爱国,我们不原谅他的利用和曲解"。① 换言之,绝不可因爱国主义而滥用作为精神资源的歌德研究,以至于扭曲真实的歌德形象。

四、陈铨与"浮士德精神"

1937年全面抗战爆发后,译介歌德作品的高峰虽然暂时过去,但知识分子又很快从歌德的思想宝库中发现了新的精神资源。这其中最为重要的当属对"浮士德精神"的发掘。以执教于西南联大的冯至先生为例,他晚年曾回忆起1939年在躲避日军空袭之余研读歌德的情景,他将《浮士德》看作"一部肯定精神与否定精神斗争的历史",自称从书中得到"不少精神上的支持和鼓励"。② 也是在这一时期,冯至开始译注《歌德年谱》,而与冯至一样于20世纪30年代在德国大学获得了博士学位的陈铨则先后撰写了《浮士德精神》(1940)和《狂飙时代的歌德》(1942)。

与在德国潜心于德语文学研究的冯至不同,1930年由美赴德的陈铨在基尔大学撰写博士论文《德国文学中的中国纯文学》(1933)时就已经注意到了中国文学在德语世界的传播,尤其是歌德对中国文学的改写得到了陈铨很高的评价。不过从"精神质变"的角度来看,陈铨在德国大学中最重要的收获是对尼采哲学的接受,因此回国后就成为尼采超人哲学的积极宣传者。1936年,他在《清华大学学报》发表长文《从叔本华到尼采》,并在《战国策》

---

① 李长之:《〈歌德之认识〉,宗白华等合著》,《新月》1933年第4卷第7期。
② 冯至:《冯至全集(第八卷)》,范大灿编,河北教育出版社1999年版,第6页。

等刊物发表《尼采的政治思想》《尼采的道德观念》《尼采与红楼梦》,成为最早在中国介绍尼采的学者之一。①

陈铨在抗战时期撰写的《浮士德精神》一文同样浸透了尼采的超人哲学,他将歌德笔下的浮士德形象的精神特质总结为五点:对于世界人生永远不满意、不断努力奋斗、不顾一切、感情激烈、不失浪漫。同时值得注意的是,陈铨是抗战时期著名的"战国策派"领军人物,而《浮士德精神》恰恰发表在1940年《战国策》第1期上。此时,抗战已全面爆发,半壁江山沦陷于日寇铁蹄之下。因此,在总结完以永不满足、不断努力为特征的"浮士德精神"后,陈铨在文中随即转入了对中国现实的思考。他写道:

> 中国数千年以来,贤人哲士,都教我们乐天安命,知足不辱,退后一步自然宽。对于世界人生不满意,认为是自寻烦恼,这一种不积极的精神,在从前闭关自守的农业社会,外无强邻,还有相当的价值,处在现在生存竞争的时代,不改变这种态度,前途就很暗淡了。至于奋斗努力,不顾一切,也是中国的理想,然是却是目前最需要的精神。感情方面,中国人素来就在重重压迫之下,不能发达,浪漫主义者无限的追求,更同我们静观的哲学,根本冲突。然而没有感情的冲动,没有无限的要求,中华民族,怎样还可在这一个战国的时代,演出伟大光荣的一幕。②

---

① 叶隽:《江山诗人情——作为日耳曼学者的陈铨》,《中华读书报》2008年1月2日。
② 陈铨:《浮士德精神》,《战国策》1940年第1期,第16页。

不难看出,陈铨所强调的不顾一切、不断努力奋斗的精神正是挽救中华民族于危亡的精神要旨所在,因此,歌德作品中的浮士德形象再次被视为振兴民族的革命精神和榜样力量之源。陈铨写道:"总起来说,浮士德的精神是动的,中国人的精神是静的,浮士德的精神是前进的,中国人的精神是保守的,假如中国人不采取这一个新的人生观,不改变从前满足,懒惰,懦弱,虚伪,安静的习惯,就把全盘的西洋物质建设,政治组织,军事训练搬过来,也是没有多大前途的。"① 在一篇研究歌德的论文中谈到民族精神建设这样宏大的话题可能多少有些让人费解,但如果考虑到1941年12月太平洋战争爆发前国民党政府在正面战场节节败退、同时迟迟不敢正式对日宣战的背景,此段话就很容易理解,它包含了对蒋介石政府一心迷信国际干预、依赖西方军事援助、不敢发动民众进行全面抗战的批判,也寄托了作者对中华民族最终觉醒的期盼。因此,陈铨在文章最后写道:"在歌德《浮士德》的结尾,浮士德被救了,天使们把浮士德的灵魂欢迎到天上去了。中国人还想不想得救呢?会不会受天使的欢迎呢?这就要看我们以后的态度了。"②

总体来看,由于抗战时期强烈的民族危机意识,文学革命话题逐渐淡出歌德研究,进入20世纪40年代后,中国学者对歌德人生与作品的研究越来越集中于"浮士德精神",作为"至人"榜样的歌德形象和"维特热"则逐渐被淡忘。进入解放战争时期后,对歌德这一精神资源宝库的发掘又与民主、自由、解放的时代话语结合在一起。如1946年田景风发表的《歌德精神》一文称颂歌德精神

---

① 陈铨:《浮士德精神》,《战国策》1940年第1期,第16页。
② 同上。

"给予人类一个很大的拯救","代表着一种新的生命之情调",是一种"全力以赴之"的青年精神,是"走向宇宙,超凡艳俗的精神",而由于"目前的中国,正走向人类之绝境",因此作者呼唤"赶快召入歌德精神",从而引导中国人民"又要专理性,又要重自由,这样的理想,就是自己管理自己,在政治上表现而出,就是民主"。① 重新建构之后的这种"歌德精神"就与解放战争时期进步知识分子追求民主的呼声完全吻合了。这一时期的冯至先生也认为,浮士德的一生可以用《易经》里的"天行健,君子以自强不息"来概括,同时他认同歌德对摩菲斯特形象的塑造,认为代表"恶"与否定精神的魔鬼并不是一无是处,他随时都起着刺激"善"、使之更为积极努力的作用,"这个道理我后来在抗日战争与解放战争的胜利上得到证明"。②

五、结语

回顾 20 世纪上半叶的中国歌德学研究可以看到,王国维、郭沫若、宗白华、陈铨虽然进入歌德研究场域的方式各不相同,研究侧重也颇有差异,但是他们的共同点也非常突出。简言之,他们所拥有的留学海外经历使他们都更加强烈地感受到了国运衰败、民族危亡所带来的紧迫感,也促使他们更加积极地将歌德视为精神资源的宝库和文学革命斗争中的知己,他们或呼唤通过文学革命来重塑民族精神,或强调以浮士德式的不顾一切来挽救危局,因此,恰恰是在文学革命与抗日救亡思潮叠加的年代——从 1932 年

---

① 田景风:《歌德精神》,《青年世界》1946 年第 1 卷第 3 期,第 6—8 页。
② 冯至:《冯至全集(第八卷)》,范大灿编,河北教育出版社 1999 年版,第 6 页。

歌德纪念活动到1937年全面抗战爆发之前的短短几年，歌德在中国爆发出巨大精神感召力，就其革命性意义而言，迄今都是一座难以逾越的巅峰。而如何将歌德人生、思想和作品中蕴含的精神资源与时代的需求相结合则依然是现今中国歌德学所面临的重要课题。

（本文由谭渊完成，宣瑾审校，首次发表于《社会科学论坛》2022年第6期）

参考文献

阿英:《关于歌德作品的初期中译》,《人民日报》1957年4月24日第7版。

[英]艾约瑟:《西学略述》,总税务司署光绪十一年版。

[德]爱克曼辑录:《歌德谈话录》,朱光潜译,人民文学出版社1978年版。

[葡]安文思、[意]卫匡国:《中国新史·鞑靼战纪》,何高济译,大象出版社2004年版。

[古罗马]波爱修斯:《哲学的慰藉》,贺国坤译,陕西师范大学出版社2009年版。

[意]柏朗嘉宾、[法]鲁布鲁克:《柏朗嘉宾蒙古行纪;鲁布鲁克东行纪》,耿昇、何高济译,中华书局2002年版。

[德]卜松山:《与中国作跨文化对话》,刘慧儒、张国刚等译,中华书局2003年版。

[德]布莱希特:《布莱希特戏剧选》,孙凤城译,人民文学出版社1980年版。

[德]布莱希特:《描写真理的五重困难》,张黎译,《世界文学》1998年第3期。

[德]布莱希特:《四川好人》,吴麟绶注释,外语教学与研究出版社1997年版。

曹顺庆:《迈向比较文学第三阶段》,复旦大学出版社2011年版。

陈铨:《浮士德精神》,《战国策》1940年第1期。

陈铨:《中德文学研究》,辽宁教育出版社1997年版。

陈伟:《"不忠的美人"和"古今之争"——古典时期的法国翻译思潮》,《中国法语专业教学研究》2015年第6期。

陈宣良:《伏尔泰与中国文化》,首都师范大学出版社2010年版。

成仿吾:《"弹竖琴者"的翻译》,《现代评论》1925年第48期。

[奥]斯蒂芬·茨威格:《中外名家经典随笔·茨威格卷:回归自我》,高中甫等译,长江文艺出版社2009年版。

[法]戴密微:《法国汉学史》,耿昇译,载戴仁主编:《法国当代中国学》,中国社会科学出版社1998年版。

《德意志文豪六大家列传》,赵必振译,上海作新社1903年版。

丁建弘:《德国通史》,上海社会科学院出版社2007年版。

丁敏:《席勒在中国》,上海外国语大学博士论文,2009年。

范存忠:《中国文化在启蒙时期的英国》,上海外语教育出版社1991年版。

范希衡:《〈赵氏孤儿〉与〈中国孤儿〉》,上海古籍出版社2010年版。

方玮德:《纪念歌德》,《北平晨报》1932年3月24日第十版。

[波斯]菲尔多西:《列王纪选》,张鸿年译,人民文学出版社1991年版。

冯至:《冯至全集》,范大灿编,河北教育出版社1999年版。

[德]克劳斯·弗尔克尔:《布莱希特传》,李健鸣译,中国戏剧出版社1986年版。

[斯洛伐克]马里安·高利克:《歌德〈神秘的合唱〉在中国的译介和评论》,李敏锐、王爽译,刘燕校,《汉语言文学研究》2016年第2期。

[斯洛伐克]马立安·高利克:《1932年:歌德在中国的接受与纪念活动》,林振华译,刘燕校,《长江学术》2015年第4期。

[德]歌德:《浮士德》,杨武能译,广西师范大学出版社2003年版。

[德]歌德:《歌德诗集(下册)》,钱春绮译,上海译文出版社1982年版。

[德]歌德:《歌德文集(第12卷)》,杨武能等译,河北教育出版社1999年版。

[德]歌德:《歌德自传——诗与真》,刘思慕译,人民文学出版社1983年版。

[法]戈岱司编:《希腊拉丁作家远东古文献辑录》,耿昇译,中华书局1987年版。

[德]格里美尔斯豪森:《痴儿西木传》,李淑、潘再平译,人民文学出版社1984年版。

龚缨晏、石青芳：《约翰长老：中世纪欧洲的东方幻象》，《社会科学战线》2010年第2期。

［德］顾彬：《关于"异"的研究》，曹乃云等译，北京大学出版社1997年版。

辜鸿铭：《辜鸿铭文集》，黄兴涛编，海南出版社1996年版。

郭沫若：《女神》，泰东书局1921年版。

郭沫若：《〈少年维特之烦恼〉序引》，《创造季刊》1922年第1卷第1期。

郭沫若：《弹琴者之歌》，《洪水》1925年第3期。

郭延礼：《明清女性文学的繁荣及其主要特征》，《文学遗产》2002年第6期。

［德］哈特曼：《耶稣会简史》，谷裕译，宗教文化出版社2003年版。

何寅、许光华：《国外汉学史》，上海外语教育出版社2002年版。

胡适：《胡适文集》，北京大学出版社1998年版。

纪君祥：《赵氏孤儿》，载《元曲选》，臧晋书编，商务印书馆1958年版。

康有为：《康有为全集》，中国人民大学出版社2007年版。

［法］克罗伊克斯：《一千零一日》，杜渐译，辽宁人民出版社1981年版。

［德］莱布尼茨：《中国近事：为了照亮我们这个时代的历史》，梅谦立、杨保筠译，大象出版社2005年版。

［法］蓝莉：《请中国作证》，许明龙译，商务印书馆2015年版。

［德］乌苏拉·劳滕堡、伊丽莎白·恩格、邱瑞晶：《德国图书市场上的中国形象——与中国相关的德语出版物研究》，《出版科学》2015年第5期。

李长之：《〈歌德之认识〉，宗白华等合著》，《新月》1933年第4卷第7期。

李凤苞：《使德日记》，载《丛书集成初编·使德日记、英轺私记、澳大利亚洲新志》，王云五主编，商务印书馆1936年版。

李競何：《关于歌德四行诗问题的商榷》，《现代评论》1925年第50期。

李声凤：《中国戏曲在法国的翻译与接受（1789—1970）》，北京大学出版社2015年版。

李奭学：《马若瑟与中国传统戏曲——从马译〈赵氏孤儿〉谈起》，《汉风》2018年第3期。

李勇：《西欧的中国形象》，人民出版社2010年版。

李真：《马若瑟〈汉语札记〉研究》，商务印书馆2014年版。

［德］利奇温:《十八世纪中国与欧洲文化的接触》,朱杰勤译,商务印书馆1991年版。

［日］涟山人、［日］雾山人:《独逸文坛六大家列传》,东京博文馆1863年版。

梁展:《王国维"境界"的西学来源》,《中华读书报》2011年1月26日第13版。

［苏］列宁:《新经济政策和政治教育委员会的任务》,载中共中央马克思恩格斯列宁斯大林著作编译局编译;《列宁全集(第42卷)》,人民出版社1987年版。

林笳:《歌德与〈百美新咏〉》,《东方丛刊》2000年第1期。

林笳:《库恩和中国古典小说》,《中国比较文学》1999年第2期。

［美］霍华德·林斯特拉:《〈1583—1584年在华耶稣会士信简〉序言》,万明译,载任继愈主编:《国际汉学(第二辑)》,大象出版社1998年版。

刘大杰:《德国文学概论》,北新书局1928年版。

刘宓庆:《文化翻译论纲》,湖北教育出版社2005年版。

柳无忌:《少年哥德》,北新书局1929年版。

柳无忌:《西洋文学研究》,大东书局1946年版。

［丹］龙伯格:《清代来华传教士马若瑟研究》,李真、络洁译,大象出版社2009年版。

卢铭君主编:《青龙过眼:中德文学交流中的"读"与"误读"》,社会科学文献出版社2020版。

鲁进、［法］魏明德:《舞在桥上——跨文化相遇与对话》,北京大学出版社2016年版。

鲁迅:《鲁迅全集》,人民文学出版社2005年版。

［德］罗梅君:《汉学界的争论:魏玛共和国时期卫礼贤的文化批评立场和学术地位》,载孙立新、蒋锐编译:《东西方之间——中外学者论卫礼贤》,山东大学出版社2004年版。

罗湉:《图兰朵法国源流考》,《中国比较文学》2006年第4期。

罗炜:《从〈王伦三跳〉看德布林儒道并重的汉学基础》,《中南民族大学学报

（人文社会科学版）》2012年第3期。

［法］马伯乐：《汉学》，载阎纯德编：《汉学研究（第三集）》，中国和平出版社1999年版。

［德］马汉茂等编：《德国汉学：历史、发展、人物与视角》，李雪涛等译，大象出版社2005年版。

［德］马克思、恩格斯：《共产党宣言》，中共中央马克思恩格斯列宁斯大林著作编译局编译，人民出版社2014年版。

马祖毅、任荣珍：《汉籍外译史》，湖北教育出版社1997年版。

［英］约翰·曼德维尔：《曼德维尔游记》，郭泽民、葛桂录译，上海书店2006年版。

梅青：《解读欧洲17—18世纪的中国风建筑——以德国"无忧宫"为例》，《同济大学学报（社会科学版）》2016年第3期。

孟华主编：《比较文学形象学》，北京大学出版社2001年版。

孟华：《伏尔泰与孔子》，中国书籍出版社2015年版。

孟华：《中法文学关系研究》，复旦大学出版社2011年版。

穆宏燕：《图兰朵是中国公主？》，《侨报》2008年3月8日D4版。

木子：《留德学人在德国汉学中的地位》，《中华读书报》2006年5月24日第18版。

钱林森：《18世纪法国传教士汉学家对〈诗经〉的译介与研究——以马若瑟、白晋、韩国英为例》，《华文文学》2015年第5期。

钱林森编：《法国汉学家论中国文学——古典戏剧和小说》，外语教学与研究出版社2007年版。

钱锺书：《汉译第一首英语诗〈人生颂〉及有关二三事》，《国外文学》1982年第1期。

［美］史景迁：《大汗之国——西方眼中的中国》，阮叔梅译，广西师范大学出版社2013年版。

［德］海因茨·史腊斐：《德意志文学简史》，胡蔚译，北京大学出版社2013年版。

施庆华：《德国作家施益坚：写一部以太平天国为背景的历史小说》，https：//

www.thepaper.cn/newsDetail_forward_2498512,访问日期：2019年5月28日。

司马迁：《史记》，中华书局1959年版。

谭渊：《布莱希特的"中国镜像"与"流亡文学"概念的创生——纪念布莱希特诞辰120周年》，载《德意志研究2018》，武汉大学出版社2019年版。

谭渊：《德国文学中的"四川女英雄"》，《四川外语学院学报》2008年第2期。

汤富华：《论翻译之颠覆力与重塑力——重思中国新诗的发生》，《中国翻译》2009年第3期。

唐桂馨：《18世纪法国启蒙思潮与中国明清小说的传播》，《外语教学与研究》2019年第5期。

唐果：《18世纪法国翻译理念框架下元杂剧〈赵氏孤儿〉法译本研究》，《法语国家与地区研究》2019年第3期。

田景风：《歌德精神》，《青年世界》1946年第1卷第3期。

田寿昌、宗白华、郭沫若：《三叶集》，亚东图书馆1920年版。

王德蓉：《辅仁大学与〈华裔学志〉》，《寻根》2004年第1期。

王国维：《王国维哲学美学论文辑佚》，佛雏校辑，华东师范大学出版社1993年版。

王国维：《势力不灭论》，《文教资料》1997年第3期。

王国维：《德国文学家格代希尔列尔合传》，《教育世界》1904年第70期。

王国维：《论教育之宗旨》，载姚淦铭等编：《王国维文集（第三卷）》，中国文史出版社1997年版。

王国维：《红楼梦评论》，载王运熙主编：《中国文论选·近代卷（下）》，江苏文艺出版社1996年版。

王宁、钱林森、马树德：《中国文化对欧洲的影响》，河北人民出版社1999年版。

王维江：《20世纪德国的汉学研究》，《史林》2004年第5期。

［德］马克斯·韦伯：《儒教与道教》，王容芬译，商务印书馆1995年版。

［德］卫礼贤：《东方之光——卫礼贤论中国文化》，蒋锐、孙立新编译，外语教学与研究出版社2007年版。

卫茂平：《德语文学汉译史考辨：晚清和民国时期》，上海外语教育出版社2004年版。

卫茂平：《中国对德国文学影响史述》，上海外语教育出版社1996年版。

卫茂平、陈红嫣等：《中外文学交流史·中国—德国卷》，山东教育出版社2015年版。

［德］魏思齐：《德国汉学研究的现状》，载魏思齐主编：《辅仁大学第三届汉学国际研讨会"位格和个人概念在中国与西方：Rolf Trauzettel教授周围的波恩汉学学派"论文集》，辅仁大学出版社2006年版。

魏源：《圣武记》，世界书局1970年版。

吴莉苇：《当诺亚方舟遭遇伏羲神农：启蒙时代欧洲的中国上古史论争》，中国人民大学出版社2005年版。

吴晓樵：《安娜·西格斯——中国人民的朋友》，《德国研究》2001年第2期。

吴晓樵：《中德文学因缘》，上海外语教育出版社2008年版。

魏育青：《浮海的勇士，围炉的哀者——1933—1945年的德语流亡文学》，载张玉书等编：《德语文学与文学批评（第四卷）》，人民出版社2010年版。

［德］席勒：《席勒诗选》，钱春绮译，人民文学出版社1984年版。

［德］席勒：《席勒文集》，张玉书等译，人民文学出版社2005年版。

肖朗：《王国维与西方教育学理论的导入》，《浙江大学学报（人文社会科学版）》2000年第6期。

谢天振：《译介学》，上海外语教育出版社1999年版。

许明龙：《欧洲十八世纪中国热》，外语教学与研究出版社2007年版。

张国刚、吴莉苇：《启蒙时代欧洲的中国观》，上海古籍出版社2006年版。

许钧等：《当代法国翻译理论》，湖北教育出版社2001年版。

徐小跃：《罗教·佛教·禅学——罗教与〈五部六册〉揭秘》，江苏人民出版社2003年版。

徐志摩：《徐志摩全集》，韩石山编，天津人民出版社2005年版。

徐志摩：《一个译诗问题》，《现代评论》1925年第38期。

［德］雅斯贝尔斯：《老子》，载［加］夏瑞春主编：《德国思想家论中国》，江苏人民出版社1995年版。

严绍璗、陈思和主编：《跨文化研究：什么是比较文学》，北京大学出版社 2007 年版。

颜希源：《百美新咏》，集腋轩嘉庆十年版。

杨建民：《徐志摩与歌德四句诗的六译》，《中华读书报》2006 年 11 月 8 日第 19 版。

杨武能：《走近歌德》，上海社会科学院出版社 2012 年版。

杨武能、许钧：《就文学翻译问题答许钧教授问》，载董洪川等编：《星火·桃李集：杨武能教授文学翻译、学术研究、外语教学五十年》，外语教学与研究出版社 2012 年版。

叶隽：《变创与渐常：侨易学的观念》，北京大学出版社 2014 年版。

叶隽：《德国文学里的侨易现象及侨易空间的形成》，《同济大学学报（社会科学版）》2016 年第 2 期。

叶隽：《德国文学研究与现代中国》，北京大学出版社 2008 年版。

叶隽：《歌德思想之形成——经典文本体现的古典和谐》，中央编版译出版社 2010 年版。

叶隽：《构序与取象——侨易学的方法》，浙江教育出版社 2021 年版。

叶隽：《江山诗人情——作为日耳曼学者的陈铨》，《中华读书报》2008 年 1 月 2 日。

叶隽：《"侨易二元"的整体结构》，载叶隽主编：《侨易》（第二辑），社会科学文献出版社 2015 年版。

叶隽：《时代的精神忧患》，北京大学出版社 2010 年版。

叶隽：《文化建国者的"精神支柱"——论宗白华的歌德观》，《南京师范大学文学院学报》2007 年第 1 期。

叶隽：《"中德二元"与"现代侨易"——中德关系研究的文化史视角及学术史思考报告稿》，http://www.de-moe.org/app/upload/1246946549_file1.doc，访问日期：2022 年 12 月 21 日。

叶廷芳：《席勒——巨人式的时代之子》，载叶廷芳、王建主编：《歌德和席勒的现实意义》，中央编译出版社 2006 年版。

佚名：《哥德百年纪念大典之预备》，《国立北平图书馆读书月刊》1932 年第 1

卷第4期。

应劭、王利器:《风俗通义校注》,中华书局1981年版。

袁书会:《梵佛异域因缘——元杂剧〈灰阑记〉题材演变探源》,《艺术百家》2004年第5期。

乐黛云:《跨越文化边界》,东方出版中心2012年版。

乐黛云:《无名、失语中的女性梦幻》,《中国文化》1994年第8期。

张西平:《欧洲早期汉学史:中西文化交流与西方汉学的兴起》,中华书局2009年版。

张国刚:《德国的汉学研究》,中华书局1994年版。

张国刚、吴莉苇:《启蒙时代欧洲的中国观》,上海古籍出版社2006年版。

张鸿年:《波斯文学史》,昆仑出版社2003年版。

张黎:《异质文明的对话——布莱希特与中国文化》,《外国文学评论》2007年第1期。

张黎:《〈四川好人〉与中国文化传统》,《外国文学评论》2004年第3期。

张佩芬:《歌德晚年诗歌的现实意义》,载叶廷芳、王建主编:《歌德和席勒的现实意义》,中央编译出版社2006年版。

张月超:《歌德评传》,神州国光社1933年版。

张威廉:《对歌德译〈梅妃〉一诗的赏析》,《中国翻译》1992年第6期。

张威廉:《中德文化交流史上的一段佳话——歌德为开元宫人续诗》,《南京大学学报(哲学·人文·社会科学)》1992年第4期。

张闻天:《但底与浮士德》,商务印书馆1923年版。

张英:《德国准牧师顾彬》,《南方周末》2008年11月27日D27版。

赵欣:《英国人的契丹认知与航海探险》,《外国问题研究》2013年第1期。

朱家骅:《关于一个译诗问题的批评》,《现代评论》1925年第43期。

《庄子》,方勇译注,中华书局2010年版。

宗白华等:《歌德研究》,中华书局1936年版。

宗白华:《宗白华全集》,林同华主编,安徽教育出版社1994年版。

Albrecht, Andrea, „Bildung und Ehe ‚genialer Weiber'. Jean Pauls Diesjährige Nachlesung an die Dichtinnen als Antwort auf Esther Gad und Rahel Levin

Varnhagen", *Deutsche Vierteljahrsschrift für Literaturwissenschaft und Geistesgeschichte*, Vol. 80, 2006.

Arnold, Armin, *Die Literatur des Expressionismus. Sprachliche und thematische Quellen*, Stuttgart: Kohlhammer, 1966.

Aurich, Ursula, *China im Spiegel der deutschen Literatur des 18. Jahrhunderts*, Berlin: Ebering, 1935.

Beckingham, Charles F. and Hamilton, Bernard ed., *Prester John, the Mongols and the Ten Lost Tribes*, Hampsphire: Variorum, 1996.

Biedermann, Woldmar Freiherr von, „Die chinesische Quelle von Goethes Elpenor", *Zeitschrift für vergleichende Literaturgeschichte und Renaissance-Literatur*, Vol. NF1, 1887–1888.

Brecht, Bertolt, *Arbeitsjournal*, Bd. 1, Frankfurt a. M.: Suhrkamp, 1973.

Brecht, Bertolt, „Sechs chinesische Gedichte", *Das Wort*, Vol.8, 1938.

Brecht, Bertolt, *Tagebücher 1920–1922*, Frankfurt a. M.: Suhrkamp, 1975.

Brecht, Bertolt, *Werke. Große kommentierte Berliner und Frankfurter Ausgabe*, ed. by Werner Hecht et al., Berlin, Weimar, Frankfurt a. M.: Suhrkamp, 1988–1997.(＝GBA)

Chang, Carsun, „Richard Wilhelm, der Weltbürger", *Sinica, Zeitschrift für Chinakunde und Chinaforschung*, Jg. 5, Heft 2, 1930.

Chaocungus: Tragoedia, Ingolstadt: Johann Paul Schleig, 1736.

Chen, Chuan, *Die chinesische schöne Literatur im deutschen Schrifttum*, Kiel: Univ., Diss., 1933.

Chung, Erich Ying-yen, *Chinesisches Gedankengut in Goethes Werk*, Mainz: Uni Mainz Dissertation, 1977.

Claus, Matthias, „Verzeichnis der deutschsprachigen Ausgaben des Tao Te King", http://www.das-klassische-china.de,访问日期：2022 年 4 月 12 日。

Collani, Claudia von, „Daoismus und Figurismus. Zur Inkulturation des Christentums in China", in: Carlyle, Thomas, *The works of Thomas Carlyle in thirty volumes. Vol. 23: Wilhelm Meister's Apprenticeship and Travels.*

Vol. 1, London: Chapman and Hall, 1899.

Collani, Claudia von, *P. Joachim Bouvet S. J. — Sein Leben und sein Werk*, Nettetal: Steyler, 1985.

Couplet, Philippi et al., *Confucius Sinarum Philosophus*, Paris: Horthemels, 1687.

Croix, Pétis de la, *The Thousand and One Days*, transl. by Ambrose Philips, London: J.& R. Tonson, 1765.

Croix, Pétis de la, *Les Mille et un jour, contes persans*, Paris: Co. des Libr., 1828.

Croix, Petis de la, *Les Mille et un Jour, Contes Persans*, Paris: Auguste Desrez, 1840.

Debon, Günther, *Tao-Te-King. Das Heilige Buch vom Weg und von der Tugend*, Stuttgart: Reclam, 1979.

Debon, Günther, *China zu Gast in Weimar*, Heidelberg: Guderjahn, 1994.

Debon, Günther, *Schiller und der chinesische Geist: sechs Versuche*, Heidelberg: Haag u. Herchen, 1983.

Detering, Heinrich, *Bertolt Brecht und Laotse*, Göttingen: Wallstein, 2008.

Döblin, Alfred, *Aufsätze zur Literatur*, Olten und Freiburg: Walter, 1963.

Döblin, Alfred, *Briefe*, ed. by Walter Muschg, Olten und Freiburg: Walter, 1970.

Döblin, Alfred, *Die drei Sprünge des Wang-lun*, Olten, Freiburg: Walter, 1980.

Du Halde, Jean-Baptiste, *Description géographique, historique, chronologique, politique, et physique de l'empire de la Chine et de la Tartarie chinoise*, Paris: P. G. LeMercier, 1735.

Dscheng, Fang-hsiung, *Alfred Döblins Roman " Die drei Sprünge des Wang-lun" als Spiegel des Interesses moderner deutscher Autoren an China*, Frankfurt a. M.: Peter Lang, 1979.

Eschenbach, Wolfram von and Lachmann, Karl, *Wolfram von Eschenbach*, Berlin: Georg Reimer, 1872.

Etzenbach, Ulrich von, *Alexander*, ed. by Wendelin Toischer, Tübingen: Litterarischer Verein in Stuttgart, 1888.

Falk, Walter, „Der erste moderne deutsche Roman, Die drei Sprünge des Wang-lun' von A. Döblin", *Zeitschrift für deutsche Philologie*, Vol. 89, 1970.

Fang, Weigui, *Das Chinabild in der deutschen Literatur, 1871 – 1933*, Frankfurt a. M.: Peter Lang, 1992.

Fee, Zheng, *Alfred Döblins Roman „Die drei Sprünge des Wang-lun": eine Untersuchung zu den Quellen und zum geistigen Gehalt*, Frankfurt a. M.: Peter Lang, 1991.

Feilchenfeldt, Konrad, *Deutsche Exilliteratur 1933 – 1945. Kommentar zu einer Epoche*, München: Winkler, 1986.

Feldmann, Helmut, *Die Fiabe Carlo Gozzis. Die Entstehung einer Gattung und ihre Transposition in das System der deutschen Romantik*, Wien: Böhlau, 1971.

Franke, Otto, „Die politische Idee in der ostasiatischen Kulturwelt", in *Verhandlungen des Deutschen Kolonialkongresses 1905 zu Berlin am 5., 6. und 7. Oktober 1905*, Berlin: Verl. Kolonialkriegerdank, 1906.

Friedrich, Udo, „Zwischen Utopie und Mythos. Der Brief des Priesters Johannes", *Zeitschrift für deutsche Philologie*, Vol. 1, 2003.

Friedrichs, *Der Chineser oder die Gerechtigkeit des Schicksals. Tragödie*, Göttingen: Victorinus Boßiger, 1774.

Gasser, Rudolf, *Ausforderung mit aller demütigst gebottnem Vernunft-Trutz: an alle Atheisten, Machiavellisten, gefährliche Romanen, und falsch-politische Welt-Kinder zu einem Zwey-Kampff*, Zug: Müller, Muos, 1686 – 1688.

Gimm, Martin, „Zu Klaproths erstem Katalog chinesischer Bücher, Weimar 1804", in Schmidt-Glintzer, Helwig ed., *Wolfenbüttler Forschungen. Das andere China*, Wiesbaden: Harrassowitz, 1995.

Goethe, Johann Wolfgang von, *Gesamtausgabe der Werke und Schriften in* zweiundzwanzig Bänden. Bd 15. Schriften aus Literatur und Theater, Stuttgart: Phaidon, 1958.

Goethe, Johann Wolfgang von, *Goethes Werke*, Weimar: Böhlau, 1887 – 1919.

Goethe, Johann Wolfgang von, *Werke*, Band 5, ed. by Klaus-Detlef Müller, Frankfurt a. M., Leipzig: Insel, 2007.

Gollwitzer, Heinz, *Die gelbe Gefahr: Geschichte eines Schlagworts*; *Studien zum imperialistischen Denken*, Göttingen: Vandenhoeck & Ruprecht, 1962.

Grasmück, Oliver, *Geschichte und Aktualität der Daoismusrezeption im deutschsprachigen Raum*, Münster: LIT, 2004.

Grill, Julius, *Lao-tszes Buch vom höchsten Wesen und vom höchsten Gut*, Tübingen: J. C. B. Mohr, 1910.

Grimm, Jakob and Grimm, Wilhelm, *Briefe der Brüder Grimm*, Jena: Frommann, 1923.

Groot, J. J. M. de, *Sectarianism and religious persecution in China*, Amsterdam: Johannes Muller, 1904.

Hagdorn, Christoph W., *Aeyquan oder der Große Mogol. Chinesische und Indische Stahts-, Kriegs-und Liebes-Geschichte*, Amsterdam: Jacob von Mörs, 1670.

Hakluyt, Richard, *Voyages in Search of the North-west Passage*, London, Paris, Melbourne: Cassell & Company, 1892.

Hau, Rita ed., *Pons Wörterbuch für Schule und Studium: Latein-Deutsch*, Barcelona: Klett Sprachen, 2003.

Mayer, Hans, *Bertold Brecht und die Tradition*, München: dtv, 1965.

Happell, Eberhardt Guerner, *Der asiatische Onogambo*, Hamburg: Naumann, 1673.

Hecht, Werner, *Brecht Chronik 1898 – 1956*, Frankfurt a. M.: Suhrkamp, 1998.

Hecht, Werner ed., *Materialien zu Brechts „ Der gute Mensch von Sezuan "*, Frankfurt a. M.: Suhrkamp, 1968.

Hsia, Adrian ed., *TAO, Reception in East and West*, Bern: Peter Lang, 1994.

Hsia, Adrian, "The Jesuit Plays on China and Their Relation to the Profane Literature," in *Mission und Theater. Japan und China auf den Bühnen der Gesellschaft Jesu*, ed. by Hsia Adrian and Ruprecht Wimmer, Regensburg: Schnell & Steiner, 2005.

Hwang, Hae-in, *Ostasiatische Anschauungen in der deutschen Literatur des 20. Jahrhunderts unter besonderer Berücksichtigung von Alfred Döblin und Hermann Kasack*, Bonn: Univ. Diss., 1979.

Jaspers, Karl, *Aus dem Ursprung denkende Metaphysiker*, München: Piper, 1957.

Kant, Immanuel, *Grundlegung zur Metaphysik der Sitten*, Hamburg: Meiner, 1954.

Kern, Martin, „Die Emigration der Sinologen 1933 – 1945. Zur ungeschriebenen Geschichte der Verluste", in *Chinawissenschaften — Deutschsprachige Entwicklungen: Geschichte, Personen, Perspektiven*, ed. by Helmut Martin and Christiane Hammer, Hamburg: Institut für Asienkunde, 1999.

Kim, Kisôn, *Theater und Ferner Osten*, Frankfurt a. M., Bern: Peter Lang, 1982.

Klabund, *Gesammelte Werke*, Freiburg im Breisgau: Freiburger Echo, 2002.

Klabund, „Ich würde sterben, hätt ich nicht das Wort ...", in *Archiv-Blätter 21*, ed. by Martina Hanf, Helga Neumann, Berlin: Akademie der Künste, 2010.

Klabund, *Werke in acht Bänden*, ed. by Christian v. Zimmermann et al., Heidelberg: Elfenbein, 2001.

Klawitter, Arne, „Goethe und die chinesischen Fräulein", *Weimarer Beiträge*, Vol. 67, 2021.

Knopf, Jan ed., *Brecht-Handbuch, Gedichte*, Stuttgart: Metzler, 2001.

Knopf, Jan ed., *Brecht Handbuch Theater*, Tübingen: Metzler, 1980.

Köster, Albert, *Schiller als Dramaturg*, Berlin: Hertz, 1891.

Kubin, Wolfgang ed., *Mein Bild in deinem Auge. Exotismus und Moderne:*

Deutschland — China im 20. Jahrhundert, Darmstadt: Wiss. Buchges., 1995.

Kubin, Wolfgang, „Die Todesreise — Bemerkungen zur imaginativen Geographie in Schillers Stück, Turandot. Prinzessin von China'", *Jahrbuch zur Ostasienforschung*, Vol. 1, 1986.

Leutner, Mechthild, „Kontroversen in der Sinologie: Richard Wilhelms kulturkritische und wissenschaftliche Positionen in der Weimarer Republik", in Klaus Hirsch, *Richard Wilhelm: Botschafter zweier Welten*, Frankfurt a. M., London: Verlag für Interkulturelle Kommunikation, 2003.

Li, Changke, *Der China-Roman in der deutschen Literatur 1890 – 1930: Tendenzen und Aspekte*, Regensburg: Röderer, 1992.

Lohenstein, Daniel Casper von, *Grossmüthiger Feldherr Arminius oder Herman*, Leipzig: Johann Friedrich Bleditsche Buchhändler, 1689.

Luo, Zhonghua, *Alfred Döblins „Die drei Sprünge des Wang-lun", ein chinesischer Roman?*, Frankfurt a. M.: Peter Lang, 1991.

Ma, Jia, *Döblin und China: Untersuchung zu Döblins Rezeption des chinesischen Denkens und seiner literarischen Darstellung Chinas in „Drei Sprünge des Wang-lun"*, Frankfurt a. M.: Peter Lang, 1993.

Marinetti, Filippo, „Manifest des Futurismus", in *Literaturrevolution 1910 – 1925*, Band 2, ed. by Paul Pörtner, Neuwied: Leuchterhand, 1961.

Marsch, Edgar, *Brecht-Kommentar zum lyrischen Werk*, München: Winkler, 1974.

Martini, Martin, *Histori vom dem Tartarischen Kriege*, Amsterdam: Blaeu, 1654.

Murr, Christoph Gottlieb von ed., *Haoh Kjöh Tschwen, d. i. die angenehme Geschichte des Haoh Kjöh*, Leipzig: Johann Friedrich Junius, 1766.

Opitz, Martin, *Weltliche und geistliche Dichtung*, Berlin und Stuttgart: Spemann, 1888.

Nizami, Iljas ben Jussuf, *Die sieben Geschichten der sieben Prinzessinnen*, transl. by Rudolf Gelpke, Zürich: Manesse, 1959.

Nisami, Iljas ben Jussuf, *Die sieben Prinzessinnen*, transl. by Martin Remane, Berlin: Rütten & Loening, 1980.

Osterhammel, Jürgen, „Forschungsreise und Kolonialprogramm. Ferdinand von Richthofen und die Erschließung Chinas im 19. Jahrhundert", *Archiv für Kulturgeschichte*, Vol. 69, 1987.

Otto, *The Two Cities: A Chronicle of Universal History to the Year 1146 A.D.*, New York: Columbia University, 1928.

Paul, Jean, *Sämtliche Werke*, Bd. I.5, München: Hanser, 1959.

Paulsen, Wolfgang, *Die Frau als Heldin und Autorin*, Bern, München: Francke, 1979.

Percy, Thomas ed., *Hau Kiou Choaan or The Pleasing History*, London: R. and J. Dodsley, 1761.

Plath, Johann Heinrich, *Geschichte des Oestlichen Asiens. Theil 1: Chinesische Tartarey. Abth. 1: Mandschurey*, Band. 1, Göttingen: Dietrich, 1830.

Prémare, J. et al., *Lettres Édifiantes Et Curieuses: Écrites Des Missions Étrangères XIX Recueil*, Paris: Nicolas LeClerc et P. G. LeMercier, 1729.

Reichwein, Adolf, *China und Europa. Geistige und künstlerische Beziehungen im 18 Jahrhundert*, Berlin: Oesterheld, 1923.

Ricci, Matteo, *Storia dell'introduzione del cristianesimo in Cina*, Lugduni: Cardon, 1616.

Rose, Ernst, *Blick nach Osten. Studien zum Spätwerk Goethes und zum Chinabild in der deutschen Literatur des neunzehnten Jahrhunderts*, Frankfurt a.M.: Peter Lang, 1981.

Rosensplüt, Hans, „Weinsegen", *Altdeutsche Blätter*, Vol.1, ed. by Moritz Haupt and Heinrich Hoffmann, Leipzig: Brockhaus, 1836.

Schiller, Friedrich, *Schillers Briefe*, Bd.6, Stuttgart: Deutsche Verlags-Anstalt, 1894.

Schiller, Friedrich, *Schillers Werke*. Bd. XIV, Weimar: Hermann Böhlaus Nachfolger, 1949.

Schmidt-Glintzer, Helwig, „ Die Anfänge der Sinologie an deutschen Universitäten", in *European Association of Chinese Studies Newsletter*, Vol. 3, 1990.

Schmidt-Glintzer, Helwig, *Sinologie und das Interesse an China*, Stuttgart: Franz Steiner, 2007.

Schulze, B. ed., *Die literarische Übersetzung. Fallstudien zu ihrer Kulturgeschichte. Band I. Göttinger Beiträge zur Internationalen Übersetzungsforschung*, Berlin: Schmidt, 1987.

Schuster, Ingrid, *China und Japan in der deutschen Literatur 1890 – 1925*, Bern: Francke, 1977.

Schuster, Ingrid, *Vorbilder und Zerrbilder: China und Japan im Spiegel der deutschen Literatur 1773 – 1890*, Bern, Frankfurt a.M.: Peter Lang, 1988.

Strauss, Victor von, *Lao-Tse. Tao Tê King*, Leipzig: Breitkopf und Härtel, 1870.

Strich, Fritz ed., *Goethe und die Weltliteratur*, Bern: Francke, 1946.

Tatlow, Antony, *Brechts chinesische Gedichte*, Frankfurt a. M.: Suhrkamp, 1973.

Thoms, Peter Perring, *Chinese Courtship. In verse. To which is added, an appendix, treating of the revenue of China*, Macau: East Indian Company's Press, 1824.

Tscharner, Eduard Horst von, *China in der deutschen Dichtung bis zur Klassik*, München: Reinhardt, 1939.

Waley, Arthur, *170 Chinese Poems*, London: Constable and Company, 1947.

Wieland, Christoph Martin, *Der Goldene Spiegel, oder die Könige von Scheschian, eine wahre Geschichte*, Leipzig: M. G. Weidmanns Erben und Reich, 1772.

Wieland, Christoph Martin, *Der goldene Spiegel oder die Könige von Scheschian*, Reuttlingen: Johann Georg Fleischhauer, 1985.

Wilde, Oscar, *The Complete Letters of Oscar Wilde*, ed. by Merlin Holland,

Rupert Hart-Davis, London: Fourth Estate, 1988.

Wilde, Oscar, *The Complete Letters of Oscar Wilde*, ed. by Merlin Holland, Rupert Hart-Davis, London: Fourth Estate, 2000.

Wilhelm, Richard, *Laotse, Tao te king. Das Buch des Alten vom SINN und LEBEN*, Jena: Diederichs, 1911.

Wilhelm, Richard, *Dschuang Dsi. Das wahre Buch vom südlichen Blütenland*, Jena: Diederichs, 1912.

Xue, Song, *Poetische Philosophie — philosophische Poetik. Die Kontinuität von Philosophie und Poesie in Brechts China-Rezeption*, Marburg Iudicium, 2019.

致　谢

在从事中德文学交流史研究的 20 多年中，中德学界的多位前辈和同仁都给予了我巨大支持和鼓励。在此，首先，我要对三位在研究生时代带我初窥门庭的老师——米尚志教授、王滨滨教授和外教 Dietlinde Baron 女士表示衷心感谢！其次，我要对博士阶段的两位导师——Horst Turk 教授和 Erhard Rosner 教授——给予我的悉心指导再次表示最诚挚的感谢与敬意，若没有他们在哥廷根大学的严格要求，我万难取得今天的成果。此外，我还要感谢 Heinrich Detering 教授、Helwig Schmidt‐Glintzer 教授数次邀请我到德国进行学术访问并帮我准备了便利的工作条件，使我在回国任职后能够继续利用德国图书馆中的丰富学术资源开展研究。

我也要感谢学界前辈杨武能教授、顾正祥教授、孟华教授、许钧教授、曹顺庆教授、聂珍钊教授、冯亚琳教授、李昌珂教授、朱建华教授、魏育青教授、曾艳兵教授、王炳钧教授等对晚辈的指导和提携，感谢学界同仁叶隽教授、陈壮鹰教授、吴建广教授、罗炜教授、姜爱红教授、印芝虹教授、陈良梅教授、吴晓樵教授、莫光华教授、陈巍教授、李双志教授、卢铭君教授、杜卫华教授、孙立新教授、葛桂录教授、詹春花博士、马剑博士、程林博士、何俊博士等在学术上的无私交流和帮助。

同时，我还要感谢德语系的同事林纯洁、包琳琳、翟欣、陈华实、王微、李超、杨元、张小燕老师的精诚合作，以及已退居二线的李昕、王勋华、李立娅等老同志多年来的指导和关爱。

在开展研究和撰写本书的过程中，我得到了华中科技大学外国语学院的关怀，在此衷心感谢学院在参会资助、学术休假及专著出版资助方面所提供的大力支持！

最后，笔者在此衷心感谢所有在我成长道路上给予我巨大帮助的中德友人！谢谢你们20多年来的支持和信赖！

谭　渊

2023年1月31日于武汉

图书在版编目(CIP)数据

文化传播视域下的中德文学交流史 / 谭渊著. -- 上海：上海社会科学院出版社，2024. -- (中德文化丛书). -- ISBN 978-7-5520-4520-8

Ⅰ.I209；I516.09

中国国家版本馆 CIP 数据核字第 2024UE5725 号

文化传播视域下的中德文学交流史

著　　者：谭　渊
责任编辑：张　宇　熊　艳
封面设计：黄婧昉
技术编辑：裘幼华
出版发行：上海社会科学院出版社
　　　　　上海顺昌路 622 号　邮编 200025
　　　　　电话总机 021 - 63315947　销售热线 021 - 53063735
　　　　　https://cbs.sass.org.cn　E-mail:sassp@sassp.cn
排　　版：南京展望文化发展有限公司
印　　刷：苏州市越洋印刷有限公司
开　　本：890 毫米×1240 毫米　1/32
印　　张：13.125
字　　数：292 千
版　　次：2024 年 10 月第 1 版　2024 年 10 月第 1 次印刷

ISBN 978 - 7 - 5520 - 4520 - 8/I・550　　　定价：88.00 元

版权所有　翻印必究